1Q84

〈ichi-kew-hachi-yon〉

a novel

BOOK 2

〈7月−9月〉

村上春樹

新潮社

1Q84

〈ichi-kew-hachi-yon〉

a novel

BOOK 2

〈7月−9月〉

目次

装幀　新潮社装幀室
装画　© NASA/Roger Ressmeyer/CORBIS

1Q84

⟨ichi-kew-hachi-yon⟩

a novel

BOOK 2

〈7月―9月〉

第1章 青豆

あれは世界でいちばん退屈な町だった

梅雨明けの公式な宣言はまだ出ていなかったが、空は真っ青に晴れ上がり、真夏の太陽が留保なく地上に照りつけていた。緑の葉をたっぷりと繁らせた柳は、久方ぶりに濃密な影を路面に揺らせている。

タマルが玄関で青豆《あおまめ》を迎えた。暗い色合いの夏物のスーツを着て、白いシャツに無地のネクタイをしめていた。そして汗ひとつかいていない。彼のような大柄な男が、どんな暑い日にも汗をかかないというのは、青豆には常に大きな不思議だった。

タマルは青豆を見て軽く肯き、よく聴き取れない短い挨拶を口にしただけで、あとはひと言もしゃべらなかった。いつものように二人で軽い会話を交わすこともなかった。後ろを振り返らず、長い廊下を先に立って歩き、青豆を老婦人の待っているところに案内した。たぶん誰かと世間話をするような気分でもないのだろうと彼女は推測した。犬が死んだことがこたえているのかもしれない。「番犬には替わりがいる」と彼は電話で青豆に言った。気候の話でもするみたいに。しかしそれが彼の本心ではないことは、青豆にもわかっていた。その雌のドイツ・シェパードは彼にとっては大事な存在だったし、長年にわたってお互いによく心を通わせていた。その犬が唐突にわけのわからない死に方をしたことを、彼は一種の個人的な侮辱、あるいは挑戦として受け取っていた。教室の黒板のように広いタマルの無言の背中を見ながら、彼の感じているであろう静かな怒りを、青豆は想像することができた。

タマルは居間のドアを開け、青豆を中に入れ、自分は戸口に立って老婦人の指示を待った。

「今は飲み物はけっこうです」と老婦人はタマルに言った。

タマルは黙って小さく肯き、ドアを静かに閉めた。部屋には老婦人と青豆が残された。老婦人の座ったアームチェアの隣りのテーブルに、丸いガラスの金魚鉢が置かれ、その中を二匹の赤い金魚が泳いでいた。どこにでもいる普通の金魚で、どこにでもある普通の金魚鉢だった。水の中には決まりごとのように、緑色の藻が浮かんでいた。青豆は何度もこの端正な広い居間を訪れていたが、金魚を目にするのは初めてだった。エアコンが弱く設定されているらしく、ときおり微かな涼風が肌に感じられた。彼女の背後のテーブルには、白い百合の花が三本入った花瓶が置かれていた。百合は大きく、瞑想に耽る異国の小さな動物のようにもったりしていた。

老婦人は手振りで、青豆を隣りにあるソファに座らせた。庭に面した窓には白いレースのカーテンが引かれていたが、夏の午後の日差しはことのほか強かった。そんな光の中で、彼女はいつになく疲弊して見えた。細い腕で力無く頬杖をつき、大きな椅子の中に身体を落ち込ませていた。目はくぼみ、首のしわも増えていた。唇には色がなく、長い眉の外端は、まるで万有引力に抗することをあきらめたかのように、わずかに下に降りていた。血液の循環機能が低下しているのかもしれない、肌がところどころで粉を吹いたように白くなって見える。この前に会ったときから、少なくとも五歳か六歳は老け込んでいる。そして今日のところ、そのような疲れが外に滲みだしてくるのを、老婦人はとくに気にとめていないように見えた。普通ではないことだ。少なくとも青豆が見ているところでは、彼女は常に外見を身ぎれいにし、自分の内にある気力を残らず動員し、姿勢をまっすぐに正し、表情を引き締め、老いの徴候をひとかけらも外に洩らすまいと努めていた。そしてその努力は常に刮目《かつもく》すべき成功を収めていた。

今日はこの家の中の、いろんなことがいつもとは違っている、と青豆は思った。部屋の中の光さえ、普段とは違った色に染まっている。そしてこの優雅なアンティーク家具に満ちた、天井の高い部屋にはいささか不似合いな、ありふれた金魚と金魚鉢。

老婦人はそのまましばらく口を開かなかった。彼女は椅子の肘掛けに頬杖をついたまま、青豆の横にある空間の一点を眺めていた。しかしその一点に特別なものは何も浮かんでいないことは、青豆にはわかっていた。彼女はただ視線のかりそめのやり場を必要としているだけだ。

「喉が渇いていますか？」と老婦人は静かな声で尋ねた。

「いいえ、喉は渇いていません」と青豆は答えた。

「そこにアイスティーがあります。よければグラスに注いで飲んで下さい」

老婦人は入り口の近くにあるサービス・テーブルを指さした。そこには氷とレモンの入ったアイスティーのジャーが置かれていた。隣りに色違いの切り子細工のグラスが三つあった。

「ありがとうございます」と青豆は言った。

それからまたひとしきり、老婦人は沈黙をまもっていた。話さなくてはならないことがあるのだが、それを口にすることによって、そこに含まれている事実が、事実としてより確実なものになってしまうかもしれない。できることならそのポイントを少しでも先に延ばしたい。そのような意味合いが込められた沈黙だった。彼女は隣りの金魚鉢にちらりと目をやった。それからあきらめたように、ようやく青豆の顔を正面から見た。唇はまっすぐに結ばれ、その両端は意識的にわずかに持ち上げられていた。

「セーフハウスの番をしていた犬が死んだことは、タマルから聞きましたね？　説明のつかない死に方をしたことを」と老婦人は尋ねた。

「聞きました」

「そのあとで、つばさがいなくなりました」

青豆は軽く顔をしかめた。「いなくなった？」

「姿を消してしまったのです。おそらく夜のあいだに。今日の朝にはもういなくなっていました」

青豆は唇をすぼめ、口にすべき言葉を探した。言葉はすぐに出てこなかった。「でも……この前にうかがったお話では、つばさちゃんはいつも誰かと一緒に寝ているということでしたが。同じ部屋で、用心のために」

「そうです。しかしその女性は、いつになくぐっすりと眠り込んでしまって、彼女がいなくなったことにまったく気がつかなかったそうです。夜が明けたときには、つばさの姿は布団の中にはありませんでした」

「ドイツ・シェパードが死んで、その翌日につばさちゃんがいなくなった」と青豆は確認するように言った。

老婦人は肯いた。「そのふたつの出来事のあいだに関連性があるのかどうか、今のところ確かなことはわかりません。でもおそらく繋がりはあると私は考えています」

青豆はこれという理由もなく、テーブルの上の金魚鉢に目をやった。老婦人も青豆の視線を追うように、それに目をやった。二匹の金魚はいくつかのひれを微妙に動かしながら、ガラスで作られた池の中を涼しげに行き来していた。夏の光がその鉢の中で不思議な屈折を見せ、神秘に満ちた深海の一部をのぞき込んでいるような錯覚を起こさせた。

「この金魚はつばさのために買ったものです」と老婦人は青豆の顔を見て、説明するように言った。「麻布の商店街で小さなお祭りがあったので、つばさを連れて散歩に行きました。部屋の中に閉じこもっているばかりでは、身体によくないと思ったのです。もちろんタマルも一緒でしたが。そこの夜店で鉢といっしょにこの金魚を買いました。あの子は金魚にとても興味を惹かれたようでした。自分の部屋に置いて、一日中飽きもせずに眺めていました。でもあの子がいなくなってしまったので、ここに持ってきました。私もここのところよく金魚を眺めています。何もせず、ただじっと眺めているのです。不思議な話ですが、たしかに見飽きることはないようです。これまで金魚を熱心に眺めたことなんて一度もなかったのだけれど」

「つばさちゃんの行きさきに心当たりのようなものは？」と青豆は尋ねた。

「心当たりはありません」と老婦人は言った。「あの子が訪ねていける親戚の家もありません。私が知る限り、この世界のどこにも行き場のない子なのです」

「誰かに無理に連れて行かれたという可能性は？」

老婦人は目に見えない小蝿でも追い払うように、小さく神経質に首を振った。「いいえ、あの子はただあそこから出て行ったのです。誰かがやってきて無理に連れていったわけではありません。もしそんなことがあったら、まわりの人たちは目を覚ましています。あそこにいる女性たちはただでさえ眠りが浅いのです。つばさは自分でそうしようと決めて出て行ったのだと思います。足音を立てずに階段を降りて、静かに玄関の鍵を外し、ドアを開けて外に出て行ったのです。私にはその光景が想像できます。あの子が出て行っても犬は吠えません。犬は前の夜に死んでいます。服を着替えていきませんでした。すぐそこに着替えが畳んで置いてあったのにもかかわらず、パジャマ姿のまま行ってしまったのです。お金も一銭も持っていないはずです」

　青豆の顔にはさらに歪みが加えられた。「一人きりで、パジャマ姿のまま?」

　老婦人は肯いた。「そうです。十歳の女の子が一人きりでパジャマ姿で、まったくお金も持たず、夜中にいったいどこに行けるものでしょう。常識では考えにくいことです。しかし私にはなぜか、それがとくべつ異様なこととも思えないのです。いえ、今ではそれはむしろ起こるべくして起こったのだ、という気さえしています。だからあの子の行方を捜してもいません。何もせず、ただこうして金魚を眺めているだけです」

　老婦人は金魚鉢にちらりと目をやった。それから再びまっすぐ青豆の顔を見た。

「今ここで捜しまわっても無駄なことがわかっているからです。あの子はもう私たちの手の及ばないところに行ってしまっています」

　彼女はそう言うと、頬杖をつくのをやめ、長いあいだ体内にためていた息をゆっくりと外に吐き出した。両手は膝の上に揃えて置かれた。

「でも、どうして出て行ったりしたのでしょう」と青豆は言った。「セーフハウスにいれば守られているし、ほかに行き場所もないのに」

「理由はわかりません。でも犬が死んだことが、その引き金になっているような気がします。ここに来て以来、あの子は犬をとてもかわいがっていましたし、犬もあの子にことのほかなついていました。仲の良い親友のような関係だったのです。だから犬が死んだことで、それもあのような血なまぐさい、原因不明の死に方をしたことで、つばさはずいぶんショックを受けていました。当然のことです。アパートにいた人たちはみんなショックを受けていました。しかし今になって思えば、あの犬の無惨な死は、つばさに向けられたメッセージのようなものだったのかもしれません」

「メッセージ？」

「ここにいてはならないというメッセージです。おまえがここに隠れていることはわかっている。おまえはここを出て行かなくてはならない。そうしないと更に悪いことがまわりの人々の身に起こるかもしれない。そういうメッセージです」

　老婦人の指は膝の上で架空の時間を細かく刻んでいた。青豆は話の続きを待った。

「おそらくあの子はそのメッセージの意味を理解し、自らここを去ったのでしょう。去りたくて去ったのではないはずです。ほかに行き場もないということをわかった上で、出て行かざるを得なかったのです。そう考えるとやりきれなくなります。まだ十歳の子供がそんな決心をしなくてはならないなんて」

　青豆は手を伸ばして老婦人の手を握りしめたいと思った。しかし思いとどまった。話はまだ終わっていない。

老婦人は続けた。「私にとっては言うまでもなく大きな衝撃でした。身体の一部をもぎ取られたような気持ちです。あの子を自分の子供として正式に引き取ろうと思っていたのですから。もちろんものごとがそんなに簡単には運ばないだろうことはわかっていました。困難を承知の上で、なおかつ望んだことです。もしうまくいかなかったとしても、誰かに苦情を申し立てられる筋合いではありません。しかし正直なところ、この年になるとひどく身体にこたえます」

青豆は言った。「でもつばさちゃんはそのうちに、ある日突然戻ってくるかもしれませんよ。お金も持っていないし、ほかに行くところもないのですから」

「そう考えたいところだけど、そんなことは起こらないでしょう」と老婦人はどことなく抑揚を欠いた声で言った。「あの子はまだ十歳ですが、それなりに思うところがあり、決心をしてここを出て行ったのです。自分から戻ってくることはおそらくありません」

青豆は「失礼します」と言って立ち上がり、ドアの近くにあるサービス・テーブルに行き、青い切り子細工のグラスにアイスティーを注いだ。とくに喉は渇いていなかったが、席を立って一拍間を置きたかった。彼女はソファに戻ってアイスティーを一口飲み、グラスをテーブルのガラスの上に置いた。

「つばさの話はとりあえずここまでです」と老婦人は、青豆がソファに身体を落ち着けるのを待って言った。そして気持ちに区切りをつけるように、首筋をまっすぐ伸ばし、身体の前で両手の指をしっかりと組んだ。

「これから先は『さきがけ』とそのリーダーの話をしましょう。彼について知り得たことを、あなたにお話しします。それが今日あなたにここに来てもらったいちばん大事な用件です。もちろん結果的に、つばさに関わった用件にもなるわけですが」

　青豆は肯いた。それは彼女の予測していたことでもあった。

「この前にもお話ししたように、そのリーダーという人物を、私たちは何があっても処理しなくてはなりません。つまりあちらの世界に移ってもらうということです。あなたも知ってのとおり、この人物は十歳前後の少女をレイプすることを習慣にしています。すべて初潮をまだ迎えていない少女たちです。そのような行為を正当化するために、勝手な教義をでっちあげ、教団のシステムを利用しています。私はそれについてできる限り詳しく調査をしました。しかるべき筋に調査を依頼し、いささかのお金を使いました。簡単なことではありませんでした。予想したよりたくさんの金額が必要とされました。しかし何はともあれ、これまでこの男にレイプされたと思われる少女を四人まで特定することができました。その四人目がつばさです」

　青豆はアイスティーのグラスをとって一口飲んだ。味はなかった。口の中に綿が入っていて、すべての味を吸収してしまうみたいに。

「詳細はまだ判明していないのですが、四人の少女のうちの少なくとも二人は、今もなお教団の中で生活しています」と老婦人は言った。「彼女たちはリーダーの側近として巫女のような役目を果たしているということです。一般信者の前に姿を現すことはありません。その少女たちが自分の意思で教団の中に残っているのか、あるいは逃げ出せなくて、そこに留まらざるを得なかったのか、それはわかりません。彼女たちとリーダーとのあいだに今でも性的な関係があるのかどうか、それも判明していません。しかしいずれにせよ、リーダーと彼女たちは同じところで生活をしているようです。まるで家族のように。リーダーの住居のあるエリアは完全なオフリミットで、一般信者は近寄ることができません。多くのものごとが謎に包まれています」

切り子のグラスがテーブルの上で汗をかき始めていた。老婦人は間を置いて呼吸を整えてから、また話を続けた。

「ひとつ確かなことがあります。四人のうちの最初の犠牲者は、リーダーの実の娘だということです」

青豆は顔をしかめた。顔の筋肉がひとりでに動いて、大きく歪んだ。何かを言おうと思ったが、言葉は音声にならなかった。

「そうです。その男はいちばん最初に実の娘を犯したと考えられています。七年前、その子が十歳のときに」と老婦人は言った。

老婦人はインターフォンの受話器をとりあげ、シェリー酒の瓶とグラスを二つ、タマルに持ってこさせた。そのあいだ二人は押し黙って、それぞれの抱えた思いを整理していた。タマルがトレイにシェリー酒の新しい瓶と、上品な細いクリスタルのグラスを二つ載せて運んできた。彼はそれらをテーブルの上に並べ、それから鳥の首でもひねるみたいに、きっぱりとした的確な動作で瓶の蓋を開けた。そして音を立ててグラスに注いだ。老婦人が肯くと、タマルは一礼して部屋を出て行った。彼はあいかわらずひと言も口をきかなかった。足音さえ立てなかった。

犬のことだけではなかったのだ、と青豆は思った。自分の目の前から少女が（それも老婦人が何よりも大事にしている少女が）消えてしまったことが、タマルを深く傷つけているのだ。正確にはそれは彼の責任とは言えない。住み込みで働いているわけではないし、特別な用件がない限り、夜になれば歩いて十分ばかりのところにある自分の家に帰って眠る。犬が死んだのも少女が消えたのも、彼がいない夜のあいだに起こったことだ。どちらをとっても防ぎようもないことだった。彼の仕事はあくまで老婦人と「柳屋敷」を警護することであり、敷地の外にあるセーフハウスの安全維持までは手が回りきらない。しかしそれでもなお、それらの出来事はタマルにとっては個人的な失点であったし、自分に向けられた許しがたい侮辱だった。

「あなたにはその人物を処理する用意ができていますか？」と老婦人は青豆に尋ねた。

「できています」と青豆ははっきり返事をした。

「これは簡単な仕事ではありません」と老婦人は言った。「もちろんあなたにやってもらっていることは、いつだって簡単な仕事ではありません。しかし今回はとりわけそうだということです。私の方でやれるだけのことは力を尽くしてやりますが、どこまであなたの安全を確保できるか、私にもまだ確信が持てないのです。おそらくそこにはいつも以上のリスクが含まれるでしょう」

「それは承知しています」

「前にも言ったことですが、あなたを危険な場所に送り込むようなことを、私はしたくありません。しかし正直なところ、今回の件については選択の余地が限られています」

「かまいません」と青豆は言った。「その男をこの世界に生かしておくことはできません」

老婦人はグラスを手に取り、シェリーを一口なめるように飲んだ。それからまたしばらく金魚を眺めていた。

「夏の午後に常温のシェリー酒を飲むのが私は昔から好きなのです。暑いときに冷たいものを飲むのはあまり好きではありません。シェリー酒を飲んでしばらくすると、少し横になって眠ります。知らないうちに眠ってしまうのです。眠りから覚めると、少しだけ暑さが消えています。いつかそのようにして死ねるといいのにと思っています。夏の午後にシェリー酒を少し飲み、ソファに横になって知らないうちに眠ってしまって、そのまま二度と起きなければと」

青豆もグラスを手にとって、シェリー酒を少しだけ飲んだ。青豆はその酒の味があまり好きではない。しかしたしかに何かが飲みたい気分だった。アイスティーのときとは違って、今度はいくらか味が感じられた。アルコールのきつい刺激が舌を刺した。

「正直に答えてほしいのですが」と老婦人は言った。「あなたは死ぬのが怖い？」

返事をするのに時間はかからなかった。青豆は首を振った。「とくに怖くありません。私が私として生きていることに比べれば」

老婦人ははかない笑みを口元に浮かべた。老婦人はさっきよりいくらか若返って見えた。唇にも生気が戻っていた。青豆との会話が彼女を刺激したのかもしれない。あるいは少量のシェリー酒が効果を発揮したのかもしれない。

「でもあなたには好きな男の人が一人いたはずですね」

「はい。しかし私がその人と現実に結ばれる可能性は、限りなくゼロに近いものです。ですからここで私が死んだとしても、それによって失われるのもまた、限りなくゼロに近いものでしかありません」

老婦人は目を細めた。「その男の人と結ばれることはないだろうとあなたが考える、具体的な理由はあるのですか？」

「とくにありません」と青豆は言った。「私が私であるという以外には」

「あなたの方からその人に対して、何か働きかけをするつもりはないのですね？」

青豆は首を振った。「私にとって何より重要なのは、自分が彼を心から深く求めているという事実です」

老婦人は感心したようにしばらく青豆の顔を見つめていた。「あなたはとてもきっぱりとした考え方をする人ですね」

「そうする必要があったのです」と青豆は言った。そしてシェリー酒のグラスをかたちだけ唇に運んだ。「好んでそうなったわけではありません」

沈黙が少しのあいだ部屋を満たした。百合の花は頭を垂れ続け、金魚は屈折した夏の光の中を泳ぎ続けた。

「リーダーとあなたが二人きりになる状況を設定することは可能です」と老婦人は言った。「簡単なことではありませんし、時間もかなりかかるでしょう。しかし最終的には、私にはそれができます。そこであなたはいつもと同じことをしてくれればいいのです。ただし今回、あなたはそのあと姿を消さなくてはなりません。顔の整形手術を受けてもらいます。今の仕事ももちろん辞め、遠いところに行きます。名前も変えます。これまであなたがあなたとして持っていたものを、すっかり捨ててもらわなくてはなりません。別の人間になるのです。あなたはもちろんまとまった額の報酬を受け取ります。そのほかすべての物事に私が責任を持ちます。それでかまいませんか？」

青豆は言った。「さっきも申し上げましたとおり、私には失うものはありません。仕事も、名前も、東京での今の暮らしも、私にとってはさして意味を持たないものです。異存はありません」

「顔が変わってしまうことも」

「今よりよくなるのかしら？」

「あなたがそう望むのであれば、もちろんそれは可能です」と老婦人は真面目な顔で答えた。「もちろん程度というものはありますが、あなたの希望に沿って顔を作ることはできます」

「ついでに豊胸手術もしてもらった方がいいかもしれませんね」

老婦人は肯いた。「それは良い考えかもしれません。もちろん人目を欺くためにということですが」

「冗談です」と青豆は言って、それから表情を和らげた。「あまり自慢できたものではありませんが、私としては胸はこのままでかまいません。軽くて持ち運びが楽ですし、それに今さら違うサイズの下着に買い換えるのも面倒ですから」

「それくらい好きなだけ買ってあげます」

「それも冗談です」と青豆は言った。

老婦人も微笑を浮かべた。「ごめんなさい。あなたが冗談を言うことにあまり慣れていなかったものだから」

「整形手術を受けることには抵抗はありません」と青豆は言った。「これまで整形手術を受けたいと思ったことはありませんが、今それを拒否する理由もありません。もともと気に入っている顔ではありませんし、とくに気に入ってくれた人もいません」

「お友だちも失うことになりますよ」

「友だちといえるような人は私にはいません」と青豆は言った。それから彼女はふとあゆみのことを思い出した。私が何も言わずに突然姿を消してしまったら、あゆみは淋しく思うかもしれない。あるいは裏切られたように感じるかもしれない。でもあゆみを友だちと呼ぶことにはそもそもの最初から無理があった。警官を友だちにするには、青豆はあまりにも危険な道を歩んでいる。

「私には二人の子どもがいました」と老婦人は言った。「男の子と、三歳下の妹。娘の方は死にました。前にも言ったように、自殺をしたのです。彼女には子供はいません。息子の方は、いろんな事情があり、私とは長いあいだうまくいっていません。今では口をきくこともほとんどありません。孫が三人いますが、久しく会っていません。しかしもし私が死んだら、私の保有している財産の多くは一人息子と、その子供たちのところに遺贈されるはずです。ほとんど自動的に。最近は昔と違って、遺言状というものはそれほど効力を持たないのです。それでも今のところ、私には自由になるお金がかなりあります。もしあなたが今回の仕事をうまく成し遂げてくれたら、あなたのためにその多くを譲りたいと思っています。誤解しないでほしいのですが、何もあなたをお金で買い取ろうというつもりはありません。私が言いたいのは、私はあなたのことを、どちらかというと実の娘のように感じているということです。あなたが私の本当の娘であればよかったのにと思っています」

　青豆は静かに老婦人の顔を見ていた。老婦人は思い出したように、手にしていたシェリー酒のグラスをテーブルの上に置いた。そして後ろを振り向き、百合の艶やかな花弁に目をやった。その豊満な匂いを嗅ぎ、それからもう一度青豆の顔を見た。

「さっきも言った通り、私はつばさを引き取って養女にしようと考えていました。なのに結局彼女を失ってしまいました。あの子の力になってあげることもできませんでした。ただ手をこまねいて、夜の暗闇の中に一人で消えていくのを見送っていただけです。そして今度は、これまでになく危険な場所にあなたを送り込もうとしています。本当ならこんなことはしたくない。でも残念ながら今のところ、目的を果たす方法はほかに見あたりません。私にできることといえば、その現実的な埋め合わせをするくらいです」

　青豆は黙って耳を澄ませていた。老婦人が沈黙すると、ガラス戸の向こうからくっきりとした鳥のさえずりが聞こえた。ひとしきり啼いてからどこかに去っていった。

「その男は何があろうと処理されなくてはなりません」と青豆は言った。「それが今何より大事なことです。私をそのように大事に思って下さることには深く感謝しています。ご存じだとは思いますが、私はわけがあって両親を捨てた人間です。わけがあって、子供の頃に両親に見捨てられた人間です。肉親の情みたいなものとは無縁な道を歩むことを余儀なくされました。一人で生き延びるためには、そういう心のあり方に自分を適応させなくてはならなかったのです。容易なことではありませんでした。ときどき自分が何かの残り滓みたいに思えたものです。意味のない、汚らしい残り滓みたいに。ですから、そのように言っていただけることをとてもありがたく思います。しかし考え方や生き方を変えるにはいささか遅すぎます。でもつばさちゃんはそうではありません。彼女にはまだ救いがあるはずです。簡単にあきらめないでください。希望を失わずにあの子を取り返して下さい」

　老婦人は肯いた。「私の言い方が悪かったようです。もちろんつばさのことはあきらめてはいません。何があろうと全力を尽くしてあの子を取り戻すつもりでいます。しかし見てのとおり、今の私はあまりに疲れすぎています。あの子の力になれなかったことで、深い無力感にとりつかれています。今しばらくの時間が必要です。活力を取り戻すために。それとも私はもう歳を取りすぎたのかもしれません。どれだけ待っても、そんな力はもう二度と戻ってこないのかもしれない」

　青豆はソファから立ち上がって、老婦人のところに行った。アームチェアの肘掛けに腰を下ろし、手を伸ばしてその細くてすらりとした上品な手を握りしめた。

　青豆は言った。「あなたはとんでもなくタフな女性です。ほかの誰よりも強く生きていけます。今はがっかりして、お疲れになっているだけです。横になって少しお休みになった方がいい。目が覚めたときには元のようになっているはずです」

「ありがとう」と老婦人は言って青豆の手を握りかえした。「たしかに少し眠った方がいいかもしれません」

「私はそろそろ失礼します」と青豆は言った。「連絡をお待ちしています。身辺も整理しておきます。そんなにたくさん荷物があるわけでもありませんが」

「身軽に移動できるようにしておいて。足りないものがあれば、私のほうですぐに用意できますから」

　青豆は老婦人の手を放し、立ち上がった。「おやすみなさい。何もかもきっとうまくいきます」

　老婦人は肯いた。そして椅子の中で目を閉じた。青豆はもう一度テーブルの上の金魚鉢に目をやり、百合の匂いを吸い込み、その天井の高い居間をあとにした。

玄関ではタマルが彼女を待っていた。五時になっていたが、太陽はまだ空高くにあり、その勢いはまったく失われていなかった。彼の黒いコードバンの靴は例によってきれいに磨き上げられ、その光を眩しく反射していた。ところどころに白い夏の雲が見えたが、それは太陽の邪魔をしないように、隅の方に身を寄せていた。梅雨が明けるにはまだ早すぎたが、ここのところ何日か真夏を思わせる日が続いていた。蝉の声が庭の木立の中から聞こえた。その声はまだそれほど大きくはない。どちらかといえば遠慮がちなものだ。しかしそれは確実な先触れだった。世界の仕組みはいつもどおりに維持されていた。蝉が鳴き、夏の雲が流れ、タマルの革靴にはひとつの曇りもない。しかし青豆にはそれがなぜか新鮮なことのように思えた。世界がこうして変わりなく維持されていることが。

「タマルさん」と青豆は言った。「少し話していいかな。時間はある?」

「いいよ」とタマルは言った。表情は変わらない。「時間はある。時間を潰すのが俺の仕事の一部だからな」彼は玄関を出たところにあるガーデンチェアに腰を下ろした。青豆も隣りの椅子に腰を下ろした。突きだした軒が陽光を遮り、二人は涼しげな陰の中にいた。新しい草の匂いがした。

「もう夏だな」とタマルは言った。

「蝉も鳴き始めた」と青豆は言った。

「今年は蝉が鳴き始めるのがいつもより少し早いみたいだ。この一帯はこれからまたしばらくうるさくなる。耳が痛くなるくらいな。ナイアガラ瀑布の近くの町に泊まったとき、ちょうどそんな音がしていた。朝から晩まで途切れなくそれが続くんだ。百万匹もの大小の蝉が鳴いているような音が」

「ナイアガラに行ったことがあるんだ」

タマルは肯いた。「あれは世界でいちばん退屈な町だったな。俺は一人でそこに三日もいて、滝の音を聴く以外に何ひとつすることがなかった。音がやかましくて本も読めなかった」

「ナイアガラで一人で三日も何をしていたの？」

タマルはそれには答えなかった。小さく首を振っただけだ。

タマルと青豆はしばらく何も言わずささやかな蟬の声に耳を澄ませていた。

「ひとつ頼みごとがあるの」と青豆は言った。

タマルはいくらか興味を惹かれたようだった。青豆はそうしょっちゅう頼みごとをするタイプではない。

彼女は言った。「ちょっと普通じゃない頼み事なの。不愉快に思ったりしないでくれるといいんだけど」

「俺にできるかできないかはわからんけれど、聞くだけは聞いてみよう。いずれにせよ、礼儀としてご婦人の頼み事を不愉快に思ったりはしない」

「拳銃がひとつ必要なの」と青豆は事務的な声で言った。「ハンドバッグに入るくらいのサイズ。反動が少なくて、それでいてある程度の破壊力があり、性能に信頼の置けるもの。モデルガンの改造品とか、フィリピン製のコピーものみたいなのは困る。使うとしても一度しか使わない。弾丸もたぶん一発あればいい」

沈黙があった。そのあいだタマルは青豆の顔から目をそらさなかった。その視線は一ミリも動かなかった。

　タマルは念を押すようにゆっくりと言った。「この国では一般市民が拳銃を所持することは、法律で禁止されている。それは知っているね？」

「もちろん」

「念のために言っておくが、俺はこれまで刑事責任を問われたことは一度もない」とタマルは言った。「言い換えれば、前科はないということだよ。司法の側に見落としのようなことがいくつかあったかもしれない。そこまではあえて否定しない。しかし記録の上からいえば、俺はまったく健全な市民だ。清廉潔白、汚点ひとつない。ゲイではあるけれど、それは法律に反していない。税金は言われたとおりに納めているし、選挙で投票もする。俺が投票する候補者が当選したためしはないけどな。駐車違反の罰金だって期限内に全部払った。スピード違反で捕まったことはこの十年間一度もない。国民健康保険にも入っている。ＮＨＫの受信料も銀行振り込みで払っているし、アメリカン・エクスプレスとマスターカードを持っている。そんなことをするつもりは今のところないが、もし望むなら三十年の住宅ローンを組むことだってできるはずだ。そして自分がそのような立場にあることを、俺としては常々喜ばしく思っている。あんたはそういう社会の礎石と言ってもおかしくない人物に向かって、拳銃の手配を頼んでいるんだ。それはわかっているのか？」

「だから気を悪くしないでくれるといいんだけどって言ったじゃない」

「ああ、それは聞いたよ」

「申し訳ないとは思うけど、あなたのほかには、そんなことを頼めそうな人は一人も思いつかなかったから」

タマルは喉の奥で小さなくぐもった音を立てた。それは押し殺されたため息のように聞こえなくもなかった。「もし仮に俺がそういう手配のできる立場にあったならということだけど、常識的に考えて、俺はたぶんあんたにこう質問するだろうね。いったいそれで誰を撃つつもりなのかって」

青豆は人差し指で自分のこめかみをさした。「たぶんここを」

タマルはその指をしばらく無表情に眺めていた。「その理由は、と俺は更に質問するだろうな」

「つかまりたくないから。死ぬのは怖くない。刑務所に行くのも、おそろしく不愉快ではあるけれど、まあ許容するしかないと思う。しかしわけのわからない連中に捕らえられて、拷問されたりするのは困る。私としては誰の名前も出したくないから。言う意味はわかるでしょう？」

「わかると思う」

「誰かを撃つつもりはないし、銀行を襲うつもりもない。だから二十連発セミオートマチックみたいな大げさなものはいらない。コンパクトで反動の少ないものがいい」

「薬という選択肢もある。拳銃を手に入れるより、その方が現実的だ」

「薬は取り出して飲み込むまでに時間がかかる。カプセルをかみ砕く前に口の中に手を突っ込まれたら、身動きがとれなくなる。でも拳銃があれば、相手を牽制しながらものごとを処理することができる」

タマルはそれについてしばらく考えていた。右側の眉がいくらか持ちあげられた。

「俺としては、できることならあんたを失いたくない」と彼は言った。「俺はあんたのことがわりに気に入っているんだ。つまり個人的に」

青豆はほんの少し微笑んだ。「人間の女にしては、ということ？」

タマルは表情を変えずに言った。「男にせよ女にせよ、あるいは犬にせよ、俺はそれほど多くの相手を気に入るわけじゃない」

「もちろん」と青豆は言った。

「しかしそれと同時に、マダムの安寧と健康を護るのが、俺の目下の最重要事項になっている。そして俺はなんというか、ある種のプロだ」

「言うまでもなく」

「そういう観点から見て、俺にどんなことができるものか、ちょっと調べてみようと思う。保証はできない。しかしひょっとしたら、あんたの要望にこたえられる知り合いを見つけることができるかもしれない。ただしこれはきわめて微妙なものごとだ。通信販売で電気毛布を買うのとはわけが違う。返事できるまでに、一週間くらいはかかるかもしれない」

「それでかまわない」と青豆は言った。

タマルは目を細め、蟬の鳴いている木立を見上げた。「いろんなことがうまくいくことを祈っている。それが妥当なことであれば、俺にできる限りのことはする」

「ありがとう。この次がおそらく私の最後の仕事になると思う。ひょっとしたらもうタマルさんに会うこともないかもしれない」

タマルは両手を広げ、手のひらを上に向けた。まるで砂漠の真ん中に立って、雨が降ってくるのを待ち受けている人のように。でも何も言わなかった。大きな分厚い手のひらだった。ところどころに傷がついている。それは身体の一部というよりは、巨大な重機の部品のように見えた。

「さよならを言うのはあまり好きじゃない」とタマルは言った。「俺は両親にさよならを言う機会さえ持てなかった」

「亡くなったの？」

「生きているか死んでいるかも知らない。俺はサハリンで終戦の前の年に生まれた。サハリン南部は日本の領土になって当時樺太と呼ばれていたが、一九四五年の夏にソビエト軍に占領されて、両親は捕虜になった。父親は港湾施設で働いていたらしい。日本人の民間人捕虜の大半はほどなく本国に送還されたが、俺の両親は労働者として送られてきた朝鮮人だったから、日本には戻してもらえなかった。日本政府は引き取りを拒否した。終戦とともに朝鮮半島出身者はもう大日本帝国臣民ではなくなったという理由で。ひどい話だ。親切心ってものがないじゃないか。希望すれば北朝鮮には行けたが、南には戻してもらえなかった。ソビエトは当時韓国の存在を認めていなかったからな。俺の両親は釜山《プサン》近郊の漁村の出身で、北に行く気はなかった。親戚も知り合いも北には一人もいない。まだ赤ん坊だった俺は、日本人の帰国者の手に託されて、北海道に渡った。当時のサハリンの食糧事情は最悪に近いものだったし、ソビエト軍の捕虜の扱いもひどかった。両親には俺のほかに何人か小さな子供がいたし、俺をそこで育てることはむずかしそうだった。先に一人で北海道に帰しておいて、あとで再会できると思ったんだろう。あるいは体《てい》よく厄介払いをしたかっただけかもしれん。詳しい事情はわからん。いずれにせよ再会することはなかった。両親はたぶん今でもサハリンに残っているはずだ。まだ死んでいなかったらということだが」

「両親のことは何も覚えていない？」

「何ひとつ覚えていない。別れたときはまだ一歳とちょっとだったからな。俺はしばらくその夫婦に育てられたあと、函館近郊の山中にある孤児のための施設に入れられた。その夫婦にも俺の面倒をずっとみるような余裕はなかったんだろう。カトリックの団体が運営している施設だが、それはタフな場所だったよ。終戦直後にはやたらたくさん孤児がいて、食糧も暖房も不足していた。生き延びるためにはいろんなことをしなくちゃならなかった」、タマルは自分の右手の甲にちらりと目をやった。「そこでかたちだけの養子縁組をして日本国籍をとり、日本人の名前をもらった。田丸健一。本名は朴《パク》としかわからん。そして朴という名前の朝鮮人は星の数ほどいる」

　青豆とタマルはそこに並んで座り、それぞれに蟬の声に耳を澄ませていた。

「新しい犬を飼った方がいい」と青豆は言った。

「マダムにもそう言われている。アパートには新しい番犬が必要だってな。しかしなかなかそういう気持ちになれないんだ」

「気持ちはわかる。でも見つけた方がいい。私は人に忠告できるような立場にはないけれど、そう思う」

「そうするよ」とタマルは言った。「訓練を受けた番犬はやはり必要だ。なるべく早く犬屋に連絡しよう」

　青豆は腕時計に目をやった。そして立ち上がった。日没まではまだしばらく時間がある。しかし空には夕暮れの気配がわずかにうかがえた。青の中に、別の色合いの青が混じり始めていた。シェリー酒の酔いが少し身体に残っていた。老婦人はまだ眠っているだろうか？

「チェーホフがこう言っている」とタマルもゆっくり立ち上がりながら言った。「物語の中に拳銃が出てきたら、それは発射されなくてはならない、と」

「どういう意味？」

タマルは青豆の正面に向き合うように立って言った。彼の方がほんの数センチだけ背が高かった。「物語の中に、必然性のない小道具は持ち出すなということだよ。もしそこに拳銃が出てくれば、それは話のどこかで発射される必要がある。無駄な装飾をそぎ落とした小説を書くことをチェーホフは好んだ」

青豆はワンピースの袖をなおし、ショルダーバッグを肩にかけた。「そしてあなたはそのことを気にしている。もし拳銃が登場したら、それは必ずどこかで発砲されることになるだろうと」

「チェーホフの観点からすれば」

「だからできることなら私に拳銃を渡したくないと考えている」

「危険だし、違法だ。それに加えてチェーホフは信用できる作家だ」

「でもこれは物語じゃない。現実の世界の話よ」

タマルは目を細め、青豆の顔をじっと見つめた。それからおもむろに口を開いた。「誰にそんなことがわかる？」

第2章 天吾

魂のほかには何も持ち合わせていない

ヤナーチェックの『シンフォニエッタ』のレコードをターンテーブルに載せ、オートマチック・プレイのボタンを押した。小澤征爾の指揮するシカゴ交響楽団。ターンテーブルが一分間に33回転のスピードでまわり出し、トーンアームが内側に向けて動き、針がレコードの溝をトレースする。そしてブラスのイントロに続いて、華やかなティンパニの音がスピーカーから出てきた。天吾《てんご》がいちばん好きな部分だ。

彼はその音楽を聴きながら、ワードプロセッサーの画面に向かって文字を打ち込んでいった。朝の早い時刻にヤナーチェックの『シンフォニエッタ』を聴くことは、日々の習慣のひとつになっていた。高校生のときに即席の打楽器奏者としてその曲を演奏して以来、それは天吾にとっての特別な意味を持つ音楽になっていた。その音楽はいつも彼を個人的に励まし、護ってくれた。少なくとも天吾はそのように感じていた。

年上のガールフレンドと一緒にヤナーチェックの『シンフォニエッタ』を聴くこともあった。「なかなか悪くない」と彼女は言った。しかし彼女はクラシック音楽よりは古いジャズのレコードが好きだった。それも古ければ古いほど良いみたいだった。その年代の女性にしてはいくぶん変わった趣味だ。とくに好きなのは、若い頃のルイ・アームストロングがＷ・Ｃ・ハンディーのブルーズを集めて歌ったレコードだった。バーニー・ビガードがクラリネットを吹き、トラミー・ヤングがトロンボーンを吹いている。彼女はそのレコードを天吾にプレゼントした。でもそれは天吾に聴かせるためというよりは、むしろ自分が聴くためだった。

　二人はセックスのあと、ベッドに入ったままよくそのレコードを聴いた。何度聴いても彼女はその音楽に飽きることがなかった。「ルイのトランペットと歌ももちろん文句のつけようがなく見事だけど、私の意見を言わせてもらえるなら、ここであなたが心して聴かなくてはならないのは、なんといってもバーニー・ビガードのクラリネットなのよ」と彼女は言った。とはいえ、そのレコードの中でバーニー・ビガードがソロをとる機会は少なかった。そしてどのソロもワン・コーラスだけの短いものだった。それはなんといってもルイ・アームストロングを主役にしたレコードだったから。しかし彼女はビガードの少ないソロのひとつひとつを慈しむように記憶しており、それにあわせていつも小さくハミングした。

　バーニー・ビガードより優れたジャズ・クラリネット奏者はほかにいるかもしれない。しかし彼のように温かく繊細な演奏のできるジャズ・クラリネット奏者は、どこを探してもいない、と彼女は言った。彼の演奏は――もちろん素晴らしいときはということだけど――いつもひとつの心象風景になっているの。そう言われても、ほかにどんなジャズ・クラリネット奏者がいるのか、天吾は知らない。しかしそのレコードに収められたクラリネットの演奏が美しいたたずまいを持ち、押しつけがましくなく、滋養と想像力に富んだものであることは、何度も聴いているうちに天吾にも少しずつ理解できるようになった。しかしそれを理解するためには、注意深く耳を澄まさなくてはならなかった。有能なガイドも必要だった。ただ漠然と聴いているだけでは聴き逃してしまう。

「バーニー・ビガードは天才的な二塁手のように美しくプレイをする」と彼女はあるとき言った。「ソロも素敵だけど、彼の美質がもっともよくあらわれるのは人の裏にまわったときの演奏なの。すごくむずかしいことを、なんでもないことのようにやってのける。その真価は注意深いリスナーにしかわからない」

LPのB面六曲目の『アトランタ・ブルーズ』が始まるたびに、彼女はいつも天吾の身体のどこか一部を握り、ビガードが吹くその簡潔にして精妙なソロを絶賛した。そのソロはルイ・アームストロングの歌とソロとのあいだにはさまれていた。「ほら、よく聴いて。まず最初に、小さな子供が発するような、はっとする長い叫び声があるの。驚きだか、喜びのほとばしりだか、幸福の訴えだか。それが愉しい吐息になって、美しい水路をくねりながら進んでいって、どこか端正な人知れない場所に、さらりと吸い込まれていくの。ほらね。こんなわくわくさせられるソロは、彼以外の誰にも吹けない。ジミー・ヌーンも、シドニー・ベシエも、ピー・ウィーも、ベニー・グッドマンも、みんな優れたクラリネット奏者だけど、こういう精緻な美術工芸品みたいなことはまずできない」

「どうしてそんなに古いジャズに詳しいの?」と天吾はあるとき尋ねた。

「私にはあなたの知らない過去がたくさんあるの。誰にも作り替えようのない過去がね」、そして天吾の睾丸を手のひらで優しく撫でた。

朝の仕事を終えたあと、天吾は駅まで散歩をして売店で新聞を買った。そして喫茶店に入って、バタートーストと固ゆで卵のモーニング・セットを注文し、それができるのを待つあいだコーヒーを飲みながら新聞を広げた。小松の予告したとおり、社会面にふかえりの記事があった。それほど大きな記事ではない。紙面の下の方の、三菱自動車の広告の上にそれは掲載されていた。
「話題の高校生作家失踪か」と見出しにはあった。

　現在ベストセラーとなっている小説『空気さなぎ』の著者である「ふかえり」こと深田絵里子さん（17歳）の行方がわからなくなっていることが、＊＊日午後までに明らかになった。青梅署に捜索願を出した保護者である文化人類学者、戎野《えびすの》隆之氏（63歳）によれば、六月二十七日の夜から絵里子さんは青梅市の自宅にも東京都内のアパートにも戻っておらず、連絡も途絶えている。戎野氏は電話での取材に応じて、最後に会ったときの絵里子さんはいつもと変わりなく元気な様子で、姿を消す理由もまったく思いあたらない、これまでに無断で家に帰らないようなことは一度もなかったし、事件の可能性を心配していると語った。『空気さなぎ』の出版元＊＊社の担当編集者である小松祐二氏は「本は六週間にわたってベストセラー上位に入り注目を浴びているが、深田さんはマスコミに顔を出すことを好んでいなかった。今回の失踪騒ぎにそのような本人の意向が関係しているのかどうか、社としてはまだ把握できていない。深田さんは若くして豊かな才能を持ち、将来を期待できる作家であり、一刻も早く元気な姿を見せてくれることを祈っている」と語った。警察はいくつかの可能性を視野に入れて捜査を進めている。

現在の段階で新聞に書けるのはこれくらいのものだろうと天吾は思った。大きくセンセーショナルに取り上げて、その二日後にふかえりが何ごともなくふらりと帰宅したりしたら、記事を書いた記者は赤恥をかくし、新聞の立場だってなくなる。警察についてもだいたい同じことが言える。どちらもまずは観測気球のような簡潔で中立的な声明を出しておいて、しばらく成り行きを見る。世間の動向をうかがう。話が大きくなるのは、週刊誌がとりあげ、テレビのニュースショーが騒ぎ出してからだ。それまでにはまだ数日の猶予がある。

しかし遅かれ早かれホットな事態が到来するであろうことには、疑問の余地はなかった。『空気さなぎ』はベストセラーになり、著者であるふかえりは人目をひく十七歳の美しい少女だった。その行方がわからなくなっているのだ。騒ぎが大きくならないわけがない。彼女が誰かに誘拐されたのではなく、あるところに一人で身を潜めていると知っているのは、この世の中におそらく四人しかいない。本人はもちろん知っている。天吾も知っている。戎野先生も娘のアザミも知っている。しかしほかの誰も、その失踪騒ぎが世間の耳目を集めるための狂言であることを知らない。

自分がそれを知っていることを喜ぶべきなのか、あるいは憂慮するべきなのか、天吾にはうまく判断できなかった。たぶん喜ぶべきなのだろう。ふかえりの身の上について気をもまなくてすむのだから。彼女は安全な場所にいる。しかしそれと同時に、自分がそのややこしい陰謀に加担するような立場に置かれてしまったことも確かだった。戎野先生は梃子《てこ》を使って大きな不吉な岩を持ち上げ、そこに太陽の光をあて、岩の下から何が這い出てくるか見届けようと待ち構えている。天吾は心ならずもその隣りに立たされている。何が出てくるのか、天吾は知りたいとは思わなかった。そんなものはできることなら見たくなかった。出てくるのはどうせろくでもない面倒なものに決まっている。しかし見ないわけにはいかないだろうという気がした。

天吾はコーヒーを飲み、トーストと卵を食べてしまうと、読み終えた新聞を置いて喫茶店を出た。そしてアパートに戻り、歯を磨いてシャワーを浴び、予備校に出かける支度をした。

予備校の昼休みに、天吾は知らない人物の訪問を受けた。午前中の講義を終え、職員用のラウンジで一休みし、まだ目を通していない何紙かの朝刊を広げているところだった。理事長の秘書がやってきて、あなたに会いたいという人が来ている、と言った。彼女は天吾より一歳年上で、有能な女性だった。肩書きこそ秘書だが、予備校の経営に関する実務のほとんどを彼女が処理していた。美人というには顔の造作がいささか乱雑だったが、スタイルがよくて、服装のセンスも素晴らしかった。

「牛河さんっていう男の人」と彼女は言った。

その名前に聞き覚えはなかった。

何故かはわからないが、彼女は少し顔をしかめた。「大事な話なんで、できれば二人だけで話したいって」

「大事な話？」と天吾は驚いて言った。この予備校で、大事な話が彼のところに持ち込まれるようなことはまずない。

「応接室が空いているからとりあえずそちらに通しておいた。本当は天吾くんみたいな下っ端が、そんなところを勝手に使っちゃいけないんだけど」

「どうもありがとう」と天吾は礼を言った。とっておきの微笑みも浮かべた。

しかし彼女はそんなものには見向きもせず、アニエスベーの新しいサマー・ジャケットの裾を翻して、早足でどこかに行ってしまった。

牛河は背の低い、四十代半ばとおぼしき男だった。胴は既にすべてのくびれを失って太く、喉のまわりにも贅肉がつきかけている。しかし年齢については天吾には自信が持てない。その相貌の特異さ（あるいは非日常性）のおかげで、年齢を推測するための要素が拾い上げにくくなっていたからだ。もっと年上のようでもあるし、もっと若いようでもある。三十二歳から五十六歳までのどの年齢だと言われても、言われたとおり受け入れるしかない。歯並びが悪く、背骨が妙な角度に曲がっていた。大きな頭頂部は不自然なほど扁平に禿げあがっており、まわりがいびつだった。その扁平さは、狭い戦略的な丘のてっぺんに作られた軍用ヘリポートを思い起こさせた。ヴェトナム戦争のドキュメンタリー映画でそういうのを見たことがある。扁平でいびつな頭のまわりにしがみつくように残った太い真っ黒な縮れ毛は、必要以上に伸びすぎて、とりとめなく耳にかかっていた。その髪のありようはおそらく、百人のうちの九十八人に陰毛を連想させたはずだ。あとの二人がいったい何を連想するのか、天吾のあずかり知るところではない。

この人物は体型から顔立ちから、すべてが左右非対称にできているらしかった。天吾は一日見てまずそのことに気がついた。もちろん人の身体は多かれ少なかれ左右非対称にできているものだし、それ自体はとくに自然の理に反したことではない。彼自身、右と左とではまぶたのかたちがいくぶん違っている。左の睾丸は、右の睾丸より少し下がったところに位置している。我々の身体は工場で規格どおりに造られた量産品ではないのだ。しかしこの男の場合、その左右の違い方が常識の範囲を超えていた。その誰にでもはっきりと視認できるバランスの狂いが、対面している相手の神経をいやおうなく刺激し、居心地を悪くさせた。まるで屈曲した（そのくせに嫌になるくらい鮮明な）鏡を前にしているときのように。

　彼の着たグレーのスーツには無数の細かいしわがよっていた。それは氷河に浸食された大地の光景を思わせた。白いシャツの片方の襟は外にはねて、ネクタイの結び目は、まるでそこに存在しなくてはならないことの不快さに身をよじったみたいに歪んでいた。スーツもネクタイもシャツも、少しずつサイズが合っていなかった。ネクタイの柄は、腕の悪い画学生が、素麺《そうめん》がのびてもつれたところを心象的に描写したものかもしれない。どれも安売りの店で間に合わせに買ってきたもののようだ。しかしそれでも長く見ていると、着られている服の方がだんだん気の毒に思えてきた。天吾は自分が着る服にはほとんど気を配らないが、他人の着こなしが妙に気になる性格だった。彼がこの十年間のあいだに出会った人々の中からワーストドレッサーを選ぶとしたら、この人物はそのかなり短いリストの中に入るはずだ。ただ単に着こなしがひどいだけではない。そこには服飾という概念そのものを意図的に冒瀆《ぼうとく》しているような印象さえうかがえた。

　天吾が応接室に入っていくと、相手は立ち上がって名刺入れから名刺を取り出し、一礼して天吾に差し出した。渡された名刺には「牛河利治」とあった。その下にローマ字でUshikawa Toshiharuと印刷されていた。肩書きには「財団法人　新日本学術芸術振興会　専任理事」とある。協会の住所は千代田区麹町《こうじまち》で、電話番号が添えられていた。「新日本学術芸術振興会」というのがどのような団体で、専任理事というのがどのようなポジションなのか、そんなことはもちろん天吾にはわからない。しかし名刺は浮き彫りのマークが入った立派なものだったし、間に合わせの作り物のようには見えなかった。天吾はしばらくその名刺を眺めてから、もう一度男の顔を見た。「新日本学術芸術振興会専任理事」という肩書きに、これくらいそぐわない印象を与える人物もまずいないのではないかと天吾は思った。

二人はそれぞれに一人用のソファに腰掛け、低いテーブルをはさんで、顔を見合わせた。男はハンカチで何度かごしごしと額の汗を拭いてから、その気の毒なハンカチを上着のポケットに戻した。受付の女性が二人にお茶を運んできた。天吾は彼女に礼を言った。牛河は何も言わなかった。

「ご休憩のところに、アポも入れずにお邪魔して、いや、まことに申し訳ありませんでした」と牛河は天吾に詫びた。言葉づかいはいちおう丁寧だが、口調には妙にくだけた響きがあった。天吾はその響きがもうひとつ気に入らなかった。「ああ、お食事は済まされました？　もしよろしければ、外に出て何か食べながらでも」

「仕事中は昼食はとりません」と天吾は言った。「午後の講義が終わってから、軽く何か食べます。だから食事のことは気になさらないで下さい」

「承知しました。ここでお話させていただきましょう。ここならゆっくりと静かにお話ができそうですから」、彼は応接室の中を、値踏みするみたいにぐるりと見渡した。大した応接室ではない。どこかの山を描いた大きな油絵がひとつ壁にかかっている。使われた絵の具の目方はかなりのものになるだろうという以上の感興は抱けない。花瓶にはダリアに似た花がいけられていた。

機転のきかない中年女性を連想させるいかにも鈍重な花だった。いったい何のために受験予備校がこんな陰鬱な応接室を必要とするのか、天吾には見当もつかない。

「申し遅れました。名刺にもありますとおり、牛河と申します。友だちはみんなウシ、ウシと呼びます。誰も牛河くんなんてきちんと呼んじゃくれません。ただのウシです」と牛河は言って、笑みを浮かべた。

友だち？　いったいどのような人間が、進んでこの男の友だちになるのだろう、と天吾はふと疑問を抱いた。純粋な好奇心から生まれてくる疑問だ。

第一印象を正直に語るなら、牛河という男は天吾に、地面の暗い穴から這い出てくる気味の悪い何かを連想させた。ぬるぬるとした正体のよくわからない何か、本当は光の中に出てきてはならない何かだ。ひょっとしたら、この男が戎野先生が岩の下から導き出したもののひとつなのかもしれない。天吾は無意識に眉をひそめ、まだ手の中にあった名刺をテーブルの上に置いた。牛河利治、それがこの男の名前だ。

「川奈さまもお忙しいでしょう。ですから余計な前置きはこの際、端折《はしょ》らせていただきます。肝心なところだけをお話しいたします」と牛河は言った。

天吾は小さく肯いた。

牛河は一口お茶を飲み、それから切り出した。「川奈さまはおそらく『新日本学術芸術振興会』という名前を耳にされたことはないと思います（天吾は肯いた）。比較的新しく設立されました財団法人でして、学術や芸術の分野で独自の活躍をしておられる若い世代の方々、とくにまだ世間にあまり名前を知られていない方々を選抜し、援助をさせていただく、ということを活動の中心にしております。要するに、日本の現代文化の各種分野におきまして、次の時代を担う若い芽を育てていこうじゃないか、という趣旨のものです。各部門につきまして専門のリサーチャーと契約し、候補者の人選をします。毎年五人の芸術家・研究者が選抜され、助成金を受けとります。一年間、好きなことを好きなようにしていただいてけっこうです。紐みたいなものはついていません。ただ年度末に、かたちだけのレポートを出していただきます。一年間にどのような活動をなさって、どのような成果があげられたか、簡単に書いていただければそれで結構です。それが当財団の発行している雑誌に掲載されます。面倒なことは何もありません。まだこのような活動を始めたばかりなので、何はともあれ実績をかたちにして残すというのがまず重要な作業になっておるわけです。要するにまだ種子を蒔《ま》いているという段階なのです。具体的に申し上げますと、一人あたり三百万円の年間助成金が出ます」

「ずいぶん気前がいい」と天吾は言った。

「何か重要なものを創り上げるには、あるいは何か重要なものを見つけ出すには、時間がかかりますし、お金がかかります。もちろん時間とお金をかければ立派なことが成し遂げられるというものじゃありません。しかしどちらも、あって邪魔にはなりません。とくに時間の総量は限られています。時計は今もちくたくと時を刻んでいます。時はどんどん過ぎ去っていきます。チャンスは失われていきます。そしてお金があれば、それで時間を買うことができます。買おうと思えば、自由だって買えます。時間と自由、それが人間にとってお金で買えるもっとも大事なものです」

天吾はそう言われて、ほとんど反射的に腕時計に目をやった。たしかに時間はちくたくと休みなく過ぎ去っていた。

「お時間をとらせて申し訳ありません」と牛河はあわてて言った。彼はその動作をデモンストレーションととったようだった。「話を急ぎましょう。もちろん今どき年間三百万円ぽっちでは、贅沢な生活はできません。しかし若い方々が生活をしていく上では、けっこうな足しにはなるはずです。生活のためにあくせく働くことなく、研究や創作に一年間どっぷりと集中していただければというのが、私どものそもそもの意図であるわけです。年度末の査定の際に、一年間のうちに見るべき成果が上がったと理事会で認められれば、一年きりではなく、助成を継続する可能性も残されています」

天吾は何も言わず話の続きを待った。

「この予備校での川奈先生の講義を先日、たっぷり一時間聞かせていただきました」と牛河は言った。「いやいや、とても興味深かったな。私は数学についてはまったくの門外漢というか、どっちかといえば昔から大の苦手でして、学校のときにも数学の授業がいやでいやでしょうがなかったんです。数学って聞いただけで、のたうちまわって、逃げまくっていました。しかし川奈さんの講義は、ああ、これはもう大変に楽しかった。もちろん微積分の論理なんてこれっぽっちもわかりゃしませんが、でもお話を聞いているだけで、そんなに面白いものなら、今からでもちっと数学を勉強してみようかという気持ちになりました。まったく大したもんだ。川奈さんには人並みじゃない才能があります。人をどこかに引きずり込む才能とでもいうのかな。予備校の先生として人気を博しているって聞いてはいましたが、それも当然のことです」

牛河がいつどこで自分の講義を聴講したのか、天吾にはわからない。彼は講義をしているあいだ、教室に誰がいるかをいつも細かく観察している。学生全員の顔を記憶しているわけではないが、もしそこに牛河のような異様な風体の人物がいたら、見逃すわけはない。砂糖壺の中のむかでのように目立つはずだ。しかしそれについてはとくに追及しないことにした。ただでさえ長い話が、ますます長くなってしまう。

「ご存じのように、僕はただの予備校の雇われ講師です」、天吾は少しでも時間を節約するために、自分から口を開いた。「何も数学を研究しているわけじゃありません。既に知識として広まっていることを、学生たちに向かって、ただ面白くわかりやすく説明しているだけです。大学入試の問題を解くためのより有効な方法を教授しているだけです。そういうことにはあるいは向いているかもしれない。でも専門の研究者になることはずっと前にあきらめました。経済的な余裕がなかったこともありますが、学術の世界で身を立てられるだけの素質と能力がないと思ったからです。そんなわけで、牛河さんのお役にはとても立てそうにありません」

牛河はあわてて片手を上げて、その手のひらをまっすぐ天吾に向けた。「いや、そういうことじゃないんです。私はあるいは話をややこしくしてしまったかもしれませんね。そいつはお詫びします。たしかにあなたの数学の講義は面白いです。まことにユニークだし、創意に富んでいる。しかし何もそのことを申し上げたくて、今日ここにうかがったんじゃありません。私どもが注目しているのは、川奈さんの小説家としての活動の方です」

天吾は虚を衝かれて数秒のあいだ言葉を失った。

「小説家としての活動？」と天吾は言った。

「そのとおりです」

「おっしゃっていることがよくわかりませんね。僕はたしかにこの何年か小説を書いています。でも活字になって発表されたことは、まだ一度もありません。そんな人間を小説家と呼ぶこともできないはずです。それがどうしてあなたがたの注目をひくのでしょう?」

　牛河は天吾の反応を見て、いかにも嬉しそうににやりと笑った。彼が笑うとひどい歯並びがむき出しになった。数日前に大波に洗われた浜辺の杭のように、その歯はいろんな角度に曲がり、いろんな方向を模索し、いろんな種類の汚れ方をしていた。今さらそれを矯正することは不可能だろう。しかし少なくとも、誰かが彼に正しい歯の磨き方を教えるべきなのだ。

「そのあたりがですね、私どもの財団のユニークな点なんです」と牛河は得意そうに言った。「私どもの契約しているリサーチャーたちは、ほかの世間の人々がまだ目に留めていないところに目を留めます。それをひとつの目的としているわけです。川奈さんのおっしゃるとおり、たしかにまとまったかたちでは、一度も作品は発表されておりません。それはよくわかっております。しかし川奈さんはこれまでに、ペンネームを使って文芸誌の新人賞に毎年のように応募しておられる。残念ながらまだ受賞はしておられませんが、何度か最終選考には残っています。そして当然のこととして、少なからざる数の人々がそれに目を通しています。そのうちの何人かはあなたの才能に注目しています。近い将来に新人賞をとって、作家としてデビューなさることは間違いないというのが、私どものリサーチャーの評価です。先もの買いというと、言葉はいささか悪いですが、先ほども申しましたように『次の時代を担う若い芽を育てる』というのが私どものそもそもの意図なのです」

天吾は湯飲みを手にとって、少し冷めたお茶を飲んだ。「僕が駆け出しの小説家として、その助成金の候補者になっている。そういうわけですか？」

「そのとおりです。ただ候補者と言いましても、実のところすでに決まったも同然です。受けてもよろしいとおっしゃっていただければ、私の一存でもって話は最終的なものになります。書類にサインをしていただけば、三百万円はすぐにでも銀行に振り込まれます。あなたはこの予備校を半年でも一年でも休職なすって、執筆に打ち込まれればよろしい。現在長編小説を書いておられるという話を聞きました。ちょうど良い機会じゃありませんか」

天吾は顔をしかめた。「僕が長編小説を書いていることを、どうしてあなたが知っているんですか？」

牛河はまた歯を見せて笑った。しかしよく見ると、彼の目はまったく笑っていなかった。瞳の奥にある光はあくまで冷ややかだった。

「私どものリサーチャーは熱心で有能です。何人かの候補者を選び出し、あらゆる角度から調べ上げます。川奈さんが今現在、長編小説を書いておられることは、まわりの何人かはおそらくご存じでしょう。何によらず話というのはもれるもんです」

天吾が長編小説を書いていることを小松は知っている。彼の年上のガールフレンドも知っている。ほかに誰かいただろうか？　たぶんほかにはいないはずだ。

「おたくの財団について少しうかがいたいのですが」と天吾は言った。

「どうぞ。なんでも聞いて下さい」

「運用されるその資金はどこから来ているのですか？」

「ある個人が資金を出しています。その個人が所有する団体が、と言ってもかまいません。現実的なレベルのことを申せば、ここだけの話ですが、税金対策の一環としての役目も果たしています。もちろんそれとは別に、その個人は芸術や学術に深い関心を抱いていますし、若い世代の人々を支援したいと思っています。それ以上詳しいことをここで申し上げるわけにはいきません。その個人は、その個人が所有する団体をも含めて、匿名にとどまることを望んでいます。運営は財団のコミッティーに一任されています。そしてかく申す私も、いちおうそのコミッティーの一員であるわけです」

　天吾はそれについてしばらく考えてみた。しかし考えるべきことはそれほどなかった。牛河が言ったことを頭の中で整理して、そのまま一列に並べただけだ。

「煙草を吸ってかまいませんでしょうかね」と牛河は尋ねた。

「どうぞ」と天吾は言った。そしてガラスの重い灰皿を彼の方に押しやった。

　牛河は上着のポケットからセブンスターの箱を取り出し、口にくわえ、金のライターで火をつけた。ほっそりとした高価そうなライターだった。

「それでいかがでしょう、川奈さん」と牛河は言った。「私どもの助成金を受けていただけるものでしょうか？　正直に申し上げまして、私個人といたしましても、あの愉快な講義を聴講したあとでは、あなたがこれから先どのような文学世界を追求されることになるのか、とても興味を抱いておりますよ」

「このような提案をお持ちいただいたことには、感謝しています」と天吾は言った。「身に余ることです。しかしながらその助成金をいただくわけにはいきません」

牛河は煙を立ち上らせる煙草を指にはさんだまま、目を細め天吾の顔を見ていた。「といいますと？」

「まず第一に、僕としてはよく知らない人からお金をうけとりたくないんです。第二に、今のところお金をとくに必要とはしていません。週に三日予備校で教え、それ以外の日に集中して小説を書くことで、それなりにうまくやってきました。そういう生活をあえて変えたくないんです。その二つが理由です」

　第三に、牛河さん、僕はあなたと個人的に関わりたいという気持ちになれないんです。第四に、この助成金の話はどう考えても胡《う》散臭《さんくさ》い。うまくできすぎている。何か裏がありそうだ。僕はもちろん世界一勘の良い人間ではないけれど、それくらいのことは匂いでわかります。しかしもちろん、天吾はそんなことは口には出さなかった。

「なるほど」と牛河は言った。そして煙を肺にたっぷりと吸い込み、いかにもうまそうに吐き出した。「なるほど。お考えは私なりによくわかります。おっしゃること、筋もとおっている。しかしですね、川奈さん、それはそれ、何もここで即答なさらなくてもいいんですよ。うちにお帰りになって、二三日じっくりと考えてみられたらいかがでしょうね。それからおもむろに結論をお出しになればいい。私どもは急ぎません。ゆっくりと時間をかけて考えて下さい。悪い話じゃないんですから」

　天吾はきっぱりと短く首を振った。「そう言っていただけるのはありがたいですが、今ここではっきり決めてしまった方が、お互い時間や手間の無駄が省けます。助成金の候補に選んでいただけたことは光栄です。こうしてわざわざここまでご足労いただいたことについても、心苦しく思ってます。しかし今回は遠慮させて下さい。これは最終的な結論で、再考の余地はありません」

　牛河は何度か肯き、二口吸っただけの煙草を灰皿の中で惜しそうにもみ消した。

「けっこうです。ご意向はよおくわかりました。川奈さんのご意思は尊重したいと思います。こちらこそお時間を取らせました。残念ですが、今日のところはあきらめて引き上げます」

　しかし牛河は立ち上がる気配をいっこうに見せなかった。頭の後ろをぽりぽりと掻き、目を細めただけだった。

「ただですね、川奈さん、ご自分ではお気づきにならないかもしれませんが、あなたは作家として将来を嘱望されています。あなたには才能がある。数学と文学とはたぶん直接の関係はないのでしょうが、あなたの数学の講義にはまるで物語を聞いているような趣があります。あれは普通の人に簡単にできることではありません。あなたは何か特別な、語るべきことを持っておられる。それは私みたいな人間が見ていても明らかなことです。ですからなるべくご自愛なすった方がいい。老婆心ですが、余計なことには巻き込まれずに、心を決めてまっすぐにご自分の道を歩まれた方がよろしい」

「余計なこと？」と天吾は聞き返した。

「たとえばあなたは『空気さなぎ』を書いた深田絵里子さんと何かしら関係を持っておられるようだ。というか、ああ、これまでに少なくとも何度か会っておられる。そうですね？　そして今日の新聞記事によれば、たまたまさっきその記事を読んだのですが、彼女はどうやら行方不明になっているようだ。メディアはきっとあれこれ騒ぎ始めるでしょうね。話題性抜群のおいしい事件ですからね」

「僕がもし深田絵里子さんに会っているとして、それが何か意味を持つことになりますか？」

牛河はもう一度手のひらを天吾に向けた。小ぶりな手だが、指はむっくりと太い。「まあまあ、そう感情的にならないでくださいな。悪気があって言っているんじゃありません。いや、私が申し上げたいのはですね、生活のために才能や時間を切り売りするのは、良い結果を生まないということです。僭越なようですが、私は川奈さんのような磨けば珠になる優れた才能が、つまらないことでひっかきまわされて、損なわれていくのを見たくないんです。深田さんと川奈さんとのあいだのことがもし世間に知られたりしたら、必ず誰かがおたくにやってきますよ。そしてうるさくつきまとうでしょうね。あることないこと詮索します。なにしろしつこい連中ですから」

天吾は何も言わずに黙って牛河の顔を見ていた。牛河は目を細めて大きな耳たぶをぽりぽりと掻いた。耳は小さいのだが、耳たぶだけが異様に大きい。この人物の身体の作りにはどれだけ見ても見飽きないところがあった。

「いやいや、私の口からは誰にも洩れません」と牛河は繰り返した。そして口にファスナーをかける身振りをした。「約束しますよ。こう見えて口は堅いんです。はまぐりの生まれかわりじゃないかと言われてます。このことは、私だけの胸の内にしっかりと留めておきます。川奈さんへの個人的な好意のしるしとして」

牛河はそう言って、ソファからようやく立ち上がり、スーツについた細かいしわを何度かひっぱってのばした。しかしそんなことをしてもしわはとれない。その存在が余計に人目を引くだけだ。

「助成金のことで、もしお考えが変わるようなことがありましたら、いつでも名刺にある電話番号に連絡を下さい。まだまだ時間の余裕はあります。もし今年が駄目でも、ああ、来年があります」、そして彼は左右の人差し指を使って、地球が太陽のまわりをぐるりと回る仕草をした。「こちらは急ぎません。少なくともこうしてお目にかかってお話をする機会が得られましたし、川奈さんに対する私どものメッセージも受け取っていただけたわけです」

それからもう一度にっこりと笑い、壊滅的な歯並びを誇示するようにしばらく見せつけてから、牛河は振り向いて応接室を出て行った。

次の講義が始まるまで、牛河が口にしたことを思い出し、頭の中でその台詞を再現してみた。その男はどうやら、天吾が『空気さなぎ』のプロデュース計画に加わっていることをつかんでいるようだ。彼の口ぶりにはそれを匂わせるところがあった。**生活のために才能や時間を切り売りするのは、良い結果を生まないということです**、と牛河は思わせぶりに言った。

我々は知っている——それが彼らの送ってきたメッセージなのだろう。

こうしてお目にかかってお話をする機会が得られましたし、川奈さんに対する私どものメッセージも受け取っていただけたわけです。

そのメッセージを届けるために、ただそれだけのために、彼らは牛河を天吾のもとに送り込み、年間三百万円という「助成金」を差し出したのだろうか？ それはあまりにも筋の通らない話だ。そんな手の込んだ筋書きをあえて用意する必要もない。相手はこちらの弱みを握っている。もし天吾を脅そうと思うのなら、最初からその事実を持ち出せばいい。それとも彼らはその「助成金」で天吾を買収しようとしているのだろうか。いずれにせよ、すべてがあまりにも芝居がかっている。だいたい彼らとはいったい誰のことなのだ。「新日本学術芸術振興会」という財団法人は「さきがけ」と関係のあるところなのか。そもそもそんな団体は実在するのか？

　天吾は牛河の名刺を持って、秘書の女性のところに行った。「ねえ、もうひとつ頼みがあるんだけど」と彼は言った。

「なにかしら？」と彼女は椅子に座ったまま、顔を上げて天吾に尋ねた。

「ここに電話をかけて、そちらは『新日本学術芸術振興会』ですかってきいてみてほしいんだ。牛河っていう理事が今そこにいるかどうかも。今はいないって言われるはずだから、何時だったらそちらに戻っているか尋ねてもらいたい。こちらの名前をきかれたらでたらめを言っておいて。自分でやってもいいんだけど、僕の声だとわかるとまずいかもしれない」

　彼女はプッシュボタンの番号を押した。相手が電話に出て、しかるべき受け答えがあった。プロとプロとのあいだで交わされる、凝縮された短い会話だった。

「『新日本学術芸術振興会』は実際に存在する。電話に出たのは受付の女性。たぶん二十代前半。対応はかなりまとも。牛河という人も実際にそこに勤めている。オフィスに戻るのは三時半ごろの予定。こちらの名前はとくに聞かれなかった。私なら当然聞くけど」

「もちろん」と天吾は言った。「とにかくありがとう」

「どういたしまして」と彼女は牛河の名刺を天吾に手渡しながら言った。「ところで牛河さんって、さっきここに来た人？」

「そうだよ」

「ほんのちらりとしか見なかったけど、どこかしらうす気味の悪い人だった」

天吾は名刺を財布に入れた。「時間をかけて見ても、その印象はたぶん変わらないと思うな」

「私は常々、見かけだけで人を判断したくないと思ってるの。それで失敗して後悔したことが前にあるから。でもあの人は一目見て、こいつは信用できないって気がした。そして今でもそう思っている」

「そう思うのは君一人じゃない」と天吾は言った。

「そう思うのは私ひとりじゃない」、彼女はその構文の精度を確認するみたいに反復した。

「そのジャケットは素敵だ」と天吾は言った。相手の機嫌をとるための褒め言葉ではなく、あくまで素直な感想だった。牛河のしわだらけの安物のスーツを目にしたあとでは、その洒落たカットの亜麻のジャケットは、風のない昼下がりに天国から降ってきた美しい織物のように見えた。

「ありがとう」と彼女は言った。

「しかしそこに電話をかけて誰かが出たからといって、『新日本学術芸術振興会』が実在するとは限らない」と天吾は言った。

「それはそうね。もちろん手の込んだインチキかもしれない。電話を一本引いて、電話番を雇っておけばいいだけだから。映画の『スティング』みたいに。でもどうしてそこまでやるわけ。天吾くんは、こう言ってはなんだけど、搾り取れるほどのお金を持ちあわせているとは見えない」

「何も持ち合わせてないよ」と天吾は言った。「魂のほかには」

「なんだかメフィストの出てくる話みたい」と彼女は言った。

「この住所に足を運んで、そのオフィスが実際にあるかどうかを確かめた方がいいかもしれない」

「結果がわかったら教えてね」、彼女は目を細めて爪のマニキュアを点検しながらそう言った。

「新日本学術芸術振興会」は実際に存在した。講義が終わったあと電車で四ツ谷まで行き、そこから麹町まで歩いた。名刺の住所を訪ねてみると、四階建てビルの入り口に「新日本学術芸術振興会」という金属のプレートが出ていた。オフィスは三階にある。そのフロアにはほかに「御木本音楽出版」と「幸田会計事務所」が入っていた。ビルの規模からいって、それほど広いオフィスではないはずだ。見かけからすると、どれもさして繁盛しているようにも見えなかった。しかしもちろん外から見ただけでは内実はわからない。天吾はエレベーターに乗って三階に上がってみることも考えた。どんなオフィスなのか、ドアだけでも見てみたかった。しかし廊下で牛河と顔を合わせたりするといささか面倒なことになる。

　天吾は電車を乗り換えて家に帰り、小松の会社に電話をかけた。珍しく小松は会社にいて、すぐに電話に出た。

「今はちとまずい」と小松は言った。いつもより早口で、いくらか声のトーンが高くなっていた。

「悪いけど、今ここでは何も話せそうにない」

「とても大事なことなんです、小松さん」と天吾は言った。「今日、予備校に奇妙な人物がやってきました。その男は僕と『空気さなぎ』の関係について何か知っているようでした」

　小松は電話口で数秒黙り込んだ。「二十分後にこちらから電話できると思う。今はうちにいるのか？」

そうだ、と天吾は言った。小松は電話を切った。天吾は電話を待つあいだに砥石を使って二本の庖丁を研ぎ、湯をわかして紅茶をいれた。ぴったり二十分後に電話のベルが鳴った。小松にしては珍しいことだ。

電話口の小松は、さっきよりずっと落ち着いた口調になっていた。どこか静かなところに移って、そこから電話をかけているらしい。天吾は牛河が応接室で語ったことを、短く縮めて小松に話した。

「新日本学術芸術振興会？　聞いたことないな。三百万円の助成金を天吾くんにくれるってのも、わけのわからん話だ。もちろん天吾くんに作家としての将来性があることは俺だって認めるさ。しかしまだひとつの作品も活字になってないんだぜ。あり得ない話だ。こいつは何か裏があるな」

「それがまさに僕の考えたことです」

「少し時間をくれ。その『新日本学術芸術振興会』なるものを俺の方でちょっと調べてみる。何かわかったらこちらから連絡する。しかしその牛河という男はとにかく、天吾くんがふかえりと繋がりのあることを知っているんだな」

「そのようです」

「そいつはいささか面倒だな」

「何かが動き出しています」と天吾は言った。「梃子を使って岩を持ち上げたのはいいけれど、とんでもないものがそこから這い出してきたような雰囲気があります」

小松は電話口でため息をついた。「こっちもかなり追いまくられている。週刊誌が騒いでいる。

テレビ局もやってくる。今日は朝から警察が社に来て、事情を聴取された。彼らはふかえりと『さきがけ』との関わりもつかんでいる。もちろん行方のわからない両親のことも。メディアもその周辺のことを書き立てるだろう」

「戎野先生はどうしていますか？」

「先生とは少し前から連絡がとれなくなっている。電話が繋がらないし、連絡も来ない。あちらも大変なことになっているのかもな。それともまた何かをこっそり企んでいるのか」

「ところで小松さん、話はちょっと違うんですが、僕が今長編小説を書いていることを誰かに言いました？」

「いや、そんなことは誰にも言ってない」と小松はすぐに言った。「いったい誰にそんなことを言う必要があるんだ？」

「じゃあいいんです。ただ訊いただけです」

小松は少し黙り込んだ。「天吾くん、今さら俺がこんなことを言い出すのはなんだけど、ひょっとして俺たちはどこかまずいところに足を踏み入れてしまったのかもな」

「どこに足を踏み入れたにせよ、今さら後戻りができないということだけは確かなようですね」

「後戻りができなければ、何はともあれ先に進むしかなさそうだ。たとえ君の言うとんでもないものが出てきたとしてもな」

「シートベルトを締めた方がいい」と天吾は言った。

「そういうことだ」と小松は言って電話を切った。

長い一日だった。天吾はテーブルに座り、冷めた紅茶を飲みながらふかえりのことを考えた。彼女はその隠れ場所に一人で閉じこもって、一日何をしているのだろう？　しかしもちろん、ふかえりが何をするかなんて誰にもわかりっこない。

リトル・ピープルの知恵や力は先生やあなたに害を及ぼすかもしれない、ふかえりはテープの中でそう語っていた。**もりのなかではきをつけるように。**天吾は思わずあたりを見回した。そう、森の奥は彼らの世界なのだ。

第3章　青豆

生まれ方は選べないが、死に方は選べる

七月も終わりに近いその夜、長く空を覆っていた厚い雲がようやく晴れたとき、ふたつの月がくっきりとそこに浮かんでいた。青豆はその光景を部屋の小さなベランダから眺めた。彼女は今すぐ誰かに電話をかけて、こう言いたかった。「ちょっと窓から首を出して、空を見上げてくれる。どう、月はいくつ浮かんでいる？　私のところからは月がはっきりふたつ見えるのよ。そちらはどう？」

しかしそんな電話をできる相手はいない。あゆみにならかけられるかもしれない。しかし青豆としてはこれ以上、あゆみとの個人的な関係を深めたくなかった。彼女は現職の警察官だ。青豆はおそらく近いうちにもう一人の男を殺し、顔を変え、名前を変え、別の土地に移り、存在を消すことになる。あゆみとも当然会えなくなる。連絡もとれなくなる。一度誰かと親しくなってしまうと、その絆を断ち切るのはつらいものだ。

彼女は部屋に戻り、ガラス戸を閉め、エアコンを入れた。カーテンを引き、月と自分とのあいだを遮った。空に浮かんだ二個の月は、彼女の心を乱した。それらは地球の引力のバランスを微

妙に狂わせ、彼女の身体に何らかの作用を及ぼしているみたいだ。生理期間が来るのはまだ先だったが、身体が妙に気《け》怠《だる》く重かった。肌がかさかさとして、脈拍が不自然だった。それ以上月について考えないようにしようと青豆は思った。たとえそれが考えなくてはならないことであったとしてもだ。

　青豆は気怠さを押しやるために、カーペットの上でストレッチングをした。日常生活の中ではほとんど使う機会のない筋肉をひとつひとつ召喚し、システマチックに、徹底的に絞り上げる。それらの筋肉は無言の悲鳴をあげ、汗が床にこぼれ落ちた。彼女はそのストレッチング・プログラムを自分で考案し、より過激で効果的なものへと日々更新していった。それはあくまで彼女自身のためのプログラムだった。スポーツ・クラブのクラスではそんなものは使えない。普通の人々はそこまでの苦痛にはとても耐えられない。同僚のインストラクターたちでさえ大半は悲鳴をあげた。

　それをこなすあいだ、彼女はジョージ・セルの指揮するヤナーチェックの『シンフォニエッタ』のレコードをかけた。『シンフォニエッタ』は約二十五分で終わるが、それだけあれば筋肉をひととおり効果的に痛めつけることができた。短すぎもせず長すぎもしない。ちょうどいい長さだ。曲が終わり、ターンテーブルが停まり、トーンアームが自動的に元の位置に戻ったときには、頭も身体も雑巾を絞りきったような状態になっている。

　青豆は今では『シンフォニエッタ』を隅から隅まで記憶していた。身体を極限近くまで伸ばしながらその音楽を聴いていると、不思議に安らかな気持ちになれた。彼女はそこでは拷問するものであり、同時に拷問されるものだった。強制するものであり、同時に強制されるものだった。

そのような内部に向けた自己完結性こそが彼女の望むことであり、それは彼女を慰撫してくれた。ヤナーチェックの『シンフォニエッタ』はそのための有効な背景音楽になっていた。

夜の十時前に電話のベルが鳴った。受話器をとるとタマルの声が聞こえた。

「明日の予定は？」と彼が言った。

「六時半には仕事が終わる」

「そのあとこちらに寄ってもらえるだろうか？」

「行けます」と青豆は言った。

「けっこう」とタマルは言った。予定表にボールペンで字を書き込む音が聞こえた。

「ところで新しい犬は手に入れた？」と青豆は尋ねた。

「犬？　ああ。やはり雌のドイツ・シェパードにしたよ。細かい性格まではまだよくわからないが、基礎的な訓練はできているし、言うことはきくようだ。十日ほど前にやってきて、だいたい落ち着いた。女性たちも犬が来て安心している」

「よかった」

「今度のやつは普通のドッグ・フードで満足している。面倒がない」

「普通のドイツ・シェパードはほうれん草を食べたりしない」

「あれはたしかに変わった犬だった。季節によっては、ほうれん草も安くなかったしな」とタマルは懐かしそうに不平を言った。それから数秒の間を置いて話題を変えた。「今日は月がきれいだ」

青豆は電話口で小さく顔をしかめた。「どうして急に月の話なんかするの？」

「俺だってたまには月の話くらいするさ」

「もちろん」と青豆は言った。でもあなたは何かの必然性なしに花鳥風月について電話で語るタイプじゃない。

タマルは電話口で少し黙っていたが、それから口を開いた。「この前、あんたが電話で月の話を持ち出した。覚えているか？　それ以来月のことが何かしら頭にひっかかっていた。そしてさっき空を見たら、雲ひとつなく空が澄んで、月がきれいだった」

それで月は何個あった、と青豆はもう少しで問いただしそうになった。しかし思いとどまった。それは危険すぎる。タマルはこの前、自分の身の上話をしてくれた。両親の顔も知らず孤児として育ったこと、国籍のこと。そんなに長くタマルがしゃべったのは初めてだ。もともと自分について多くを語らない男だ。彼は青豆のことを個人的に気に入っている。それなりに気も許している。しかし彼はプロフェッショナルであり、目的の遂行のためには最短距離を進む訓練を受けている。余計なことは口にしない方がいい。

「仕事を終えて、たぶん七時にはそちらにうかがえると思う」と彼女は言った。

「けっこう」とタマルは言った。「腹が減るだろう。明日は料理番が休みで、まともな食事は出せないが、サンドイッチくらいでよければ俺が用意できる」

「ありがとう」と青豆は言った。

「運転免許証とパスポートと健康保険証が必要になる。それを明日持ってきてほしい。それから部屋の鍵のコピーをひとつもらいたい。用意できるか？」

「できると思う」

「あともうひとつ。この前の件に関して、あんたと二人だけで話しあいたい。マダムの用件が終わった後で、少し時間を作ってほしい」

「この前の件？」

タマルは少し沈黙した。砂袋のように重い沈黙だった。「手に入れたいものがあったはずだ。忘れたか？」

「もちろん覚えている」と青豆は慌てて言った。まだ頭の隅で月のことを考えていたのだ。

「明日の七時に」と言ってタマルは電話を切った。


翌日の夜も月の数は変わらなかった。仕事を終えて急いでシャワーを浴び、スポーツクラブを出たとき、まだ明るい空の東の方に淡い色合いの月が二つ並んで見えた。青豆は外苑西通りをまたぐ歩道橋の上に立ち、手すりにもたれてその二つの月をしばらく眺めた。しかし彼女のほかには、わざわざ月を眺めようとする人はいなかった。通り過ぎていく人々は、そこに立ち止まって空を見上げている青豆の姿を、不思議そうに一瞥《いちべつ》するだけだった。彼らは空にも月にもまったく興味がないらしく、足早に地下鉄の駅に向かっていた。月を眺めているうちに、青豆は昨日感じたのと同じような気怠さを身体に感じ始めた。もうこんな風に月を見つめるのはやめなくてはと彼女は思った。それは私に良い影響を及ぼさない。しかしどれだけこちらから見ないように努めても、月たちの視線を皮膚に感じないわけにはいかなかった。私が見なくてもあちらが見ているのだ。私がこれから何をしようとしているか、彼らは知っている。

老婦人と青豆は古い時代の装飾的なカップで、熱く濃いコーヒーを飲んだ。老婦人はミルクをほんの少しカップの縁から流し込み、かきまわさずにそのまま飲んだ。砂糖は入れない。青豆はいつものようにブラックで飲んだ。タマルが約束通りサンドイッチを作って持ってきてくれた。一口で食べられるように小さく切ってある。青豆はそれをいくつかつまんだ。黒パンにキュウリとチーズをはさんだだけのシンプルなものだが、上品な味わいがあった。タマルはちょっとした料理をとても上品に適切に作った。包丁の入れ方が上手で、すべての食材を適正な大きさと厚さに切り揃えることができる。どのような順序で作業を進行させればいいかを知っている。それだけで料理の味が驚くほど違ってくる。

「荷物の整理は済みましたか?」と老婦人は尋ねた。

「不必要な服や本は寄付しました。新しい生活に必要なものは、すぐに持ち運べるようにバッグに詰めてあります。部屋に残っているのは、とりあえずの生活に必要な電気器具や調理器具、ベッドと布団、食器といったところです」

「残されたものはこちらで適当に処分します。アパートの契約だとかいろんな細かい手続きについても、あなたは何ひとつ考える必要はありません。本当に必要な手荷物だけを持って、そのまま出て行けばいいのです」

「勤め先には何か言っておいた方がいいでしょうか。ある日急に姿を消すと不審に思われるかもしれません」

老婦人はコーヒーカップをテーブルの上に静かに戻した。「それについても、あなたは何も考える必要はありません」

青豆は黙って肯いた。サンドイッチをもうひとつつまみ、コーヒーを飲んだ。

「ところで銀行に預金をしていますか？」と老婦人は尋ねた。

「普通預金が六十万円ばかりあります。それから定期預金が二百万円」

老婦人はその金額を吟味した。「普通預金は何度かにわけて四十万円まで引き出してかまいません。定期預金には手をつけないように。今ここで急に解約するのは好ましくありません。彼らはあなたの私生活をチェックしているかもしれません。用心に用心をかさねましょう。そのくらい私があとでカバーしてあげます。ほかに財産と言えるようなものは？」

「これまでいただいたぶんがそのまま、銀行の貸金庫に入れてあります」

「現金は貸金庫から出しておいて。でもアパートの部屋には置かないように。どこか適当な保管場所を自分で考えて下さい」

「わかりました」

「あなたにしてもらいたいことは、今のところそれくらいです。あとは、いつもどおりに行動すること。生活のスタイルを変えず、人目を引くような真似をしないこと。それから大事な用件はなるべく電話で話さないように」

それだけ言い終えると、まるでエネルギーの備蓄をすべて使い果たしたように、老婦人は椅子の中に深く身を沈めた。

「日にちは設定されたのですか？」と青豆は尋ねた。

「残念ながらまだわかりません」と老婦人は言った。「私たちは相手からの連絡を待っています。

状況は設定してあるのですが、先方のスケジュールがぎりぎりの直前まで決定しないのです。一週間後かもしれません。あるいは一ヶ月後かもしれません。場所も不明です。落ち着かないでしょうが、このまま待機してもらうことになります」

「待つのはかまいません」と青豆は言った。「ただどのような状況が用意されるのか、おおよそでも教えていただけませんか」

「あなたはその男に筋肉ストレッチングをほどこします」と老婦人は言った。「普段あなたがやっていることです。彼の身体には何らかの問題があります。命に関わることではありませんが、かなりの難儀を伴う問題だと聞いています。彼はその『問題』を解決しようと、これまでに様々な治療を受けてきました。正式な医療以外にも、指圧や鍼やマッサージなどあらゆるものを。しかし今のところ目だった効果はあげていないようです。その身体的な『問題』こそが、このリーダーなる人物の抱えている唯一の弱点であり、それが私たちにとっての突破口になりました」

老婦人の背後の窓にはカーテンがかかっていた。月は見えない。しかし青豆は月たちの冷ややかな視線を皮膚に感じた。彼らの共謀した沈黙が部屋の中にまで忍び込んでいるようだった。

「私たちは今では教団の中に内通者を持っています。私はその人物を通じて、あなたが筋肉ストレッチングの優れたエキスパートであるという情報を流しました。それほどむずかしいことではありません。というのは、あなたは実際にそうだからです。先方はあなたに大変興味を持っています。最初、山梨の教団施設まであなたを呼ぼうとしました。でもあなたは仕事の都合でどうしても東京を離れることができない。そういうことになっています。その男はいずれにせよ、用事があって月に一度くらいは東京に出てきます。そして目立たないように都内のホテルに宿泊します。そのホテルの一室で、彼はあなたから筋肉ストレッチングを受けることになります。そこであなたはいつものことを実行すればいいのです」

青豆はその情景を頭の中に思い浮かべた。ホテルの部屋。ヨーガマットの上に男が横になり、青豆がその筋肉をストレッチしている。顔は見えない。うつぶせになった男の首筋が無防備にこちらに向けられている。彼女は手を伸ばしてバッグからいつものアイスピックを取り出す。

「私たちは部屋の中に二人きりになれるのですね」と青豆は尋ねた。

老婦人は肯いた。「リーダーはその身体的問題を、教団内部の人間の目には触れないようにしています。ですからその場には立ち会う人間はいないはずです。あなた方は二人きりになります」

「私の名前や勤め先を、彼らはすでに知っているのですか？」

「相手は用心深い人々です。前もってあなたのバックグラウンドを念入りに調査しているでしょう。でも問題はなかったようです。昨日になってあなたに都内の宿泊所まで出向いてもらいたいという連絡が入りました。場所と時間は決まり次第知らせるということです」

「ここに出入りしていることで、あなたとのつながりを疑われたりすることはないのでしょうか？」

「私はあなたの勤めているスポーツクラブの会員であり、あなたに自宅での個人指導を受けているというだけです。私とあなたとのあいだにそれ以上のつながりがあるかもしれないなんて、考える理由はありません」

青豆は肯いた。

老婦人は言った。「このリーダーなる人物が教団を出て移動するときには、常に二人のボディーガードがついています。どちらも信者で、空手の有段者です。武器を携行しているかどうかまではわかりませんが、腕は相当立つようです。日々訓練も積んでいます。しかしタマルに言わせれば、所詮はアマチュアだということになるでしょう」

「タマルさんとは違う」

「タマルとは違います。タマルは自衛隊のレンジャー部隊に所属していました。目的の遂行に必要とされることは、迷いなく瞬時に実行するように叩き込まれています。相手が誰であれ、ためらいません。アマチュアはためらいます。とくに相手が若い女性であったりするときには」

老婦人は頭を後ろにやって背もたれに載せ、深くため息をついた。それからもう一度姿勢を正し、青豆の顔をまっすぐ見た。

「その二人のボディーガードは、あなたがリーダーのケアをしているあいだ、ホテルのスイートの別の部屋で待機するはずです。そしてあなたはリーダーと一時間ばかり二人きりになります。今のところそのような状況が設定されています。とはいえ、その場で実際に何が起こるか、それは誰にもわかりません。ものごとはきわめて流動的なのです。リーダーは自分の行動予定をぎりぎりまで明らかにしないようにしています」

「年齢はいくつくらいですか？」

「おそらく五十代半ば、大柄な男だと聞いています。それ以上のことは残念ながらまだよくわかっていません」

タマルが玄関で待っていた。青豆は彼に鍵のコピーと、運転免許証と、パスポートと、健康保険証を渡した。彼は奥にひっこんでそれらの書類のコピーをとった。コピーが揃ったことを確認するとオリジナルの書類を青豆に返した。それからタマルは玄関のわきにある自分の部屋に青豆を連れて行った。装飾というものがない、狭い正方形の部屋だった。申し訳程度の小さな窓が庭に向かって開いている。壁つきのエアコンが軽いうなりを立てていた。彼は小さな木の椅子に青豆を座らせ、自分はデスクの前の椅子に腰を下ろした。四台のモニター・スクリーンが壁に一列に並べられていた。必要に応じてカメラのアングルを変えられるようになっている。ビデオデッキが同じ数だけあり、そこに映し出される映像を記録していた。スクリーンには塀の外の光景が映し出されていた。一番右に女性たちが住んでいるセーフハウスの玄関の映像があった。新しい番犬の姿も見えた。犬は地面に伏せた格好で休んでいた。前の犬よりもいくぶん小柄だ。

「犬が死んだ様子は、テープには映っていなかった」とタマルは青豆の質問を先取りするように言った。「そのとき、犬は紐に繋がれていなかった。犬が自分で紐を解くわけはないから、誰かが紐を解いたのかもしれない」

「近寄っても犬が吠えない誰かが」

「そういうことになる」

「奇妙ね」

タマルは肯いた。しかし何も発言しなかった。彼はそこにあったかもしれない可能性については、これまで一人でいやというくらい考えたのだ。今さら他人に向かって語るべきことは何もない。

それからタマルは手を伸ばして傍らのキャビネットの抽斗《ひきだし》を開け、黒いビニールのバッグを取り出した。バッグの中には色褪せたブルーのバスタオルが入っていて、それを広げると中から黒光りのする金属製品がでてきた。小型のオートマチック拳銃だった。彼は何も言わず拳銃を青豆に差し出した。青豆も黙ってそれを受け取った。そしてその重さを手の中で量った。見かけよりずっと軽い。こんな軽いものが人に死をもたらすのだ。

「あんたはたった今、二つの重大な間違いを犯した。どういうことだかわかるか？」とタマルが言った。

青豆は自分がとった行動を思い返してみたが、どこが間違っていたのかはわからなかった。差し出された拳銃をただ受け取っただけだ。「わからない」と彼女は言った。

タマルは言った。「ひとつは銃を受け取るときに、弾丸が装塡されているかどうか、もし装塡されていたとしたら銃に安全装置がかけられているかどうかを、確認しなかったことだ。もうひとつは受け取ってから、俺の方にほんの一瞬だが銃口を向けたことだ。どちらも絶対にやってはならないことだ。それから、撃つ意志のないときは指をトリガーガードの中に入れないようにした方がいい」

「わかった。これからは気をつけるようにする」

「緊急の場合は別にして、銃を扱ったり、受け渡しをしたり、持ち運びをするときは、基本的に一発の弾丸も入れずにおこなわなくてはならない。なおかつあんたは銃を見たら、基本的に弾丸が装塡されているものとしてそれを扱わなくてはならない。そうじゃないことがわかるまではな。銃は人を殺傷することを目的として作られている。いくら気をつけても気をつけすぎることはない。俺の言うことを用心深すぎると笑うやつもいるだろう。しかしつまらん事故は実際に起きるし、それで死んだり大怪我をするのはいつも、注意深い人間を笑うようなやつらだ」

　タマルは上着のポケットからポリ袋を取り出した。中には七発の新しい弾丸が入っていた。彼はそれを机の上に置いた。「見てのとおり、今は弾丸は入っていない。マガジンは装着されているが、中は空だ。チェンバーにも弾丸は入っていない」

　青豆は肯いた。

「それは俺からの個人的なプレゼントだ。ただし、使わなかったらそのまま返してもらいたい」

「もちろん」と青豆は乾いた声で言った。「でも、手に入れるのにお金がかかったのでしょう？」

「そんなことは気にしなくていい」とタマルは言った。「あんたが気にしなくてはならないことはもっとほかにある。そっちの話をしよう。拳銃を撃った経験は？」

　青豆は首を振った。「一度も」

「本来であれば、オートマチックよりはリボルバーの方が扱いやすいんだ。とくに素人が使う場合はな。仕組みが簡単だし、操作も覚えやすいし、間違いも少ない。しかしある程度性能の良いリボルバーはかさもとるし、持ち運びに不便だ。だからオートマチックがいいだろう。ヘックラー＆《ウント》コッホのＨＫ４。ドイツ製で、重さは弾丸抜きで四八〇グラム。小型軽量だがショート九ミリ弾の威力は大きい。そして反動も少ない。長い距離での命中精度は期待できないが、あんたの考えている使用目的には合っている。ヘックラー＆コッホは戦後にできた銃器会社だが、このＨＫ４は戦前から使われているモーゼルＨＳｃという定評あるモデルをベースにしている。一九六八年から製造され続けて、今でも現役の定番品だ。だから信頼性はある。新品じゃないが、わけのわかった人間に扱われていたらしく、よく手入れされている。銃は自動車と同じで、まったくの新品より程度の良い中古品の方がむしろ信頼できる」

　タマルはその拳銃を青豆から受け取り、扱い方を説明した。安全装置のかけ方と外し方。キャッチを外してマガジンを抜き、それをまた押し込む。

「マガジンを抜くときには、必ず安全装置をかけておくこと。キャッチをはずしてマガジンを抜いたら、スライドを後ろに引いて、チェンバーにある弾丸をはじき出す。今は弾丸は入ってないから、何も出てこないけどな。そのあとスライドは開きっぱなしになるから、こうして引き金を引く。するとスライドは閉じる。そのとき撃鉄はコックされたままになる。もう一度引き金を引くと、撃鉄は下りる。それから新しいマガジンを押し込む」

　タマルは一連の動作を、手慣れた動きで素早くやってのけた。それからもう一度、今度はゆっくりとひとつひとつ動作を確認しながら、同じことを繰り返した。青豆は食い入るようにそれを見ていた。

「やってみろ」

　青豆は用心深くマガジンを取り出し、スライドを引き、チェンバーを空け、撃鉄を下ろし、もう一度マガジンを押し込んだ。

「それでいい」とタマルは言った。そして銃を青豆から受け取り、マガジンを抜き、そこに慎重に七発の弾丸を入れ、かしゃんという大きな音を立てて銃に装着した。スライドを引いてチェンバーに弾丸を送り込んだ。そして銃の左側についたレバーを倒して安全装置をかけた。

「さっきと同じことをやってみるんだ。今度は実弾がフルに装塡されている。チェンバーにも一発入っている。安全装置はかけてあるが、銃口を人に向けてはいけないことは同じだ」とタマルは言った。

青豆は弾丸を装塡された拳銃を受け取り、その重みが増したことに気がついた。さっきほど軽くはない。そこには間違いなく死の気配があった。これは人を殺すために、精密にこしらえられた道具なのだ。脇の下に汗がにじんだ。

青豆は拳銃の安全装置がかかっていることをもう一度確認し、キャッチを外してマガジンを抜き取り、テーブルの上に置いた。そしてスライドを引き、チェンバーに入っていた弾丸をはじき出した。弾丸はことんという乾いた音を立てて木の床に落ちた。引き金を引いてスライドを閉じ、もう一度引き金を引いてコックしていた撃鉄をもとに戻した。それから震える手で足元に落ちた九ミリ弾を拾い上げた。喉が渇いて、呼吸をするとひりひりとした痛みを感じた。

「初めてにしては悪くない」とタマルは、その落ちた九ミリ弾をマガジンにもう一度押し込みながら言った。「しかしまだまだ練習が必要だ。手も震えている。このマガジン脱着動作を毎日何度も繰り返し、銃の感触を身体にしっかり覚えさせるんだ。さっき俺がやってみせたくらい素早く、自動的にできるようにしておく。暗闇の中でも問題なくできるように。あんたの場合途中でマガジンを取り替える必要はないはずだが、この動作は拳銃を取り扱う人間にとっては基本中の基本だ。覚えておかなくちゃならん」

「射撃の練習は必要ないの？」

「あんたはこれで誰かを撃つわけじゃない。自分を撃つだけだ。そうだろ？」

青豆は肯いた。

「だったら射撃練習の必要はない。弾丸の込め方と、安全装置の外し方と、引き金の重さだけを覚えればいい。だいたいどこで射撃練習をするつもりなんだ？」

　青豆は首を振った。そんな場所は思いつけない。

「ところで自分を撃つといっても、どんな風に撃つつもりなんだ。ちょっと実演してみてくれ」

　タマルは装塡されたマガジンを銃に装着し、安全装置がかかっていることを確認してから青豆に手渡した。「安全装置はかかっている」とタマルは言った。

　青豆はその銃口を自分のこめかみにあてた。ひやりとする鋼鉄の感触があった。タマルはそれを見て、ゆっくりと首を何度か横に振った。

「悪いことは言わない。こめかみを狙うのはよした方がいい。こめかみから脳味噌をぶち抜くのは、あんたが考えているよりずっとむずかしいんだ。だいたいそういう場合は手が震えるものだし、手が震えると反動を拾って弾道が逸れる。頭蓋骨が削れるだけで死ねないというケースが多くなる。そんな目にあいたくないだろう」

　青豆は黙って肯いた。

「東条英機は終戦のあと、アメリカ軍に逮捕されそうになったときに、心臓を撃つつもりで拳銃の銃口をあてて引き金を引いたが、弾丸が逸れて腹にあたり、死ねなかった。いやしくも職業軍人のトップに立ったことのある人間が、拳銃自殺ひとつまともにできないなんてな。東条はすぐに病院に運ばれ、アメリカ医師団の手厚い看護を受けて回復し、あらためて裁判にかけられて絞首刑に処された。ひどい死に方だ。人間にとって死に際というのは大事なんだよ。生まれ方は選べないが、死に方は選べる」

青豆は唇を噛んだ。

「いちばん確かなのは、口の中に銃身を突っ込んで、下から脳味噌を吹き飛ばすことだ。こんな具合に」

タマルは青豆から銃を受け取って、それを実演して見せた。安全装置がかかっていることはわかっていたが、それでもその光景は青豆を緊張させた。喉に何かが詰まったように息苦しくなった。

「ただしこれだって百パーセント確実というわけじゃない。死に切れずにひどいことになった男を、俺は実際に一人知っている。自衛隊で一緒だった。ライフルの銃身を口の中に突っ込み、引き金にスプーンをくくりつけて、それを両足の親指で押し込んだ。でもたぶん銃身がちょっとぶれたんだな。うまく死ねず、植物状態になった。そのまま十年生きたよ。人が自分の命を絶つというのは、そんなに簡単じゃない。映画とは違う。映画ではみんなあっさりと自殺する。痛みも感じずにころりと死んでしまう。しかし現実はそんなものじゃない。死にきれなくて、ベッドに横になったまま、小便やら何やらを十年間垂れ流すんだ」

青豆は黙って肯いた。

タマルはマガジンと銃から弾丸を抜きとり、ポリ袋の中に収めた。そして銃と弾丸を青豆に別々に渡した。「弾丸は装塡されていない」

青豆は肯いてそれを受け取った。

タマルは言った。「悪いことは言わない。生き延びることを考えた方が賢明だ。そして現実的でもある。それが俺の忠告だ」

「わかった」と青豆は乾いた声で言った。そして無骨な工作機械のようなヘックラー＆コッホのＨＫ４をスカーフで包み、ショルダーバッグの底に入れた。弾丸を入れたポリ袋もバッグの仕切の中にしまった。ショルダーバッグは五百グラムばかり重くなったが、かたちはまったく変化しなかった。小振りな拳銃なのだ。

「アマチュアがそんなものを手にするべきじゃないんだ」とタマルは言った。「経験的に言ってまずろくなことにはならない。でもあんたならなんとかうまくこなすだろう。あんたは俺に似ているところがある。いざというとき自分よりルールを優先させることができる」

「たぶん自分というものが本当にはないから」

タマルはそれについては何も言わなかった。

「自衛隊に入っていたのね？」と青豆は尋ねた。

「ああ、いちばんきつい部隊にな。ネズミや蛇やイナゴを食べさせられた。食えなくはないが、決してうまいものじゃない」

「そのあとは何をしていたの？」

「いろんなことだよ。セキュリティー、主にボディーガード。用心棒という表現の方が近いこともあった。俺はチームプレイに向かないから、どうしても個人営業が中心になる。短いあいだだがやむを得ず闇の世界に身を置いたこともある。そこでいろんなものを見てきた。普通の人間なら、一生のあいだに一度も見なくてもすむ類のことだ。でもなんとかひどいところには落ちなかった。足を踏み外さないようにいつも気をつけていた。俺はずいぶん用心深い性格だし、やくざってのが好きじゃないからな。だから前にも言ったように、経歴はクリーンだ。それからここに来た」、タマルは足元の地面をまっすぐ指さした。「以来ずっと俺の人生はここで落ち着きを見せている。何も生活の安定だけを求めて生きているわけじゃないが、今の生活をできることなら失いたくない。気に入った職場を見つけるのは簡単じゃないからね」

「もちろん」と青豆は言った。「でも本当にお金は払わなくていいの？」

タマルは首を振った。「金はいらん。この世界は金よりはむしろ貸し借りで動いている。俺は借りを作るのがいやだから、貸しをできるだけ多くしておく」

「ありがとう」と青豆は言った。

「万が一警察に銃の出所を問いつめられることがあっても、俺の名前は出してほしくない。警察が来てももちろん俺の方でもそんなことは全面的に否認するし、叩かれても何も出てこない。しかしマダムがそこに巻き込まれると、俺としては立場を失う」

「もちろん名前は出さない」

タマルはポケットから折りたたんだ紙を出して青豆に渡した。そのメモ用紙には男の名前が書いてあった。

「あんたは七月四日に、千駄ヶ谷の駅の近くにある『ルノワール』という喫茶店で、この男から銃と実弾を七発受け取り、五十万を現金で払った。あんたは拳銃を手に入れようとしていて、その話を聞きつけてそいつが連絡してきた。その男は警察に事情を訊かれたら、容疑をあっさりと認めるはずだ。そして何年か刑務所に入る。あんたはそれ以上詳しいことを話す必要はない。銃が流れた経路さえ立証できれば、警察の面子はたつ。そしてあんたも銃刀法違反で短い実刑をくらうことになるかもしれない」

青豆はそこに書かれた名前を記憶し、紙片をタマルに返した。彼はその紙片を細かく裂いてごみ箱に捨てた。

タマルは言った。「さっきも言ったように、俺は用心深い性格なんだ。ごくまれに人を信頼することはあるが、それでも信用はしない。ものごとを成り行きに任せたりはしない。しかし何よりも俺が望んでいるのは、拳銃が手つかずで俺のもとに戻ってくることだ。そうすれば誰も迷惑しない。誰も死なないし、誰も傷つかないし、誰も刑務所にいかない」

青豆は肯いた。「チェーホフの小説作法の裏をかけ、ということね」

「そのとおりだ。チェーホフは優れた作家だが、当然のことながら彼のやり方だけが唯一のやり方ではない。物語の中に出てくる銃がすべて火を吹くわけじゃない」とタマルは言った。それから何かを思い出したようにかすかに顔を歪めた。「ああ、大事なことを忘れかけていた。あんたにポケットベルを渡さなくちゃならない」

彼は机の抽斗から小さな装置を取り出し、机の上に置いた。衣服かベルトにとめられるように金属製のクリップがついている。タマルは電話の受話器を取り上げ、三桁の短縮ボタンを押した。三度呼び出し音があり、ポケットベルがそれを受けて電子音を断続的に鳴らし始めた。タマルはその音量を最大に上げてから、スイッチを押して音を止めた。目を細めて送信者の電話番号が画面に表示されていることを確認し、それを青豆に手渡した。

「できるだけいつも身につけるようにしてくれ」とタマルは言った。「少なくともこいつから遠く離れないように。ベルが鳴ったら、俺からのメッセージがあるということだ。大事なメッセージだ。時候の挨拶をするために鳴らしたりはしない。表示される電話番号にすぐに連絡をもらいたい。必ず公衆電話から。それからもうひとつ、何か荷物があるのなら新宿駅のコインロッカーに入れておくといい」

「新宿駅」と青豆は復唱した。

「言うまでもないことだが、できるだけ身軽な方がいい」

「もちろん」と青豆は言った。


青豆はアパートに戻ると、窓のカーテンをぴたりと閉め、ショルダーバッグからヘックラー&コッホＨＫ４と実弾を取り出した。そして食卓の前に座って、空のマガジンを脱着する練習を何度か繰り返した。繰り返すたびにそのスピードは速くなった。動作にリズムが生まれ、手も震えなくなった。それから彼女は拳銃を着古したＴシャツにくるみ、靴の箱の中に隠した。その箱をクローゼットの奥に突っ込んだ。実弾を入れたポリ袋は、ハンガーにかかっているレインコートの内ポケットに入れた。喉がひどく渇いたので、冷蔵庫から冷えた麦茶を出してグラスに三杯飲んだ。肩の筋肉が緊張のためにこわばり、脇の下にいつもとは違う汗の匂いがした。自分が今拳銃を所持していると意識するだけで、世界の見え方が少し違ってくる。まわりの風景に見慣れない、奇妙な色合いが加わっている。

彼女は服を脱ぎ、熱いシャワーを浴びていやな汗の匂いを落とした。

すべての銃が火を吹くわけじゃない、青豆はシャワーを浴びながら自分にそう言い聞かせた。銃はただの道具に過ぎない。そして私が生きているのは物語の世界じゃない。それはほころびと、不整合性と、アンチクライマックスに満ちた現実の世界なのだ。

それから二週間がこともなく過ぎた。青豆はいつもどおりスポーツクラブに出勤して、マーシャル・アーツとストレッチングのクラスを教えた。生活のパターンを変えてはいけない。老婦人に言われたことを、彼女はできる限り厳密に守った。家に帰って一人の夕食を終えると、窓のカーテンを閉め切り、台所のテーブルに向かって一人でヘックラー＆コッホＨＫ４の操作を練習した。その重さや硬さや機械油の匂い、その暴力性や静けさは、次第に彼女の身体の一部になっていった。

スカーフで目隠しをし、銃の操作を練習することもあった。何も見えなくても素早くマガジンを装塡し、安全装置を外し、スライドを引けるようになった。それぞれの動作が引き出す簡潔でリズミカルな音が、耳に心地よく響いた。暗闇の中では、手にした道具が実際に立てる音と、彼女の聴覚がそれと認知するものとの違いが、だんだんわからなくなっていった。彼女という存在と、彼女のとる動作とのあいだの境目が、次第に希薄になり、やがて消滅していった。

一日に一度は洗面所の鏡の前に立ち、弾丸を装塡した銃口を口の中に入れた。歯の先端に金属の硬さを感じながら、自分の指が引き金を引くところを思い浮かべた。それだけの動作で彼女の人生は終わってしまう。次の瞬間には自分はもうこの世界から消えている。彼女は鏡の中の自分に向かって言い聞かせる。いくつかの注意すべきポイント。手を震えさせないこと。反動をしっかりと引き受けること。怯えないこと。何よりも躊躇をしないこと。

やろうと思えば今だってそれができる、と青豆は思う。ほんの一センチほど指を内側に引けばいいだけだ。簡単なことだ。よほどそうしようかとも思う。でも彼女は思い直して拳銃を口から出し、撃鉄を戻し、安全装置をかけ、洗面台に置く。歯磨きチューブとヘアブラシのあいだに。いや、まだ早すぎる。私にはその前にやらなくてはならないことがある。

　彼女はタマルに言われたように、ポケットベルを常に腰につけていた。眠るときには目覚まし時計の隣りに置いた。それがいつ鳴りだしてもすぐに対処できるように備えた。しかしベルは鳴らなかった。更に一週間が過ぎ去った。

　靴箱の中の拳銃、レインコートのポケットにある七発の実弾、沈黙をまもり続けるポケットベル、特製のアイスピック、その細く尖った致死的な針先、旅行バッグに詰められた身の回りのもの。そして彼女を待ち受けているはずの新しい顔と、新しい人生。新宿駅のコインロッカーに入った現金の束。青豆はそんなものたちの気配の中で、真夏の日々を送った。人々は本格的な夏休みに入り、多くの店はシャッターを下ろし、通りを行く人影はまばらだった。車の数も減り、街はしんと静まりかえっていた。ときどき自分がどこにいるのか見失ってしまいそうになった。これは本当の現実なのだろうか、自分にそう問いかけた。しかしもしそれが現実ではないのだとしたら、ほかのどこに現実を求めればいいのか、彼女には見当もつかない。だからとりあえずこれを唯一の現実として認めるしかない。そして全力を尽くしてなんとかこの現実を乗り切るだけだ。

　死ぬのは怖くない、と青豆はもう一度確認する。怖いのは現実に出し抜かれることだ。現実に置き去りにされることだ。

　準備は整っている。気持ちの整理もできている。タマルから連絡があり次第、いつでもすぐにこの部屋を出ていくことができる。しかし連絡はなかった。カレンダーの日付は八月の終わりに近づいていった。あと少しで夏も終わろうとして、外では蟬たちが最後の声を振り絞っている。一日一日はおそろしく長く感じられるのに、どうしてこんなにも急速に一ヶ月が通り過ぎてしまったのだろう。

　青豆はスポーツ・クラブの仕事から戻ると、汗を吸い込んだ衣服を脱いで洗濯用のバスケットに入れ、タンクトップとショートパンツという格好になった。昼過ぎに激しい夕立ちがあった。空が真っ暗になり、小石くらいの大きさの雨粒が音を立てて路面を叩き、雷がひとしきり鳴った。夕立ちが過ぎ去ると、あとには水浸しになった道路が残った。太陽が戻ってきて、その水を全力で蒸発させ、都市はかげろうのような蒸気に覆われた。夕方から再び雲が出て、厚いヴェールで空を覆った。月の姿は見えない。

　夕食の用意に取りかかる前に一休みする必要があった。冷たい麦茶を一杯飲み、前もって茹でておいた枝豆を食べながら、台所のテーブルに夕刊を広げた。一面から記事を流し読みし、順番にページを繰っていった。興味を惹く記事は見あたらない。いつもの夕刊だ。しかし社会面を開いたとき、あゆみの顔写真が彼女の目にまず飛び込んできた。青豆は息を呑み、顔を歪めた。

　そんなはずはないと彼女は最初思った。誰かよく似た人の写真をあゆみに見間違えているのだ。だってあゆみが新聞に写真入りで、こんなに大きく取り上げられるわけがない。しかしどれだけ見直しても、それは彼女のよく知っている若い婦人警官の顔だった。時折のささやかな性的饗宴を立ち上げるためのパートナーだった。その写真の中で、あゆみはほんのわずかに微笑みを浮かべている。どちらかといえばぎこちない人工的な微笑みだ。現実のあゆみはもっと自然な、開けっぴろげな笑みを顔いっぱいに浮かべる。それは公のアルバムに載せるために撮られた写真のように見えた。そのぎこちなさには何かしら不穏な要素が含まれているようだった。

青豆はできることならその記事を読みたくなかった。写真の隣りにある大きな見出しを読めば、何が起こったか察しがついたからだ。しかし読まないわけにはいかない。これは現実なのだ。どんなことであれ、現実を避けて通り過ぎるわけにはいかない。青豆は一度大きく息をしてから、そこにある文章を読んだ。

中野あゆみさん、26歳。独身。東京都新宿区在住。

彼女は渋谷のホテルの一室で、バスローブの紐で首を絞められ、殺害されていた。全裸だった。両手は手錠をかけられ、ベッドヘッドに固定されていた。声が出せないように口の中には着衣が突っ込まれていた。ホテルの従業員が昼前に部屋の点検に行って、死体を発見した。昨夜の十一時前に彼女と男がホテルの部屋に入り、男は明け方に一人で帰った。宿泊料金は前払いだ。この大都市にあっては、さして珍しい出来事ではない。大都市には様々な人々が参集し、そこに発熱が生まれる。時としてそれは暴力のかたちに発展する。新聞はこの手の出来事で満ちている。ただしそこには月並みではない部分もあった。被害者の女性は警視庁勤務の現役婦人警官で、セックスプレイに使われていたと思われる手錠は正式な官給品だった。ポルノ・ショップで売っているちゃちな玩具ではない。当然ながら、それは世間の注目を引くニュースになった。

第4章 天吾

そんなことは望まない方が いいのかもしれない

彼女は今どこで何をしているのだろう？　まだ「証人会」の信者であり続けているのだろうか？

そうでなければいいのだが、と天吾は思った。もちろん信仰するしないは個人の自由だ。天吾がいちいち口を出すべきことではない。しかし天吾の記憶によれば、「証人会」の信者であることを、少女時代の彼女が楽しんでいるようにはどうしても見えなかった。

学生時代に酒類卸店の倉庫でアルバイトをしたことがある。給料は悪くないが、重い荷物を運ぶきつい労働だった。一日の仕事が終わると、頑丈なことが取り柄の天吾でさえ、身体の節々が痛くなったものだ。そこにたまたま「証人会二世」として育った青年が二人働いていた。礼儀正しく、感じの良い連中だった。天吾と同じ年齢で、仕事ぶりも真面目だった。手を抜かず、文句も言わずに働く。仕事の終わったあとで一度、三人で居酒屋に行って生ビールを飲んだことがある。二人は幼なじみだったが、数年前に事情があって信仰を捨てたということだった。そして一緒に教団を離れ、現実の世界に足を踏み入れた。しかし天吾が見たところ、二人とも新しい世界に今ひとつ馴染めないでいるようだった。生まれたときから狭く緊密なコミュニティーの中で育ってきたせいで、より広い世界のルールを理解し、受け入れることがむずかしくなっているのだ。彼らはしばしば判断力に自信をなくし、困惑した。信仰を捨てたことで解放感を味わうのと同時に、自分たちが間違った決断を下したのではないかという懐疑を捨てきれずにいた。

天吾は彼らに同情しないわけにはいかなかった。自我がはっきり確立される前に、まだ小さな子供のうちにその世界を離れれば、一般社会に同化できるチャンスは十分ある。でもそのチャンスを逃してしまうと、あとは「証人会」のコミュニティーの中で、その価値観に従って生きていくしかない。あるいは少なからぬ犠牲を払って、自力で生活習慣や意識を作り変えていくしかない。天吾はその二人と話しているときにその少女のことを思い出した。そして彼女が同じような苦痛を味わっていなければいいのだが、と思った。

その少女がやっと手を放し、後ろも振り返らず早足で教室を出て行ったあと、天吾はそこに立ちすくんだまま、しばらく何をすることもできなかった。彼女はとても強い力で彼の手を握っていた。彼の左手には少女の指の感触がありありと残っていたし、その感触は何日も去らなかった。時間が経過して直接的な感触が薄らいだあとでも、彼の心に押された刻印はそのままのかたちで残った。

その少しあとに精通があった。硬くなったペニスの先からほんの少し液体が出てきた。それは尿よりもいくらか粘りけのあるものだった。そして微かな痛みを伴った疼《うず》きが感じられた。それが精液の先触れであることは、天吾にはまだわからなかった。そんなものをこれまで目にしたことはなかったから、彼は不安を感じた。何かただならぬことが自分の身に持ち上がっているのかもしれない。しかし父親に相談するわけにもいかないし、級友にも聞けない。夜中に夢を見て目を覚ますと（どんな夢だったかは思い出せない）、下着が微かに濡れていた。まるであの少女に手を握られたことによって、何かがひっぱり出されてしまったように天吾には思えた。

　そのあと少女との接触は一切なかった。青豆はクラスの中でこれまでどおりの孤立を保ち、誰とも口をきかず、給食の前には明瞭な声でいつもの奇妙なお祈りを唱えた。どこかで天吾とすれ違うことがあっても、まるでなにごともなかったかのように、顔色ひとつ変えなかった。天吾の姿はまったく目に入っていないように見えた。

　しかし天吾の方は機会があれば、まわりに気取られないように、こっそりと注意深く、青豆の姿を観察するようになった。よく見れば整った顔立ちをした少女だった。少なくとも好意を抱くことができる顔立ちだった。ひょろりとした身体つきで、いつも色あせたサイズの合わない服を着ていた。体操着を着ると、胸の膨らみがまだもたらされていないことがわかる。表情に乏しく、ほとんど口をきかず、常にどこか遠くを見るような目をしていた。瞳には生気が感じられない。それが天吾には不思議だった。あの日、彼の目をまっすぐのぞきこんだときには、あれほど輝きに満ちた澄んだ瞳をしていたのに。

　手を握られたあとでは、そのやせっぽちの少女の中に人並み外れて強靭な力が潜んでいることが、天吾にはわかった。握力だって大したものだが、それだけではない。その精神には更に強い力がそなわっているようだった。彼女は普段はそのエネルギーを、ほかの生徒たちの目につかないところにこっそり隠しているのだ。授業中に先生に指名されても本当に必要なことしか口にしなかったが（ときにはそれさえも口にしなかった）、公表されるテストの成績は決して悪くなかった。もしその気になれば、もっと良い成績がとれるのではあるまいかと天吾は推測した。あるいは人目を引くことがないように、わざと手を抜いて答案を書いているのかもしれない。それは彼女のような立場に置かれた子供が、受ける傷を最小限におさえて生き延びていくための知恵なのかもしれない。できるだけ身体を小さく縮めておくこと。できるだけ透明になること。

　彼女がごく普通の立場にある少女であり、気軽に話をすることができたらどんなにいいだろうと天吾は思った。そうすれば二人は仲の良い友だちになれたかもしれない。十歳の少年と少女が仲の良い友だちになるのは、どんな場合でも簡単ではない。いや、それは世界でいちばんむずかしい作業のひとつかもしれない。でもときどき何かの機会を見つけて、友好的な会話を交わしたりするくらいのことはできるはずだ。しかしそんな機会はとうとう訪れなかった。彼女は普通の立場にはなかったし、クラスの中で孤立し、誰にも相手にされず、沈黙を頑なに守り続けていた。天吾もまた、無理をして生身の青豆と現実に関わりを持つよりは、想像と記憶の中でひっそり彼女と関わっている方を選んだ。

　十歳の天吾はセックスについて具体的なイメージを持たなかった。彼が少女に求めるのは、できるならもう一度手を握ってほしいということくらいだった。二人きりで、ほかの誰もいないところで、自分の手を強く握っていてほしい。そして何でもいい、彼女自身について話をしてもらいたい。彼女が彼女であることの、一人の十歳の少女であることの秘密を、小さな声で打ち明けてほしい。彼はそれを理解しようと努めるだろう。そしてそこからおそらく何かが始まっていくはずだ。その何かがどんなものなのか、天吾にはまだ見当もつかなかったが。

四月がやってきて五年生になると、天吾と少女は別々のクラスに別れた。二人はときどき学校の廊下ですれ違ったり、バスの停留所で一緒になったりした。しかし少女は相変わらず、天吾の存在にはまったく関心を払っていないようだった。少なくとも天吾にはそう思えた。彼女は天吾がそばにいても、眉ひとつ動かさなかった。視線をそらせることもなかった。その瞳は相変わらず奥行きと輝きを失ったままだった。あのときに教室の中で起こったことはいったい何だったんだろう、と天吾は思った。ときどきそれは夢の中で起こったことのようにも感じられた。現実には起こらなかったこととして。しかしその一方で彼の手は、青豆の並外れた握力をまだ鮮やかに感じ続けていた。天吾にとってこの世界はあまりに多くの謎に満ちていた。

そして気がついたとき、青豆という名の少女は学校からいなくなっていた。どこかに転校していったということだったが、詳しい事情はわからない。その少女がどこに引っ越したのか、そんなことは誰も知らなかった。彼女の存在が消えたことでいささかなりとも心を動かされたのは、小学校中でおそらく天吾一人しかいなかったはずだ。

そのあとずいぶん長いあいだ、天吾は自分の行いを悔やむことになった。より正確に言えば、行いの欠如を悔やむことになった。その少女に向かって語るべきであった言葉を、今ではいくつも思い浮かべることができた。彼女に話したいこと、話さなくてはならないことが、天吾の中にはちゃんとあったのだ。またあとになって考えれば、彼女をどこかで呼び止めて話をするのは、それほどむずかしいことではなかった。うまくきっかけを見つけ、ほんのちょっとした勇気を奮い起こせばよかったのだ。しかし天吾にはそれができなかった。そして機会は永遠に失われてしまった。

小学校を卒業し、公立の中学校に進んでからも、天吾はよく青豆のことを思い出した。彼はより頻繁に勃起を体験するようになり、ときどき彼女のことを考えながらマスターベーションをした。彼はいつも左手を使った。握られた感触がまだ残っている左手だ。記憶の中では青豆はやせっぽちの、まだ胸も膨らんでいない少女だった。しかし彼は彼女の体操着姿を思い浮かべながら射精することができた。

高校にあがって、同世代の少女たちとときどきデートをするようにもなった。彼女たちはその真新しい乳房のかたちを、衣服の上にくっきりと際だたせていた。そんな姿を見ていると天吾は息苦しくなった。しかしそうなってもまだ、眠る前にベッドの中で天吾は、膨らみの暗示さえない青豆の平たい胸を思い出しながら左手を動かすことがあった。そしてそのたびに深い罪悪感を覚えた。自分には何かしら正しくない歪んだところがあるに違いない、天吾はそう思った。

でも大学に入ったころから、青豆のことを前ほど頻繁には思い出さないようになった。生身の女たちとつきあい、実際に性交するようになったことが、その主な理由だった。肉体的にはもう成熟した一人の男だったし、当然のことながら、体操着に身を包んだやせっぽちの十歳の少女のイメージは、彼の欲望の対象からいくぶん距離を置いたところに位置するものになっていった。

しかし天吾は、小学校の教室で青豆に手を握られたときに感じたような激しい心の震えを、その後二度と経験することはなかった。大学時代も、大学を出てからも、今に至るまで巡り合った女たちの誰一人、その少女が残していったような鮮明な刻印を彼の心に押すことはなかった。彼女たちの中には、天吾が本当に求めているものはどうしても見出せなかった。美しい女もいたし、心の温かい女もいた。彼を大事にしてくれる女もいた。しかし結局のところ、鮮やかな色合いの羽をつけたいろんな鳥たちが、枝にとまってはまたどこかに飛び立っていくみたいに、女たちはやってきて、そして離れていった。彼女たちは天吾を満足させることができなかったし、天吾もまた彼女たちを満足させることができなかった。

そして天吾は三十歳になろうとしている今でも、何もすることがなく、ただぼんやりしているようなときに、自分が知らず知らず、その十歳の少女の姿を思い浮かべていることに気がついて、驚かされた。その少女は放課後の教室で彼の手を堅く握り締め、澄んだ瞳で彼の目をまっすぐのぞき込んでいた。あるいは体操着にやせた身体を包んでいた。あるいは日曜日の朝、母親の後ろをついて市川の商店街を歩いていた。唇はいつも堅く結ばれ、その目はどこでもない場所を見ていた。

おれの心はあの女の子から離れることがどうしてもできないみたいだ、とそんなとき天吾は思った。そして学校の廊下で彼女に声をかけなかったことを今更ながら悔やんだ。もし思い切って声をかけていたら、おれの人生は今あるものとは違ったものになっていたかもしれない。

彼がそのとき青豆のことを思い出したのは、スーパーマーケットで枝豆を買ったせいだった。彼は枝豆を選びながら、ごく自然に青豆のことを考えた。そしてその一房の枝豆を手にしながら、自分でも気がつかないうちに、白昼夢に耽るようにそこにぼんやりと立ちすくんでいた。どれくらい長くそうしていたのか、天吾にはわからない。「すみません」という女の声で彼は我に返った。彼は大きな身体で、枝豆売り場の前に立ちはだかっていたのだ。

天吾は考えるのをやめ、相手に詫び、手に持っていた枝豆をバスケットに入れ、ほかの品物と一緒にレジに持っていった。海老や牛乳や豆腐やレタスやクラッカーと一緒に。そして近所の主婦たちに混じって会計の順番を待った。ちょうど夕方の混み合う時間だったし、レジの係が新米で手際が悪く、長い列ができていたが、天吾はとくに気にしなかった。

もしこの会計の列の中に青豆がいたとして、それが青豆だと一目でわかるだろうか？　どうだろう。なにしろもう二十年も会っていないのだ。二人がお互いを認め合う可能性はかなりか細いものであるはずだ。あるいは通りですれ違って、「ひょっとして彼女じゃないか」と思ったとして、その場で即座に相手に声をかけることができるだろうか？　それにもあまり自信がもてなかった。気後れして、何もしないまますれ違ってしまうかもしれない。そしてまたあとで深く後悔することになるかもしれない。どうしてあそこで一言声をかけられなかったんだ、と。

天吾くんに欠けているのは、意欲と積極性なんだよ、と小松はよく言う。たしかに彼の言う通りかもしれない。迷ったときには「まあ、いいか」と思って、ついあきらめてしまう。それが彼の性格なのだ。

しかしもし万が一どこかで顔を合わせることができたら、そして幸運にもお互いを認め合うことができたとしたら、おれはたぶん彼女に向かってすべてを率直に、包み隠すことなく、ありのままに打ち明けることだろう。近くの喫茶店にでも入って（もちろん相手に時間があり、彼の誘いに応じてくれればだが）、向かい合って何かを飲みながら。

彼には青豆に向かって語りたいことが数多くあった。小学校の教室で君に手を握られたことは今でもよく覚えている。そのあと君と友だちになりたいと思った。君のことをもっとよく知りたかった。でもそれがどうしてもできなかった。そこにはいろんな理由があった。でもいちばんの問題は僕が臆病だったことだ。それを僕はずっと後悔してきた。今でもまだ後悔している。そして君のことをよく考える。彼女の姿を思い浮かべながらマスターベーションをしてきたことは、もちろん口にはしない。それは率直さとはまた違った次元のものごとだ。

でもそんなことは望まない方がいいのかもしれない。再会なんてしない方がいいのかもしれない。実際に会ってみたらがっかりするかもしれないじゃないか、と天吾は思う。彼女は今では疲れた顔をした、ただの退屈な事務員になっているかもしれない。甲高い声で小さな子どもたちを叱りとばす、欲求不満を抱えた母親になっているかもしれない。共通する話題なんてひとつも見つけられないかもしれない。もちろんそういう可能性はある。そうなったら、天吾は心に抱き続けてきた貴重なものをひとつ、永遠に失ってしまうことになる。しかしそうではないだろうという確信のようなものが、天吾にはあった。その十歳の少女の何かを決意した目と、意志の強そうな横顔には、時による風化を簡単には許さないという決然たる思いがうかがえた。

それに比べて彼はいったいどうなのだろう？

そう考えると天吾は不安になった。

再会してがっかりするのはむしろ青豆の方ではないだろうか。小学生のときの天吾は誰もが認める数学の神童であり、成績はほとんどの科目がトップで、身体も大きく、運動能力にも優れていた。教師たちにも一目置かれ、将来を嘱望されていた。彼女の目にはあるいはヒーローのように映ったかもしれない。ところが今では契約制で仕事をする予備校の講師で、そんなものは定職とも呼べない。仕事としてはたしかに気楽だし、一人暮らしをするには不自由はないが、社会の柱みたいなものからはほど遠いところにいる。予備校で教える傍ら小説を書いているが、まだ活字になるところまではいかない。アルバイトとして、女性誌にでまかせの星占い記事を書いている。評判はいいが、はっきり言って適当な嘘っぱちだ。語るに足る友人もいないし、恋人もいない。十歳年上の人妻と週に一度密会するのがほとんど唯一の人間関係だ。これまででただひとつ誇れる業績といえば、ゴーストライターとして『空気さなぎ』をベストセラーにしたことだが、そればかりは口が裂けても口外できない。

そこまで考えたところで、レジの担当者が彼のバスケットを取り上げた。

紙袋を抱えてアパートの部屋に帰った。そしてショートパンツに着替え、缶ビールを冷蔵庫から出し、それを立ち飲みしながら大きな鍋に湯を沸かした。湯が沸くまでに枝豆を枝からむしってとり、まな板の上でまんべんなく塩もみした。そして沸騰した湯に枝豆を放り込んだ。

どうしてあの十歳のやせっぽちの少女が、いつまでたっても心から去らないのだろう、と天吾は考えた。彼女は放課後にやってきて、おれの手を握った。そのあいだ一言も口をきかなかった。それだけのことだ。でも青豆はそのとき、彼の一部を持って行ってしまったみたいに思える。心か身体の一部を。そしてそのかわりに、彼女の心か身体の一部を、彼の中に残していった。ほんの短い時間に、そういう大事なやりとりがなされたのだ。

天吾はたくさんの生姜を包丁で細かく刻んだ。そしてセロリとマッシュルームを適当な大きさに切った。チャイニーズ・パセリも細かく刻んだ。海老の殻をむき、水道の水で洗った。ペーパータオルを広げ、そこに兵士たちを整列させるように、海老をひとつずつきれいに並べた。枝豆が茹で上がると、それをざるにあけてそのまま冷ました。それから大きなフライパンを温め、そこに白ごま油を入れ、まんべんなく延ばした。刻んだ生姜を細火でゆっくり炒めた。

今すぐ青豆に会えるといいのだけれど、と天吾はあらためて思った。たとえがっかりされることになったとしても、あるいはこちらが少しがっかりするとしても、それでもかまわない。天吾はとにかく彼女に会ってみたかった。あれから彼女がどんな人生を歩んできたのか、そして今どんなところにいるのか、どんなことが彼女を喜ばせ、どんなことが彼女を悲しませるのか、それだけでも知りたかった。二人がどれほど変化したとしても、あるいはまた二人が結びあわされる可能性がすでに失われていたとしても、彼らがずっと昔に、放課後の小学校の教室で、大事な何かをやりとりしたという事実には変わりはないのだから。

刻んだセロリとマッシュルームをフライパンの中に入れた。ガスの火をいちばん強くし、フライパンを軽くゆすりながら、竹のへらで中身をこまめにかき回した。塩と胡椒を軽く振った。野菜に火が通り始めたところで、そこに水切りしておいた海老を入れた。もう一度全体に塩と胡椒を振り、小さなグラスに一杯の日本酒を注いだ。ざっと醤油をかけ、最後にパセリをまぶした。それだけの作業を、天吾は無意識のうちに進めた。まるで飛行機の操縦モードを「自動」に切り替えたみたいに、自分が今どんなことをしているのか、ほとんど考えもしなかった。もともとが複雑な手順を必要とする料理ではない。手だけは的確に動いているが、彼の頭は一貫して青豆のことを考えつづけていた。

海老と野菜の炒め物ができあがると、フライパンから大きな皿に移した。新しいビールを冷蔵庫から出し、食卓について、考えに耽りながら、まだ湯気を立てている料理を食べた。

この何ヶ月かのあいだ、おれは目に見えて変化を遂げつつあるみたいだ、と天吾は思った。精神的に成長しつつあると言っていいかもしれない。三十前にしてようやく……。たいしたものじゃないか、と天吾は飲みかけの缶ビールを手に自嘲的に首を振った。まったくたいしたものだ。このペースでいけば、人並みの成熟を迎えるまでにどれくらいの歳月を要するのだろう。

しかしいずれにせよ、そんな内的な変化は『空気さなぎ』がきっかけとなってもたらされたようだった。ふかえりの物語を自分の文章で書き直したことによって、自らの内にある物語を自分の作品としてかたちにしたいという思いが、天吾の中で強くなった。意欲と呼べそうなものがそこに生まれた。その新たな意欲の中には、青豆を求める気持ちも含まれているようだった。ここのところ、なぜか頻繁に青豆のことを考えるようになった。彼の心はことあるごとに、二十年前の午後の教室に引き戻された。まるで波打ち際に立って、強い退き波に足をさらわれている人のように。

天吾は結局二本目のビールを半分残し、海老と野菜炒めを半分残した。残ったビールは流しに捨て、料理は小さな皿に移し替え、ラップにくるんで冷蔵庫にしまった。

食事のあと彼は机の前に座り、ワードプロセッサーのスイッチを入れて、書きかけの画面を呼び出した。

過去を書き換えたところでたしかにそれほどの意味はあるまい、と天吾は実感する。年上のガールフレンドの指摘するとおりだ。彼女は正しい。過去をどれほど熱心に綿密に書き換えても、現在自分が置かれている状況の大筋が変化することはないだろう。時間というものは、人為的な変更を片端からキャンセルしていくだけの強い力を持っている。それは加えられた訂正に、更なる訂正を上書きして、流れを元どおりに直していくに違いない。多少の細かい事実が変更されることはあるにせよ、結局のところ天吾という人間はどこまで行っても天吾でしかない。

天吾がやらなくてはならないのはおそらく、現在という十字路に立って過去を誠実に見つめ、過去を書き換えるように未来を書き込んでいくことだ。それよりほかに道はない。

罪の悲しみは
悔いの心を千々にさいなむ
我が涙のしずく
うるわしき香水となりて
まことなるイエスよ
御身に注がんことを

それが、先日ふかえりが歌った『マタイ受難曲』のアリアの歌詞の内容だった。天吾は気になったので、その翌日うちにあるレコードを聴き返して訳詞を調べた。受難曲の冒頭近くにある「ベタニアの塗布」がらみのアリアだ。イエスがベタニアの町でライ患者の家を訪れたとき、ある女がイエスの首に高価な香油を注ぎかける。まわりにいた弟子たちはその無意味な浪費を叱る。それを売って、その代価を貧者に施すことができたのにと。しかしイエスは憤る弟子たちを制して言う。これでいい、この女は善きことをした。私に葬りの備えをしてくれたのだ、と。

　女は知っていた。イエスが近いうちに死なくてはならぬことを。だから自らのあふれ出る涙を注ぐように、その貴重な香油をイエスの首に注がないわけにはいかなかった。イエスもまた知っていた。自らが近く死出の道を歩まなくてはならぬことを。彼は語った、「世界のどこにあっても、この福音の宣《の》べ伝えらるるところには、この女のなせしことも語られて、彼女の記念とならん」と。

　彼らには未来を変更することはもちろんできなかった。

　天吾はもう一度目を閉じ、深呼吸をし、頭の中に適切な言葉を並べた。言葉の順序を入れ替え、イメージをより明確なものにした。リズムをより的確なものにした。

　彼は真新しい八十八個の鍵盤を前にしたウラジミール・ホロヴィッツのように、十本の指を静かに空中に波打たせた。それから心を定め、ワードプロセッサーの画面に文字を打ち込み始めた。

　夕暮れの東の空に月が二個並んで浮かんだ世界の風景を、彼は描いた。そこに生きている人々のことを。そこに流れている時間のことを。

「世界のどこにあっても、この福音の宣べ伝えらるるところには、この女のなせしことも語られて、彼女の記念とならん」

第5章 青豆

一匹のネズミが菜食主義の猫に出会う

あゆみが死んだという事実を、事実としていったん受け入れたあと、青豆の中でひとしきり意識の調整に似た作業が進行した。やがてそれが一段落すると、青豆は泣き始めた。顔を両手で覆い、声を出さずに肩を細かく震わせて静かに泣いた。自分が泣いていることを、世界中の誰にも気取られたくないという様子で。

窓のカーテンは隙間もなく閉まっていたが、それでも誰がどこから見ているか知れたものではない。その夜青豆は台所のテーブルに夕刊を広げ、その前で途切れなく泣いた。ときどきこらえきれずに嗚咽《おえつ》を上げたが、あとは音もなく泣いていた。涙が手をつたって新聞の上にこぼれた。

この世界にあって、青豆は簡単には泣かない。泣きたいことがあれば、むしろ腹を立てる。ほかの誰かに対して、あるいは自分に対して。だから彼女が涙を流すのは、ずいぶん珍しいことなのだ。しかしそのぶん、いったん涙がこぼれ始めると歯止めがきかなくなる。それほど長く泣いたのは、大塚環《たまき》が自殺したとき以来だ。あれは何年前になるだろう。思い出せない。とにかくずいぶん昔だ。青豆はそのときにはなにしろとめどもなく泣いた。何日も泣き続けた。何も口にせず、外にも出なかった。涙として流れ出た水分を時々体内に補給し、倒れ込むように短いうたた寝をするだけだった。あとの時間は休みなく泣いた。そのとき以来だ。

この世界にはもうあゆみはいない。彼女は体温を失った死体になり、今頃は司法解剖に回されているだろう。解剖が終わるとまたひとつに縫い合わされ、おそらくは簡単な葬儀があり、そのあとで火葬場に運ばれ、焼かれてしまう。煙となって空に立ち上り、雲に混じる。そして雨となって地表に降り、どこかの草を育てる。何を語ることもない、名もなき草だ。しかし青豆はもう二度と、生きたあゆみを目にすることはない。それは自然の流れに反することであり、おそろしく不公平なことであり、道筋を間違えたいびつな考え方としか思えなかった。

大塚環がこの世を去って以来、青豆がいささかなりとも友情に似た気持ちを抱けた相手は、あゆみの他にはいない。しかし残念ながら、その友情には限界が存在した。あゆみは現職の警察官であり、青豆は連続殺人者だった。確信を持った良心的殺人者ではあるけれど、殺人はあくまで殺人であり、法的に見れば青豆は疑問の余地なく犯罪者である。青豆は逮捕される側に属し、あゆみは逮捕する側に属している。

だからあゆみがもっと深い繋がりを求めてきても、青豆は心を硬くして、それにこたえないように努めなくてはならなかった。お互いを日常的に必要とするような親しい関係になってしまうと、いろんな矛盾やほころびがそこに避けがたく顔を出してくるし、それは青豆の命取りになりかねない。青豆は基本的に正直で率直な人間だった。大事なところで誰かに嘘をついたり、隠し事をしながら、相手と誠実な人間関係を結ぶことはできない。そんな状況は青豆を混乱させるし、混乱は彼女の求めるものではなかった。

あゆみにもそれはある程度わかっていたはずだ。青豆が何か表には出せない個人的な秘密を抱えていて、そのために自分とのあいだに一定の距離を意図的に置こうとしているということが。あゆみは直観に優れている。いかにも開けっぴろげな見かけの半分くらいは演技的なもので、その奥には柔らかく傷つきやすい感受性が潜んでいる。青豆はそれを知っていた。自分のとっていた防御的な姿勢のせいで、あゆみは淋しい思いをしていたかもしれない。拒否され、遠ざけられていると感じていたかもしれない。そう思うと針で刺されたように胸が痛んだ。

そのようにしてあゆみは殺されてしまった。たぶん街で見知らぬ男と知り合い、一緒に酒を飲み、ホテルに入ったのだろう。それから暗い密室で手の込んだセックスプレイが始まった。手錠、さるぐつわ、目隠し。状況が目に浮かぶ。男は女の首をバスローブの紐で絞め、相手が悶え苦しむのを見ながら興奮し、射精する。しかしそのとき男は、バスローブの紐を握った手に力を入れすぎてしまったのだ。ぎりぎりで終わるはずのことが終わらなかった。

あゆみ自身もそんなことがいつか起こるのではないかと恐れていたはずだ。あゆみは定期的な激しい性行為を必要としていた。彼女の肉体は——そしておそらく精神は——それを求めていた。でも決まった恋人はほしくない。固定された人間関係は彼女を息苦しくさせ、不安にさせる。だから適当な行きずりの男とその場限りのセックスをする。そのあたりの事情は青豆と似ていなくはない。ただあゆみには、青豆よりもっと奥深いところまで足を運んでしまう傾向があった。あゆみはどちらかというとリスキーで奔放なセックスを好んだし、傷つけられることをおそらくは無意識的に望んでいた。青豆は違う。青豆は用心深いし、誰にも自分を傷つけさせたりはしない。

そんなことをされそうになったら、激しく抵抗するだろう。しかしあゆみには、相手が何かを求めれば、それがどんなことであれ、ついこたえてしまう傾向があった。そのかわりに相手はいったい自分に何を与えてくれるのだろう、と期待する。危険な傾向だ。何といっても行きずりの男たちなのだ。彼らがいったいどんな欲望を抱えているのか、どんな傾向を隠しているのか、その場になってみなければわからない。あゆみ本人もその危険性はもちろん承知していた。だからこそ青豆という安定したパートナーを必要としたのだ。自分に歯止めをかけ、注意深く見守ってくれる存在を。

　青豆もあゆみを必要としていた。あゆみには青豆が持ち合わせていないいくつかの能力が具わっていた。人を安心させる開放的で陽気な人柄。愛想のよさ、自然な好奇心、子供のような積極性、会話の面白さ。人目を惹きつける大きな胸。青豆はそのそばでただミステリアスな微笑みを顔に浮かべていればよかった。男たちはその奥にいったい何があるのかを知りたがった。そういう意味では、青豆とあゆみは理想的な組み合わせだった。無敵のセックスマシーン。

　たとえどんな事情があったにせよ、私はもっとあの子を受け入れてあげるべきだったんだ、と青豆は思った。あの子の気持ちを受け止め、しっかりと抱きしめてやるべきだった。それこそがあの子の求めているものだった。無条件に受け入れられ、抱きしめてもらうこと。たとえいっときでもいいからとにかく安心させてもらうこと。でも私はその求めにこたえることができなかった。自分の身を護ろうとする本能が強く、それに加えて大塚環の記憶を汚すまいという意識が強すぎた。

　そしてあゆみは青豆抜きで、一人だけで夜の街に出て、首を絞められて死んだ。冷たい本物の手錠を両手にかけられ、目隠しをされ、ストッキングだか下着だかを口に突っ込まれて。あゆみ自身が常々危惧していたことが、そのまま現実になったのだ。もし青豆があゆみをもっと優しく受け入れていたなら、あゆみはおそらくその日、一人で街に出かけたりはしなかっただろう。電話をかけて青豆を誘っていたはずだ。そして二人はもっと安全な場所で、お互いをチェックしあいながら男たちに抱かれていたはずだ。でもたぶんあゆみは青豆に遠慮をしたのだ。そして青豆の方からあゆみに電話をかけて誘うことは一度もなかった。

　午前四時前に、青豆は部屋の中に一人でいることに耐えられなくなり、サンダルを履いて部屋を出た。そしてショートパンツにタンクトップというかっこうのまま、未明の街を当てもなく歩きまわった。誰かが声をかけてきたが振り向きもしなかった。歩いているうちに喉が渇いたので、終夜営業のコンビニに寄って、大きなパックのオレンジジュースを買い、その場で全部飲んだ。それから部屋に戻って、またひとしきり泣いた。私はあゆみのことが好きだったんだ、と青豆は思った。自分で考えていたより、もっとあの子のことが好きだった。私の身体を触りたいのなら、どこだって好きなだけ触らせてあげればよかったんだ。

　翌日の新聞にも「渋谷のホテル、婦人警官絞殺事件」の記事は載った。警察は全力をあげて、立ち去った男の行方を追っていた。新聞記事によれば、同僚たちは戸惑っていた。あゆみは性格が明るくて、まわりのみんなに好かれ、責任感も行動力もあり、警察官としても優秀な成績を収めていた。父親や兄を始めとして、親戚の多くが警官の職に就き、家族内の結束も強かった。どうしてこんなことになってしまったのか誰も理解できず、ただ途方に暮れていた。

誰も知らない、と青豆は思った。でも私にはわかる。あゆみは大きな欠落のようなものを内側に抱えていた。それは地球の果ての砂漠にも似た場所だ。どれほどの水を注いでも、注ぐそばから地底に吸い込まれてしまう。あとには湿り気ひとつ残らない。どのような生命もそこには根づかない。鳥さえその上空を飛ばない。何がそんな荒れ果てたものを彼女の中に作り出したのか、それはあゆみにしかわからない。いや、あゆみにだって本当のところはわからないかもしれない。しかしまわりの男たちが力ずくで押しつけてくるねじれた性的欲望が、その大きな要因のひとつになっていたことは間違いない。彼女はその致命的な欠落のまわりを囲うように、自分という人間をこしらえてこなくてはならなかった。作り上げてきた装飾的自我をひとつひとつ剝いでいけば、そのあとに残るのは無の深淵でしかない。それがもたらす激しい乾きでしかない。そしてどれだけ忘れようと努めても、その無は定期的に彼女のもとを訪れてきた。ひとりぼっちの雨降りの午後に、あるいは悪夢を見て目覚めた明け方に。そしてそんなとき、彼女は誰でもいい誰かに抱かれないわけにはいかなかった。

　青豆はヘックラー＆コッホＨＫ４を靴の箱の中から取りだし、慣れた手つきでマガジンを装塡し、安全装置を解除し、スライドを引き、チェンバーに弾丸を送り込み、撃鉄を起こし、両手で銃把《じゅうは》をしっかり握って壁のある一点に狙いを定めた。銃身はぴくりとも揺れなかった。もう手の震えはない。青豆は息を止め神経を集中し、それから大きく息を吐いた。銃を下ろし、もう一度安全装置をかけた。銃の重さを手の中で点検し、鈍い光を見つめた。その拳銃は彼女の身体の一部のようになっていた。

　感情を抑えなくてはならない、と青豆は自分に言い聞かせた。あゆみの叔父や兄を罰したところで、彼らは自分たちが何のために罰されているのか、おそらく理解することもできないだろう。そして今さら何をしたって、あゆみはもう戻って来ない。可哀そうだが、それは遅かれ早かれいつか起こることだった。あゆみは致死的な渦巻きの中心に向かって緩慢な、しかし避けることのできない接近を続けていた。もし私が心を決めて、もっと温かく彼女を受け入れていたところで、それにも限界があったはずだ。もう泣くのはやめよう。もう一度態勢を立て直さなくてはならない。ルールを自分より優先させる、それが大事だ。タマルが言ったように。

　ポケットベルが鳴ったのは、あゆみが死んでから五日後の朝のことだった。青豆はラジオの定時ニュースを聞きながら、台所でコーヒーを作るための湯を沸かしていた。ポケットベルはテーブルの上に載せてあった。彼女はその小さなスクリーンに表示されている電話番号を見た。見覚えのない電話番号だった。しかしそれがタマルからのメッセージであることに疑いの余地はない。彼女は近くにある公衆電話に行って、その番号を押した。三度目のコールでタマルが出た。

「用意はできてるか？」とタマルは尋ねた。

「もちろん」と青豆は答えた。

「マダムからの伝言だ。今夜の七時にホテル・オークラ本館のロビー。いつもの仕事の用意をして。急な話で悪いが、ぎりぎりの設定しかできなかった」

「今夜の七時にホテル・オークラ本館のロビー」と青豆は機械的に復唱した。

「幸運を祈ると言いたいところだが、俺が幸運を祈っても、きっと役には立たないだろう」

「あなたは幸運を当てにしない人だから」

「当てにしたくても、どんなものだかよくわからない」とタマルは言った。「まだ目にしたことがないから」

「何も祈らないでいい。そのかわりにひとつやってもらいたいことがあるの。部屋にゴムの木の鉢植えがひとつあるんだけど、これの面倒を見て欲しい。うまく捨てられなかったから」

「俺が引き取る」

「ありがとう」

「ゴムの木なら、猫やら熱帯魚やらの面倒をみるよりずっとラクだ。ほかには？」

「ほかには何もない。残っているものは全部捨てて」

「仕事が終わったら新宿駅まで行って、そこからもう一度この番号に電話をしてくれ。そのときに次の指示を与える」

「仕事を終えたら、新宿駅からこの番号にもう一度電話をかける」と青豆は復唱した。

「わかっているとは思うが、電話番号はメモしないように。ポケットベルは家を出るときに壊してどこかに捨ててくれ」

「わかった。そうする」

「すべての手順は細かく整えてある。何も心配しなくていい。そのあとのことは俺たちにまかせてくれ」

「心配はしない」と青豆は言った。

　タマルはしばらく黙った。「俺の正直な意見を言っていいかな？」

「どうぞ」

「あんたたちがやっていることを、無駄だと言うようなつもりは俺にはまったくない。それはあんたたちの問題であって、俺の問題ではない。しかしごく控えめに言って、無謀だ。そしてきりというものがない」

「そうかもしれない」と青豆は言った。「でもそれは変えようのないことなの」

「春になったら雪崩《なだれ》が起こるのと同じように」

「たぶん」

「でも常識のあるまともな人間は雪崩が起こりそうな季節に、雪崩が起こりそうな場所には近づかない」

「常識のあるまともな人間は、そもそもあなたとこんな話をしてはいない」

「そうかもしれない」とタマルは認めた。「ところで雪崩にあったときに連絡するような家族はいるのかな？」

「家族はいない」

「もともといないのか、それともいるけどいないのか？」

「いるけどいない」と青豆は言った。

「けっこう」とタマルは言った。「身軽なのがいちばんだ。身内としては、ゴムの木程度が理想的だ」

「マダムのところで金魚を見ていて、私も急に金魚がほしくなったの。こういうのがうちにいるといいかもしれないって思った。小さくて無口で、要求も少なそうだし。それで明くる日に駅前のショップに買いに行ったんだけど、実際に水槽に入っている金魚を見ていたら、突然ほしくなくなった。そして売れ残っている貧相なゴムの木を買ったの。金魚のかわりに」

「正しい選択だったと俺は思う」

「金魚は永遠に買えないかもしれない」

「かもしれない」とタマルは言った。「またゴムの木を買うといい」

短い沈黙があった。

「今夜の七時にホテル・オークラ本館のロビーで」と青豆はもう一度確認した。

「ただそこに座って待っていればいい。相手があんたを見つける」

「相手が私を見つける」

タマルは軽く咳払いをした。「ところで菜食主義の猫とネズミが出会った話を知っているか？」

「知らない」

「聞きたいか？」

「とても」

「一匹のネズミが屋根裏で、大きな雄猫に出くわした。ネズミは逃げ場のない片隅に追いつめられた。ネズミは震えながら言った、『猫さんお願いです。私を食べないで下さい。家族のところに帰らなくちゃならないんです。子供たちがお腹をすかせて待っています。どうか見逃して下さい』。猫は言った、『心配しなくていいよ。おまえを食べたりしない。実を言うと、大きな声じゃ言えないが、俺は菜食主義なんだ。肉はいっさい食べない。だから俺に出会ったのは、幸運だったよ』。ネズミは言った、『ああ、なんて素晴らしい日なんだろう。なんて僕は幸運なネズミなんだろう。菜食主義の猫さんに出会うなんて』。しかし次の瞬間、猫はネズミに襲いかかり、爪でしっかりと身体を押さえつけ、鋭い歯をその喉に食い込ませた。ネズミは苦しみながら最後の息で猫に尋ねた、『だって、あなたは菜食主義で肉はいっさい食べないって言ったじゃありませんか。あれは嘘だったんですか』。猫は舌なめずりをしながら言った、『ああ、俺は肉は食べないよ。そいつは嘘じゃない。だからおまえをくわえて連れて帰って、レタスと交換するんだ』」

　青豆は少し考えた。「その話のポイントは何なの？」

「ポイントはとくにない。さっき幸運の話題が出たから、ふとこの話を思い出したんだ。ただそれだけだよ。もちろんポイントを見つけるのはあんたの自由だけどな」

「心温まる話」

「もうひとつ。前もってボディーサーチと荷物検査があると思う。連中は用心深い。そのことは覚えておいた方がいい」

「覚えておく」

「それじゃな」とタマルは言った。「またどこかで会おう」

「またどこかで」と青豆は反射的に繰り返した。

　電話が切れた。彼女は受話器を少し眺め、顔を軽く歪め、それを置いた。そしてポケットベルに表示されている電話番号を頭にしっかり刻み込んでから、消去した。またどこかで、と青豆は頭の中でもう一度繰り返した。でも彼女にはわかっていた。この先、自分がタマルと顔を合わせることはおそらくあるまい。

　隅から隅まで朝刊に目を通したが、あゆみが殺された事件についての記事はもう見当たらなかった。どうやら今のところ捜査の進展はないらしい。たぶんほどなく、猟奇的な事件として週刊誌が一斉に取り上げることだろう。現職の若い婦人警官が、渋谷のラブホテルで手錠を使ってセックスプレイをしていた。そして全裸で絞殺された。しかし青豆はそんな興味本位の記事を読みたいとは思わなかった。事件が起こって以来、テレビのスイッチも入れないようにしていた。ニュース・アナウンサーの人工的な甲高い声で、あゆみの死についての事実を告げられたくはなかった。

もちろん犯人には捕まってほしかった。犯人はどうあっても罰せられなくてはならない。しかし犯人が逮捕されて裁判にかけられ、その殺人のディテールが明らかになったとして、それでどうなるだろう。何をしたところで、あゆみは生きかえりはしない。それははっきりしている。判決だってどうせ軽いものになるはずだ。おそらく殺人ではなく、過失致死事件として処理されることだろう。もちろん死刑判決がおりたところで何の埋め合わせにもならないわけだが。青豆は新聞を閉じ、テーブルに肘をつき、しばらく両手で顔を覆った。そしてあゆみのことを思った。でももう涙は出てこない。彼女はただ腹を立てているだけだった。

午後の七時までにはまだずいぶん時間があった。青豆にはそれまで何もすることがなかった。スポーツクラブの仕事は入っていなかった。小型の旅行用バッグとショルダーバッグは、タマルから指示されたとおり、既に新宿駅のコインロッカーに入っている。旅行用バッグの中には現金の束と数日ぶんの着替えが収められている。青豆は三日に一度新宿駅まで行って、コインを追加し、そのたびに中身を確認していた。部屋の掃除をする必要もなく、料理を作ろうにも冷蔵庫の中はがらんどうに近かった。部屋の中には、ゴムの木のほかには生活の匂いのするものはほとんど何も残っていなかった。個人的な情報に繋がるものもすべて始末した。抽斗はみんな空っぽになっている。明日になれば私はもうここにはいない。あとには私の気配ひとつ残ってないだろう。

　その夕方に着ていく衣服はきれいに畳まれ、ベッドの上に重ねて置かれていた。その隣にはブルーのジムバッグがあった。バッグにはストレッチングのために必要な用具が一式入っている。青豆はそれをもう一度念のために点検した。ジャージの上下と、ヨーガマット、大小のタオル、そして細身のアイスピックを入れた小さなハードケース。すべて揃っている。ハードケースの中からアイスピックを取りだし、コルク栓をはずし、先端に指先を触れ、それがじゅうぶんな鋭さを保っていることを確認した。それでも念には念を入れて、いちばん細かい砥石を使って軽く研いだ。彼女はその針先が男の首筋に、そこにある特別な一点に、吸い込まれるように音もなく沈んでいく光景を思い浮かべた。いつもと同じように、一瞬のうちにすべては終わるはずだ。悲鳴もなく出血もなく。そこには一瞬の痙攣《けいれん》があるだけだ。青豆は針の先端をもう一度コルク栓に刺し、注意深くケースに収めた。

　それからＴシャツにくるまれたヘックラー＆コッホを靴箱から出し、慣れた手つきでマガジンに七発の九ミリ弾を装塡した。乾いた音を立ててチェンバーに弾丸を送り込んだ。安全装置をはずし、もう一度かけた。それを白いハンカチでくるみ、ビニールのポーチに入れた。その上に着替え用の下着を詰めて、ピストルが目につかないようにした。

　ほかに何かやらなければならないことはあったっけ？

　何も思いつけなかった。青豆は台所に立って、沸いた湯でコーヒーを作った。テーブルの前に座ってそれを飲み、クロワッサンをひとつ食べた。

　これが私にとってのおそらく最後の仕事になる、と青豆は思った。そしてもっとも重要で、もっとも困難な仕事になる。この任務を終えれば、もうこれ以上人を殺す必要はなくなる。

　自分のアイデンティティーが失われることに対する抵抗はなかった。それはむしろある意味では青豆の歓迎するところだった。名前にも顔にも未練はないし、なくすのが惜しいような過去はひとつも思いつけなかった。人生のリセット、あるいはこれこそ私の待ち望んでいたことかもしれない。

　自分自身に関して、できれば失いたくないと彼女が考えるのは、不思議な話だが、どちらかといえば貧弱な一対の乳房くらいだった。青豆は十二歳以来今に至るまで一貫して、乳房のかたちとサイズに不満を抱いて生きてきた。もう少し胸が大きければ、今よりは心安らかな人生が過ごせたのではないかとよく考えたものだ。しかし実際にそのサイズを改変できる機会を与えられたとき（それは必然性を伴った選択肢であった）、自分がそんな変更をまったく求めていないことに彼女は気がついた。このままでかまわない。これくらいでちょうどいい。

　タンクトップの上から両方の乳房を手で触ってみた。いつもと同じ乳房だ。配合を間違えて膨らみそこねたパン生地みたいなかたちをしている。おまけに左右のサイズも微妙に違っている。彼女は首を振った。でもかまわない。それが私なのだ。

　この乳房以外に私に何が残されるのだろう？

　もちろん天吾の記憶が残る。彼の手の感触が残る。心の激しい震えが残る。彼に抱かれたいという渇望が残る。たとえ別の人間になったところで、天吾に対する想いが私からもぎ取られることはない。それが私とあゆみとのいちばん大きな違いだ、と青豆は思う。私という存在の核心にあるのは無ではない。荒れ果てた潤いのない場所でもない。私という存在の中心にあるのは愛だ。私は変わることなく天吾という十歳の少年のことを想い続ける。彼の強さと、聡明さと、優しさを想い続ける。彼はここには存在しない。しかし存在しない肉体は滅びないし、交わされていない約束が破られることもない。

青豆の中にいる三十歳になった天吾は、現実の天吾ではない。彼はいわばひとつの仮説に過ぎない。すべてはおそらく彼女の想念が生み出したものだ。天吾はまだその強さと、聡明さと、優しさを保っている。そして彼は今では大人の太い腕と、厚い胸と、頑丈な性器を持っている。青豆が望むとき、彼はいつもそばにいる。彼女をしっかりと抱きしめ、髪を撫で、口づけをしてくれる。二人のいる部屋はいつも暗く、青豆には天吾の姿を見ることはできない。彼女が目にできるのは、その瞳だけだ。暗闇の中でも、青豆にはその温かい瞳を見ることができる。彼女は天吾の瞳をのぞき込んで、その奥に、彼が眺めている世界の光景を見てとることができる。

青豆が時々たまらなく男たちと寝たくなるのは、自分の中ではぐくんでいる天吾の存在を、可能な限り純粋に保っておきたいからかもしれない。彼女は知らない男たちと放埒《ほうらつ》に交わることによって、自分の肉体を、それを捉えている欲望から解き放ってしまいたかったのだろう。その解放のあとに訪れるひっそりとした穏やかな世界で、天吾と二人だけで、何ものにも煩わされることのない親密な時間を過ごしたかった。おそらくはそれが青豆の望むことだった。

午後の何時間かを、青豆は天吾のことを考えながら過ごした。彼女は狭いベランダに置いたアルミニウムの椅子に座り、空を見上げ、車の騒音に耳を澄ませ、ときどき貧相なゴムの木の葉を指でつまみながら、天吾のことを想った。午後の空にはまだ月は見えなかった。月が出るのは何時間か先のことになる。明日の今頃、私はどこにいるのだろう、と青豆は考える。見当もつかない。でもそんなのは些細なことだ。天吾がこの世界に存在しているという事実に比べれば。

　青豆はゴムの木に最後の水をやり、それからプレーヤーにヤナーチェックの『シンフォニエッタ』を載せた。手持ちのレコードは全部処分したが、その一枚だけは最後まで残しておいた。彼女は目を閉じ、音楽に耳を澄ませた。そしてボヘミアの草原を渡る風を想像した。そんな場所を天吾と二人でどこまでも歩くことができたら素晴らしいだろうなと思った。二人はもちろん手を握り合っている。ただ風が吹き渡り、柔らかな緑の草がそれに合わせて音もなく揺れている。青豆は天吾の手のぬくもりを、自分の手の中にしっかりと感じることができる。映画のハッピーエンドのように、その光景は静かにフェイドアウトしていく。

　それから青豆はベッドの上に横になり、身を丸くして三十分ばかり眠った。夢は見なかった。それは夢を必要としない眠りだった。目覚めると、時計の針は四時半を指していた。冷蔵庫に残っていた卵とハムとバターを使って、ハムエッグを作った。カートンボックスから直接オレンジジュースを飲んだ。午睡のあとの沈黙は奇妙に重かった。ＦＭラジオをつけると、ヴィヴァルディの木管楽器のための協奏曲が流れてきた。ピッコロが小鳥のさえずりのような軽快なトリルを演奏していた。それはここにある現実の非現実性を強調するための音楽のように青豆には感じられた。

食器を片づけたあとシャワーを浴び、何週間も前からその日のために用意しておいた服に着替えた。シンプルで動きやすい服だ。淡いブルーのコットンパンツに、飾り気のない白い半袖のブラウス。髪はまとめて上にあげ、櫛《くし》でとめた。アクセサリー類はつけない。それまでに着ていた衣服は洗濯かごに入れる代わりに、まとめて黒いビニールのゴミ袋に詰めた。あとはタマルが処理してくれるはずだ。指の爪をきれいに切り、時間をかけて歯を磨いた。耳の掃除もした。鋏を使って眉毛を整え、顔に薄くクリームを塗り、首筋にほんの少しだけコロンをつけた。鏡の前でいろんな角度から顔の細部を点検し、どこにも問題がないことを確認した。そしてナイキのマークのついたビニールのジムバッグを持ち、部屋をあとにした。

ドアの前で最後に後ろを振り返り、もうここに戻ることはないのだと思った。そう思うと、部屋はこの上なくみすぼらしく見えた。内側からしか鍵のかからない牢獄のようだった。絵の一枚もかかっていないし、花瓶のひとつもない。金魚のかわりに買った、バーゲン品のゴムの木がベランダにひとつ置かれているだけだ。そんなところで自分が何年も、とくに不満や疑問を感じることもなく日々を送っていたなんて、うまく信じられなかった。

「さよなら」と彼女は小さく口に出して言った。部屋にではなく、そこにいた自分自身に向けた別れの挨拶だった。

第6章 天吾

我々はとても長い腕を持っています

その後しばらく状況に進展は見られなかった。天吾のもとには誰からの連絡も入ってこなかった。小松からも、戎野先生からも、そしてまたふかえりからも、メッセージらしきものは一切送られてこなかった。みんな天吾のことなんか忘れて、月に行ってしまったのかもしれない。もし本当にそうだとしたら言うことはないのだが、と天吾は思った。しかしそんなに都合良くものごとが運ぶわけはない。彼らは月になんか行かない。やるべきことがたくさんあって日々忙しく、天吾にわざわざ何かを知らせたりする余裕や親切心を持ち合わせていないだけだ。

天吾は小松に指示されたように、新聞だけは毎日読むように努めていたが、少なくとも彼が読んでいた新聞には、ふかえりがらみの記事はもう載らなかった。新聞は「起こった」ことについては積極的に取り上げるが、「続いている」ことについては比較的消極的な態度で臨むメディアである。だからそれは「今のところたいしたことは何も起こっていない」という無言のメッセージであるはずだった。テレビのニュースショーが事件をどのように取り上げていたのか、テレビを持たない天吾には知るべくもない。

週刊誌について言えば、ほとんどすべてがその事件を取り上げていた。もっとも天吾は実際にそんな記事に目を通したわけではない。新聞に掲載された雑誌広告に「美少女ベストセラー作家、謎の失踪事件の真相」とか「『空気さなぎ』著者ふかえり（17歳）はどこに消えた？」とか「失踪美少女作家の『隠された』生い立ち」といった類のセンセーショナルな見出しが並んでいるのを目にしただけだ。いくつかの広告にはふかえりの顔写真まで載っていた。どれも記者会見のときに撮られた写真だった。そこにどんなことが書かれているのかもちろん興味がなくはなかったけれど、わざわざ金を払って週刊誌を買い揃えようという気持ちにはなれなかった。もしそこに天吾が気にしなくてはならないようなことが書かれていれば、おそらく小松がすぐに連絡をしてくるはずだ。連絡がないというのは、今のところ目新しい展開はないということだ。つまり人々はまだ『空気さなぎ』にゴーストライターがいる（かもしれない）という事実に気がついていないのだ。

　見出しの内容からすると、マスコミの関心は今のところ、ふかえりの父親が元過激派の高名な活動家であったこと、ふかえりが山梨山中のコミューンで世間から隔離されて育てられたこと、現在の後見人が戎野先生（かつての有名文化人）であること、そのような事実に集まっているようだった。そしてその美しい謎の少女作家の行方がわからないまま、『空気さなぎ』はベストセラーに腰を据えたままだ。今のところそれだけでじゅうぶん世間の耳目を引く記事になる。

　しかしふかえりの失踪が更に長引くようであれば、より広い周辺の事情に調査の手が伸びていくのはおそらく時間の問題だ。そうなると話はいささか面倒になってくるかもしれない。たとえばもし誰かがふかえりの通っていた学校に行って調査をすれば、彼女が読字障害を抱えていたことや、おそらくはそのせいでほとんど学校に行かなかったことなんかが明るみに出るだろう。彼女の国語の成績や、書いた作文だって――もし彼女がそんなものを書いていたとすればだが――出てくるかもしれない。当然のことながら「読字障害を持った少女が、こんなきちんとした文章を書けるのは不自然じゃないか」という疑問が浮上してくる。そこまでいけば「ひょっとして第三者が手を貸したのでは」という仮説を立ち上げるのに、天才的な想像力は必要とはされない。

　そんな疑問がまず持ち込まれるのは、もちろん小松のところだ。小松が『空気さなぎ』の担当編集者であり、出版に関するすべてを仕切ってきたのだから。そして小松はあくまで知らぬ存ぜぬで通すはずだ。自分は本人から送られた応募原稿をそのまま選考会に回しただけで、その成立過程については与り知らない、と涼しい顔で言い張るだろう。年期を積んだ編集者ならみんな多かれ少なかれ身につけている技能だが、小松は表情を変えずに心にもないことを言うのが上手だ。それからすぐに天吾のところに電話をかけてきて、「なあ、天吾くん、そろそろ尻に火がつき始めたぞ」みたいなことを言うだろう。芝居がかった口調で、まるでトラブルを楽しんでいるみたいに。

　本当に彼はトラブルを楽しんでいるのかもしれない、天吾はそう感じることがある。小松には破滅願望みたいなものが時として見受けられた。計画のすべてが露見して、汁気たっぷりのスキャンダルが盛大に破裂し、関係者全員が空高く吹き飛ばされてしまうことを、心の底では望んでいるのかもしれない。小松という人間にはそういうところがなくはない。しかしそれと同時に小松は冷徹なリアリストでもある。願望は願望としてどこかに置いて、実際にはそれほど簡単に破滅の縁を乗り越えたりはしない。

あるいは小松には、何があろうと自分だけは生き延びていけるという勝算があるのかもしれない。彼が今回の事件の展開をどのように切り抜けていくつもりでいるのか、天吾にはわからない。小松ならどんなことだって――胡散臭いスキャンダルであれ、破滅であれ――それなりに巧妙に利用できるかもしれない。食えない男なのだ。戎野先生のことをとやかく言えた義理ではない。しかしいずれにせよ『空気さなぎ』の執筆経過について、疑念の雲が地平線に浮かび始めたら、小松は必ず天吾のところに連絡をしてくるはずだ。それについては天吾にはかなりの確信があった。天吾は小松にとってこれまで便利で有効な道具として機能してきたが、同時に今ではそのアキレス腱ともなっている。天吾が事実をすべてぶちまければ、彼は疑いの余地なく窮地に追い込まれる。天吾はないがしろにできない存在になっているのだ。だから小松からの電話を待っていればよかった。電話がないうちはまだ「尻に火がついて」いないということだ。

戎野先生が何をしているのか、天吾としてはむしろそちらに興味があった。戎野先生は警察とのあいだで何かものごとを進展させているに違いない。彼は「さきがけ」がふかえりの失踪に絡んでいるという可能性を、警察にせっせと吹き込んでいるはずだ。ふかえりの失踪事件を梃子にして、「さきがけ」という団体の固い殻をこじ開けようとしている。警察はその方向に動いているのだろうか？　たぶん動いているだろう。ふかえりと「さきがけ」との関係についてはすでにメディアが騒ぎ出している。警察としてもそちらに手をつけず、あとになってその線で重要な事実が発覚したりしたら、捜査の怠慢を責められることになる。しかしいずれにせよ、捜査は水面下でひっそりと進められているはずだ。つまり週刊誌を読んだところで、テレビのニュースショーを見たところで、実のある新しい情報はまず出てこないということだ。

ある日予備校の仕事から帰宅すると、玄関の郵便受けに分厚い封筒が突っ込まれていた。差出人は小松で、出版社のロゴ入りの封筒には、速達用のスタンプが六カ所も押してあった。部屋に戻って開けてみると、『空気さなぎ』の書評のコピーがまとめて入っていた。小松の手紙も同封されていたが、例によってのたくった字で書かれていて、解読するのに時間がかかった。

天吾くん。

今のところまだとくに大きな動きはない。ふかえりの行方はまだ判明してない。週刊誌やテレビがとりあげているのは主に彼女の生い立ちの問題だ。ありがたいことに、我々には害は及んでいない。本はますます売れている。ここまでくると慶賀すべきことなのかどうか、判断に苦しむところだ。しかし会社はとても喜んでいるし、社長から表彰状と金一封をもらった。二十年以上この会社で仕事をしているが、社長にほめられたのは初めてだ。ことの真相を知ったとき連中がどんな顔をするのか、見てみたいような気もする。

ここにこれまでに出た『空気さなぎ』の書評や関連記事のコピーを入れておく。暇があったら後学のために読んでみるといい。君にとっても何かと興味深いものがあるはずだ。もし笑いたい気持ちであればということだが、笑えるものもいくつかある。

先日話に出た「新日本学術芸術振興会」について知り合いに調査してもらった。この団体は数年前に設立され、認可を受け、実際に活動を行っている。事務所もあり、年度会計報告もおこなっている。一年間に何人か学者や創作家を選んで、助成金を出している。少なくとも協会側はそのように主張している。その金がどこから出ているかはわからない。とにかく胡散臭いというのが、その知り合いの率直な意見だ。節税のために作られたダミー団体という可能性もある。詳しい調査をすれば何か情報が出てくるかもしれないが、そこまで手間をかける余裕はこちらにはない。何はともあれこの前の電話でも言ったことだが、その団体が世間的に無名の天吾くんに三百万の金を出すというのももうひとつ腑に落ちない。何か裏がありそうだ。「さきがけ」が一枚嚙んでいる可能性も否定できない。もしそうだとしたら彼らは『空気さなぎ』に天吾くんが関与していることを嗅ぎつけているわけだ。いずれにせよ、この団体とは関わり合いにならないのが賢明だろう。

天吾は小松の手紙を封筒に戻した。どうして小松はわざわざ手紙を書いてきたのだろう。書評を送るついでに手紙を同封しただけのことかもしれないが、小松らしくない。用事があればいつものように電話で話せばすむことではないか。こんな手紙を書いたら、証拠としてあとに残ってしまう。用心深い小松がそんなことに気がつかないわけはない。あるいは小松は、証拠が残ることよりは、電話を盗聴される可能性をより不安に思っているのかもしれない。

天吾は電話に目をやった。盗聴？　自分の電話が盗聴されているかもしれないなんて、考えたこともなかった。しかしそう思えばこの一週間ばかり、誰一人として天吾のところに電話をかけてこなかった。この電話が盗聴されているというのは、あるいは世間では周知の事実になっているのかもしれない。電話をかけるのが好きな年上のガールフレンドでさえ、珍しく一度も電話をかけてこなかった。

それだけではない。先週の金曜日、彼女は天吾の部屋を訪れなかった。これまでなかったことだ。もし来られないような事情が生じれば、彼女は必ず前もって電話をかけてきた。子供が風邪をひいて学校を休んでいるとか、急に生理が始まったとか、だいたいそういう理由だった。しかしその金曜日、彼女は連絡もせず、ただやってこなかった。天吾は簡単な昼食を用意して待っていたのだが、待ちぼうけに終わってしまった。何か急な用件ができたのかもしれないが、その前にもあとにも連絡ひとつないというのは普通ではない。しかし彼の方から連絡をとることはできない。

天吾はガールフレンドについても、電話についても考えるのはやめて、台所のテーブルの前に座り、送られてきた書評のコピーを順番に読んでいった。書評は日付順にまとめられ、左上の余白にボールペンで新聞雑誌名と発表期日がメモされていた。たぶんアルバイトの女の子にいいつけてやらせたのだろう。小松本人は何があろうとそんな面倒なことはやらない。書評のほとんどが好意的な内容だった。多くの評者がその物語の内容の深さと大胆さを評価し、文章の的確さを認めていた。「これが十七歳の少女の書いた作品だとはとても信じられないほどだ」といくつかの書評が書いていた。

悪くない推測だ、と天吾は思った。

「マジック・リアリズムの空気を吸ったフランソワーズ・サガン」と評した記事もあった。いたるところに保留と付帯条件があり、文意は今ひとつ明瞭ではなかったが、全体の雰囲気を綜合してみるとどうやら褒めているらしい。

ただし空気さなぎとリトル・ピープルの意味するところについては、少なからざる書評家が戸惑っていた。あるいは態度を決めかねていた。「物語としてはとても面白くできているし、最後までぐいぐいと読者を牽引していくのだが、空気さなぎとは何か、リトル・ピープルとは何かということになると、我々は最後までミステリアスな疑問符のプールの中に取り残されたままになる。あるいはそれこそが著者の意図したことなのかもしれないが、そのような姿勢を〈作家の怠慢〉と受け取る読者は決して少なくはないはずだ。この処女作についてはとりあえずよしとしても、著者がこの先も長く小説家としての活動を続けていくつもりであれば、そのような思わせぶりな姿勢についての真摯な検討を、近い将来迫られることになるかもしれない」と一人の批評家は結んでいた。

それを読んで天吾は首をひねった。「物語としてはとても面白くできているし、最後までぐいぐいと読者を牽引していく」ことに作家がもし成功しているとしたら、その作家を怠慢と呼ぶことは誰にもできないのではないか。

しかし正直なところ、天吾にははっきりしたことは言えない。あるいは彼の考え方が間違っていて、批評家の言いぶんが正しいのかもしれない。天吾は『空気さなぎ』という作品の改稿に文字通り没頭していたし、その作品を第三者の目で客観的に捉えることはほとんど不可能になっていた。彼は今では、空気さなぎやリトル・ピープルを自分自身の内部にあるものとして眺めるようになっていた。それらが何を意味するかは、天吾にも正直言ってよくわからない。しかし彼にとってそれはさして重大なことではない。その実在を受け入れられるかどうか、というのが何より大きな意味を持つことだ。そして天吾にはそれらの実在性をすんなりと受け入れることができた。だからこそ『空気さなぎ』の改稿作業に心底没頭できたのだ。もし自明のものとしてその物語を受け入れられなかったなら、どんな大金を積まれても、あるいは脅されても、そんな詐欺行為に手を貸してはいなかったはずだ。

とはいえそれはあくまで天吾の個人的な見解に過ぎない。そのまま他人に押しつけることはできない。『空気さなぎ』を読み終えて「ミステリアスな疑問符のプールの中に取り残されたままに」なっている善男善女に対し、天吾は同情の念を抱かないわけにはいかなかった。カラフルな浮き輪につかまった人々が困った顔つきで、疑問符だらけの広いプールをあてもなく漂っている光景が目に浮かんだ。空にはあくまで非現実的な太陽が輝いている。天吾はそのような状況を世間に流布する一端を担った人間として、まったく責任を感じないというのではなかった。

しかしいったい——と天吾は思う——誰に世界のすべての人々を救済することができるだろう？　世界中の神様をひとつに集めたところで、核兵器を廃絶することも、テロを根絶することもできないのではないか。アフリカの旱魃《かんばつ》を終わらせることも、ジョン・レノンを生き返らせることもできず、それどころか神様同士が仲間割れして、激しい喧嘩を始めることになるのではないか。そして世界はもっと混乱したものになるかもしれない。そんな事態がもたらすであろう無力感を思えば、人々をミステリアスな疑問符のプールにしばし浮かばせるくらい、まだ罪の軽いほうではないか。

天吾は小松の送ってきた『空気さなぎ』の書評を半分ばかり読み、残りは読まずに封筒の中に戻した。半分読めば、あとのものにどんなことが書いてあるのか、おおよその想像はついた。『空気さなぎ』は物語として多くの人々を惹きつけている。それは天吾を惹きつけ、小松を惹きつけ、戎野先生をも惹きつけた。そして驚くべき数の読者を惹きつけている。それ以上の何が必要とされるだろう。

電話のベルは火曜日の夜の九時過ぎに鳴った。天吾は音楽を聴きながら、本を読んでいるところだった。天吾が一番好きな時刻だった。眠る前に好きなだけ本を読む。読み疲れたらそのまま眠ってしまう。

久しぶりに耳にする電話のベルだったが、そこには何か不吉な響きが感じられた。小松からの電話ではない。小松からの電話は違う鳴り方をする。天吾は受話器を取るべきかどうかしばらく迷った。五回ベルを鳴らしっぱなしにした。それからレコードの針を上げて受話器を取った。ひょっとしてガールフレンドがかけてきたのかもしれない。

「川奈さんのお宅ですか?」と男が言った。中年の男の声、深くてソフトだ。聞き覚えのない声だ。

「そうです」と天吾は用心深く言った。

「夜分おそれいりますが、安田と申します」と男は言った。とても中立的な声だ。とくに友好的でもないし、敵対的でもない。とくに事務的でもないし、親しげでもない。

安田?　安田という名前に覚えはなかった。

「ひとつお伝えしたいことがあってお電話致しました」と相手は言った。そして本のページのあいだにしおりをはさむみたいに、僅かに間をあけた。「家内はもうお宅にお邪魔することができないと思います。申し上げたいのはそれだけです」

そこで天吾ははっと気がついた。安田というのはガールフレンドの苗字だ。安田恭子《きょうこ》、それが彼女の名前だった。彼女が天吾の前でその名を口にする機会はまずなかったし、だから思い当たるまでに時間がかかった。電話をかけてきたこの男は、彼女の夫なのだ。喉の奥に何かが詰まったような感触があった。

「理解して頂けましたでしょうか？」と男は尋ねた。声には一切の感情がこもっていない。少なくとも天吾にはそれらしきものは聞き取れなかった。ただイントネーションに微かに訛りのあとがあった。広島か九州か、たぶんそちらの方だ。判別はつかない。

「来ることができない」と天吾は繰り返した。

「そう、お邪魔することはできないようになりました」

天吾は勇気を出して尋ねてみた。「彼女に何かがあったのですか？」

沈黙があった。天吾の質問は返事のないまま、あてもなく宙に浮かんでいた。それから相手は口を開いた。「そんなわけで、川奈さんがうちの家内に会うことは、この先二度とないと思います。それだけをお知らせしておきたかったのです」

この男は天吾と自分の妻が寝ていたことを知っている。週に一度、一年ばかりその関係が続いていたことを。それは天吾にもわかった。それでも不思議に、相手の声には怒りも恨みがましさもこもっていなかった。そこに含まれているのは何か違う種類のものだった。個人的な感情というよりは、客観的な情景のようなものだ。たとえば見捨てられて荒れ果てた庭とか、大きな洪水のあとの河川敷とか、そんな情景だ。

「よくわからないのですが――」

「それなら、そのままにしておいた方がいい」と男は天吾の発言を遮るように言った。その声には疲労の影が聴き取れた。「ひとつはっきりしています。家内は既に失なわれてしまったし、どのようなかたちにおいても、あなたのところにはもううかがえない。そういうことです」

「失なわれてしまった」と天吾はぼんやり相手の言葉を反復した。

「川奈さん、こんな電話は私としてもかけたくなかった。しかしこのまま何も言わずに打っちゃっておくのは、こちらとしても寝覚めが良くありません。私が好んであなたとこのような話をしていると思いますか？」

　いったん相手が黙ると、電話口からはどのような音も聞こえてこなかった。男はとんでもなく静かな場所から電話をかけているらしかった。あるいはこの男が抱いている感情が真空のような役割を果たして、あたりのすべての音波を吸収してしまうのかもしれない。

　何か質問をしなくては、と天吾は思った。そうしないことにはすべてはこのまま、わけのわからない暗示に満ちたままに終わってしまいそうだった。会話を途切れさせてはならない。しかしそもそもこの男には、状況の細部を天吾に教えようというつもりはないのだ。実情を告げるつもりのない相手に向かって、いったいどのような質問をすればいいのだろう。真空に向けてどのような言葉を響かせればいいのだろう？　天吾が懸命に有効な言葉を探し求めているうちに、予告もなく電話のラインが切れた。その男は何も言わず受話器を置いて、天吾の前から歩き去ってしまったのだ。おそらくは永遠に。

　天吾は死んでしまった受話器になおもしばらく耳をあてていた。もし電話が誰かに盗聴されているとしたら、その気配が聴き取れるかも知れない。彼は息を詰めて耳を澄ました。しかしそれらしい不審な音はまったく聞こえなかった。聴き取れるのは自らの心臓の鼓動だけだった。その鼓動を聞いているうちに、自分が卑劣な盗賊になって、夜中に他人の家に忍び込んでいるみたいな気がしてきた。物陰に隠れ、息を殺して、家人が寝静まるのを待っているのだ。

天吾は気持ちを落ち着けるためにやかんに湯を沸かし、緑茶を入れた。そして湯飲みを持ってテーブルの前に座り、電話で交わされた会話を頭の中に、最初から順番に再現してみた。

「家内は既に失なわれてしまったし、どのようなかたちにおいても、あなたのところにはもううかがえないということです」と彼は言った。どのようなかたちにおいても――とりわけその表現が天吾を戸惑わせた。そこには暗く湿ったぬめりに似たものが感じられた。

安田という人物が天吾に伝えたかったのは、彼の妻が仮に天吾のところにもう一度行きたいと望んだとしても、それを実行するのは実際的に不可能なのだ、ということらしかった。どうして、いったいどのような文脈において、それが不可能なのだろう？　失なわれてしまったというのは、いったい何を意味するのだろう？　事故にあって大けがをしたり、不治の病にかかったり、暴力によって顔が激しく変形したりしている安田恭子の姿が天吾の脳裏に浮かんだ。彼女は車椅子に乗ったり、身体の一部を失ったり、身動きもできないように全身に包帯を巻かれたりしていた。あるいは地下室で、犬のように太い鎖につながれていた。しかしどれをとっても、可能性としてはあまりにも突飛だった。

安田恭子は（天吾は今ではフルネームで彼女のことを考えるようになっていた）、自分の夫について語ることがほとんどなかった。夫がどんな職業に就いていて、何歳で、どんな顔立ちで、どんな性格で、どこで知り合って、いつ結婚したのか、天吾はなにひとつ知らなかった。太っているのか痩せているのか、背が高いのか低いのか、ハンサムなのかそうでもないのか、夫婦仲が良いのか悪いのか、それも知らない。天吾にわかるのは、彼女がとくに生活に困ってはいないこと（どちらかといえば余裕のある生活を送っているみたいだ）、夫とのセックスの回数に（あるいは質に）あまり満足を覚えていないらしいということくらいだった。しかしそれだってすべて、あくまで彼の推測に過ぎない。天吾と彼女はベッドの中でいろんな話をして午後の時間を潰したが、そのあいだ彼女の夫が話題にのぼることは一度もなかった。そして天吾としても、とくにそんなことを知りたいとも思わなかった。自分がどんな男から奥さんをかすめとっているのか、できることなら知らないでおきたかった。それはある種の礼儀のようなものだと彼は考えていた。しかし事態がこんな風になった今、天吾は自分が彼女の夫について何ひとつ質問しなかったことを悔やんだ（質問さえすれば彼女はかなり率直に答えたはずだ）。その男は嫉妬深いのだろうか、所有欲は強いのだろうか、暴力的な傾向はあるのだろうか？

　自分のこととして考えてみよう、と天吾は思った。もし逆の立場に置かれたら、自分ならいったいどんな風に感じるだろう？　つまり妻がいて、小さな子供が二人いて、ごく普通の穏やかな家庭生活を送っているとする。ところが妻が週に一度ほかの男と寝ていたことが発覚する。相手は十歳も年下の男だ。関係は一年余り続いている。仮にそんな立場に置かれたとして、自分ならどのように考えるだろう。どんな感情が心を支配することになるのだろう？　激しい怒りか、深い失望か、茫漠とした哀しみか、無感動な冷笑か、現実感覚の喪失か、それとも判別のつかないいくつかの感情の混合物か？

　どれだけ考えてみても、そこで自分が抱くであろう感情を、天吾はうまく探り当てられなかった。そのような仮定を通して彼の頭に浮かび上がってくるのは、白いスリップを着て、見知らぬ若い男に乳首を吸わせている母親の姿だ。乳房は豊満で、乳首は大きく硬くなっている。彼女の顔はうっとりと官能的な微笑みを浮かべている。口が半開きになり、目は閉じられている。その微かに震える唇は湿った性器を連想させる。そのそばには天吾自身が眠っている。まるで因果が巡っているみたいだ、と天吾は思った。その謎の若い男はおそらく今の天吾自身であり、天吾が抱いている女は安田恭子だ。構図はまったく同じで、人物が入れ替わっているだけだ。とすればおれの人生とは、自分の中にある潜在的なイメージを具象化し、それをただなぞるだけの作業に過ぎないのか。そして彼女が失なわれてしまったことについて、自分にはどの程度の責任があるのだろう？

天吾はそのまま眠れなくなった。安田という男の声がずっと耳元で響いていた。彼の残していった暗示は重く、彼の口にした言葉は奇妙なリアルさを帯びていた。彼は安田恭子について考えた。彼女の顔と、彼女の身体を細部まで思い浮かべた。彼女に最後に会ったのは二週間前の金曜日だ。二人はいつもと同じように時間をかけてセックスをした。しかし夫からの電話のあとでは、それらはずいぶん遠い過去に起こったことのように感じられた。まるで歴史のひとこまみたいだ。

ベッドの中で彼と一緒に聴くために、彼女が家から持参したＬＰレコードが数枚、レコード棚にあった。遥か昔のジャズのレコードばかりだ。ルイ・アームストロング、ビリー・ホリデー（ここにもバーニー・ビガードがサイドマンとして参加している）、一九四〇年代のデューク・エリントン。どれもよく聴きこまれ、大事に扱われている。ジャケットは歳月の経過によっていくらか褪色しているが、中身は新品と変わりなく見える。それらのジャケットを手にとって眺めているうちに、おそらくもう二度と彼女とは会えないのだという実感が、天吾の中に徐々に形作られてきた。

もちろん正確な意味において、天吾は安田恭子を愛していたわけではなかった。彼女と生活を共にしたいとか、さよならを言うのがつらいとか、そんな風に思ったことはなかった。激しい心の震えのようなものを感じたこともない。しかし彼はその年上のガールフレンドの存在に馴染んでいたし、彼女に対して自然な好意を抱くようになっていた。週に一度、彼女を自分の部屋に迎えて肌を重ね合わせることを日程とし、それを楽しみにしていた。天吾にとっては、どちらかといえば珍しいケースだ。彼は多くの女性に対してそのような親密な気持ちを抱けるわけではない。というか、大方の女性は、性的な関係を持っているにせよいないにせよ、天吾を居心地悪くさせた。そしてそのような居心地の悪さを抑制するために彼は、自分の中のある種の領域をうまく囲い込んでおかなくてはならなかった。別の言い方をするなら、心の部屋のいくつかをしっかり閉め切っておかなくてはならなかった。しかし安田恭子を相手にしているときには、それほど複雑な作業は必要とされない。彼女は天吾がどんなことを求め、どんなことを求めていないのか、とりあえず呑み込んでいるみたいだった。だから彼女と巡り合えたことを、天吾は幸運だと考えていた。

しかしいずれにせよ、何かが起こり、彼女は失なわれてしまったのだ。何かしらの理由によって、どのようなかたちにおいても、彼女がここにやってくることはない。そして彼女の夫によれば、その理由についても、それがもたらす結果についても、天吾は何も知らないままでいる方がいいのだ。

天吾が眠れないまま、床に座ってデューク・エリントンのレコードを小さな音で聴いているときに、また電話のベルが鳴った。壁の時計は十時十二分を指している。こんな時間に電話をかけてくる相手といえば、小松のほかには思いつかない。しかしそのベルの鳴り方も小松の電話らしくなかった。小松からの電話はもっと急《せ》いた、せっかちなベルの鳴り方をする。あるいはあの安田という男が、天吾に何か伝え忘れていたことを思い出したのかもしれない。できることなら電話には出たくなかった。経験的に言って、こんな時刻にかかってくる電話が心愉しいものであったためしがない。それでも自分の置かれている立場を考えると、受話器を取る以外に選択肢はなかった。

「川奈さんですね」と男が言った。小松でもない。安田でもない。その声は間違いなく牛河だった。口の中が水分で――あるいはわけのわからない液体で――いっぱいになったようなしゃべり方をする。彼の奇妙な顔と、扁平でいびつな頭が天吾の頭に反射的に浮かんだ。

「ああ、夜分お邪魔して申し訳ありません。牛河です。先日は急に押しかけてお時間とらせてしまいました。今日だってもっと早い時間にお電話できればよかったんですが、何かと急な用事が入ってしまい、気がついたらもうこんな時間です。いや、川奈さんが早寝早起きの生活送ってらっしゃることは、よく承知しています。立派なことです。夜遅くまでうだうだ起きてたって、良いことなんぞなんにもありゃしません。暗くなったらなるべく早く布団の中に入って、朝は太陽とともに目覚める、これ一番です。でも、ああ、直感とでも申しますか、川奈さん、今夜はまだ起きてらっしゃるのではないかな、という気がふとしましてね。それで失礼とは承知の上で、こうしてちょっと電話かけてみたわけです。いかがです、ご迷惑だったでしょうか？」

　牛河の言ったことは、天吾の気に入らなかった。彼がこの自宅の電話番号を知っていることも気に入らなかった。それに直感なんかじゃない。彼は天吾が眠れないでいることを承知していて、その上でこの電話をかけてきたのだ。彼の部屋に明かりがついていることが牛河にはわかっているのかもしれない。この部屋は誰かに見張られているのだろうか？　熱心で有能なリサーチャーが高性能の双眼鏡を手に、どこかから天吾の部屋の様子をうかがっている様子が目に浮かんだ。

「たしかに今夜はまだ起きています」と天吾は言った。「あなたのその直感は正しい。さっき濃い緑茶を飲み過ぎたせいかもしれません」

「そうですか、それはいけません。眠れない夜というのは往々にして、人につまらないことを考えさせるものです。いかがです、しばらくお話ししてよろしいでしょうか？」

「ますます眠れなくなるような話じゃなければ」

　牛河は声を上げておかしそうに笑った。受話器の向こうで——この世界のどこかの場所で——彼のいびつな頭がいびつに揺れた。「ははは、面白いことおっしゃいますね、川奈さん。そりゃ子守歌のように心地よいとはいかんかもしれませんが、話自体は眠れなくなるほど深刻なものじゃありません。ご安心ください。ただのイエス・ノーの問題です。それは、ああ、あの助成金の話です。年間三百万円の助成金。良い話じゃありませんか。いかがです、ご検討いただけましたでしょうか。こちらとしてもそろそろ最終的なお返事をいただかないとなりませんので」

「助成金のことはそのときにもはっきりとお断りしたはずです。お申し出はありがたく思います。

しかし僕としては、今のままでとくに不足はありません。経済的にも不自由はないし、できればこのままの生活のペースを続けていきたいのです」

「誰の世話にもなりたかないと」

「平ったく言えばそういうことです」

「いや、そいつは見上げた心がけと言うべきなんでしょうな」と牛河は言って、軽く咳払いのようなものをした。「一人でやっていきたい、組織にはなるったけ関わり合いになりたくないと。そのお気持ちよくわかります。ただね川奈さん、老婆心から申し上げますが、こんな世の中です。いつ何が起こるかわかったものじゃありません。ですからどうしても保険みたいなものが必要になってきます。寄りかかることができるもの、風よけになるもの、そういうのがないと何かと不便です。こういっちゃなんだが、川奈さん、あなたには今のところ、ああ、寄りかかれるようなものがなんにもありません。まわりにいる誰も、あなたの後ろ盾になっちゃくれません。いざとなったら、情勢悪くなったら、あなたをほっからかして逃げだしそうな人しか、あなたのそばにはいないみたいだ。そうじゃありませんか。備えあれば憂いなしって言います。いざっていうときのために、自分に保険をかけておくことが大事なんじゃないですかね。お金のことだけじゃありません。お金はあくまでしるしのようなものです」

「おっしゃっていることがもうひとつわかりにくいんですが」と天吾は言った。最初に牛河に会ったときに直感的に感じた不快感が、じわじわとよみがえってきた。

「ああ、そうですね、あなたはまだお若いし元気だから、そのへんのことはおわかりにならんかもしれない。たとえばこういうことです。ある年齢を過ぎると、人生というのはものを失っていく連続的な過程に過ぎなくなってしまいます。あなたの人生にとって大事なものがひとつひとつ、櫛の歯が欠けるみたいにあなたの手から滑り落ちていきます。そしてその代わりに手に入るのは、とるに足らんまがいものばっかりになっていきます。肉体的な能力、希望や夢や理想、確信や意味、あるいは愛する人々、そんなものがひとつまたひとつ、一人また一人と、あなたのもとから消え去っていきます。別れを告げて立ち去ったり、あるいはある日ただふっと予告もなく消滅したりします。そしていったん失ってしまえば、あなたにはもう二度とそれらを取り戻すことができません。かわりのものを見つけることもままならない。こいつはなかなかつらいことです。時には身を切られるように切ないことです。川奈さん、あなたはもうそろそろ三十歳になる。これから少しずつ、人生のそういう黄昏《たそが》れた領域に脚を踏み入れようとしておられる。それが、ああ、つまりは年をとっていくということです。その何かを失うというきつい感覚が、あなたにもだんだんとわかりかけているはずだ。違いますかね？」

　この男はあるいは安田恭子のことを示唆しているのだろうか、と天吾は思った。我々が週に一度ここで密会していたことを、そして彼女が、何らかの理由で天吾のもとを去ったことを、彼は知っているのかもしれない。

「僕の私生活についてずいぶん詳しい知識をお持ちのようですね」と天吾は言った。

「いいえ、そんなことはありませんよ」と牛河は言った。「私はただ人生というものについて一般論を述べているだけです。本当です。川奈さんの私生活のことまで私はよくは知りません」

　天吾は黙った。

「どうか気持ちよく助成金を受け取ってくださいな、川奈さん」、牛河はため息混じりにそう言った。「率直に申し上げまして、あなたは今のところいささか危うい立場に置かれています。いざというときには我々は、あなたの後ろ盾になれます。浮き輪を放ってあげることができます。このままでは抜き差しならないところまで話が進んでしまうことになるかもしれませんよ」

「抜き差しならないところ」と天吾は言った。

「そのとおりです」

「それは具体的に言って、どんなところなんでしょう？」

牛河は少しだけ間を置いた。それから言った。「いいですか、川奈さん、知らない方がいいこともあります。ある種の知識は人から眠りを奪います。それは緑茶なんかの比じゃありません。それはあなたから安らかな眠りを永遠に取り上げてしまうかもしれません。ああ、私が言いたいのはですね、つまりこういうことです。こう考えてみてください。あなたは自分でもよく事情を知らないうちに、特殊な蛇口をひねって、特殊なものを外に出してしまったみたいです。それがまわりにいる人々に影響を及ぼしているんです。あまり好ましいとは言いがたい影響を」

「リトル・ピープルがそれに関係している？」

半ば当てずっぽうだったが、牛河はしばらく黙り込んだ。それは深い水の底にひとつだけ沈んだ黒い石のような、重い沈黙だった。

「牛河さん、僕ははっきりしたところが知りたいんだ。判じ物みたいな物言いはやめて、もっと具体的に話しあいましょう。彼女にいったい何が起こったんですか？」

「彼女？　なんのことだか私にはよくわかりませんね」

天吾はため息をついた。電話で話すには、その話題はあまりに微妙すぎる。

「申し訳ないですが、川奈さん、私はただのお使いに過ぎません。クライアントから送られたメッセンジャーです。原則的なものごとについて、できるだけ婉曲に話すというのが、今のところ私に与えられた役目になってます」と牛河は慎重な声で言った。「あなたをじらしているみたいで申し訳ないですが、こいつは曖昧な言葉を使ってしか話せないことなんです。そして正直に申しまして、私自身の知識もかなり限定されたものです。しかしいずれにせよ、その彼女というのは、よくわかりませんね、もう少し具体的に話していただかないと」

「それでは、リトル・ピープルというのはいったい何ですか？」

「あのですね、川奈さん、そのリトル・ピープルなんたらのことも私にはとんとわかりません。もちろんそいつが小説『空気さなぎ』に登場するという以上のことは、ということですが。しかしいいですか、話の流れからすると、どうやらあなたは何かを世間に向けてべろっと解きはなってしまったみたいです。あなた自身にも何のことだかよくわからないうちに。そいつは場合によっては、ひどく危険なものになりかねないようです。それがどれくらい危険なものなのか、どのように危険なものなのか、私のクライアントはよく承知しています。そしてその危険に対処するある程度のノウハウも持っています。だからこそ我々はあなたに、援助の手を伸ばそうとしているのです。そして率直に申し上げまして、我々はとても長い腕を持っています。長くて力強い腕です」

「あなたの言うクライアントというのはいったい誰のことなんです？『さきがけ』と関係があるのですか？」

「ここでその名前を明かす権限は、ああ、残念ながら私には与えられておりません」と牛河は残念そうに言った。「しかし何であるにせよ、私のクライアントはそれなりの力を持っています。侮りがたい力です。我々はあなたの後ろ盾になることができます。いいですか、これが最後のオファーです、川奈さん。受け取る受け取らないはあなたの自由だ。しかしいったん態度を決めちまったら、簡単にあと戻りできません。ですからよくよく考えてくださいな。そして、いいですか、もしあなたが彼らの側に立たないというのであれば、残念ながら場合によっては、彼らの伸ばす両腕は心ならずもあなたに面白くない結果をもたらすことになるかもしれない」

「あなた方のその長い両腕は、僕に対してどんな面白くない結果をもたらすのでしょう？」

　牛河はしばらくのあいだその質問には答えなかった。唇の端でよだれをすするような微妙な音が、電話の向こうから届いた。

「具体的なことまでは私にもわかりません」と牛河は言った。「そこまでは教えられておりません。ですからあくまで一般論として述べているだけです」

「そして僕はいったい何を解きはなったんですか？」と天吾は尋ねた。

「それも私にはわかりません」と牛河は言った。「繰り返すようですが、私はただの交渉代理人に過ぎません。細かい事情背景はよく知りません。限られた情報しか与えられていません。たっぷりとした情報の水源も、私のところまで下りてくるころには、ぽつんぽつんというしたたりみたいなものに細っています。私はクライアントから限定された権限を与えられ、こう言うようにと指示されたことを、そのままあなたにお伝えしているだけです。どうしてクライアントが直接連絡をしてこないんだ、その方が話が早いだろう、どうしてこんなわけのわからない男を仲介人にしなくちゃならないんだ、とあなたはお尋ねになるかもしれない。どうしてでしょうね。私にもわかりません」

牛河は咳払いをひとつして、相手の質問を待った。しかし質問はなかった。だから彼は話を続けた。

「それで、川奈さんが何を解き放ったかというご質問でしたね？」

そうだと天吾は言った。

「私はなんとなく思うんですがね、川奈さん、それは『はい、こういうもんですよ』って他人が簡単に解答を差し出せるものではないんじゃないでしょうか。それは川奈さん自身が自分で出かけていって、額に汗して発見しなくちゃならんことじゃないでしょうか。しかしあれやこれやの末にそれを理解したときにはもう遅すぎる、ということにもなりかねません。ああ、私が見たところあなたには特別な能力があります。なかなか優れた美しい能力だ。普通の人があまり持ち合わせていない能力です。そいつは確かだ。だからこそあなたが今回おこなったことは、簡単に看過できない威力を持つことになった。そして私のクライアントはあなたのそのような能力を高く評価しているようです。ですから今回のこの助成金の申し出もあるわけです。しかしですね、能力があっても、残念ながらそれだけでは十分じゃないんです。そして考えようによっては、十分ではない優れた能力を持つってことは、まったく何も持たないよりかえって危険かもしれません。それが今回の件に関して私が漠然と抱いている印象です」

「一方、あなたのクライアントはそれについて十分な知識と能力を有している。そういうことですか？」

「いや、そいつはなんとも言えないんじゃないかな。それが十分であるかどうかなんて、誰にも断言できないんです。そうですね、新種の伝染病みたいなものを考えていただけるといいかもしれない。彼らはそれについてのノウハウを、つまりワクチンを手にしています。現在の時点でそれがある程度の効果を発揮することも判明しています。しかし病原菌は生きていますし、刻々自らを強化し、進化しています。頭のいいタフな連中です。抗体の力をなんとか凌駕しようと努めています。いつまでそのワクチンが効果を発揮できるものか、そいつはわかりません。ストックしてあるワクチンの量で間に合うかどうかもわからない。だからこそクライアントは危機感を募らせているのでしょう」

「なぜその人たちは僕を必要としているのですか？」

「伝染病のアナロジーをもう一度使わせてもらえれば、失礼ながら、あなた方はメイン・キャリアみたいな役割を果たしているのかもしれません」

「あなた方？」と天吾は言った。「それは深田絵里子と僕のことなのかな」

牛河はその質問には答えなかった。「ああ、古典的な表現を使わせていただければ、あなた方はパンドラの箱を開けてしまった、ということになるかもしれません。そこからいろんなものがこの世界に出てきてしまった。私の受けた印象を綜合しますと、どうやらそれが私のクライアントの考えていることであるようです。あなた方二人は、偶然の巡り合わせとはいえ、あなたが考えている以上にパワフルな組み合わせだった。それぞれに欠けている部分を、有効に補い合うことができた」

「しかしそれは法律的な意味では犯罪ではない」

「そのとおり。法律的な意味では、現世的な意味では、ああ、むろん犯罪じゃありません。しかしジョージ・オーウェルの偉大なる古典――あるいは偉大なる引用源としてのフィクション――からあえて引用させていただくなら、それはまさに『思考犯罪』というに近いものです。奇しくも今年は一九八四年です。何かの因縁でしょうかねえ。しかし川奈さん、私は今夜いささかおしゃべりしすぎてしまったみたいだ。そして私が口にしたことの多くは、あくまでわたくし個人のふつつかな推測に過ぎません。ただの個人的な推測です。確たる根拠があって言っているわけではありません。あなたがお尋ねになるから、私は自分が受けた印象についておおまかなところをお話ししただけです」

　牛河は沈黙し、天吾は考えた。ただの個人的推測？　この男の言うことをどこまで真に受ければいいのだろう。

「そろそろ切り上げなくちゃなりません」と牛河は言った。「大事なことですから、もう少しだけ時間を差し上げましょう。しかしそんなに長くじゃありません。なにしろ時計は時刻を刻んでいます。ちくたくちくたくと休みなく。我々の申し出た提案について、今一度とっくり検討してみてください。しばらくしたらまた連絡を差し上げることになるでしょう。おやすみなさい。お話しできてよかった。ああ、川奈さん、うまくぐっすり眠れるといいですね」

　それだけを一方的に言ってしまうと、牛河は迷いなく電話を切った。天吾は手の中に残された死んだ受話器を、しばらく黙って見つめた。農夫が日照りの季節に、ひからびた野菜を拾い上げて眺めるみたいに。ここのところ、多くの人々が天吾に対して一方的に会話を切り上げている。

　予想されたことではあるが、安らかな眠りは訪れなかった。朝の淡い光が窓のカーテンを染め、タフな都会の鳥たちが目を覚まして一日の労働を始めるまで、天吾は床に座って壁にもたれ、年上のガールフレンドのことや、どこかから伸びてくる力強く長い腕のことを考えた。しかしそんな考えは彼をどこにも運んでいかない。彼の思考は、同じところをあてもなく回っているだけだ。

天吾はまわりを見回してから、ため息をついた。そして自分がまったくの一人ぼっちになっていることに気づいた。たしかに牛河の言う通りかもしれない。寄りかかることができるものなんて、まわりのどこにもない。

第7章　青豆

あなたがこれから足を踏み入れようとしているのは

　ホテル・オークラ本館のロビーは広々として天井が高く、ほの暗く、巨大で上品な洞窟を思わせた。ソファに腰をおろして何ごとかを語り合う人々の声は、臓腑を抜かれた生き物のため息のようにうつろに響いた。カーペットは厚く柔らかく、極北の島の太古の苔を思わせた。それは人々の足音を、蓄積された時間の中に吸収していった。ロビーを行き来する男女は、何かしらの呪いで大昔からそこに縛りつけられ、与えられた役割をきりなく繰り返している一群の幽霊のように見えた。鎧をまとうように、隙のないビジネス・スーツに身を包んだ男たち、どこかの広間で催されるセレモニーのためにシックな黒いドレスを着込んだ若い細身の娘たち。彼女たちの身につけた小ぶりではあるけれど高価なアクセサリーは、血を求める吸血鳥よろしく、反射のための微かな光を希求している。盛りを過ぎた老王と妃のように、片隅の玉座で疲れた身を休めている大柄な外国人の老夫婦。

　青豆の淡いブルーのコットンパンツと、シンプルな白いブラウスと、白いスニーカーと、ブルーのナイキのジムバッグは、そのような伝説と暗示に満ちた場所にはいかにも不似合いだった。きっと宿泊客に呼ばれた派遣のベビーシッターみたいに見えることだろう。大振りな肘掛け椅子の上で時間をつぶしながら、青豆はそう思った。でも仕方ない。私は社交訪問をするためにここに来ているわけではない。そこに座っているあいだ、誰かに見られているという微妙な感覚があった。しかしいくら見回しても、それらしき相手の姿は見当たらなかった。まあいい、と彼女は思った。見たければ好きなだけ見ればいい。

腕時計の針が六時五十分を指したところで、青豆は立ち上がり、ジムバッグを提げたまま洗面所に行った。そして石けんで両手を洗い、外見に問題がないことをもう一度点検した。それから大きな曇りのない鏡に向かって、何度か大きく深呼吸した。洗面所は広々としてひと気がなかった。ひょっとしたら青豆の暮らしているアパートの部屋よりも広いかもしれない。「これが最後の仕事だ」と彼女は鏡に向かって小さく声に出して言った。これをうまくやり遂げて、私は消えるのだ。ふっと、幽霊みたいに。今私はここにいる。明日私はもうここにはいない。数日後、私はもう別の名前を持ち、別の顔を持っている。

ロビーに戻って、もう一度椅子に腰を下ろした。ジムバッグは隣のテーブルの上に置いた。そのバッグの中には七連発の小型自動拳銃が入っている。そして男の首筋に突き刺すための鋭い針が入っている。気を落ち着けなくては、と彼女は思った。大事な最後の仕事だ。いつものクールでタフな青豆さんでいなくてはならない。

しかし青豆は自分が平常の状態にはないことに気がつかないわけにはいかなかった。奇妙に息苦しかったし、心臓の鼓動の速さが気になった。脇の下にうっすらと汗をかいていた。肌がちくちくとした。ただ緊張しているというだけではない。私は何かを予感している。その予感が私に警告を与えている。私の意識のドアをノックし続けている。今からでも遅くはない、ここを出て行って、何もかもを忘れてしまえ、とそれは訴えている。

もしできることなら、青豆はその警告に従いたかった。すべてを放棄して、このままホテルのロビーから立ち去ってしまいたかった。この場所には不吉なものがある。遠まわしな死の気配が漂っている。静かで緩慢な、しかし逃れようのない死だ。でも尻尾を巻いて逃げ出すわけにはいかない。それは青豆の生き方にはそぐわないことだ。

長い十分間だった。時間はなかなか前に進まなかった。彼女はソファに座ったまま呼吸を整えた。ロビーの幽霊たちは休むことなく、うつろな響きを口から吐き続けていた。人々は行き場を模索する魂のように、分厚いカーペットの上を無音で移ろっていた。ウェイトレスがトレイに載せたコーヒーセットを運ぶときに立てる音が、ただひとつの確かな音としてときおり耳に届いた。しかしその音にだって怪しげな二義性が含まれていた。良い傾向ではない。今からこんなに緊張していたら肝心の時に何もできなくなってしまう。青豆は目を閉じ、ほとんど反射的にお祈りの文句を唱えた。物心ついたときから、三度の食事の前にいつもこれを唱えさせられた。ずいぶん昔のことなのに、一字一句まだはっきり覚えている。

天上のお方さま。あなたの御名がどこまでも清められ、あなたの王国が私たちにもたらされますように。私たちの多くの罪をお許しください。私たちのささやかな歩みにあなたの祝福をお与え下さい。アーメン。

かつては苦痛でしかなかったそのお祈りが今の自分を助け支えてくれていることを、青豆は渋々ながら認めないわけにはいかなかった。そこにある言葉の響きは彼女の神経を慰撫し、恐怖を戸口で押しとどめ、呼吸を落ち着かせてくれた。彼女は指で両方の瞼《まぶた》を押さえ、何度もその文句を頭の中で繰り返した。

「青豆さんですね」と男が近くで言った。若い男の声だった。

そう言われて彼女は目を開け、ゆっくり顔を上げて声の主を見た。二人の若い男が彼女の前に立っていた。二人は同じようなダークスーツを着ていた。生地と仕立てを見れば、それが高価なものではないことはわかる。たぶんどこかの量販店で買った吊るしのスーツだ。細部のサイズが微妙に合っていない。しかし見事なまでにしわひとつない。一度袖を通すたびにアイロンをかけているのかもしれない。どちらもネクタイは締めていない。一人は白いシャツのボタンをいちばん上までとめ、もう一人は上着の下にグレーの丸首シャツのようなものを着ていた。真っ黒な愛想のない革靴を履いている。

白いシャツを着ている男は身長が一八五センチはありそうで、髪をポニーテイルにしていた。眉毛が長く、折れ線グラフのようにきれいな角度で上に持ちあがっていた。整った、涼しげな顔立ちだ。俳優にしてもおかしくない。もう一人は身長一六五センチほどで、髪は丸刈りにしていた。鼻がずんぐりとして、顎の先に小さな鬚《ひげ》をたくわえている。間違えてつけられた陰影のように見える。右目のわきに小さな切り傷のあとがあった。ふたりとも痩せて、頬がこけ、日焼けしていた。贅肉らしきものはどこにも見当たらない。スーツの肩の広がり方で、その下に確かな筋肉があることが推察できた。年齢は二十代半ばから後半というところだろう。どちらも目つきは深く、鋭い。狩猟をする獣の眼球のように、必要のない動きを見せない。

　青豆は反射的に椅子から立ち上がった。そして腕時計に目をやった。針はぴったり七時を指していた。時間厳守だ。

「そうです」と青豆は言った。

　二人の顔には表情らしきものはなかった。彼らは青豆の身なりを手早く目で点検し、隣に置かれているブルーのジムバッグを見た。

「荷物はそれだけですか？」と坊主頭の方が尋ねた。

「これだけです」と青豆は言った。

「けっこうです。参りましょう。ご用意はいいですか？」と坊主頭が言った。ポニーテイルはただ黙って青豆を見ているだけだ。

「もちろん」と青豆は言った。二人のうちではたぶん、この背の低い男の方がいくつか年上でリーダー格なのだろうと青豆は目星をつけた。

　坊主頭が先に立ってゆっくりとした足取りでロビーを横切り、客用のエレベーターに向かった。青豆はジムバッグを提げてそのあとに従った。ポニーテイルが二メートルばかりあいだをあけて、あとをついてきた。青豆は彼らに挟み込まれるような格好になった。とても手慣れている、と彼女は思った。二人とも背筋がしっかり伸びていたし、足取りも力強く的確だった。空手をやっていると老婦人は言っていた。この二人を同時に相手にして、正面から闘って勝つことはおそらく不可能だ。青豆も長くマーシャル・アーツをやってきたから、それくらいはわかる。しかし彼らには、タマルが漂わせているような圧倒的な凄みは感じられなかった。とてもかなわないというほどの相手ではない。接戦に持ち込むには、まず小柄な坊主頭の方を無力化させなくてはならない。彼が司令塔なのだ。相手がポニーテイル一人だけなら、なんとかその場をしのいで逃げられるかもしれない。

　三人はエレベーターに乗り込んだ。ポニーテイルが七階のボタンを押した。坊主頭が青豆の隣に立ち、ポニーテイルは二人に向かい合う格好で、対角線上の隅に立った。すべては無言のうちにおこなわれた。とてもシステマチックだ。ダブルプレーをとることを生き甲斐にしている二塁手と遊撃手のコンビのように。

　そんなことを考えているうちに、自分の呼吸のリズムと心臓の鼓動が、平常に復していることに青豆はふと気づいた。心配はない、と彼女は思った。私はいつもの私だ。クールでタフな青豆さんだ。すべてはうまく行くだろう。不吉な予感はもうない。

　エレベーターのドアが音もなく開いた。ポニーテイルがドアの「オープン」ボタンを押しているあいだに、まず坊主頭が外に出た。それから青豆が出て、最後にポニーテイルがボタンから指を離してエレベーターを降りた。そして坊主頭が先頭に立って廊下を歩き、そのあとを青豆が従い、ポニーテイルが例によってしんがりをつとめた。広々とした廊下に人の気配はない。どこまでも静かで、どこまでも清潔だ。一流のホテルらしく、隅々にまで気が配られている。食べ終わったルームサービスの食器がそのまま長くドアの前に放置されているようなことはない。エレベーターの前の灰皿には吸い殻ひとつない。花瓶に盛られた花はついさっき切られたばかりという新鮮な匂いを放っている。三人は何度か角を曲がり、ドアの前に立った。ポニーテイルがドアを二度ノックした。それから返事を待たずにカードキーを使ってドアを開けた。中に入り、あたりを見回し、異常がないことを確かめてから、坊主頭に向かって小さく肯いた。

「どうぞ、中に入ってください」と坊主頭が乾いた声で言った。

　青豆は中に入った。坊主頭がそのあとから入ってドアを閉めた。そして内側からチェーン錠をかけた。部屋は広かった。普通の客室とは違う。大きな応接セットが置かれ、仕事用のデスクもあった。テレビも冷蔵庫も大型のものだった。特別なスイートの居間部分なのだろう。窓からは東京の夜景が一望できた。おそらくずいぶんな料金を請求されることだろう。坊主頭は腕時計で時間をチェックしてから、彼女にソファに座るように勧めた。彼女はそれに従った。ブルーのジムバッグは隣に置いた。

「着替えられますか？」と坊主頭が尋ねた。

「できれば」と青豆は言った。「ジャージの上下に着替えた方が仕事がしやすいものですから」

　坊主頭は肯いた。「その前にひととおり調べさせていただきます。申し訳ありませんが、それが我々の仕事の一部になっていますので」

「いいですよ。どうぞなんでも調べてください」と青豆は言った。その声にはまったく緊張は混じっていない。そこには彼らの神経質さを面白がっているような響きさえ聞き取れる。

　ポニーテイルが青豆のそばにきて、両手で彼女の身体をサーチし、不審なものを身に付けていないことを確認した。薄いコットンパンツとブラウスだけだ。調べるまでもなく、そんな下に何を隠すこともできない。彼らはただ決められた手順に従っているだけなのだ。ポニーテイルの手は緊張してこわばっているようだった。お世辞にも要領が良いとは言えない。たぶん女を相手にボディーサーチした経験があまりないのだろう。坊主頭はデスクに寄りかかるような姿勢で、ポニーテイルの仕事ぶりを眺めていた。

　ボディーサーチが終わると青豆は自分でジムバッグを開けた。ジムバッグの中には薄い夏物のカーディガンと、仕事用のジャージの上下と、大小のタオルが入っている。簡単な化粧品のセット、文庫本。小さなビーズ製のパースがあり、その中には財布と小銭入れとキーホルダーが入っている。青豆はそれらをひとつひとつ取り出して、ポニーテイルに手渡した。それから最後に黒いビニールのポーチを取り出し、ジッパーを開けた。そこには替えの下着と、タンポンと生理用ナプキンが入っていた。

「汗をかくので着替えが必要なんです」と青豆は言った。そして白いレースのついた下着をひと揃い取り出して、広げて相手に見せようとした。ポニーテイルは顔を少し赤くして、何度か小さく肯いた。わかったからもういい、ということだ。この男はひょっとして口がきけないのだろうか、と青豆はいぶかった。

　青豆は下着と生理用品をゆっくりポーチに戻し、ジッパーを閉めた。何ごともなかったようにそれをバッグに戻した。この連中はアマチュアだ、と青豆は思った。かわいいランジェリーや生理用品を目にしたくらいでいちいち顔を赤くしているようでは、ボディガードはつとまらない。もしタマルがこの仕事をしていたら、彼は相手がたとえ白雪姫であっても足の付け根まで徹底してサーチするだろう。倉庫ひとつぶんのブラジャーやキャミソールやショーツをほじくり返しても、ポーチの底まで見届けるはずだ。彼にとってはそんなものは——もちろん筋金入りのゲイであることも関係しているだろうが——ただの布切れに過ぎない。あるいはそこまでやらずとも、そのポーチを手に取って重さを量ってみるだろう。そしてハンカチにくるまれたヘックラー&コッホ拳銃（重量おおよそ五百グラム）とハードケースに収まった特製の小ぶりのアイスピックを必ず発見するはずだ。

この二人組はアマチュアだ。空手の腕はある程度立つかもしれない。そしてリーダーに絶対的な忠誠を誓っているかもしれない。それでもアマチュアはやはりアマチュアでしかない。老婦人が予言したとおりだ。おそらく女性用品の詰まったポーチの中身までは手をつけるまいと青豆は見当をつけていたし、その予測は当たっていた。もちろんそれは賭けのようなものだが、予測が外れたときのことまではとくに考えなかった。彼女にできるのはお祈りすることくらいだ。しかし彼女にはわかっていた。お祈りは効くのだということが。

青豆は広い化粧室に入って、ジャージの上下に着替えた。ブラウスとコットンパンツを畳んでバッグの中に収めた。髪がしっかりとめられていることを確かめた。口臭止めのスプレーを口の中にかけた。ポーチからヘックラー&コッホを取り出し、水洗便器の水を出して音が外に届かないようにしてから、スライドを引いてチェンバーに弾丸を送り込んだ。あとは安全装置をはずすだけだ。アイスピックを入れたケースも、すぐに取り出せるようにバッグのいちばん上に出しておいた。それだけの準備を整えてから、鏡に向かって緊張した表情を解いた。大丈夫、これまでのところは冷静に切り抜けている。

化粧室を出ると、坊主頭が直立した姿勢でこちらに背中を向け、電話に向かって小さな声で何かを話していた。青豆の姿を目にすると、彼は会話を中断し、そのまま静かに受話器を置いた。そしてアディダスのジャージの上下に着替えた青豆を点検するように見た。

「準備はよろしいですか？」と彼は尋ねた。

「いつでも」と青豆は言った。

「その前にひとつお願いしておきたいことがあります」と坊主頭は言った。

青豆はほんのしるしだけ微笑んだ。

「今夜のことはいっさい他言無用にしていただきたいのです」と坊主頭は言った。そして少し間をとり、そのメッセージが青豆の意識に定着するのを待った。撒いた水が乾いた地面にしみこんで、そのあとが消えてしまうのを待つように。青豆はそのあいだ何も言わず相手の顔を見ていた。坊主頭は話を続けた。

「失礼な言い方かもしれませんが、十分な謝礼はお支払いするつもりです。これからもまた何度かご足労をお願いすることになるかもしれません。ですから今日ここで起こったことは、何もかもきれいに忘れていただきたく思います。目にされたこと、耳にされたこと、すべてです」

「私はこのように人々の身体と関わることを職業としています」と青豆はいくらか冷ややかな声で言った。「ですから守秘義務についてはよく承知しているつもりです。それがどのようなものであれ、個人の肉体に関する情報がこの部屋の外に出ることはありません。もしそのようなことを気にしておられるのなら、心配はご無用です」

「けっこうです。それが我々の聞きたかったことです」と坊主頭は言った。「ただ、更に申し上げるなら、これは一般的な意味合いでの守秘義務という以上のものだと考えていただきたいのです。あなたがこれから足を踏み入れようとしているのは、いうなれば聖域のようなところなのです」

「聖域？」

「大げさに聞こえるかもしれませんが、決して誇張ではありません。これからあなたが目になさるものは、そして手に触れることになるものは、神聖なものなのです。ほかにふさわしい表現はありません」

青豆は何も言わずにただ肯いた。ここでは余計なことは口にしない方がいい。

坊主頭は言った。「失礼ながら、あなたの身辺を調査させていただきました。お気を悪くなさるかもしれませんが、必要なことだったのです。慎重にならなくてはならない理由が我々にはあります」

青豆は彼の話を聞きながら、ポニーテイルの様子をうかがった。ポニーテイルはドアの隣に置かれた椅子に座っていた。背筋をまっすぐに伸ばし、両手を膝の上に揃えて置き、顎を引いていた。まるで記念撮影のポーズでも取っているみたいに、その姿勢はぴくりとも動かない。彼の視線は怠りなく常に青豆に注がれていた。

坊主頭は黒い革靴のくたびれ具合を点検するようにいったん足下に目をやり、それからまた顔を上げて青豆を見た。「結論から申し上げれば、問題らしきものは何も見つかりませんでした。ですから今日こうしておいで願ったわけです。とても有能なインストラクターだということだし、実際まわりの評判もきわめて高い」

「ありがとうございます」と青豆は言った。

「聞き及ぶところでは、かつては『証人会』の信者でおられた。そうですね？」

「そのとおりです。両親が信者で、私も当然生まれたときから信者にされました」と青豆は言った。「自分で選んで信者になったわけではありませんし、もうずいぶん前に信者であることをやめました」

　彼らのその調査は、私とあゆみが六本木でときどき派手な男漁りをしていたことを探り当てていないのだろうか？　いや、そんなことはどちらでもいい。もし探り当てていたとしても、彼らはそれを不都合な要因とは考えなかったようだ。だからこそ私は今ここにいる。

　男は言った。「それも知っています。しかし一時期は信仰の中に生きておられた。それももっとも感受性の強い幼児期に。だから神聖であるというのが何を意味するのか、おおよそ理解していただけるはずです。神聖さというものは、どのような信仰であれ、信仰のもっとも根幹にあるものです。この世界には我々が足を踏み入れてはならない、あえて足を踏み入れるべきではない領域があります。そのような存在を認識し、受け入れ、それに絶対的な敬意を払うことが、すべての信仰の第一歩になります。私の言わんとすることはおわかりになりますね？」

「わかると思います」と青豆は言った。「それを受け入れるかどうかは別の問題として、ということですが」

「もちろん」と坊主頭は言った。「もちろんのこと、あなたがそれを受け入れる必要はありません。それは我々の信仰であって、あなたの信仰ではありません。しかし今日、信仰するしないを超えて、おそらくあなたは特別なものごとを目になさるはずです。普通ではない存在を」

　青豆は黙っていた。普通ではない存在。

坊主頭は目を細め、彼女の沈黙をしばらく計っていた。それからおもむろに言った。「あなたは何を目にするにせよ、そのことをよそで口にしてはなりません。それが外部に漏れることによって、神聖さは取り返しのつかない穢れを受けます。美しく澄み切った池が異物に汚染されるようにです。世間的な考えがどうであれ、現世の法律がどうであれ、それが我々の感じる感じ方です。そのことをどうか理解していただきたい。それさえ理解し、約束を守っていただければ、さきほども申し上げましたように、我々はあなたに十分なお礼をすることができます」

「わかりました」と青豆は言った。

「我々は小さな宗教団体です。しかし強い心と長い腕を持っています」と坊主頭は言った。

あなた方は長い腕を持っている、と青豆は思った。それがどれくらい長いものか、それを私はこれから確かめることになるだろう。

坊主頭は両腕を組んでデスクにもたれたまま、壁にかかった額縁が曲がっていないかどうか確かめるような目で、注意深く青豆を見ていた。ポニーテイルはさっきと同じ姿勢を続けていた。彼の視線もやはり青豆の姿を捉えていた。とても均質に、切れ目なく。

それから坊主頭は腕時計に目をやって、時刻を確認した。

「それでは参りましょう」、と彼は言った。ひとつ乾いた咳払いをし、湖面を渡る行者のような慎重な足取りでゆっくりと部屋を横切り、隣の部屋につながるドアを軽く二度ノックした。返事を待たず手前にドアを開いた。そして軽く一礼し、中に入った。青豆はジムバッグを持ち、そのあとに従った。カーペットを踏みしめながら、呼吸が乱れていないことを確認した。彼女の手の指は想像上の拳銃の引き金にしっかりかけられている。心配ない。いつものとおりだ。しかしそれでも青豆は怯えていた。背筋に氷のかけらのようなものが張りついていた。簡単には溶けそうにない氷だ。私は冷静で落ち着いていて、そして心底怯えている。

この世界には我々が足を踏み入れてはならない、あえて足を踏み入れるべきではない領域があります、と坊主頭の男は言った。それがどういうことなのか、青豆には理解できた。彼女自身かつてはそのような領域を中心に据えた世界に生きていたのだ、いや、今だって本当は同じその世界に生き続けているのかもしれない。ただ自分でもそれに気づいていないだけかもしれない。

青豆は祈りの言葉を、声に出さずに口の中で繰り返した。そして大きく一度息を吸い込み、心を決めて、隣接した部屋に足を踏み入れた。

第8章 天吾

そろそろ猫たちがやってくる時刻だ

天吾はそれからの一週間余りを、奇妙な静けさの中で送った。安田という人物がある夜に電話をかけてきて、彼の妻は既に失なわれており、二度と天吾のもとを訪れることはないと告げた。その一時間後に牛河が電話をかけてきて、天吾とふかえりは二人ひと組で「思考犯罪」的な病原菌のメイン・キャリアのような役割を果たしたのだと告げた。彼らはそれぞれに深い意味を含んだ（含んでいるとしか思えない）メッセージを天吾に伝えた。トーガをまとったローマ人が広場《フォロ》の真ん中で踏み台の上に立って、関心ある市民たちに向けて布告を発するみたいに。そしてどちらも自分が言いたいことをひととおり述べてしまうと、一方的に電話を切った。

その二本の夜の電話を最後として、もう誰ひとり天吾に連絡をとってはこなかった。電話のベルも鳴らず、手紙も届かなかった。ドアをノックするものもなく、くうくうと鳴く賢い伝書鳩も飛んでこなかった。小松も、戎野先生も、ふかえりも、そして安田恭子も、誰ももう天吾に伝えるべきことを何ひとつ持ち合わせていないらしかった。

天吾の方もまた、そのような人々に対する興味を失ってしまったようだった。いや、彼らに対してのみならず、あらゆるものごとに対する興味が失せてしまったみたいだ。『空気さなぎ』の売れ行きも、著者のふかえりが今どこで何をしているかも、才人編集者小松の仕組んだ謀略の行方も、戎野先生の冷徹な目論見がうまく進行しているかどうかも、マスコミがどこまで真相をかぎつけたかも、謎に満ちた教団「さきがけ」がどのような動きを見せているかも、さして気にならなかった。乗り合わせたボートが滝壺に向けて真っ逆さまに落ちようとしているのなら、仕方ない、落ちるしかない。天吾が今更どうあがいたところで、それで川の流れが変わるわけではないのだ。

　安田恭子のことはもちろん気になった。詳しい事情はわからないが、何かできることがあるのなら労も惜しまないつもりだった。しかし彼女が現在どのような問題に直面しているにせよ、その問題は天吾の手の届かないところにあった。現実的には何をすることもできない。

　新聞を読むこともすっかりやめてしまった。世界は彼とは関係のないところで進行していた。無気力が個人的な霞のように彼の身体を包んでいた。『空気さなぎ』が店頭に平積みになっているのを目にするのがいやで、書店にも足を向けなくなった。予備校と自宅とのあいだをまっすぐ行き来するだけだった。世間はもう夏休みに入っていたが、予備校は夏期講習があるから、その時期は普段にも増して忙しい。しかしそれは天吾にとってはむしろ歓迎すべきことだった。少なくとも教壇に立っているあいだは数学の問題以外、何も考えなくていい。

　小説を書くのもやめてしまった。机の前に座り、ワードプロセッサーのスイッチを入れ、画面が浮かび上がっても、そこに文字を書き入れようという気持ちになれなかった。何かを考えようとするたびに、頭には安田恭子の夫との会話の切れ端が、そして牛河との会話の切れ端が浮かんできた。意識を小説に集中することができない。

家内は既に失なわれてしまったし、どのようなかたちにおいても、あなたのところにはもううかがえない。

安田恭子の夫はそう言った。

古典的な表現を使わせていただければ、あなた方はパンドラの箱を開けてしまった、ということになるかもしれません。あなた方二人は、偶然の巡り合わせとはいえ、あなたが考えている以上にパワフルな組み合わせだった。それぞれに欠けている部分を、有効に補い合うことができた。

牛河はそう言った。

どちらの言っていることも、きわめて曖昧だ。中心はぼかされ、はぐらかされている。しかし彼らの言わんとしていることは共通している。天吾が何らかの力を、自分でもよくわからないままに発揮し、それがまわりの世界に現実的な影響を（おそらくはあまり好ましくない種類の影響を）及ぼしている――彼らが伝えたいのはどうやらそういうことらしい。

天吾はワードプロセッサーのスイッチを切り、床に腰を下ろし、電話機をしばらく眺めた。彼はより多くのヒントを必要としていた。より多くのパズルのピースを求めていた。しかし誰もそんなものを与えてはくれない。親切心はここのところ（あるいは恒常的に）世界に不足しているもののひとつだった。

誰かに電話をかけることも考えた。小松に、あるいは戎野先生に、あるいは牛河に。しかし電話をかける気にはどうしてもなれなかった。彼らの与えてくれるわけのわからない思わせぶりな情報にはもううんざりだった。ひとつの謎についてヒントを求めれば、与えられるのはもうひとつの謎だった。いつまでもそんな切りのないゲームを続けていくわけにはいかない。ふかえりと天吾はパワフルな組み合わせだった。彼らがそう言うのなら、それでいいじゃないか。天吾とふかえり、まるでソニーとシェールみたいだ。最強のデュオ。ビート・ゴーズ・オン。

日々が過ぎ去っていった。やがて天吾はこれ以上部屋の中で、ただじっと何かが起こるのを待ち続けることにうんざりした。財布と文庫本をポケットに突っ込み、頭に野球帽をかぶり、サングラスをかけ、アパートの部屋を出た。きっぱりとした足取りで駅まで歩き、定期券を見せて上りの中央線快速電車に乗った。どこに行くというあてもなかった。ただやってきた電車に乗っただけだ。電車はがらがらだった。その日は一日何の予定もなかった。どこに行こうと、何をしようと（あるいは何をしなくても）すべては天吾の自由だ。午前十時、風がなく日差しの強い夏の朝だ。

　彼は牛河の言う「リサーチャー」が自分のあとをつけてくるのではないかと思って注意を払った。駅に行くまでの道筋で不意に立ち止まって、素早く後ろを振り返った。しかしそこには不審な人間の姿はなかった。駅ではわざと違ったプラットフォームに向かい、それから気分を急に変えたふりをして、方向転換して階段を駆け下りた。しかし彼と行動をともにする人の姿は見えなかった。典型的な追跡妄想だ。誰もあとなんかつけてはいない。天吾はそれほど重要な人物ではないし、彼らだってそれほど暇ではないはずだ。だいたいどこに行って何をしようとしているのか、本人にだってわかっていないのだ。天吾がこれからとる行動を、離れたところから好奇心を持って見守りたいのはむしろ天吾自身だった。

彼の乗った電車は新宿を過ぎ、四ツ谷を過ぎ、お茶ノ水を過ぎ、それから終点の東京駅に到着した。まわりの客はみんな電車から降りた。彼も同じようにそこで降りた。そしてとりあえずベンチに腰を下ろし、これからどうすればいいんだろうとあらためて考えた。どこに行けばいいのか？　おれは今東京駅にいる、と天吾は思った。まる一日、何も予定はない。行こうと思えば、ここからどこにでも行ける。暑くなりそうな一日だ。海に行ってもいい。彼は顔を上げて乗り換えの案内表示板を眺めた。

それから天吾は、自分が何をしようとしていたのかに思い当たった。

彼は何度か首を振ったが、どれだけ首を振ったところで、その考えが打ち消される見込みはなかった。おそらく高円寺駅で中央線の上り電車に乗ったときから、自分でも気づかないうちに心はもう決まっていたのだろう。彼はため息をついてベンチから立ち上がり、プラットフォームの階段を下り、総武線の乗り場に向かった。千倉にいちばん早く着く列車のスケジュールを訊くと、駅員は時刻表のページを繰って調べてくれた。十一時半に館山行きの臨時特急があり、普通列車に乗り継いで、二時過ぎには千倉駅に着く。彼は東京・千倉間の往復切符と特急の指定席券を買った。それから駅構内のレストランに入って、カレーライスとサラダを注文した。食後に薄いコーヒーを飲んで時間をつぶした。

父親に会いに行くのは気が重かった。もともと好意を持っている相手ではないし、父親の方だって彼に対してとくに親愛の情を抱いているとも思えない。天吾に会いたがっているかどうかだってわからない。小学生の天吾がＮＨＫの集金についてまわるのをきっぱりと拒否してから、二人のあいだにはずっと冷ややかな空気が流れていた。そしてある時期から天吾は、父親のもとにほとんど寄りつかなくなった。よほどの必要がないかぎり口もきかなかった。四年前に父親はＮＨＫを退職し、そのあとほどなく認知症患者のケアを専門にする千倉の療養所に入った。彼はこれまでにそこを二度しか訪れていない。父親が入所した直後、事務手続き上の問題もあり、天吾は唯一の家族としてそこまで出向かなくてはならなかった。そのあとに一度、やはりどうしても足を運ばなくてはならない実務的な用件があった。それっきりだ。

海岸から道路をひとつ隔てた広い敷地に、その療養所は建っていた。もともとは財閥関係者の別荘だったものが、生命保険会社の厚生施設として買い取られ、それがまた近年になって主に認知症患者を扱う療養所に変えられた。だから古い趣のある木造の建物と、新しい三階建ての鉄筋の建物が混在して、見るものにいくぶんちぐはぐな印象を与える。ただ空気はきれいだし、波の音を別にすればいつも静かだ。風が強くない日には海岸を散歩することもできる。庭には立派な松の防風林があった。医療設備も整っている。

健康保険と、退職金と、貯金と、年金のおかげで、天吾の父親はそこで残りの人生をまず不自由なく送ることができそうだった。運良くＮＨＫの正規職員に採用されたおかげだ。財産と呼べるほどのものはあとに残せないにせよ、少なくとも自分の面倒をみることはできる。それは天吾にとってはなによりありがたいことだった。相手が自分にとっての本当の生物学的な父親であれ、どうであれ、天吾はその男から何ひとつ受け取るつもりはなかったし、その男にとくに何かを与えるつもりもなかった。彼らは別々のところからやってきた人間であり、別々のところに向かっている人間なのだ。人生の何年かをたまたま一緒に送った。それだけのことだ。こんなことになって気の毒だとは思ったが、かといって天吾にしてやれることは何もなかった。

しかし、もう一度そこに父親を訪れるべき時期がやってきたのだろう。天吾にはそれがわかった。気は進まなかったし、できることならこのまま回れ右をしてうちに帰ってしまいたかった。でもポケットには既に往復の乗車券と特急券が入っている。そういう成り行きになってしまったのだ。

彼は立ち上がってレストランの勘定を払い、プラットフォームに立って、館山行きの特急列車がやってくるのを待った。近辺をもう一度注意深く見回してみたが、リサーチャーらしき人間の姿は見当たらなかった。まわりにいるのは泊まりがけで海水浴に出かけようとする、楽しそうな顔つきの家族連ればかりだった。彼はサングラスをとってポケットにしまい、野球帽をかぶりなおした。かまうものか、と彼は思った。監視したいのなら、好きなだけ監視すればいい。おれはこれから千葉県の海辺の町まで、認知症の父親に会いに行こうとしている。彼は息子のことを覚えているかもしれないし、覚えていないかもしれない。この前に会ったときだって、その記憶力はかなりおぼつかないものだった。今はおそらく更に悪化しているだろう。認知症には進行はあっても、回復はない。そう言われている。前にしか進まない歯車のようなものだ。それは天吾が認知症について持っている数少ない知識のひとつだった。

列車が東京駅を出ると、彼は持参した文庫本をポケットから取り出して読んだ。旅をテーマにした短編小説のアンソロジーだった。その中に猫の支配する町に旅をした若い男の話があった。『猫の町』というのがそのタイトルだ。幻想的な物語で、名前を聞いたことのないドイツ人の作家によって書かれていた。第一次大戦と第二次大戦にはさまれた時代に書かれたものだと解説にはあった。その青年は鞄ひとつを持って、一人で気ままな旅行をしている。目的地はとくにない。列車に乗って旅をし、興味を惹かれる場所があればそこで降りる。宿をとり、町を見物し、好きなだけ逗留する。飽きればまた列車に乗る。それが彼のいつもの休暇の過ごし方だった。

車窓から美しい川が見えた。蛇行する川にそってたおやかな緑の丘が連なり、その麓に小ぢんまりとした、静けさを感じさせる町があった。古い石橋がかかっていた。その風景は彼の心を誘った。ここならおいしい川鱒料理が食べられるかもしれない。列車が駅に停車すると、青年は鞄を持って降りた。そこで降りた乗客はほかにはいなかった。彼が降りると、すぐに列車は行ってしまった。

駅には駅員がいない。よほど暇な駅なのだろう。青年は石橋をわたって町まで歩いた。町はしんとしている。そこには人の姿がまったく見あたらない。すべての店のシャッターは閉ざされ、役所にも人影はない。ただひとつあるホテルの受付にも人はいない。ベルを鳴らしても誰も出てこない。それは完全な無人の町に見えた。あるいはみんなどこかで昼寝をしているのかもしれない。しかしまだ朝の十時半だ。昼寝をするには早すぎる。それとも何かの理由があって、人々はこの町を見捨てて出て行ってしまったのかもしれない。いずれにせよ、明日の朝まで次の列車は来ないし、ここで夜を過ごすしかない。彼はあてもなく散歩をして時間をつぶした。

しかし実はそこは猫たちの町だった。日が暮れかけると、石橋を渡ってたくさんの猫たちが町にやってきた。いろんな柄のいろんな種類の猫たちだ。普通の猫よりはかなり大ぶりだが、それでも猫だ。青年はその光景を目にして驚き、あわてて町の真ん中にある鐘撞き台に上り、そこに身を隠した。猫たちは慣れたそぶりで店のシャッターを開け、あるいは役所の机に座って、それぞれの仕事を始めた。しばらくすると、更に数多くの猫が同じように橋を渡って町にやってきた。猫たちは商店に入って買い物をし、役所に行って事務的な手続きを済ませ、ホテルのレストランで食事をした。猫たちは居酒屋でビールを飲み、陽気な猫の歌を歌った。手《て》風琴《ふうきん》を弾くものがいて、それにあわせて踊り出すものがいた。猫たちは夜目が利くので明かりをほとんど必要としなかったが、その夜は満月がくまなく町を照らしていたから、青年は鐘撞き台の上からその一部始終を目にすることができた。明け方が近くなると、猫たちは店を閉め、それぞれの仕事や用事を終え、ぞろぞろと橋を渡ってもとの場所に帰っていった。

　夜が明け、猫たちがいなくなり、町が無人に戻ると、青年は下に降りて、ホテルのベッドに入って勝手に眠った。腹が減るとホテルの台所に残っていたパンと魚料理を食べた。そしてあたりが暗くなり始めると、再び鐘撞き台に上ってそこに身を潜め、夜明けがくるまで猫たちの行動を観察した。列車は昼前と夕方前にやってきて駅に停まった。午前の列車に乗れば、先に進むことができたし、午後の列車に乗れば、元来た場所に戻ることができた。その駅で降りる乗客は一人もいなかったし、その駅から列車に乗り込むものもいなかった。しかしそれでも列車は律儀に駅に停車し、一分後に発車した。だからもしそうしようと思えば、その列車に乗って、不気味な猫の町をあとにすることもできた。しかし彼はそうはしなかった。若くて好奇心が旺盛だったし、野心と冒険心にも富んでいた。その猫の町の不思議な光景を、彼はもっと見てみたかった。いつからどうしてそこが猫たちの町になったのか、町はどのような仕組みになっているのか、猫たちはそこでいったい何をしているのか、できればそういうことも知りたかった。こんな不思議な光景を目にしたのは自分のほかにはいないはずだ。

　三日目の夜に、ちょっとした騒ぎが鐘撞き台の下の広場で持ち上がった。「なんだか、人のにおいがしないか」と一匹の猫が言い出したのだ。「そういえばこの何日か、妙なにおいがしていた気がする」と誰かが鼻を動かしながらそれに賛同した。「実は俺もそう感じていたんだ」と口添えするものもいた。「しかし変だな。人間がここにやってくることはないはずなんだが」と誰かが言った。「ああ、そうだとも。人間がこの猫の町に入って来られるわけがない」「でもあいつらのにおいがすることも確かだぞ」

　猫たちはいくつかのグループを組んで、自警団のように町を隅々まで捜索することになった。本気になれば猫たちはとても鼻がきく。鐘撞き台がそのにおいの発生源であることを探り当てるまでに、それほどの時間はかからなかった。彼らの柔らかい足が鐘撞き台の階段をひたひたと上ってくる音が、青年の耳にも聞こえた。絶体絶命だ、と彼は思った。猫たちは人間のにおいにひどく興奮し、腹を立てているようだ。彼らは大きく、鋭い爪と白く尖った歯を持っている。そしてこの町は人間が足を踏み入れてはならない場所なのだ。見つかってどんな目にあわされるかはわからないが、その秘密を知ったまま、おとなしくこの町から出してもらえるとは思えない。

　三匹の猫たちが鐘撞き台にあがってきて、くんくんとにおいをかいだ。「不思議だ」と一匹が長い髭をぴくぴくと震わせながら言った。「においはするんだが、人はいない」「たしかに奇妙だ」ともう一匹が言った。「でもとにかく、ここには誰もいない。べつのところを探そう」「しかし、わけがわからんな」そして彼らは首をひねりながら去っていった。猫たちの足音は階段を下り、夜の闇の中に消えていった。青年はほっと一息ついたが、彼にもわけはわからなかった。なにしろ猫たちと彼は狭いところで、文字通り鼻をつき合わせるようなかっこうで向き合っていたのだ。見逃しようもない。なのに猫たちにはなぜか、彼の姿は見えないようだ。彼は自分の手を目の前にかざしてみた。ちゃんと手は見える。透明になったわけではない。不思議だ。いずれにせよ、朝になったら駅に行って、午前の列車でこの町を出て行くことにしよう。ここに残っているのはあまりに危険すぎる。いつまでもこんな幸運が続くものではない。

　しかし翌日、午前の列車は駅に停まらなかった。彼の目の前でスピードを落とすことなく、そのまま通り過ぎていった。午後の列車も同じだった。運転席には運転手の姿も見えた。車窓には乗客たちの顔もあった。しかしそれは停まろうという気配すら見せなかった。人々の目には列車を待っている青年の姿は映っていないようだった。あるいは駅の姿さえ映っていないみたいだった。午後の列車の後ろ姿が見えなくなってしまうと、あたりはこれまでになくしんと静まりかえった。そして日が暮れ始めた。そろそろ猫たちがやってくる時刻だ。彼は自分が失われてしまっていることを知った。ここは猫の町なんかじゃないんだ、と彼はようやく悟った。そこは彼が失われるべき場所だった。それは彼自身のために用意された、この世ではない場所だった。そして列車が、彼を元の世界に連れ戻すために、その駅に停車することはもう永遠にないのだ。

　天吾はその短編小説を二度繰り返し読んだ。失われるべき場所、という言葉が彼の興味をひいた。それから本を閉じ、窓の外を過ぎ去っていく臨海工業地帯の味気ない風景をあてもなく眺めた。製油工場の炎、巨大なガスタンク、長距離砲のような格好をしたずんぐりと巨大な煙突。道路を走る大型トラックとタンクローリーの列。「猫の町」とはかけ離れた情景だ。しかしそのような光景にはそれなりに幻想的なものがあった。そこは都市の生活を地下で支える冥界のような場所なのだ。

しばらくあとで天吾は目を閉じ、安田恭子が彼女自身の失われた場所に閉じこめられているところを想像した。そこには列車は停まらない。電話もない、郵便ポストもない。昼間そこにあるのは絶対的な孤独であり、夜の闇とともにあるのは、猫たちによる執拗な捜索である。それがいつ尽きるともなく反復される。彼は気がつかないうちにシートの中で眠り込んだようだった。長くはないが深い眠りだった。目が覚めたとき、身体は汗をかいていた。列車は真夏の南房総の海岸線に沿って進んでいた。

館山で特急を降り、普通列車に乗り換えて千倉まで行った。駅に降りると懐かしい海辺の匂いがして、道を行く人々はみんな黒く日焼けをしていた。駅前からタクシーで療養所に行った。療養所の受付で彼は自分の名前と父親の名前を告げた。

「今日お見えになることは、お知らせいただいておりますでしょうか?」と受付のデスクに座った中年の看護婦が硬い声で尋ねた。小柄で、金属縁の眼鏡をかけ、短い髪には白いものが少し混じっている。短い薬指には眼鏡と揃いで買ったような指輪がはまっていた。名札には「田村」とある。

「いいえ。今朝ふと思いついて、そのまま電車に乗ってしまったものですから」と天吾は正直に言った。

看護婦はいささかあきれたような顔で天吾を見た。そして言った。「面会にお見えになるときには、前もって連絡をいただくことになっています。こちらにもいろんな日程がありますし、患者さんの都合もありますので」

「申し訳ありません。知らなかったものですから」

「この前ここにお見えになったのはいつですか？」

「二年前です」

「二年前」、田村看護婦はボールペンを片手に訪問者リストをチェックしながら言った。「つまり二年間一度もお見えにならなかったということですね？」

「そうです」と天吾は言った。

「こちらの記録によりますと、あなたは川奈さんのただ一人のご家族だということになっています」

「そのとおりです」

　看護婦はリストをデスクの上に置き、天吾の顔をちらりと見たが、とくに何も言わなかった。その目は天吾を非難しているわけではなかった。ただ何かを確認しているだけだ。天吾は決して特殊な例というのではなさそうだった。

「お父様は今、グループ・リハビリテーションをなさっているところです。あと三十分ほどで終わります。そのあとで面会できます」

「父はどんな具合ですか？」

「身体的なことを言えば、健康です。とくに何も問題はありません。あとのことは一進一退です」、看護婦はそう言って人差し指で自分のこめかみを軽く押さえた。「どのように一進一退なのかは、ご自分の目でお確かめになってください」

天吾は礼を言って、玄関のわきにあるラウンジで時間をつぶした。古い時代のにおいがするソファに座り、ポケットから文庫本を出して続きを読んだ。ときおり海の匂いのする風が吹き渡り、松の枝が涼しげな音を立てた。たくさんの蟬が松の枝にしがみついて、声を限りに鳴いていた。夏は今が盛りだったが、蟬たちはそれが長くは続かないことを承知しているようだった。彼らは残された短い命を慈しむように、声をあたりに轟かせていた。

やがて眼鏡をかけた田村看護婦がやってきて、リハビリが終わったので面会することができると天吾に告げた。

「お部屋に案内します」と彼女は言った。天吾はソファから立ち上がり、壁に掛かった大きな鏡の前を通り過ぎ、そこで自分がかなり雑な格好をしていることに初めて思い当たった。ジェフ・ベックの来日公演Tシャツの上に、ボタンの揃っていない色褪せたダンガリーのシャツ、膝のところにピザ・ソースのしみが小さくついたチノパンツ、長く洗っていないカーキ色のスニーカー、野球帽。どう考えても二年ぶりに父親を見舞いに来る、三十歳の息子の身なりではない。見舞いの品ひとつ持っているわけでもない。ポケットに文庫本をひとつ突っ込んでいるだけだ。看護婦があきれた顔で眺めたのも無理はない。

庭を横切って、父親の部屋がある棟に向かうあいだに看護婦が簡単に説明をしてくれた。療養所には三つの棟があり、病気の進行の度合いによって、入る棟が分かれていること。天吾の父親は現在「中程度」の棟に入っていること。人々はだいたいまず「軽度」の棟に入り、「中程度」の棟に移り、それから「重度」の棟に移る。一方にしか開かないドアと同じで、逆方向の移動はない。「重度」の棟から先ほかに移るべき場所はない。火葬場のほかには、とまでは看護婦はもちろん言わなかった。しかし彼女の示唆するところは明らかだった。

父親の部屋は二人部屋だったが、同室者は何かのクラスに出ていて不在だった。療養所には様々なリハビリのためのクラスがある。陶芸や、園芸や、体操のクラス。もっともリハビリといっても、回復のためのものではない。いくらかでも病気の進行を遅らせることを目的としたものだ。あるいはただ単に時間を潰すことを。父親は窓際に置かれた椅子に座って、開放された窓の外を眺めていた。両手は膝の上に揃えられている。近くのテーブルには鉢植えが置かれていた。花はいくつもの黄色い細かい花弁をつけていた。床は転倒しても怪我をしないよう、柔らかな素材でできていた。簡素な木製のベッドが二つあり、書き物用の机が二つあり、着替えや雑貨を入れておくためのタンスがあった。机の横にそれぞれ小さな本棚があり、窓のカーテンは長年の日差しを受けて黄色く変色している。

その窓際の椅子に座っている老人が自分の父親だとは、天吾にはすぐにはわからなかった。彼はひとまわり小さくなっていた。いや、縮んでいたという方が正確な表現かもしれない。髪は短くなり、霜が降りた芝生のように真っ白になっていた。頬がげっそりとこけて、そのせいか眼窩が昔よりずっと大きく見えた。額には三本のしわが深く刻まれていた。頭のかたちが以前よりいびつになったように思えたが、それはたぶん髪が短くなったせいだろう。そのおかげでいびつさが目につくようになったのだ。眉毛はずいぶん長く密生していた。そして耳からも白髪が突き出していた。大きなとがった耳は、今ではより大きく、まるでコウモリの翼のように見えた。鼻のかたちだけが前と同じだ。耳とは対照的にもっこりとして丸い。そして赤黒い色を帯びている。

唇の両端がだらんと垂れて、今にもそこからよだれがこぼれてきそうに見える。口は軽く開かれて、その奥に不揃いな歯が見えた。窓際にじっと座った父親の姿は天吾に、ヴァン・ゴッホの晩年の自画像を思い出させた。

その男は彼が部屋に入っていっても、一度ちらりと視線をこちらに向けただけで、あとは外の風景を眺め続けていた。離れたところから見ると、人間というよりは、ネズミやリスの類に近い生き物のように見えた。あまり清潔とは言えないが、それなりにしたたかな知恵を具えた生き物だ。しかしそれは間違いなく天吾の父親だった。あるいは父親の残骸とでも言うべきものだった。二年の歳月が彼の身体から多くのものを持ち去っていた。まるで収税吏が、貧しい家から情け容赦もなく家財道具を奪っていくみたいに。天吾が覚えている父親は、常にきびきびと仕事をするタフな男だった。内省や想像力とは無縁だったが、それなりの倫理を具え、単純だが強い意思を持っていた。我慢強く、言い訳や泣き言を口にするのを、天吾は耳にしたことがなかった。しかし今目の前にいるのは、ただの抜け殻に過ぎない。温かみを残らず奪われてしまった空き屋に過ぎない。

「川奈さん」と看護婦は天吾の父親に向かって話しかけた。滑舌《かつぜつ》の良い、よく通る声だった。患者にはそういう声で話しかけるように訓練されているのだ。「川奈さん。ほら、しっかりして。息子さんが見えていますよ」

父親はもう一度こちらを向いた。その表情を欠いた一対の目は、軒下にふたつ残されたからっぽのツバメの巣を天吾に思わせた。

「こんにちは」と天吾は言った。

「川奈さん、息子さんが東京からお見えになったんですよ」と看護婦は言った。

父親は何も言わず、ただ天吾の顔をまっすぐ見ていた。外国語で書かれた理解できない告示でも読んでいるみたいに。

「六時半に食事が始まります」と看護婦が天吾に言った。「それまではご自由になさってください」

看護婦が行ってしまうと、天吾は少し迷ってから父親の近くに行き、その向かいにある椅子に腰を下ろした。色の褪せた布張りの椅子だった。長く使われたものらしく、木の部分は疵《きず》だらけになっていた。父親は彼がそこに座るのを目で追っていた。

「元気ですか？」と天吾は尋ねた。

「おかげさまで」と父親はあらたまった口調で言った。

それから何を言えばいいのか、天吾にはわからなかった。彼はダンガリー・シャツの上から三つ目のボタンを指でいじりながら、窓の外に見える防風林に目をやり、それからまた父親の顔を見た。

「東京から来られたのですか？」と父親は言った。どうやら天吾のことが思い出せないようだ。

「東京から来ました」

「特急に乗って見えたのですね？」

「そうです」と天吾は言った。「館山まで特急できて、そこで普通に乗り換えて千倉まで来ました」

「海水浴に見えたのですか？」と父親は尋ねた。

天吾は言った。「僕は天吾です。川奈天吾。あなたの息子です」

「東京のどちらですか？」と父親は尋ねた。

「高円寺です。杉並区」

父親の額の三本のしわがぐっと深まった。「多くの人がＮＨＫの受信料を払いたくないために嘘をつきます」

「お父さん」と天吾は呼びかけた。その言葉を口にするのはとても久しぶりのことだった。「僕は天吾です。あなたの息子です」

「私には息子はおらない」と父親はあっさりと言った。

「あなたには息子はいない」と天吾は機械的に反復した。

父親は肯いた。

「じゃあ、僕はいったい何なのですか？」と天吾は尋ねた。

「あなたは何ものでもない」と父親は言った。そして簡潔に二度首を振った。

天吾は息を呑み、少しのあいだ言葉を失っていた。父親もそれ以上口をきかなかった。二人は沈黙の中でそれぞれにもつれあった思考の行方を探った。蝉だけが迷うことなく、声を限りに鳴き続けていた。

この男はおそらく今、真実を語っているのだ、と天吾は感じた。その記憶は破壊され、意識は混濁の中にあるかもしれない。しかし彼が口にしているのはたぶん真実だ。天吾にはそれが直感的に理解できた。

「どういうことなのですか、それは？」と天吾は質問した。

「あなたは何ものでもない」と父親は感情のこもっていない声で同じ言葉を繰り返した。「何ものでもなかったし、何ものでもないし、これから先も何ものにもなれないだろう」

それでじゅうぶんだ、と天吾は思った。

彼は椅子から立ち上がり、駅まで歩いて、そのまま東京に帰ってしまいたかった。聞くべきことはすでに聞いた。しかし立ち上がることができなかった。猫の町にやって来た旅の青年と同じだ。彼には好奇心があった。その裏にあるもっと深い事情が知りたかった。もっと明瞭な答えを聞きたかった。そこにはもちろん危険が潜んでいる。しかしこの機会を逃したらおそらくもう永遠に、自らについての秘密を知ることはないだろう。それは混沌の中に完全に没してしまうことだろう。

天吾は頭の中で言葉を並べ、それを並べ替えた。そして思い切って口に出した。子供の頃から何度となく口から出そうになった——しかしとうとう口にできなかった——質問だった。

「あなたはつまり、僕の生物学的な意味での父親ではないということですね？　僕らのあいだには血のつながりがないということですね」

父親は何も言わずに天吾の顔を見ていた。質問の趣旨が理解できたのかどうかも、その表情からはわからない。

「電波を盗むのは違法行為であります」と父親は天吾の目を見て言った。「金品を盗むのとなんら変わりがない。そう思いませんか？」

「そのとおりでしょう」と天吾はとりあえず同意した。

父親は満足したように何度か肯いた。

「電波は雨やら雪のように天から無料で降ってくるものではない」と父親は言った。

天吾は口を閉ざしたまま父親の手を見ていた。父親の両手は両膝の上にきれいに揃えられていた。右手は右膝の上に、左手は左膝の上に。その手はぴくりとも動かなかった。小さな黒い手だった。日焼けが身体の芯まで浸みこんでいるみたいに見えた。長年にわたって屋外で働き続けてきた手だ。

「母親は、僕が小さな頃に、病死したのではないのですね」と天吾はゆっくりと、言葉を句切って質問した。

父親は返事をしなかった。表情も変わらなかったし、手も動かなかった。その目は見慣れぬものを観察するみたいに天吾を見ていた。

「母親はあなたのもとを去っていった。あなたを捨て、僕をあとに残して。おそらくはほかの男と一緒に。違いますか？」

父親は肯いた。「電波を盗むのはよくないことだ。好きなことをして、そのまま逃げおおせるものではない」

この男にはこちらの質問の趣旨はちゃんとわかっている。ただそれについて正面から話したくないだけだ。天吾はそう感じた。

「お父さん」と天吾は呼びかけた。「実際にはお父さんじゃないかもしれないけど、とりあえずそう呼びます。ほかに呼び方を知らないから。正直に言って、僕はあなたのことがこれまで好きではなかった。むしろ多くの場合憎んでいたかもしれない。それはわかりますね？　しかしもし仮にあなたが実の父親ではなく、我々のあいだに血のつながりがないのだとしたら、僕があなたを憎まなくてはならない理由はもはやなくなります。あなたに好意を抱くことができるかどうか、そこまではわからない。でも、少なくとも今よりあなたを理解することはできるだろうと思う。僕がずっと求めてきたのは本当のことだったからです。自分が誰で、どこから来たのか。僕が知りたいのはそれだけだった。でも誰もそれを教えてはくれなかった。もしあなたが今ここで真実を話してくれるなら、僕はあなたをもう憎んだり、嫌ったりはしない。それは僕にとって歓迎すべきことです。あなたという人間をこれ以上憎んだり、嫌ったりせずに済むのは」

父親は何も言わず、相変わらず表情のない目で天吾を眺めていた。しかしその空っぽのツバメの巣の奥に、きわめて微小な何かがきらりと光ったような気がした。

「僕は何ものでもない」と天吾は言った。「あなたの言うとおりです。たった一人で夜の海に投げ出され、浮かんでいるようなものです。手を伸ばしても誰もいない、声を上げても返事は返ってこない。僕はどこにもつながってはいない。まがりなりにも家族と呼べるのは、あなたのほかにはいない。しかしあなたはそこにある秘密を握ったまま、一切を語ろうとはしない。そしてあなたの記憶は、この海辺の町で一進一退を繰り返しながら、日々確実に失われていく。僕についての真実もやはり同じように失われていく。真実の助けがなければ、僕は何ものでもないし、これから先も何ものにもなり得ない。それも実にあなたの言うとおりだ」

「知識は貴重な社会資産です」、父親は棒読みするようにそう言った。しかしその声は前よりいくらか小さくなっていた。背後にいる誰かが手を伸ばしてボリュームをしぼったみたいに。「その資産は豊かに蓄積され、注意深く運用されなくてはなりません。次の世代へと実りの多いかたちで引き継がれなくてはなりません。そのためにもＮＨＫはみなさんの受信料を必要として

――」

この男が口にしているのは、マントラのようなものだ、と天吾は思った。このような文句を唱えることによって、彼はこれまで自分の身を守ってきたのだ。天吾はその頑迷なまでの護符を突破しなければならなかった。その囲いの奥から、一人の生身の人間を引っ張り出さなくてはならない。

天吾は父親の言葉を遮った。「僕の母親はどんな人だったんですか？　彼女はどこに行ったんですか？　そしてどうなったんですか？」

父親は急に黙りこんだ。彼はもう呪文を唱えなかった。

天吾は続けた。「僕は誰かを嫌ったり、憎んだり、恨んだりして生きていくことに疲れたんです。誰をも愛せないで生きていくことにも疲れました。僕には一人の友達もいない。ただの一人もです。そしてなによりも、自分自身を愛することすらできない。なぜ自分自身を愛することができないのか？　それは他者を愛することができないからです。人は誰かを愛することによって、そして誰かから愛されることによって、それらの行為を通して自分自身を愛する方法を知るのです。僕の言っていることはわかりますか？　誰かを愛することのできないものに、自分を正しく愛することなんかできません。いや、それがあなたのせいだと言っているわけじゃない。考えてみれば、あなただってそういう被害者の一人なのかもしれない。あなただっておそらく、自分自身の愛し方をよく知らないはずだ。違いますか？」

父親は沈黙の中にこもっていた。その唇は固く閉ざされたままだった。天吾の言ったことを彼がどれだけ理解したのか、表情からはわからなかった。天吾も黙って椅子に身を沈めていた。開かれた窓から風が入ってきた。風は日光によって変色したカーテンを翻し、鉢植えの細かい花弁を揺らせた。そして開け放しになったドアから廊下に抜けて行った。海の匂いが前よりも強くなった。蟬の声に混じって、松の針葉が触れあう柔らかい音が聞こえた。

天吾は静かな声で続けた。「僕は幻をよく見ます。昔から一貫して同じ幻を繰り返し見続けています。それはたぶん幻じゃなくて、記憶された現実の光景なんだろうと考えています。一歳半の僕のとなりに母親がいます。母親は若い男と抱き合っている。そしてその男はあなたじゃない。どんな男だかはわからない。しかしあなたでないことだけは確かだ。どうしてかはわからないけれど、その光景は僕のまぶたにしっかりと焼き付いて、はがれなくなってしまっている」

父親は何も言わない。しかし彼の目は明らかに何か違うものを見ている。ここにあるのではないものを。そして二人は沈黙を守り続ける。天吾は急速に強くなった風の音に耳を傾けている。父親の耳が何を聞いているのか、天吾にはわからない。

「何か読んでもらえませんか」と父親は長い沈黙のあとで、あらたまった口調で言った。「目を痛めているので、本を読むことができんのです。長く字を追うことができない。本はその本棚の中に入っております。あなたの好きなものを選んでいただいてよろしい」

天吾はあきらめて椅子から立ち上がり、本棚に並んだ本の背表紙をざっと眺めた。その大半は時代小説だった。『大菩薩峠』の全巻が揃っている。しかし天吾は大時代な言葉を使った古い小説を父親の前で朗読するような気持ちには、どうしてもなれなかった。

「もしよければ、猫の町の話を読みたいのですが、それでかまいませんか」と天吾は言った。「僕が自分で読むために持ってきた本ですが」

「猫の町の話」と父親は言った。そしてその言葉をしばらく吟味した。「もしご迷惑でなければ、それを読んで下さい」

天吾は腕時計に目をやった。「べつに迷惑じゃありません。電車の時間まではまだ間はあります。奇妙な話だから、気に入るかどうかはわからないけど」

天吾はポケットから文庫本を出し、『猫の町』の朗読を始めた。父親は窓際の椅子に座ったまま姿勢も変えず、天吾の朗読する物語に耳を澄ませていた。天吾は聞き取りやすい声で、ゆっくりと文章を読んでいった。途中で二度か三度休憩して、息をついた。そのたびに父親の顔を見たが、そこにはどのような反応も見受けられなかった。彼がその物語を楽しんでいるのかいないのか、それもわからない。物語を最後まで読み終えたとき、父親は身動きひとつせず、じっと目を閉じていた。眠り込んでしまっているみたいにも見えた。しかし眠ってはいなかった。物語の世界に深く入り込んでいただけだ。彼がそこから出てくるのにしばらく時間がかかった。天吾はそれを我慢強く待っていた。午後の光がいくらか薄れ、あたりに夕暮れの気配が混じり始めた。海からの風が松の枝を揺らし続けていた。

「その猫の町にはテレビがあるのでしょうか？」、父親はまず職業的な見地からそう質問した。

「一九三〇年代にドイツで書かれた話だし、その頃にはまだテレビはありません。ラジオはあったけど」

「私は満州におったが、そこにはラジオもなかった。放送局もなかった。新聞もなかなか届かず、半月前の新聞を読んでおりました。食べるものだってろくになく、女もおらんかった。ときどき狼が出た。地の果てのようなところでした」

彼はしばらく黙して何かを考えていた。たぶん若いときに満州で送った、開拓移民としての苦しい生活のことを思い出しているのだろう。しかしそれらの記憶はすぐに混濁し、虚無の中に呑み込まれていった。父親の表情の変化から、そのような意識の動きが読み取れた。

「町は猫がつくった町なのか。それとも昔の人がつくって、そこに猫が住み着いたのか？」と父親は窓ガラスに向かって独り言のように言った。でもそれはどうやら天吾に向かって投げかけられた質問であるようだった。

「わからないな」と天吾は言った。「でもどうやら、ずっと昔に人間がつくったもののようですね。何らかの理由で人間がいなくなり、そこに猫たちが住み着いたのかもしれない。たとえば伝染病でみんなが死んでしまったとか、そういうことで」

父親は肯いた。「空白が生まれれば、何かがやってきて埋めなくてはならない。みんなそうしておるわけだから」

「みんなそうしている？」

「そのとおり」と父親は断言した。

「あなたはどんな空白を埋めているんですか？」

父親はむずかしい顔をした。長い眉毛が下がって目を隠した。そしていくぶん嘲りが混じった声で言った。「あんたにはそれがわからない」

「わかりません」と天吾は言った。

父親は鼻孔を膨らませた。片方の眉がわずかに持ち上がっていた。それは昔から、何か不満があるときに彼がいつも浮かべた表情だった。「説明しなくてはそれがわからんというのは、つまり、どれだけ説明してもわからんということだ」

天吾は目を細めて相手の表情を読んだ。父親がこんな奇妙な、暗示的なしゃべり方をしたことは一度もない。彼は常に具体的な、実際的な言葉しか口にしなかった。必要なときに、必要なことだけを短くしゃべる、それが会話というものについての、その男の揺らぎない定義だった。しかしそこには読みとれるほどの表情はなかった。

「わかりました。とにかくあなたは何かの空白を埋めている」と天吾は言った。「じゃあ、あなたが残した空白をかわりに埋めるのは誰なんでしょう」

「あんただ」と父親は簡潔に言った。そして人差し指を上げて天吾をまっすぐ、力強く指さした。「そんなことはきまっているじゃないか。誰かのつくった空白をこの私が埋めてきた。そのかわりに私がつくった空白をあんたが埋めていく。回り持ちのようなものだ」

「猫たちが無人になった町を埋めたみたいに」

「そう、町のように失われるんだ」と彼は言った。そして自分が差し出した人差し指を、まるで場違いな不思議なものでも見るようにぼんやりと眺めた。

「町のように失われる」と天吾は父親の言葉を繰り返した。

「あんたを産んだ女はもうどこにもいない」

「どこにもいない。町のように失われる。つまりそれは、死んでしまったということなのですか？」

父親はそれには答えなかった。

天吾はため息をついた。「それでは、僕の父親は誰なんですか？」

「ただの空白だ。あんたの母親は空白と交わってあんたを産んだ。私がその空白を埋めた」

それだけを言ってしまうと、父親は目を閉じ、口を閉ざした。

「空白と交わった？」

「そうだ」

「そしてあなたが僕を育てた。そういうことですね？」

「だから言っただろう」、父親はしかつめらしく咳払いをひとつしてから言った。わかりの悪い子供に単純な道理を説くみたいに。「説明しなくてはそれがわからんというのは、どれだけ説明してもわからんということだ」

「僕は空白の中から出てきたんですか？」と天吾は尋ねた。

返事はない。

天吾は膝の上で手の指を組み合わせ、父親の顔をもう一度正面からまっすぐ見た。そして思った。この男は空っぽの残骸なんかじゃない。ただの空き屋でもない。頑強な狭い魂と陰鬱な記憶を抱え、海辺の土地で訥々と生き延びている一人の生身の男なのだ。自らの内側で徐々に広がっていく空白と共存することを余儀なくされている。今はまだ空白と記憶がせめぎあっている。しかしやがては空白が、本人がそれを望もうと望むまいと、残されている記憶を完全に呑み込んでしまうことだろう。それは時間の問題でしかない。彼がこれから向かおうとしている空白は、おれが生まれ出てきたのと同じ空白なのだろうか？

松の梢を吹き抜ける夕暮れ近くの風に混じって、遠い海鳴りが聞こえたような気がした。でもただの錯覚かもしれない。

第9章

青豆

恩寵の代償として届けられるもの

青豆が中に入ると、坊主頭が彼女の背後にまわって素早くドアを閉めた。部屋の中は真っ暗だった。窓の重厚なカーテンが引かれ、室内の明かりはすべて消されている。カーテンの隙間から僅かに光の筋が漏れていたが、それもかえって暗闇を際だたせる役目しか果たしていなかった。

上映中の映画館かプラネタリウムの中に足を踏み入れたときのように、目がその暗闇になれるまでに時間がかかった。最初に目についたのは低い机の上に置かれた電気時計の表示だった。その緑色の数字は時刻が午後7時20分であることを示していた。それから時間をかけて、大型のベッドが反対側の壁際に置かれていることがわかった。電気時計はそのベッドの枕元に置かれていた。広々とした隣室に比べるといくぶん狭いが、それでも通常のホテルの客室よりはスペースに余裕がある。

ベッドの上には小山のような黒々とした物体があった。その不定形の輪郭が、そこに横たわった人間の体躯を表しているとわかるまでに、更にまた時間を要した。そのあいだ、輪郭の線はいささかも崩れることはなかった。生命の徴候らしきものはうかがえなかった。息づかいも聞こえない。聞こえるのは天井近くの送風口から出てくるエアコンの微かな風音だけだ。でも死んでいるわけではない。それが生きた人間であることを前提として、坊主頭は行動をとっていた。

かなり大柄な人間だ。たぶん男だろう。定かには見えないが、どうやら顔はこちらには向けられていないようだ。そしてその人物はベッドに入ってはいない。整えられたベッドカバーの上にじっとうつぶせになっている。まるで洞窟の奥で体力の消耗を防ぎつつ傷を癒している大型動物のように。

「お時間です」、坊主頭がその影に向かって声をかけた。彼の声にはこれまでにない張り詰めた響きがあった。

男にその声が聞こえたのかどうかはわからない。ベッドの上の暗い小山はそのままぴくりとも動かなかった。坊主頭はドアの前に立ち、姿勢を崩すことなくそのまま待ち受けた。部屋は深く静まりかえり、誰かが唾を飲み込む音まではっきりと聞こえるほどだった。それから唾を飲んだのが自分であることに、青豆は気づいた。彼女は右手にジムバッグを握りしめたまま、坊主頭と同じように何かが起こるのを待ち受けていた。電気時計の数字が7：21に変わり、それから7：22に変わり、7：23に変わった。

やがてベッドの上の輪郭が小さく揺れ、動きを見せ始めた。ほんの微かな震えが、やがてはっきりとした動作になった。その人物はどうやら深く眠っていたようだ。あるいは眠りに似たものの中に入り込んでいたらしかった。筋肉が覚醒し、そろそろと上半身が持ち上がり、時間をかけて意識が再形成されていった。ベッドの上に影がまっすぐに起き上がり、あぐらを組んだ。間違いなく男だ、と青豆は思った。

「お時間です」と坊主頭がもう一度繰り返した。

男が大きく息を吐く音が聞こえた。深い井戸の底から立ち上るゆっくりと太い吐息だった。それから次に息を大きく吸い込む音が聞こえた。森の樹木のあいだを吹き抜ける烈風のごとく荒々しく不穏だ。その二種類の異なった種類の音が、交互に繰り返された。そのあいだに長い沈黙のインターバルが置かれた。そのリズミカルな、また多くの意味を含んだ反復は、青豆を落ち着かない気持ちにさせた。これまで見聞きしたことのない領域に足を踏み入れたような気がした。たとえば深い海溝の底であるとか、あるいは未知の小惑星の地表であるとか。なんとか到達することはできても、もとに戻ることのかなわない場所だ。

目はなかなか暗闇に慣れなかった。あるところまでは見えるようになるのだが、そこから先にはどうしても進まない。今のところ青豆の目が見届けられるのは、そこにいる男の暗いシルエットだけだった。その顔がどちらを向いているのか、何を見ているのかもわからない。男がかなりの巨漢であることと、その両肩が呼吸にあわせて静かに、しかし大きく上下しているらしいということ、わかるのはそれくらいだ。呼吸は通常の呼吸ではなかった。身体全体をくまなく使って行われる、特別な目的と機能を持った呼吸だった。肩胛《けんこう》骨と横隔膜が大きく動き、拡大収縮している様が思い浮かぶ。普通の人間にはそんな激しい呼吸はまずできない。長く厳しい訓練によってしか習得することのできない特殊な呼吸法だ。

坊主頭は彼女のわきに立ち、直立した姿勢を保っていた。背筋が伸び、顎が短く引かれている。彼の呼吸はベッドの上の男とは逆に、浅く速かった。彼は気配を殺して待機しているのだ。その一連の激しい深呼吸が完了するのを。それは身体を整えるために日常的に行われる行為のひとつであるらしかった。青豆も坊主頭と同じように、それが終了するのを待つしかなかった。おそらく覚醒のために必要とされるプロセスなのだろう。

やがて大きな機械が操業を終えるときのように、呼吸が段階を踏んで止んだ。呼吸と呼吸とのあいだの間隔が徐々に長くなり、最後にすべてを絞りきるように長く息が吐き出された。深い沈黙が再び部屋に降りた。

「お時間です」と坊主頭は三度目に言った。

男の頭がゆっくりと動いた。彼は坊主頭の方を向いているようだった。

「さがってよろしい」と男は言った。男の声は明瞭な深いバリトンだった。決然として、曖昧なところはない。身体は完全に覚醒したようだった。

坊主頭は暗闇の中で浅く一礼し、入ってきたときと同じように、無駄のない動きで部屋を出て行った。ドアが閉まり、あとには青豆と男が二人で残された。

「暗くて悪いが」と男は言った。たぶん青豆に向けて言ったのだろう。

「私はかまいません」と青豆は言った。

「暗くしていることが必要だった」と男はソフトな声で言った。「しかし心配しなくていい。あなたに害が及ぶことはない」

青豆は黙って肯いた。それから自分が暗闇の中にいることを思い出して、「わかりました」と口に出して言った。声はいつもより少し硬く、高くなっているようだ。

それから男はしばらく、暗闇の中で青豆の姿を見つめた。彼女は自分が激しく見つめられていることを感じた。的確で精密な視線だった。「見る」というよりは「視る」という表現の方がふさわしいだろう。その男には、彼女の身体の隅から隅までを見渡すことができるようだった。一瞬のうちに身につけている何もかもをはぎ取られ、まる裸にされてしまったような気がした。その視線は皮膚の上だけではなく、彼女の筋肉や内臓や子宮にまで及んでいた。この男は暗闇の中で目が視えるのだ、と彼女は思った。目に見える以上のものを彼は視ている。

「暗がりの中にいる方がものごとはむしろよく見える」、男は青豆の心を見通したように言った。「しかし暗がりにいる時間が長くなりすぎると、地上の光ある世界に戻るのがむずかしくなる。あるところで切り上げなくてはならない」

　彼はそれからまたひとしきり青豆の姿を観察した。そこには性的な欲望の気配はなかった。男はただ彼女をひとつの客体として視ているのだ。ちょうど船の乗客がデッキから、通り過ぎていく島のかたちを見つめるみたいに。しかしその乗客は普通の乗客ではない。彼は島についてのすべてを見通そうとしている。そのような鋭利で容赦のない視線に長くさらされていると、自分の肉体がどれほど不十分で不確かなものであるかを、青豆は実感させられた。普段はそんな風に感じることはない。乳房のサイズを別にすれば、彼女は自分の肉体をむしろ誇らしく思っている。彼女はそれを日常的に鍛え上げ、美しく保ってきた。筋肉はしなやかに張り詰めているし、贅肉はほんのわずかもない。しかしこの男に見つめられていると、自分の肉体がみすぼらしい古びた肉の袋のように思えてくる。

　青豆のそんな思いを読みとったかのように、男は彼女を熟視するのをやめた。彼女はその視線が急速に力を失っていくのを感じた。まるでホースで水を撒いているときに、誰かが建物の陰で水道の蛇口を閉めたみたいに。

「使いだてして悪いが、窓のカーテンを少し開けてもらえないだろうか」と男は静かに言った。「真っ暗な中ではあなただって仕事がしにくかろう」

　青豆はジムバッグを床に置いて窓際に行き、窓際のコードを引いて重い分厚いカーテンを開け、内側にあるレースの白いカーテンを開けた。東京の夜景がその光を部屋の中に注いだ。東京タワーのイルミネーション、高速道路の照明灯、移動を続ける車のヘッドライト、高層ビルの窓の明かり、建物の屋上についた色とりどりのネオンサイン、それらが混じり合った大都市の夜特有の光が、ホテルの室内を照らし出した。それほど強い光ではない。部屋の中に置かれている家具調度が辛うじて見分けられる程度のささやかな光だ。それは青豆にとっては懐かしい光だった。彼女自身の属する世界から届けられた光だ。自分がどれくらい切実にそのような光を必要としていたかを、青豆はあらためて実感した。しかしそのような僅かな光でも、男の目には刺激が強すぎるようだった。ベッドの上にあぐらをかいて座ったまま、彼はその光を避けるように、大きな両手で顔を覆った。

「大丈夫ですか？」と青豆は尋ねた。

「心配しなくていい」と男は言った。

「カーテンをもう少し閉めましょう」

「そのままでいい。網膜に問題がある。光に慣れるのに時間がかかる。少しすれば普通になる。そこに座って待ってもらえまいか」

　網膜に問題がある、と青豆は頭の中で反復した。網膜に問題のある人々はおおむね失明の危機に晒されている。しかしそれはとりあえず青豆には関係のない問題だ。青豆が取り扱わなくてはならないのはこの男の視力ではない。

　男が顔を両手で覆い、窓から差し込んでくる明かりに目を慣らしているあいだ、青豆はソファに腰を下ろし、男を正面から眺めた。今度は青豆が相手を子細に観察する番だった。

　大きな男だった。太っているのではない。ただ大きいのだ。身長もあるし、横幅も大きい。力もありそうだった。大柄な男だという話は老婦人から前もって聞いていたが、これほどの大きさを青豆は予想していなかった。しかし宗教団体の教祖が巨漢であってはならないという理由はもちろんどこにもない。そして青豆は、こんな大きな男にレイプされる十歳の少女たちを想像して、思わず顔を歪めた。その男が裸になって、小さな少女の身体に乗しかかっている光景を彼女は想像した。少女たちには抵抗のしようもないだろう。いや、大人の女にだってそれはむずかしいかもしれない。

　男は裾がゴムで細まった薄手のスエットパンツ風のものをはき、長袖シャツを着ていた。シャツは無地で、絹のような光沢がわずかに入っている。大振りで、前をボタンでとめるようになっており、男は上のふたつのボタンを外していた。シャツもスエットパンツも白か、あるいはごく淡いクリーム色に見える。寝間着というのではないが、部屋の中でくつろぐためのゆったりとした衣服だ。あるいは南の国の木陰に似合いそうな身なりだ。裸足の両足は見るからに大きかった。石塀のように広い肩幅は、経験を積んだ格闘技の選手を連想させた。

「よく来てくれた」、青豆の観察が一段落するのを待って、男は言った。

「これが私の仕事です。必要があればいろんなところにうかがいます」、青豆は感情を排した声で言った。しかしそう言いながら、自分がまるでここに呼ばれてやってきた娼婦になったような気がした。さっきの鋭い視線で、暗闇の中でまる裸にされてしまったせいだろう。

「わたしのことをどの程度まで知っているのだろう？」、男は相変わらず顔を両手で覆ったまま青豆に尋ねた。

「私があなたについてどれくらい存じ上げているか、ということですか？」

「そうだ」

「ほとんど何も知らないようなものです」と青豆は用心深く言葉を選んで言った。「お名前もうかがっておりません。ただ長野か山梨で宗教団体を主宰されている方だとしか。身体に何か問題を抱えておられて、そのことで私に何かお手伝いできるかもしれないということでした」

男は頭を何度か短く振り、両手を顔からどかせた。そして青豆と向かい合った。

男の髪は長かった。まっすぐで豊富な髪が肩近くまで垂れている。髪には白髪も多く混じっていた。年齢はおそらく四十代の後半から五十代前半というところだろう。鼻が大きく、顔の多くの部分を占めている。筋の通った見事にまっすぐな鼻だ。それはカレンダーの写真に出てくるアルプスの山を連想させた。裾野も広く、威厳に満ちている。彼の顔を見たとき、まず目につくのはその鼻だ。それと対照的に両目は深く窪んでいる。その奥にある瞳がいったい何を見ているのか、見届けることはむずかしい。顔全体は体軀にあわせて広く、厚かった。髭はきれいに剃られ、傷もほくろも見当たらない。男の顔立ちは整っていた。静謐《せいひつ》で知的な雰囲気も漂わせている。しかしそこには何かしら特異なもの、尋常ではないもの、簡単には心を許せないものが存在した。それは第一印象でまず人をたじろがせる種類の顔だった。鼻が大きすぎるのかもしれない。そのおかげで顔全体が正当な均衡を失っていて、それが見る人の心を不安定にしてしまうのかもしれない。あるいはそれは、奥まったところに静かに控え、古代の氷河のような光を放っている一対の目のせいかもしれない。あるいは予期できぬ言葉を今にも吐こうとする、酷薄な印象を漂わせた薄い唇のせいかもしれない。

「ほかには?」と男は尋ねた。

「ほかにはとくにうかがっていません。筋肉ストレッチングの用意をしてここに来るようにと言われただけです。筋肉と関節が私の専門としている分野です。相手の方の立場や人柄について多くを知る必要はありません」

　娼婦と同じように、と青豆は思った。

「言うことはわかる」と男は深い声で言った。「しかしわたしの場合には、それなりの説明が必要になるだろう」

「おうかがいします」

「人々はわたしをリーダーと呼んでいる。しかし人前に顔を見せることはほとんどない。教団の中にあっても、同じ敷地の中で暮らしていても、大半の信者はわたしの顔さえ知らない」

　青豆は肯いた。

「しかしあなたにはこうして顔を見せている。まっ暗闇の中で、あるいはずっと目隠しをしたまま治療をしてもらうわけにはいかないからね。礼儀上の問題もある」

「これは治療ではありません」と青豆は冷静な声で指摘した。「ただの筋肉のストレッチングです。私は医療行為をおこなう認可を受けていません。私がやっているのは日常的にあまり使われることのない、あるいは一般の人には使うことの困難な筋肉を強制的に伸ばして、身体能力の低下を防ぐことです」

　男は微かに微笑んだように見えた。でもそれは錯覚で、彼はただ顔の筋肉をわずかに震わせただけかもしれない。

「よくわかっている。ただ方便として『治療』という言葉を使っただけだ。気にしなくていい。わたしが言いたかったのは、あなたは一般に人が目にすることのないものを、今こうして目にしているということだ。そのことを承知しておいてもらいたい」

「今回の件について、他言はしないようにという注意はあちらで受けました」、青豆はそう言って隣室に通じるドアを指さした。「でも心配なさる必要はありません。ここで見聞きしたことは何であれ、よそに洩れることはありません。仕事の上で多くの人々の身体に手を触れます。あなたは特別な立場にある方かもしれませんが、私にとっては筋肉に問題を抱えた多くの人々のうちの一人に過ぎません。私に関心があるのは筋肉の部分だけです」

「あなたは子供の頃、『証人会』の信者だったと聞いている」

「私が選んで信者になったわけではありません。信者になるように育てられただけです。そこには大きな違いがあります」

「たしかにそこには大きな違いがある」と男は言った。「だが幼い頃に植え付けられたイメージから、人は決して離れることはできない」

「よくも悪くも」と青豆は言った。

「『証人会』の教義は、わたしの所属する教団のものとはずいぶん違っている。終末論を中心に設定された宗教は、わたしに言わせれば多かれ少なかれインチキだ。終末とは、いかなる場合においても個人的なものでしかないというのがわたしの考えだ。しかしそれはそれとして、『証人会』は驚くほどタフな教団だ。その歴史は決して長くはないが、数多くの試練に耐えてきた。そして地道に信者の数を増やし続けている。そこから学ぶべきものは多々ある」

「それだけ偏狭だったのでしょう。狭く小さなものの方が、外からの力に対して強固になれます」

「あなたの言うことはおそらく正しい」と男は言った。そしてしばし間を置いた。「ともあれ、我々は宗教について語り合うためにここにいるわけではない」

青豆は何も言わなかった。

「わかってもらいたいのは、わたしの身体には特別なことが数多くあるという事実だ」と男は言った。

青豆は椅子に腰掛けたまま、黙って相手の話を待った。

「さっきも言ったように、わたしの目は強い光に耐えることができない。この症状は何年か前に出てきた。それまではとくに問題もなかったのだが、あるときからそれが始まった。わたしが人前に出なくなったのも主にそのせいだ。一日のほとんどの時間を暗い部屋の中で過ごす」

「視力は私には手のつけようがない問題です」と青豆は言った。「さっきも申し上げましたように、私の専門は筋肉ですから」

「それはよくわかっている。もちろん専門医に相談したよ。何人もの高名な眼科医のところに行った。多くの検査をした。しかし今のところ打つ手はないそうだ。わたしの網膜は何らかの損傷を受けている。原因はわからない。症状はゆっくりと進行している。このままいけば、遠からず視力を失ってしまうかもしれない。もちろんあなたが言うとおり、それは筋肉とは関係のない問題だ。しかしとにかく、上から順番にわたしの抱えている身体的な問題を並べていこう。あなたに何ができるか、何ができないか、それはあとで考えればいい」

　青豆は肯いた。

「それからわたしの身体の筋肉はしばしば硬直する」と男は言った。「ぴくりとも動かなくなるんだ。文字通り石のようになって、それが数時間続く。そういうときには、ひたすら横になっているしかない。痛みは感じない。ただ全身の筋肉が動かなくなるんだ。指一本動かすことはできない。自分の意志でなんとか動かせるのは、せいぜい眼球くらいだ。それが月に一度か二度起こる」

「前もってそれが起こりそうな徴候はあるのですか？」

「まず引きつりがある。身体のいろんな部分の筋肉がぴくぴくと震えるんだ。それが十分か二十分か続く。そのあとに、どこかで誰かがスイッチを切ったみたいに、筋肉がすっかり死んでしまう。だから予告を受けたあとの十分か二十分のあいだに、わたしは横になれるところに行って横になる。入江で嵐を避ける船のように、そこで身をひそめて麻痺状態が通り過ぎるのを待つ。麻痺はしていても、意識だけは目覚めている。いや、いつも以上に明瞭に目覚めている」

「肉体的な痛みはないのですね？」

「あらゆる感覚が失せてしまう。針でつつかれても、何も感じなくなる」

「そのことについて、医師に相談をされましたか？」

「権威のある病院をまわった。何人もの医者に診てもらった。しかし結局わかったのは、わたしが経験しているのは前例のない奇病であり、現在の医学知識では手の打ちようがないということでしかなかった。漢方、整骨医、整体師、鍼灸、マッサージ、温泉治療……考え得る限りのことを試してみたが、語るに足る効果は見られなかった」

青豆は軽く顔をしかめた。「私がやっているのは、日常的な領域での身体機能の活性化です。そのような深刻な問題は、とても手に負えそうにはありません」

「それもよくわかっている。わたしとしては、あらゆる可能性をあたっているだけだ。もしあなたのやり方が効果を発揮しなかったとしても、それはあなたの責任ではない。あなたがいつもやっていることを、わたしに対してしてくれればいい。わたしの身体がそれをどのように受け止めるか見てみたい」

青豆はその男の大きな身体が、どこか暗い場所で、冬眠中の動物のように動かず横たわっている光景を思い浮かべた。

「いちばん最近その麻痺の症状が出たのは、いつですか？」

「十日前になる」と男は言った。「それから、これはいささか言いにくいことなのだが、ひとつ伝えておいた方が良いと思えることがある」

「なんでも遠慮なくおっしゃって下さい」

「その筋肉の仮死状態が続いている間、ずっと勃起が続いている」

青豆は顔をより深くしかめた。「つまり、その数時間のあいだ、ずっと性器が硬くなっているということですか？」

「そのとおりだ」

「しかし感覚はない」

「感覚はない」と男は言った。「性欲もない。ただ固くなっているだけだ。石のように硬直している。他の筋肉と同じように」

青豆は小さく首を振った。そして顔をできるだけ元に戻した。「それについても、私に何かができるとは思えません。私の専門分野からかなり遠く離れた事柄です」

「わたしにとっても話しづらいことだし、あなたも聞きたくないことかもしれないが、もう少しその話を続けていいだろうか？」

「どうぞ、話して下さい。秘密はまもります」

「そのあいだにわたしは女たちと交わることになる」

「女たち？」

「わたしのまわりには複数の女性がいる。わたしがそういう状態になると、彼女たちがかわるがわる、動けなくなったわたしの上に乗って性交する。わたしには何の感覚もない。性的な快感もない。しかしそれでも射精はある。何度もわたしは射精をする」

青豆は沈黙を守った。

男は続けた。「女たちは全部で三人いる。全員が十代だ。なぜわたしのまわりにそのような若い女たちがいて、なぜわたしと性交をしなくてはならないのか、あなたはおそらく疑問に思うことだろう」

「それはつまり……、宗教的な行為の一部なのですか？」

男はベッドの上であぐらを組んだまま、ひとつ大きな息をした。「わたしのそのような麻痺状態は天からもたらされた恩寵であり、一種の神聖な状況なのだと考えられている。だから彼女たちはそういう状況が到来すると、やってきてわたしと交わる。そして子供を身ごもろうとする。わたしの後継者を」

　青豆は何も言わずに男の顔を見ていた。男も口をきかなかった。

「つまり、妊娠することが彼女たちの目的なのですか。そのような状況であなたの子供を受胎することが」と青豆は言った。

「そのとおりだ」

「そしてあなたは、つまり、麻痺状態にある数時間のあいだに三人の女性を相手にして、三度射精する？」

「そのとおり」

　自分がひどく入り組んだ立場に置かれていることに、青豆は気づかないわけにはいかなかった。彼女はこの男をこれから抹殺しようとしている。あちら側に送り込もうとしている。にもかかわらず、彼の肉体の抱えた奇妙な秘密を打ち明けられている。

「よくわからないのですが、そこにはどのような具体的問題があるのでしょう？　あなたは月に一度か二度、全身の筋肉が麻痺します。そのときに三人の若いガールフレンドがやってきて、あなたと性交します。それは常識から考えて、たしかに普通ではないことです。しかし――」

「ガールフレンドではない」と男は口を挟んだ。「彼女たちはわたしのまわりで巫女の役割を果たしている。わたしと交わることは、彼女たちの務めのひとつでもある」

「務め？」

「役割として決められていることだ。後継者をみごもるように務めることが」

「誰がそれを決めたのでしょう？」と青豆は尋ねた。

「長い話になる」と男は言った。「問題はそれによってわたしの肉体が確実に滅びへと向かっているということだ」

「それで彼女たちは妊娠したのですか？」

「まだ誰も妊娠してはいない。その可能性もおそらくない。彼女たちには月経がないから。それでもなお女たちは恩寵による奇跡を求めている」

「誰もまだ妊娠していない。彼女たちには生理がない」と青豆は言った。「そしてあなたの肉体は滅びに向かっている」

「麻痺の時間は少しずつ長くなっている。回数も増えている。麻痺が始まったのは七年ばかり前だが、最初のうちは二ヶ月か三ヶ月に一度くらいのものだった。今では一ヶ月に一度か二度になっている。麻痺が終わると、そのたびに身体は激しい苦痛と疲弊に苛まれる。ほぼ一週間のあいだ、その苦痛や疲弊とともに生活しなくてはならない。太い針で全身をくまなく刺されるような痛み、激しい頭痛、脱力感。眠ることもかなわない。いかなる薬も、そのような痛みをやわらげてはくれない」

男はため息をついた。そして続けた。

「二週間目は直後の一週間に比べれば遥かにましだが、それでも痛みが消えてなくなるわけじゃない。一日に何度か、激しい苦痛が波のように押し寄せてくる。うまく息ができなくなる。内臓がまともに働かない。潤滑油が失われた機械のように、体中の関節が軋《きし》む。自分の肉が貪り食われ、血が吸われている。それをありありと感じ取ることができる。しかしわたしを蝕んでいるものは癌でもないし、寄生虫でもない。あらゆる種類の精密検査をやったが、問題点はひとつとして見つからなかった。身体は健康そのものだと言われた。わたしをこうして苛んでいるのは、医学では説明のつかないものだ。それが『恩寵』の代償としてわたしの受け取っているもの、ということになる」

　この男はたしかに崩壊の途上にあるようだ、と青豆は思った。憔悴の影のようなものはほとんど見受けられなかった。その肉体はどこまでも頑丈に作られ、激しい痛みに耐える訓練がなされているらしい。それでも青豆には、彼の肉体が滅びに向かっていることが感じとれた。この男は病んでいるのだ。それがどのような病であるのかはわからない。しかし私がここであえて手を下さずとも、この男は激しい苦痛に苛まれながら、緩慢な速度で肉体を破壊され、やがては避けがたく死を迎えることだろう。

「その進行を食い止めることはできない」と男は青豆の考えを読んだように言った。「わたしはどこまでも蝕まれ、身体をがらんどうにされ、激しい苦痛に満ちた死を迎えるだろう。彼らはただ、利用価値のなくなった乗り物を乗り捨てていくだけだ」

「彼ら？」と青豆は言った。「それは誰のことですか？」

「わたしの肉体をこうして蝕んでいるもののことだよ」と男は言った。「でもそれはいい。わたしが今とりあえず求めているのは、ここにある現実的な痛みを少しでもいいから軽減してもらうことだ。たとえ抜本的な解決でないとしても、わたしにとってそれが必要なことなのだ。この痛みは耐え難い。ときどき——ときとしてその痛みはすさまじく深くなる。まるで地球の中心にじかに結びついているみたいに。それはわたし以外の誰にもわからない種類の痛みだ。その痛みはわたしから多くのものを奪っていったが、同時に見返りとして、多くのものを与えてくれた。特別な深い痛みが与えてくれるものは、特別な深い恩寵だ。しかしもちろん、それによって痛みが軽減されるわけではない。破壊が回避されるわけでもない」

そのあとしばらく深い沈黙が続いた。

青豆はなんとか口を開いた。「繰り返すようですが、あなたが抱えておられる問題に対して、私に技術的にできることはほとんどないように思えます。とくにそれが、恩寵の代償として届けられるのだとしたら」

リーダーは姿勢を正し、眼窩の奥にある氷河のような小さな目で青豆を見た。それからその薄く長い唇を開いた。

「いや、あなたにできることはあるはずだ。あなたにしかできないことが」

「そうだといいのですが」

「わたしにはわかる」と男は言った。「わたしにはいろんなことがわかる。もしあなたさえよければ、始めてもらってかまわない。あなたがいつもやっていることを」

「やってみます」と青豆は言った。その声はこわばって虚ろだった。私がいつもやっていることをと青豆は思った。

第10章 天吾

申し出は拒絶された

六時前に天吾は父親に別れを告げた。タクシーが来るまでのあいだ、二人は窓際に向かい合って座ったまま、ひとことも口をきかなかった。天吾は自分だけの緩やかな考えに耽り、父親はむずかしい顔をして、窓の外の風景にじっと目をやっていた。日はすでに傾き、空の淡い青が、より深みのある青へとゆるやかに推移していった。

もっと多くの質問があった。しかし何を尋ねたところで答えは返ってこないだろう。堅く結ばれた父親の唇を見ればそれはわかった。父親はこれ以上口はきくまいと決めているようだった。だから天吾はもう何も尋ねなかった。説明されないとわからないのであれば、説明されてもわからないのだ。父親が言ったように。

もう行かなくてはならないという時刻が近づいて、天吾は口を開いた。「あなたは今日僕にいろんなことを言ってくれた。わかりにくいもってまわった表現ではあるけれど、おそらくあなたなりに正直に打ち明けてくれたのだと思う」

天吾は父親の顔を見た。しかしその表情はまったく変化しなかった。

彼は言った。「尋ねたいことはまだいくつもあるけど、それがあなたに苦痛をもたらすだろうことは、僕にもわかります。だから僕には、あなたの口にしたことからあとを推し量るしかない。たぶんあなたは僕にとって、血を分けた父親ではないのでしょう。それが僕の推測です。細かい事情まではわからないけど、大筋としてそう考えないわけにはいかない。もし違っていたら、違っていると言ってくれますか」

父親は返事をしなかった。

天吾は続けた。「もしその推測が当たっているとしたら、僕は気が楽になる。でもそれはあなたが嫌いだからじゃない。さっきも言ったように、あなたを嫌いになる必要がなくなるからです。あなたは血のつながりもないのに、僕をとりあえず息子として育ててくれたみたいだ。それについては感謝しなくちゃならないのだろう。残念ながら僕らは親子としてあまりうまくやれなかったけど、それはまた別の問題です」

父親はやはり何も言わず、外の風景を眺め続けていた。遠くの丘に蛮族ののろしが上がるのを見逃すまいとしている警備兵のように。天吾はためしに父親の視線が注がれているあたりに目をやった。しかしのろしらしきものは見えなかった。そこにあるのは夕闇の予感に染まった松林だけだった。

「僕があなたにしてあげられることは、申し訳ないけれど、ほとんど何もありません。あなたの中に空白がつくり出されていく過程が、苦痛の少ないものであるように願うくらいです。あなたはこれまでもうじゅうぶんに苦しんできたはずだ。あなたはたぶん僕の母親のことを、それなりに深く愛していたのでしょう。そういう気がする。でも彼女はどこかに去ってしまった。相手の男が僕の生物学上の父親だったのか、あるいはまた別の男だったのか、それはわからない。そのへんの事情を教えるつもりはあなたにはないみたいだ。でもいずれにせよ、彼女はあなたのもとを離れていった。幼い僕をあとに残して。あなたが僕を育てたのは、僕と一緒にいれば、いつか彼女が自分のもとに戻ってくるという計算があったからかもしれない。でも結局戻ってはこなかった。あなたのところにも、僕のところにも。あなたにとってそれはきついことだったに違いない。空っぽの町に住み続けるようなものだったでしょう。しかしともあれ、あなたはその町で僕を育ててくれた。空白を埋めるように」

父親の表情は変化を見せなかった。自分の言うことを相手が理解しているのかどうか、そもそも聞こえているのかどうか、天吾にはわからなかった。

「僕の推測は間違っているかもしれない。そして間違っていた方が、あるいはいいのかもしれない。お互いにとって。でもそのように考えると、いろんなものごとが僕の中でうまく収まる。いくつかの疑問がとりあえず解消される」

カラスが何羽かかたまって、鳴きながら空を横切っていった。天吾は腕時計を見た。もうそこを出なくてはならない時刻だった。彼は椅子から立ち上がり、父親のそばに行って肩に手を置いた。

「さよなら、お父さん。近いうちにまた来ます」

ドアのノブに手をかけて、最後に振り返ったとき、父親の目から一筋の涙がこぼれていることを知って、天吾は驚いた。天井の蛍光灯の照明を受けて、それは鈍い銀色に光った。父親はおそらく、わずかに残された感情のすべての力を振り絞ってその涙を流したのだ。その涙は頬をゆっくりとつたい、それから膝の上に落ちた。天吾はドアを開けてそのまま部屋を出た。タクシーに乗って駅まで行き、やってきた列車に乗った。

　館山からの上り特急列車は行きよりも混んでいたし、賑やかだった。客の大半は海水浴帰りの家族連れだった。彼らを見ていると、天吾は小学生の頃を思い出した。そういう家族連れの遠出や旅行というものを、彼は一度も経験したことがなかった。お盆や正月の休暇には父親は何もせず、ただ家で横になって寝ていた。そういう時、その男はまるで電源を切られた、うす汚れた何かの装置のように見えた。

　席について、文庫本の続きを読もうと思って、父親の部屋にその本を置いてきたことに気がついた。彼はため息をついたが、あるいはそれでよかったのかもしれないと思い直した。それに何を読んだって、まともに頭には入ってきそうにない。そして『猫の町』は、天吾の手元よりは父親の部屋に置かれるべき物語だった。

　窓の外の風景は、行きとは逆の順序で移っていった。ぎりぎりのところまで山の迫る、暗くて寂しい海岸線は、やがて開けた臨海工業地帯へと変わった。多くの工場は夜になっても操業を続けていた。煙突の林が夜の闇の中にそびえ、まるで蛇が長い舌を突き出すように赤く火を吐いていた。大型トラックが強力なヘッドライトを抜け目なく路上に光らせていた。その向こうにある海は泥のように黒々としていた。

　自宅に着いたのは十時前だった。郵便受けは空っぽだった。ドアを開けると、部屋の中はいつもにも増してがらんとして見えた。そこにあるのは、彼がその朝に残していったままの空白だった。床に脱ぎ捨てたシャツ、スイッチを切られたワードプロセッサー、彼の体重のくぼみを残した回転椅子、机の上にちらばった消しゴムのかす。グラスに二杯水を飲み、服を脱ぎ、そのままベッドに潜り込んだ。眠りはすぐに訪れたし、それは最近にはなく深いものだった。

　翌朝、八時過ぎに目を覚ましたとき、自分が新しい人間になっていることに天吾は気づいた。目覚めは心地よく、腕や脚の筋肉はしなやかで、健全な刺激を待ち受けていた。肉体の疲れは残っていない。子供の頃、学期の始めに新しい教科書を開いたときのような、そんな気分だった。内容はまだ理解できないのだが、そこには新たな知識の先触れがある。洗面所に行って髭を剃った。タオルで顔を拭き、アフターシェーブ・ローションをつけ、あらためて鏡の中の自分の顔を見つめた。そして自分が新しい人間になっていることを認めた。

　昨日起こったことは何から何まで夢の中の出来事のようだった。現実にあった出来事とは思えない。すべてが鮮明でありながら、その輪郭には少しずつ非現実的なところが見受けられた。列車に乗って「猫の町」に行き、そして戻ってきた。幸運なことに小説の主人公とは違って、帰りの列車にうまく乗り込むことができた。そしてその町で経験した出来事が、天吾という人間に大きな変化をもたらしたようだった。

　もちろん彼が置かれた現実の状況は、何ひとつ変わってはいない。トラブルと謎に満ちた危険な土地を彼は心ならずも歩んでいる。事態は思いもよらぬ展開を見せている。この次自分の身に何が起こるのか、予測もつかない。しかしそれでも、なんとか危難は乗り越えていけるのではないかという手応えが、今の天吾にはあった。

これでおれはやっと出発点に立てたのだ、と天吾は思った。決定的な事実が明らかになったというわけではないが、父親が口にしたことや、その態度から、自分の出自の真相らしきものがぼんやりとは見えてきた。長いあいだ悩まされ、混乱させられてきたあの「映像」は意味のない幻覚じゃなかった。どこまでそれが真実を反映しているのか正確にはわからない。しかしそれはおそらく母親が彼に残していった唯一の情報であり、良くも悪くも彼の人生の基盤となっているものだった。それが明らかになったことで、天吾は背中から荷物を下ろしたような気持ちになれた。いったん下ろしてしまうと、自分がこれまでどれほどの重みを抱えてきたのかが実感できた。

二週間ばかり、不思議なほど静かで平穏な日々が続いた。長い凪《なぎ》のような二週間だった。天吾は夏休みのあいだは予備校で週に四日講義をし、それ以外の時間を小説の執筆にあてた。誰ひとり彼に連絡してこなかった。ふかえり失踪事件がどのような進行を見せているのか、『空気さなぎ』がまだ売れ続けているのか、天吾は何ひとつ知識を持たなかった。またとくに知りたいとも思わなかった。世界は世界で勝手に進ませておけばいい。用事があったらきっと向こうから言ってくるはずだ。

八月が終わり、九月がやってきた。いつまでもこのように穏やかに日々が進んでいけばいいのだが、と天吾は朝のコーヒーを作りながら、声には出さずに思った。声に出すと、どこかの悪魔が耳ざとく聞きつけるかもしれない。だから無言のまま、平穏が続くことを祈った。しかしいつものとおり、物ごとは望むとおりには進まなかった。世界はむしろ、彼がどんなことを望まないかをよく心得ているようだった。

その日の朝の十時過ぎに電話のベルが鳴った。七回ベルを鳴らしておいてから、天吾はあきらめて手を伸ばし、受話器をとった。

「いまからそちらに行っていい」と相手は声をひそめて言った。天吾の知る限り、そんな疑問符のない疑問形を口にできる人間は世の中に一人しかいない。その声の背後には、何かのアナウンスと車の排気音が聞こえた。

「今どこにいるんだ」と天吾は尋ねた。

「マルショウというみせのいりぐち」

彼のアパートからそのスーパーマーケットまでは二百メートルも離れていない。そこの公衆電話から電話をかけているのだ。

天吾は思わずあたりを見回した。「しかし、うちに来るのはまずいんじゃないかな。僕の部屋は誰かに見張られているかもしれない。そして世間では君は行方不明ということになっている」

「へやはだれかにみはられているかもしれない」とふかえりは天吾の言葉をそのまま繰り返した。

「そう」と天吾は言った。「僕の身辺にもここのところいろんな奇妙なことが持ち上がっている。それはきっと『空気さなぎ』に関連したことだと思うんだ」

「はらをたてているひとたち」

「たぶん。彼らは君に対して腹を立てて、ついでに僕に対してもいくらか腹を立てているらしい。僕が『空気さなぎ』を書き直したことで」

「わたしはかまわない」とふかえりは言った。

「君はかまわない」と天吾も相手の言葉をそのまま繰り返した。それはきっと伝染する習慣なのだ。「何について？」

「へやがみはられていたとしても」

しばらく言葉が出てこなかった。「でも僕はかまうかもしれない」と天吾はようやく言った。

「いっしょにいたほうがいい」とふかえりは言った。「ふたりでちからをあわせる」

「ソニーとシェール」と天吾は言った。「最強の男女デュオ」

「さいきょうのなに」

「なんでもない。こっちの話だ」と天吾は言った。

「そこにいく」

天吾が何かを言いかけたときに回線の切れる音がした。誰も彼もが会話の途中で好き勝手に電話を切ってしまう。まるで鉈《なた》をふるって吊り橋を落とすみたいに。


十分後にふかえりがやってきた。彼女は両手にスーパーマーケットのビニール袋を抱えていた。青いストライプの長袖シャツに、細いブルージーンズというかっこうだった。シャツは男物で、乱雑に干されたままアイロンがかけられていない。そしてキャンバス地のショルダーバッグを肩からかけていた。顔を隠すために大きなサイズのサングラスをかけていたが、変装の役を果たしているとも思えなかった。かえって人目を引くだけだ。

「食べものがたくさんあったほうがいいと思った」とふかえりは言った。そしてビニール袋の中身を冷蔵庫に移し替えた。買ってきたもののほとんどは、電子レンジにかけただけですぐに食べられる調理済みのものだった。そのほかにはクラッカーとチーズ。リンゴとトマト。あとは缶詰。

「でんしレンジはどこ」と彼女は狭い台所を見回しながら尋ねた。

「電子レンジはない」と天吾は答えた。

　ふかえりは眉を寄せ、しばらく考えていたが、感想はとくに述べなかった。電子レンジのない世界がどんな世界なのか、うまく想像がつかないようだった。

「ここにとめてもらう」とふかえりは客観的な事実を通達するように言った。

「いつまで？」と天吾は尋ねた。

　ふかえりは首を振った。わからないということだ。

「君の隠れ家はどうなった？」

「なにかおこるときにひとりでいたくない」

「何かが起こると思うの？」

　ふかえりは返事をしなかった。

「繰り返すようだけど、ここは安全じゃない」と天吾は言った。「僕はある種の人々に目をつけられているみたいだ。どういう連中なのかまだよくわからないけど」

「アンゼンなところなんてない」とふかえりは言った。そして意味ありげに目を細め、耳たぶを指で軽くつまんだ。そのボディーランゲージが何を意味するのか、天吾には見当がつかなかった。おそらく何も意味しないのだろう。

「だからつまりどこにいても同じだと」と天吾は言った。

「アンゼンなところなんてない」とふかえりは繰り返した。

「そのとおりかもしれない」と天吾はあきらめて言った。「あるレベルを超えてしまえば、危険の度合いにそれほどの差はなくなってしまう。でもそれはともかく、僕はもうすぐ仕事に出なくちゃならない」

「ヨビコウのしごと」

「そう」

「わたしはここにのこっている」とふかえりは言った。

「君はここに残っている」と天吾は反復した。「その方がいい。外には出ず、誰がドアをノックしても返事をしないように。電話のベルが鳴っても受話器を取らないように」

ふかえりは黙って肯いた。

「ところで戎野先生はどうしているの？」

「きのう『さきがけ』がソウサクをうけた」

「つまり君の件で、『さきがけ』の本部に警察の捜査が入ったということ？」と天吾は驚いて尋ねた。

「あなたはシンブンをよんでいない」

「僕は新聞を読んでいない」と天吾はまた反復した。「ここのところ新聞を読みたいという気持ちになれなかったんだ。だから細かい事情はわからない。でもそうなると教団はずいぶん迷惑をこうむるだろう」

ふかえりは肯いた。

天吾は深い溜息をついた。「そしてきっと前より更に激しく腹を立てているだろう。まるで巣をつかれたスズメバチみたいに」

ふかえりは目を細め、しばらく沈黙していた。巣から飛び出してくる、怒り狂ったスズメバチの群の姿を想像しているのだろう。

「たぶん」とふかえりは小さな声で言った。

「それで、君の両親のことは何かわかったのかな?」

ふかえりは首を振った。それについてはまだ何もわかっていない。

「とにかく教団の連中は腹を立てている」と天吾は言った。「失踪が狂言だったとわかれば、警察も間違いなく君に腹を立てる。そしてついでに、僕に対しても腹を立てるだろう。事情を知りながら君をかくまっていることで」

「だからこそわたしたちはちからをあわせなくてはならない」とふかえりは言った。

「今君はひょっとして、だからこそって言った?」

ふかえりは肯いた。「ことばのつかいかたをまちがえた」と彼女は質問した。

天吾は首を振った。「いや、そうじゃなくて、言葉の響きに新鮮なものを感じただけだよ」

「メイワクであればほかにいく」とふかえりは言った。

「ここにいてかまわない」と天吾はあきらめて言った。「どこといって行くあてもないんだろう?」

ふかえりは短く的確に肯いた。

天吾は冷蔵庫から冷たい麦茶を出して飲んだ。「腹を立てたスズメバチは歓迎できないけど、君の面倒くらいはなんとかみられるだろう」

ふかえりは天吾の顔をしばらくしげしげと見た。それから言った。「あなたはこれまでとはちがってみえる」

「どんなところが？」

ふかえりは唇をいったん妙な角度に曲げて、またもとに戻した。説明できない。

「説明しなくていい」と天吾は言った。説明されないとわからないのであれば、説明されてもわからないのだ。

天吾は部屋を出るとき、ふかえりに言った。「僕が電話をするときは、三回ベルを鳴らして、それから切る。そしてもう一度かけ直す。君は受話器をとる。わかった？」

「わかった」とふかえりは言った。そして復唱した。「三かいベルをならしてそれからきる。そしてもういちどかけなおす。でんわをとる」古代の石碑の文句を翻訳しながら読み上げているように聞こえた。

「大事なことだから忘れないように」と天吾は言った。

ふかえりは二度肯いた。


天吾は二つの講義を終え、職員用の部屋に戻り、帰り支度をしていた。受付の女性がやってきて、牛河という人があなたに会いに来ていると教えてくれた。彼女は歓迎されないニュースを伝える心優しい使者のように、申し訳なさそうにそう言った。天吾は明るく微笑んで彼女に礼を言った。使者を責めるわけにはいかない。

牛河は玄関ロビーの隣にあるカフェテリアで、カフェオレを飲みながら天吾を待っていた。カフェオレはどう見ても、牛河に似合わない飲み物のひとつだった。そして若い元気な学生たちの中に混じると、牛河の外観の異様さはいっそう際だっていた。彼のいる部分だけが、ほかとは違う重力や大気濃度や、光の屈折度を持っているみたいにも見えた。遠くから見ると、彼は実際に不幸なニュースのようにしか見えなかった。休憩時間でカフェテリアは混み合っていたが、牛河の座っている六人掛けのテーブルには誰ひとり同席していなかった。レイヨウたちが山犬を避けるのと同じように、自然な本能に従って、学生たちは牛河をよけていた。

天吾はカウンターでコーヒーを買い、それを持って牛河の向かいに座った。牛河はクリームパンを食べ終えたところらしかった。テーブルの上に包装紙が丸められ、口の脇にパンくずがついていた。クリームパンも牛河には似合わない食べ物のひとつだ。

「お久しぶりです、川奈さん」、天吾の姿を見ると、牛河は腰を軽く浮かせて挨拶をした。「いつものことながら、突然押しかけてきて申し訳ありませんです」

天吾は挨拶を抜きに切り出した。「きっと僕の返事を求めて来られたんでしょうね？　つまりこのあいだの申し出に対する返事を」

「まあそういうことです」と牛河は言った。「手っ取り早く言えば」

「牛河さん、今日はもう少し具体的に率直に話してもらえませんか。あなた方は僕に何を求めているのですか？　僕にその『助成金』なるものをくれる見返りとして」

牛河はあたりを用心深く見回した。しかし二人のまわりには誰もいなかったし、カフェテリアの中は学生たちの声でうるさすぎて、二人の会話を誰かに立ち聞きされるおそれもなかった。

「よろしい。ひとつ大サービスして、正直に申し上げちゃいましょう」、牛河はテーブルに身を乗り出すようにして、声を一段落として言った。「金はただの名目に過ぎません。たいした額でもありませんしね。私のクライアントがあなたに与えることのできるいちばん重要なものごとは、身の安全です。早い話、あなたの身に害が及ぶことはありません、ということです。それを保証します」

「そのかわりに」と天吾は言った。

「そのかわりに彼らがあなたに求めるものは、沈黙と忘却です。今回のものごとにあなたは関与した。しかしその意図や事情を知らずにやったことです。命令されるままに動いていたただの兵隊さんです。そのことに関してあなた個人を責めるつもりはありません。ですから、ここであったことを何もかも忘れていただければ、それでけっこうです。ちゃらにしちゃえます。『空気さなぎ』をあなたが代作したことは世間には広まりません。あなたはあの本とは一切の関わりを持っていない。そして今後一切関わりを持つこともない。そういうことにしておいていただきたい。それはまたあなた自身にとっても有益なことでしょう」

「僕の身には害は及ばない。それはつまり」と天吾は言った。「僕以外の関係者の身には害が及ぶということなんですか？」

「それは、ああ、おそらくケース・バイ・ケースです」と牛河は言い辛そうに言った。「私が決めることじゃありませんから、具体的なことは何も言えませんが、しかし多かれ少なかれ、何らかの対策は必要になるんじゃないでしょうか」

「そしてあなた方は長くて強力な腕を持っている」

「そういうことです。前にも申し上げましたとおり、とても長くて、とても強い腕です。で、どういうお返事をいただけるのでしょう？」

「結論から言えば、僕はあなた方から金を受け取るわけにはいきません」

牛河は何も言わず眼鏡に手をやり、それをはずし、ポケットから出したハンカチで丁寧にレンズを拭き、それから元に戻した。自分が耳にしたことと、視力との間には、何かしら関係があるかもしれない、とでも言いたそうに。

「つまり申し出は、ああ、拒絶されたということですか？」

「そのとおりです」

牛河は眼鏡の奥から、珍しいかたちをした雲でも見るような目で天吾を眺めた。「それはまたどうしてでしょう？　私のささやかな観点からすれば、決して悪い取り引きではないと思うんですがね」

「僕らは何はともあれ、同じひとつのボートに乗り込んだんです。ここで僕一人が逃げ出すわけにはいかない」と天吾は言った。

「不思議ですねえ」と牛河はいかにも不思議そうに言った。「私にはよく理解できません。だって、こう言っちゃなんですが、あなた以外の人々は誰もあなたのことなんか気にもしちゃいませんよ。ほんとうに。あなたははした金もらって、ただ適当に利用されているだけだ。そしてそのことで、ずいぶんとばっちりをくっている。ふざけんじゃねえや、馬鹿にすんじゃねえやと、腹を立てても当然じゃありませんか。私だったら怒りますね。なのにあなたはほかの人たちのことをかばっている。自分一人だけで逃げ出すわけにはいかない、とかなんとか言っている。ボートがどうしたこうした。解せないな。どうしてだろう？」

「その理由のひとつは、安田恭子という女性のことです」

牛河はさめたカフェオレを手に取り、まずそうにすすった。それから「安田キョウコ？」と言った。

「あなた方は安田恭子について何かを知っている」と天吾は言った。

牛河は話の筋がわからないように、しばらく口を半開きにしていた。「いや、正直に申し上げまして、そういう名前の女性についてはなんにも知りません。誓って本当です。それはいったい誰ですか？」

天吾はしばらく無言で牛河の顔を見ていた。しかし何も読みとれなかった。

「僕の知り合いの女性です」

「ひょっとして、川奈さんと深いつきあいのある人ですか？」

天吾はそれには答えなかった。「僕が知りたいのは、あなた方が彼女に何かをしたのかということです」

「何かをした？　まさか。なんにもしちゃいません」と牛河は言った。「嘘じゃありませんよ。だって今も申し上げましたように、その人のことはなんにも知らんのです。知らない人に対して、何かのしようもありません」

「でもあなたがたは有能なリサーチャーを雇って、僕のことを徹底的に調査したと言った。僕が深田絵里子の書いた作品を書き直したことも探り当てている。僕の私生活についても多くを知っている。だからそのリサーチャーが僕と安田恭子との関係について知っているのは、むしろ当然のことのように思えますが」

「ええ、我々はたしかに有能なリサーチャーを雇っています。彼はあなたに関していろんなことを綿密に調べあげます。ですからあなたとその安田さんとの関係をひょっとしたら掴んでいたかもしれません。あなたのおっしゃるように。しかしもし仮にそんな情報があったとしても、私のところまでは届いちゃおりません」

「僕はその安田恭子という女性とつきあっていた」と天吾は言った。「週に一度、彼女と会っていた。こっそりと秘密に。彼女には家庭があったからです。ところが何も言わずに、ある日突然僕の前から姿を消してしまった」

牛河は眼鏡を拭いたハンカチで鼻の頭の汗を軽くぬぐった。「で、川奈さんは、その既婚女性が姿を消したことに、私どもがなんらかのかたちで関係していると考えておられる。そういうわけですか？」

「彼女が僕と会っていることを、ご主人に告げ口したのかもしれない」

牛河は戸惑ったように唇をまるくすぼめた。「いったい何のためにそんなことをしなくちゃならないんですか？」

天吾は膝の上に置いた両手に力を入れた。「この前の電話であなたが口にしたことが、僕にはどうも気にかかるんです」

「いったいどんなことを申し上げましたでしょう？」

「ある年齢を過ぎると、人生というのはいろんなものを失っていく連続的な過程に過ぎなくなってしまう。大事なものがひとつひとつ、櫛の歯が欠けるみたいに手から滑り落ちていく。愛する人々が一人また一人と、まわりから消え去っていく。そんな風なことです。覚えておられるでしょう？」

「ええ、覚えておりますよ。たしかに先日そういうことを口にいたしました。しかしですね、川奈さん、それはあくまで一般論として申し上げたことです。年齢を重ねることのつらさ、厳しさについてふつつかな私見を述べただけです。何もその安田なんとかさんという女性のことを具体的に指して言ったわけじゃありません」

「しかしそれは僕の耳には警告のように響いた」

牛河は強く何度か首を振った。「滅相もない。警告なんかじゃありません。ただ私の個人的な見解に過ぎません。安田さんについては、本当に誓ってなにも知りません。その方が消えてしまった？」

天吾は続けた。「それからこんなことも言った。あなた方の言うことを聞かないでいると、まわりにいる人々に好ましくない影響を与えることになるかもしれないと」

「ええ、たしかにそう申し上げました」

「それも警告じゃないんですか？」

牛河はハンカチを上着のポケットにしまい、ため息をついた。「たしかに警告のように聞こえるかもしれませんが、しかしそれだってあくまで一般論です。ねえ川奈さん、私はその安田さんという女性については何も知りません。名前すら聞いたことありません。八百万《やおよろず》の神に誓って」

天吾はもう一度牛河の顔を観察した。この男は安田恭子について本当に何も知らないのかもしれない。彼の顔に浮かんでいる戸惑いの表情はどう見ても本物のようだった。しかしもしこの男が何も知らないとしても、だから彼らが何もしなかったということにはならない。ただこの男がそれを知らされていないだけかもしれない。

「川奈さん、余計なお世話かもしれませんが、どっかの人妻と関係を持ったりするのは危険なことですよ。あなたは若くて健康な独身男性です。そんな危ういことしなくても、若い独身《ひとりみ》の娘さんがいくらでも手にはいるでしょうに」、牛河はそう言って、口元についたパン屑を器用に舌でなめて取った。

　天吾は黙って牛河を見ていた。

　牛河は言った。「もちろん男女の仲というのは、理屈ではわりきれないものです。一夫一妻制も数多くの矛盾を抱えています。しかしあくまで老婆心で申し上げるのですが、もしその女性があなたのもとを去ったのなら、そのままにしておかれた方がよろしいのではないでしょうか。私が言いたいのはですね、世の中には知らないままでいた方がいいこともあるってことです。たとえばあなたのお母さんのこともそうだ。真相を知ることはあなたを傷つけます。またいったん真相を知れば、それに対する責任を引き受けないわけにはいかなくなる」

　天吾は顔をしかめ、しばらくのあいだ息を止めた。「僕の母親について、あなたは何かを知っている？」

　牛河は唇を軽く舐めた。「ええ、あるところまでは存じております。そのへんのことはリサーチャーが細かいところまで調べてきました。ですから、もしあなたがお知りになりたいというのであれば、お母さんについての情報をそのままお渡しすることはできます。私の理解するところでは、あなたはたぶん母上のことを何ひとつご存じないまま育ってこられたはずだ。ただしあまり愉快とは言えない種類の情報も、そこには含まれているかもしれません」

「牛河さん」と天吾は言った。そして椅子を後ろに引き、立ち上がった。「どうかこのままお引き取りください。僕はもうこれ以上あなたと話をしたくない。そしてこれから先、二度と僕の前に顔を見せないでいただきたい。たとえ僕の身にどのような害が及ぶとしても、あなたと取り引きをするよりは、その方がまだましだ。助成金なんてものもいらないし、安全の保障もいりません。僕が望むのはただひとつ、もうあなたには会いたくないということです」

　牛河は反応らしきものをまったく見せなかった。もっとひどいことを何度も言われてきたのかもしれない。その目の奥には、微笑みに似た淡い光さえ浮かんでいた。

「けっこうです」と牛河は言った。「なんにせよお返事をうかがえてよかった。答えはノー。申し出は拒絶された。はっきりしてわかりやすいです。上の方にそのまま伝えます。私はただのしょうもない使い走りですから。それに答えがノーだからといって、あなたの身にすぐさま害が及ぶと決まっているわけじゃありません。及ぶかもしれない、と申し上げているだけです。何ごともなく終わってしまうかもしれません。そうなるといいですね。いや、嘘じゃなくて、ほんとに心からそう思ってるんですよ。というのは、私は川奈さんに好意を持っているからです。あなたは私に好意なんか持ってほしくもないでしょうが、それはまあいた仕方ないことです。わけのわからん話を持ち込んでくる、わけのわからんちんの男ですからね。見かけだってこのとおりみっともないの限りです。昔から人に好かれて困るというタイプじゃありません。しかし私の方は川奈さんに、あるいはご迷惑かもしれませんが、好感のようなものなど抱いております。あなたがこのまま何事もなくうまく大成なさればいいんだがと考えております」

　牛河はそう言って自分の両手の指を見つめた。むっくりとした短い指だ。彼はそれを何度か裏返した。それから立ち上がった。

「そろそろ失礼しますよ。そうですね、私があなたの前に姿を見せるのは、これがおそらく最後になるはずです。ええ、なるべく川奈さんの希望に添うように心がけましょう。ご幸運を祈ります。それでは」

牛河は隣の椅子に置いていたくたびれた革の鞄を手にとり、カフェテリアの人混みの中に消えていった。彼が歩いていくと、その道筋にいる男女の学生たちは自然に脇によって道をあけた。村の小さな子供たちが恐ろしい人買いを避けるみたいに。

天吾は予備校のロビーにある公衆電話から自分の部屋に電話をかけた。ベルを三回鳴らして切るつもりだったが、二回目のベルでふかえりが受話器をとった。

「三回ベルを鳴らしてかけなおすって取り決めだった」と天吾は力ない声で言った。

「わすれていた」とふかえりは何でもなさそうに言った。

「忘れないようにと言ったはずだよ」

「もういちどやりなおす」とふかえりは尋ねた。

「いや、やりなおさなくてもいい。もう出ちゃったんだから。留守のあいだ、何かかわったことは起こらなかった？」

「でんわもこない。ひともこなかった」

「それでいい。仕事は終わったから、今から帰れる」

「さっきおおきなカラスがやってきてマドのそとでないた」とふかえりは言った。

「そのカラスは夕方になるといつもやってくる。気にすることはない。社交的な訪問みたいなものだ。七時までにはそちらに戻れると思う」

「いそいだほうがいい」

「どうして?」と天吾は尋ねた。

「リトル・ピープルがさわいでいる」

「リトル・ピープルが騒いでいる」と天吾は相手の言ったことを繰り返した。「僕の部屋の中で騒いでいるということ?」

「ちがう。どこかべつのところ」

「別のところ」

「ずっととおくで」

「でもそれが君には聞こえる」

「わたしにはきこえる」

「それは何かを意味しているんだろうか?」と天吾は尋ねた。

「イヘンがあろうとしている」

「イヘン」と天吾は言った。それが「異変」であると思い当たるまでに少し時間がかかった。

「どんな異変が起ころうとしているんだろう?」

「そこまでわからない」

「リトル・ピープルがその異変を起こすのかな?」

ふかえりは首を振った。彼女が首を振っている気配が電話口から伝わってきた。わからないということだ。「カミナリがなりだすまえにもどったほうがいい」

「雷？」

「デンシャがとまるとはなればなれになる」

天吾は振り返ってガラス窓の外を見た。雲ひとつない穏やかな晩夏の夕暮れだった。「雷が鳴り出しそうには見えない」

「ミカケではわからない」

「急ぐよ」と天吾は言った。

「いそいだほうがいい」とふかえりは言った。そして電話を切った。

天吾は予備校の玄関を出てもう一度よく晴れた夕暮れの空を見上げ、それから急ぎ足で代々木駅に向かった。そのあいだ牛河の口にしたことが、天吾の頭の中で自動反復するテープのように繰り返されていた。


私が言いたいのはですね、世の中には知らないままでいた方がいいこともあるってことです。たとえばあなたのお母さんのこともそうだ。真相を知ることはあなたを傷つけます。またいったん真相を知れば、それに対する責任を引き受けないわけにはいかなくなる。


そしてどこかでリトル・ピープルが騒いでいる。彼らは来るべき異変にかかわりあっているようだ。今のところ空は美しく晴れているが、ものごとは見かけではわからない。雷が鳴り、雨が降り、電車も止まるかもしれない。急いでアパートに戻らなくてはならない。ふかえりの声には不思議な説得力があった。

「わたしたちはちからをあわせなくてはならない」と彼女は言った。

長い腕がどこかから伸びてこようとしている。我々は力をあわせなくてはならない。なにしろ地上最強の男女デュオなのだから。

ビートはとまらない《ゴーズ・オン》。

第11章　青豆

均衡そのものが善なのだ

青豆は寝室の床に敷かれたカーペットの上に、持参した青いスポンジのヨーガマットを広げて敷いた。そして男に上着を脱ぐように言った。男はベッドから降りてシャツを脱いだ。シャツを脱ぐと、その体軀はシャツを着ているときより更に大きく見えた。胸は厚いが贅肉のたるみはなく、筋肉が盛り上がっていた。一見して健康な肉体以外の何ものでもない。

彼は青豆に指示されたとおり、ヨーガマットの上にうつぶせになった。青豆はまず手首に指を当て、男の脈拍を測った。鼓動は深く太い。

「何か日常的に運動をしておられるのですか？」と青豆は尋ねた。

「とくに何も。ただ呼吸をしているだけだ」

「ただ呼吸をしている？」

「普通とは少し違う呼吸だが」と男は言った。

「さっき暗がりの中でなさっていたような呼吸ですね。全身の筋肉を使って、深く繰り返す呼吸」

男はうつぶせになったまま小さく肯いた。

青豆には今ひとつ腑に落ちなかった。それはたしかにかなりの体力を必要とする激しい呼吸だった。それでも、ただ呼吸をするだけで、これほど無駄のない力強い肉体を維持することができるものだろうか。

「これから私がすることは多少の苦痛を伴います」と青豆は抑揚のない声で言った。「痛くなければ効果のないことだからです。しかし痛みの程度を調整することはできます。ですから苦痛を感じたら我慢せず声を出してください」

男は少し間を置いてから言った。「わたしがまだ味わったことのない苦痛があるなら、どんなものだか見てみたい」、そこには軽い皮肉の響きが聞き取れた。

「どんな人にとっても、苦痛は楽しいものではありません」

「しかし痛みを伴うやり方のほうが効果が大きい。そうじゃないのかな？　意味ある苦痛ならわたしは耐えられる」

青豆は淡い闇の中で暫定的な表情を浮かべた。そして言った。「わかりました。とりあえずお互いに様子を見てみましょう」

青豆はいつものように肩胛骨のストレッチングから開始した。彼女が男の肉体に手を触れてまず気づいたのは、その筋肉のしなやかさだった。健康で上質な筋肉だ。彼女が普段ジムで相手にしている、疲労し硬直した都会人の筋肉とは、そもそもの作りが違う。しかし同時に、そこにもともとあるべき自然な流れが、何かによって阻まれているという強い感触があった。川の流れが流木やごみによって一時的に堰《せ》き止められてしまっているみたいに。

青豆は肘を梃子にして、男の肩をしぼりあげた。最初はゆっくりと、それから真剣に力を込めて。男の身体が痛みを感じているのがわかった。それもかなりの痛みだ。どんな人間でもうめき声くらいは上げる。しかし男はまったく声を出さなかった。呼吸も乱れなかった。顔をしかめている様子もない。我慢強いのだ、と青豆は思った。どこまで相手が我慢できるか、青豆は試してみることにした。更に遠慮なく力を入れると、肩胛骨の関節がやがてごきっという鈍い音を立てた。線路のポイントが切り換えられるような手応えがあった。男の息が一瞬止まったが、それはすぐにもとの静かな呼吸に戻った。

「肩胛骨がひどく詰まっていたんです」と青豆は説明した。「でも今ではそれは解消されました。流れは回復しています」

彼女は指の第二関節までを肩胛骨の裏側に突っ込んだ。もともとが柔軟にできている筋肉だ、いったん詰まっていたものが取り除かれれば、すぐに健常な状態に戻る。

「ずいぶん楽になったような気がする」と男は小さな声で言った。

「相当な痛みを伴ったはずですが」

「耐え難いほどではない」

「私もどちらかといえば我慢強い方ですが、もし同じことをやられたら、きっと声くらいは出すと思います」

「痛みは多くの場合、別の痛みによって軽減され相殺される。感覚というのはあくまで相対的なものだ」

青豆は左側の肩胛骨に手をやり、指先で筋肉を探り、それが右側とほぼ同じ状態にあることを知った。どこまで相対的になれるものか様子を見てみよう。「今度は左側をやります。たぶん右側と同じくらいの痛みがあるはずです」

「あなたにまかせる。わたしのことなら気にかけなくていい」

「手加減はしなくていいということですね」

「その必要はない」

青豆は同じ手順で、左側の肩胛骨まわりの筋肉と関節を矯正した。言われたとおり手加減はしなかった。いったん手加減をしないと決めたら、青豆は躊躇することなく最短距離を歩む。しかし男の反応は右側の時よりもさらに冷静なものだった。彼は喉の奥でくぐもった音を立てただけで、ごく当たり前のようにその痛みを受容した。けっこう、どこまで耐えられるか見てみましょう、と青豆は思った。

彼女は男の全身の筋肉を手順に従って解きほぐしていった。すべてのポイントは彼女の頭の中のチェック・リストに記入されている。そのルートを機械的に、順序通りたどっていけばいいだけだ。夜中に懐中電灯を持ってビルを巡回する、有能な恐れを知らぬ警備員のように。

どの筋肉も多かれ少なかれ、詰まっていた。厳しい災害に襲われたあとの土地みたいだ。多くの水路が堰き止められ、堤が崩されている。普通の人間が同じような目に遭ったら、たぶん立ち上がることもできないだろう。呼吸をすることだってままならないかもしれない。頑丈な肉体と強い意志がこの男を支えている。どのようなあさましい行いをこの男がなしてきたにせよ、ここまで激しい苦痛に黙して耐えていることに対して、青豆は職業的な敬意を抱かないわけにはいかなかった。

彼女はそれらの筋肉をひとつひとつ締め上げ、強制的に動かし、極限まで曲げたり伸ばしたりした。そのたびに関節が鈍い音を立てた。それが拷問に近い作業であることを彼女は承知していた。彼女はこれまで多くのアスリートの筋肉ストレッチングを手がけてきた。肉体的な苦痛とともに生きてきたようなタフな連中だ。しかしどんなに強靭な男たちも、青豆の手にかかれば、必ずどこかの時点で悲鳴をあげた。あるいは悲鳴に似たものをあげないわけにはいかなかった。中には小便をもらしたものだっていた。ところがこの男はうめき声ひとつ出さない。たいしたものだ。それでも首筋に汗がにじみ出てくることで、相手の感じている苦痛を推し量ることはできた。彼女自身もうっすらと汗をかき始めていた。

　身体の裏側の筋肉をほぐすのに三十分近くかかった。それが終わると青豆は一息つき、額に浮かんだ汗をタオルでぬぐった。

　奇妙なものだ、と青豆は思った。私はこの男を殺害するためにここにやってきた。バッグの中には特製の極細アイスピックが入っている。その針の先端をこの男の首筋のしかるべき箇所にあて、柄の部分をこんと叩けば、それですべては終わる。何が起こったのかわからないまま相手は瞬時に命を失い、別の世界に移動する。そして彼の肉体は結果的にすべての痛みから解放される。なのに私は全力を尽くして、この男が現実の世界で感じている苦痛を、少しなりとも軽減しようと努めている。

　たぶんそれが私に与えられた仕事だからだ、と青豆は思う。目の前に為すべき仕事があれば、それを達成するために全力を尽くさないわけにはいかない。それが私という人間なのだ。問題のある筋肉を正常化することを仕事として与えられれば、全力を尽くしてそれにあたる。ある人物を殺害しなくてはならないのなら、そしてそのための正しい理由があるのなら、私は全力を尽くしてそれにあたる。

　しかし当然ながら、そのふたつを同時におこなうことはできない。その二つの行為はそれぞれに対立する目的を持ち、それぞれに相容れない方法を要求する。だから一度にどちらかしかできない。今の私はとにかくこの男の筋肉を少しでもまともな状態に戻そうとしている。私はその作業に意識を集中し、持てる力を総動員している。あとのことは、それが終わったあとにあらためて考えればいい。

　それと同時に、青豆は好奇心を抑えることができなかった。この男の抱え込んでいるという普通ではない持病、そのために激しく阻害を受けている健康で上質な筋肉、彼が「恩寵の代償」と呼ぶところのすさまじい痛みに耐えることのできる強い意志と剛健な肉体。そんなものごとが彼女の好奇心をかきたてた。自分がこの男に対して何ができるのか、それに対して彼の肉体がどんな対応を見せるのかを、青豆は見届けたかった。それは職業的好奇心であり、同時に個人的な好奇心でもあった。それに今この男を殺害してしまったら、私はすぐにもここを引き上げなくてはならない。あまりに早く仕事が終わってしまうと、隣室の二人組は不審に思うかもしれない。ひととおり終えるのに短くても一時間はかかるでしょうと、前もって告げてあるのだ。

「半分は終わりました。これから残りの半分をやります。あおむけになっていただけますか？」と青豆は言った。

　男は陸に打ち上げられた大きな水生動物のように、ゆっくりと仰向けになった。

「痛みは確実に遠のいている」と男は大きく息を吐いてから言った。「これまで受けたどんな治療もここまでは効かなかった」

「あなたの筋肉は被害を受けています」と青豆は言った。「原因はわかりませんが、かなり深刻な被害です。その被害を受けた部分をなるべくもとに近い状態に戻そうとしています。簡単なことではありませんし、痛みも伴います。でもある程度のことはできます。筋肉の素質はいいし、あなたは苦痛に耐えることができる。しかしなんといってもこれは対症療法です。抜本的な解決にはなりません。原因を特定しない限り、同じことが何度でも起こるでしょう」

「わかっている。何も解決はしない。同じことは何度も起こるだろうし、そのたびに状況は悪化していくだろう。しかしたとえ一時的な対症療法であったとしても、今ここにある痛みが少しでも軽減されれば、何よりありがたいことだ。それがどれくらいありがたいことなのか、あなたにはおそらくわかるまい。モルヒネを使うことも考えた。しかし薬物はできるだけ使いたくない。長期間にわたる薬物の摂取は頭脳の機能を破壊する」

「残りを続けます」と青豆は言った。「同じように手加減なしでやってかまわないのですね？」

「言うまでもない」と男は言った。

　青豆は頭を空っぽにして、一心に男の筋肉に取り組んだ。彼女の職業的記憶には、人体のすべての筋肉の成り立ちが刻み込まれていた。それぞれの筋肉がどのような機能を果たし、どのような骨に結びついているか。どのような特質を持ち、どのような感覚を備えているか。それらの筋肉や関節を青豆は順番に点検し、揺り動かし、効果的に締め上げていった。仕事熱心な宗教裁判の審問官たちが、人体のあらゆる痛点をくまなく試していくのと同じように。

その三十分後に、二人はそれぞれに汗をかき、激しく息をついていた。まるで奇跡的なまでに深い性行為を成し遂げた恋人たちのように。男はしばらくのあいだ口をきかなかったし、青豆も言うべき言葉を持たなかった。

「大げさなことは言いたくないが」と男がやっと口を開いた。「まるで体中の部品を交換されたような気がする」

青豆は言った。「今夜、あるいは揺り戻しのようなことがあるかもしれません。夜中に筋肉が激しくひきつって、悲鳴をあげるかもしれません。しかし心配なさることはありません。明日の朝になれば普通に戻っています」

もし明日の朝というものがあるなら、と青豆は思った。

男はヨーガマットの上であぐらを組んで、身体の調子を試すように何度か深呼吸をした。そして言った。「あなたにはたしかに特別な才能が具わっているようだ」

青豆はタオルで顔の汗を拭きながら言った。「私がやっているのは、あくまで実際的なことです。筋肉の成り立ちや機能について大学のクラスで学び、その知識を実践的に膨らませてきました。技術をあちこち細かく改良して、自分なりのシステムを編み出してきました。ただ目に見える、理にかなったことをしているだけです。そこでは真実とはおおむね目に見えるものであり、実証可能なものです。もちろんそれなりの痛みを伴いますが」

男は目を開けて、興味深そうに青豆を見た。「あなたはそのように考えている」

「何のことですか？」と青豆は言った。

「真実とはあくまで目に見えて、実証可能なものであると」

青豆は唇を軽くすぼめた。「すべての真実がそうであると言っているわけではありません。私が職業として携わっている分野においてはそうだということです。もちろんすべての分野でそうであれば、ものごとはもっとわかりやすくなるのでしょうが」

「そんなことはない」と男は言った。

「どうしてでしょう？」

「世間のたいがいの人々は、実証可能な真実など求めてはいない。真実というのはおおかたの場合、あなたが言ったように、強い痛みを伴うものだ。そしてほとんどの人間は痛みを伴った真実なんぞ求めてはいない。人々が必要としているのは、自分の存在を少しでも意味深く感じさせてくれるような、美しく心地良いお話なんだ。だからこそ宗教が成立する」

男は何度か首を回してから話を続けた。

「Aという説が、彼なり彼女なりの存在を意味深く見せてくれるなら、それは彼らにとって真実だし、Bという説が、彼なり彼女なりの存在を非力で矮小なものに見せるものであれば、それは偽物ということになる。とてもはっきりしている。もしBという説が真実だと主張するものがいたら、人々はおそらくその人物を憎み、黙殺し、ある場合には攻撃することだろう。論理が通っているとか実証可能だとか、そんなことは彼らにとって何の意味も持たない。多くの人々は、自分たちが非力で矮小な存在であるというイメージを否定し、排除することによってかろうじて正気を保っている」

「しかし人の肉体は、すべての肉体は、わずかな程度の差こそあれ非力で矮小なものです。それは自明のことじゃありませんか」と青豆は言った。

「そのとおりだ」と男は言った。「あらゆる肉体は程度の差こそあれ非力で矮小なものであり、いずれにせよほどなく崩壊し、消え失せてしまう。それは紛れもない真実だ。しかし、それでは人の精神は？」

「精神についてはできるだけ考えないようにしています」

「どうして？」

「とくに考える必要がないからです」

「どうして精神についてとくに考える必要がないのだろう？　自らの精神について考えることは、それが実効性を持つか持たないかは別にして、人の営みの中で不可欠な作業ではないのかな」

「私には愛があります」と青豆はきっぱりと言った。

やれやれ、私はいったい何をしているのだろう、と青豆は思った。私は自分がこれから殺害しようとしている男を相手に愛について語っている。

静かな水面に風が波紋を描くように、男の顔に微かな笑みに似たものが広がった。そこには自然な、そしてどちらかといえば好意的な感情が表れていた。

「愛があればそれで十分だと？」と男は訊ねた。

「そのとおりです」

「あなたの言うその愛とは、誰か特定の個人を対象としたものなのかな？」

「そうです」と青豆は言った。「一人の具体的な男性に向けられたものです」

「非力で矮小な肉体と、翳りのない絶対的な愛——」と彼は静かな声で言った。そして少し間をおいた。「どうやらあなたは宗教を必要としないみたいだ」

「必要としないかもしれません」

「なぜなら、あなたのそういうあり方自体が、言うなれば宗教そのものだからだよ」

「あなたはさっき、宗教とは真実よりはむしろ美しい仮説を提供するものなのだと言いました。あなたの主宰する宗教団体はどうなのですか？」

「実を言えば、わたしは自分のやっていることを宗教行為だとは考えていない」と男は言った。

「わたしがやっているのは、ただそこにある声を聞き、人々に伝達することだ。声はわたしにしか聞こえない。それが聞こえるのは紛れもない真実だ。しかしそのメッセージが真実であるという証明はできない。わたしにできるのは、それに付随したささやかないくつかの恩寵を実体化することくらいだ」

　青豆は唇を軽く噛み、タオルを下に置いた。それはたとえばどんな恩寵なのですか、と尋ねてみたかった。しかし思いとどまった。話が長くなりすぎる。彼女には終えなくてはならない大事な作業が残っている。

「もう一度うつぶせになっていただけますか？　最後に首の筋肉をほぐします」と青豆は言った。

　男はヨーガマットの上に再び大きな身を横たえ、太い首筋を青豆に向けた。

「いずれにせよ、あなたはマジック・タッチを持っている」と彼は言った。

「マジック・タッチ？」

「普通ではない力を発する指だ。人間の身体の特殊なポイントを探りあてることのできる鋭い感覚だ。それは特別な資格であり、ごく限られた数の人間にしか与えられない。学習や訓練によって得られるものではない。わたしも種類こそ違え、同じ成り立ちのものを手にしている。しかしすべての恩寵がそうであるように、人は受け取ったギフトの代価をどこかで払わなくてはならない」

「そんな風に考えたことはありません」と青豆は言った。「私はただ学習し、自己訓練を積んで、技術を手に入れただけです。誰かから与えられたものではありません」

「論議をするつもりはない。しかし覚えておいた方がいい。神は与え、神は奪う。あなたが与えられたことを知らずとも、神は与えたことをしっかり覚えている。彼らは何も忘れない。与えられた才能をできるだけ大事に使うことだ」

青豆は自分の両手の十本の指を眺めた。それからその指を男の首筋にあてた。指先に意識を集中した。神は与え、神は奪う。

「もう少しで終わります。これが今日の最後の仕上げです」、彼女は乾いた声で、男の背中に向かってそう告げた。

遠くで雷鳴が聞こえたような気がした。顔を上げて窓の外を見た。何も見えない。そこには暗い空があるだけだ。しかしすぐにもう一度同じ音が聞こえた。静かな部屋の中にそれは虚ろに響いた。

「今に雨が降り出す」と男は感情のこもらない声で告げた。

青豆は男の太い首筋に手を当て、そこにある特別なポイントを探った。それには特殊な集中力が必要とされる。彼女は目を閉じ、息を止め、そこにある血液の流れに耳を澄ませた。指先は皮膚の弾力や体温の伝わり方から、詳細な情報を読み取ろうとした。たったひとつしかないし、とても小さな点だ。その一点を見出しやすい相手もいれば、見出しにくい相手もいる。このリーダーと呼ばれる男は明らかに後者のケースだった。喩えるなら、まっ暗な部屋の中で物音を立てないように留意しながら、手探りで一枚の硬貨を求めるような作業だ。それでもやがて青豆はその点を探り当てる。そこに指先を当て、その感触と正確な位置を頭に刻み込む。地図にしるしをつけるように。彼女にはそういう特別な能力が授けられている。

「そのまま姿勢を変えずにいて下さい」と青豆はうつぶせになった男に声をかけた。そして傍らのジムバッグに手を伸ばし、小さなアイスピックの入ったハードケースを取り出した。

「流れが詰まっている場所が首筋に一カ所だけ残っています」と青豆は落ち着いた声で言った。「私の指の力だけではどうしても解決のできない一点です。この部分の詰まりを取り除くことができれば、痛みはずいぶん軽減されるはずです。簡単な鍼をそこに一本だけ打ちたいと思います。微妙な部分ですが、これまで何度もやってきたことですし、間違いはありません。かまいませんか？」

男は深く息をついた。「全面的にあなたに身を任せている。わたしの感じている苦痛を消し去ってくれるものであれば、それが何であろうと受け入れる」

彼女はケースからアイスピックを取り出し、先に刺した小さなコルクを抜いた。先端はいつものように鋭く致死的に尖っている。彼女はそれを左手に持ち、右手の人差し指でさきほど見つけたポイントを探った。間違いない。この一点だ。彼女は針の先端をそのポイントにつけ、大きく息を吸い込んだ。あとは右手をハンマーのように柄に向けて振り下ろし、極細の針先をそのポイントの奥にすとんと沈み込ませるだけだ。それですべては終わる。

しかし何かが彼女を押しとどめた。青豆は宙に浮かべた右手の拳をなぜかそのまま振り下ろすことができなかった。これですべては終わる、と青豆は思った。ただの一撃で、私はこの男を「あちら側」に送り込むことができる。それから涼しい顔をしてこの部屋を出て、顔と名前を変え、別の人格を獲得する。私にはそれができる。恐怖もなく、良心の痛みもない。この男は疑いの余地なく死に値する、あさましい行いを繰り返してきた。しかし彼女には何故かそれができなかった。彼女の右手をためらわせているのはとりとめのない、それでいて執拗な疑念だった。

あまりにも簡単に物ごとが運びすぎている、本能が彼女にそう告げていた。

理屈も何もない。彼女にはただそれがわかる。何かがおかしい、何かが不自然だ。様々な要素を持つ力が青豆の中でぶつかりあい、せめぎあっていた。彼女は薄暗がりの中で激しく顔を歪めた。

「どうした」と男が声をかけた。「わたしは待っているんだよ。その最後の仕上げを」

そう言われて青豆は、自分がそれをためらっている理由にようやく思い当たった。この男は知っているのだ、私が彼に対してこれから何をやろうとしているのかを。

「ためらう必要はない」と男は穏やかな声で言った。「それでいい。あなたが求めていることは、まさにわたしの求めていることだ」

雷鳴は続いていた。しかし稲妻は見えない。遠い砲声のような音が轟いているだけだ。戦場はまだ彼方にある。男は続けた。

「それこそが完璧な治療だ。あなたは筋肉のストレッチングをとても丁寧にやってくれた。わたしはその腕に純粋な敬意を払う。しかしあなた自身が言ったように、あくまで対症療法に過ぎない。わたしの痛みは既に、生命を根もとから絶つことによってしか解消することのできないものになっている。地下室に行って、メインスイッチを切るしかない。あなたはわたしのために、それをやってくれようとしている」

　青豆は左手に針を持ち、その先端を首筋の特別なポイントにあて、右手を宙に振り上げたままの姿勢を保っていた。前に進むことも、後ろに退くこともできない。

「あなたがやろうとしていることを阻止しようと思えば、いくらでもできる。簡単なことだ」と男は言った。「右手を下ろしてごらん」

　青豆は言われたとおり、右手を下ろそうとした。しかしぴくりとも動かなかった、右手は石像の手のように空中に凍り付いていた。

「望んで得たことではないが、わたしにはそのような力が具わっている。ああ、もう右手を動かしてもかまわないよ。これであなたはまたわたしの生命を左右できるようになった」

　青豆は右手が再び自由に動かせることに気づいた。彼女は手を握り、それから手を開いた。違和感はない。催眠術のようなものなのだろう。しかしその力は強力だ。

「わたしはそのような特殊な力を与えられた。しかし見返りとして、彼らはわたしに様々な要求を押しつけた。彼らの欲求はすなわちわたしの欲求になった。その欲求はきわめて苛烈なものであり、逆らうことはできなかった」

「彼ら」と青豆は言った。「それはリトル・ピープルのこと？」

「あなたはそれを知っている。よろしい。話は早くなる」

「知っているのは名前だけ。リトル・ピープルが何ものかを、私は知りません」

「リトル・ピープルが何ものかを正確に知るものは、おそらくどこにもいない」と男は言った。「人が知り得るのはただ、彼らがそこに存在しているということだけだ。フレイザーの『金枝篇』を読んだことは？」

「ありません」

「興味深い本だ。それは様々な事実を我々に教えてくれる。歴史のある時期、ずっと古代の頃だが、世界のいくつもの地域において、王は任期が終了すれば殺されるものと決まっていた。任期は十年から十二年くらいのものだ。任期が終了すると人々がやってきて、彼を惨殺した。それが共同体にとって必要とされたし、王も進んでそれを受け入れた。その殺し方は無惨で血なまぐさいものでなくてはならなかった。またそのように殺されることが、王たるものに与えられる大きな名誉だった。どうして王は殺されなくてはならなかったか？　その時代にあっては王とは、人々の代表として〈声を聴くもの〉であったからだ。そのような者たちは進んで彼らと我々を結ぶ回路となった。そして一定の期間を経た後に、その〈声を聴くもの〉を惨殺することが、共同体にとっては欠くことのできない作業だった。地上に生きる人々の意識と、リトル・ピープルの発揮する力とのバランスを、うまく維持するためだ。古代の世界においては、統治することは、神の声を聴くことと同義だった。しかしもちろんそのようなシステムはいつしか廃止され、王が殺されることもなくなり、王位は世俗的で世襲的なものになった。そのようにして人々は声を聴くことをやめた」

　青豆は宙に上げた右手を無意識に開閉しながら、男の言うことに耳を傾けていた。

男は話し続けた。「彼らはこれまで様々な名前で呼ばれてきたし、おおかたの場合、どんな名前でも呼ばれなかった。彼らはただそこにいた。リトル・ピープルという名前はあくまで便宜的なものに過ぎない。当時まだ幼かったわたしの娘が彼らを『小さな人たち』と呼んだ。彼女が彼らを連れてきた。わたしがその名前を『リトル・ピープル』に変えた。その方が言い易かったからだ」

「そしてあなたは王になった」

男は鼻から強く息を吸い込み、しばらくそれを肺に保存していた。それからゆっくりと吐いた。

「王ではない。〈声を聴くもの〉になったのだ」

「そしてあなたは今、惨殺されることを求めている」

「いや、惨殺である必要はない。今は一九八四年、ここは大都市の真ん中だ。とくに血なまぐさくなる必要はない。ただあっさり命を奪ってくれればいい」

青豆は首を振って身体の筋肉を緩めた。針の先端はまだ首筋の一点に当てられていたが、その男を殺したいという気持ちはどうしても湧いてこなかった。

青豆は言った。「あなたはこれまでに多くの幼い少女をレイプした。十歳になるかならないかの女の子たちを」

「そのとおりだ」と男は言った。「一般的な概念からすれば、そう捉えられてもやむを得ないところはある。世俗の法をとおして見ればわたしは犯罪者だ。まだ成熟を迎えていない女たちと肉体的に交わった。わたしがそれを求めたわけではないにせよ」

青豆はただ大きく息をしていた。体内で続いている激しい感情的な対流を、どのように鎮《しず》めればいいのか、青豆にはわからなかった。彼女の顔は歪められ、その左手と右手は、別のものごとを希求しているようだった。

「あなたに命を奪ってもらいたいとわたしは思う」と男は言った。「どのような意味合いにおいても、わたしはもうこれ以上この世界に生きていない方がいい。世界のバランスを保つために抹消されるべき人間なのだ」

「あなたを殺せば、そのあとどうなるのですか？」

「リトル・ピープルは声を聴くものを失う。わたしの後継者はまだいない」

「どうしてそんなことが信じられるの」と青豆は唇の間から吐き出すように言った。「あなたは都合の良い理屈をつけて、汚らわしい行いを正当化しているただの性的変質者かもしれない。リトル・ピープルなんて最初からいないし、神の声もないし、恩寵もない。あなたは世間にいくらでもいる、予言者や宗教家を名乗ったけちな詐欺師かもしれない」

「置き時計がある」と男は顔を上げることなく言った。「右手のチェストの上だ」

青豆は右に目をやった。そこには腰までの高さの曲面仕上げのチェストがあり、その上には大理石でできた置き時計があった。見るからに重そうだ。

「それを見ていてくれ。目を離さないように」

青豆は言われたように、首を曲げたままその置き時計を注視していた。彼女の指の下で、男の全身の筋肉が石のように硬く引き締まるのが感じられた。信じがたいほど激しい力がそこには込められていた。そしてその力に呼応するように、置き時計がそろそろとチェストの表面を離れ、宙に浮かび上がるのが見えた。時計は五センチばかり持ち上がり、ためらうように細かく震えながら、空中に位置を定め、十秒ほど浮かんでいた。それから筋肉がその力を失い、置き時計は鈍い音を立ててチェストの上に落ちた。まるで地球に重力があることを突然思い出したみたいに。

男は長い時間をかけて、深い疲弊の息を吐いた。

「こんなささやかなことでも、ずいぶん力が必要なんだ」、彼は体内にあったすべての空気を吐き終えてからそう言った。「寿命が削りとられるほどの。しかしわかってもらえるだろうか、少なくともわたしはけちな詐欺師ではない」

青豆は返事をしなかった。男は大きく呼吸をしながら、体力を回復させていた。置き時計は何事もなかったように、チェストの上で黙々と時を刻み続けていた。位置が少し斜めにずれただけだ。秒針が一回りするあいだ青豆はそれをじっと見守っていた。

「あなたは特別な能力を持っている」と青豆は乾いた声で言った。

「見ての通りだ」

「たしか『カラマーゾフの兄弟』に悪魔とキリストの話が出てきます」と青豆は言った。「荒野で厳しい修行をするキリストに、悪魔が奇蹟をおこなえと要求します。石をパンに変えてみろと。しかしキリストは無視します。奇蹟は悪魔の誘惑だから」

「知っているよ。わたしも『カラマーゾフの兄弟』は読んだ。そう、もちろんあなたの言うとおりだ。このような派手な見せびらかしは何も解決しない。しかし限られた時間のあいだにあなたを納得させる必要があった。だからあえてやって見せた」

青豆は黙っていた。

「この世には絶対的な善もなければ、絶対的な悪もない」と男は言った。「善悪とは静止し固定されたものではなく、常に場所や立場を入れ替え続けるものだ。ひとつの善は次の瞬間には悪に転換するかもしれない。逆もある。ドストエフスキーが『カラマーゾフの兄弟』の中で描いたのもそのような世界の有様だ。重要なのは、動き回る善と悪とのバランスを維持しておくことだ。どちらかに傾き過ぎると、現実のモラルを維持することがむずかしくなる。そう、均衡そのものが善なのだ。わたしがバランスをとるために死んでいかなくてはならないというのも、その意味合いにおいてだ」

「あなたをここで殺す必要を私は感じません」と青豆はきっぱりと言った。「もうご存じかもしれませんが、私はあなたを殺すつもりでここに来ました。あなたのような人間の存在を許すことはできない。何があろうとこの世から抹殺するつもりでいました。しかし今ではもうそのつもりはありません。あなたはひどく苦しんでいるし、その苦しみが私にはわかる。あなたはそのまま苦痛に苛まれ、ぼろぼろになって死ぬべきなのです。自分の手であなたに安らかな死を与える気持ちにはなれません」

　男はうつぶせになったまま小さく肯いた。「もし君がわたしを殺したら、わたしの人々は君をどこまでも追い詰めるだろう。彼らは狂信的な連中だし、強く執拗な力を持っている。わたしがいなくなれば、教団そのものは求心力を失っていくだろう。しかしシステムというのはいったん形作られれば、それ自体の生命を持ち始めるものだ」

　青豆は男がうつぶせになったまま語るのを聞いていた。

「君の友だちには悪いことをしてしまった」と男は言った。

「私の友だち？」

「手錠を持った女友だちだよ。なんといったっけな」

青豆の中に出し抜けに静けさが訪れた。そこにはもうせめぎ合いはなかった。重い沈黙がたれ込めているだけだ。

「中野あゆみ」と青豆は言った。

「不幸なことになってしまった」

「あなたがそれをしたの？」と青豆は冷ややかな声で言った。「あなたがあゆみを殺したの？」

「いや、違う。わたしが殺したわけではない」

「でもあなたはなぜか知っている。あゆみが誰かに殺されたことを」

「リサーチャーがそれを調べた」と男は言った。「誰が彼女を殺したかまではわからない。わかっているのは、君の友だちの婦人警官がどこかのホテルで、誰かに絞殺されたことだけだ」

青豆の右手は再び硬く握りしめられた。「でもあなたは『君の友だちには悪いことをしてしまった』と言った」

「わたしにはそれを阻止できなかったということだ。誰が彼女を殺したにせよ、ものごとの脆《ぜい》弱《じゃく》な部分がいつも最初に狙われることになる。狼たちが、羊の群れの中のいちばん弱い一頭を選んで追い立てるように」

「つまり、あゆみは私の脆弱な部分だったということ？」

男は返事をしなかった。

青豆は両目を閉じた。「でも、何故あの子を殺さなくてはならなかったの？　とても良い子だった。ひとに危害を加えるようなこともなかった。どうしてなの。私がこのことに関わったから？　なら私ひとりを破壊すれば済むことじゃない」

男は言った。「彼らには君を破壊することはできない」

「どうして」と青豆は尋ねた。「なぜ彼らには私を破壊することができないの？」

「すでに特別な存在になっているからだ」

「特別な存在」と青豆は言った。「どのように特別なの？」

「君はそれをやがて発見することになるだろう」

「やがて？」

「時が来れば」

青豆は顔をもう一度歪めた。「あなたの言っていることは理解できない」

「いずれ理解するようになる」

青豆は首を振った。「いずれにせよ、彼らは今のところ私を攻撃することができない。だから私のまわりにある脆弱な部分を狙った。私に警告を与えるために。私にあなたの命を奪わせないように」

男は黙っていた。それは肯定の沈黙だった。

「ひどすぎる」と青豆は言った。そして首を振った。「あの子を殺したところで、現実は何ひとつ変わりやしないのに」

「いや、彼らは殺人者ではない。自分で手を下して誰かを破壊するようなことはしない。君の友人を殺したのは、おそらくは彼女自身の内包していたものだ。遅かれ早かれ同じような悲劇は起こっただろう。彼女の人生はリスクをはらんでいた。彼らはただそこに刺激を与えただけだ。タイマーの設定を変更するように」

　タイマーの設定？

「あの子は電気オーヴンなんかじゃない。生身の人間よ。リスクをはらんでいようがいまいが、私にとっては大事な友だちだった。あなた方はそれをいとも簡単に奪っていった。意味もなく、冷酷に」

「その怒りは正当なものだ」と男は言った。「それをわたしに向ければいい」

　青豆は首を振った。「あなたの命をここで奪ったところで、あゆみが戻ってくるわけじゃない」

「しかしそうすることによって、リトル・ピープルに一矢報いることはできる。言うなれば復讐することができる。彼らはまだわたしの死を望んでいない。わたしがここで死ねば空白が生じる。少なくとも後継者ができるまでの一時的な空白がね。彼らにとっては痛手になる。同時にそれは君にとっても益となることだ」

　青豆は言った。「復讐ほどコストが高く、益を生まないものはほかにない、と誰かが言った」

「ウィンストン・チャーチル。ただしわたしの記憶によれば、彼は大英帝国の予算不足を言い訳するためにそのように発言したんだ。そこには道義的な意味合いはない」

「道義なんてどうでもいい。私が手を下すまでもなく、あなたはわけのわからないものに身体を食い尽くされ、苦しみ抜いて死ぬでしょう。それについて私が同情する理由は何もありません。世界が道義を失ってぼろぼろに崩れたとしても、それは私のせいじゃない」

　男はもう一度深い息をついた。「なるほど。君の言い分はよくわかった。それではこうしようじゃないか。一種の取り引きだ。もしここでわたしの命を奪ってくれるなら、かわりに川奈天吾くんの命が助かるようにしてあげよう。わたしにもまだそれくらいの力は残されている」

「天吾」と青豆は言った。身体から力が抜けていった。「あなたはそのことも知っている」

「わたしは君についての何もかもを知っている。そう言っただろう。ほとんど何もかもということだが」

「でもそこまであなたに読みとれるわけはない。天吾くんの名前は私の心から一歩も外に出ていないのだから」

「青豆さん」と男は言った。そしてはかない溜息をついた。「心から一歩も外に出ないものごとなんて、この世界には存在しないんだ。そして川奈天吾くんは現在、たまたまというべきか、我々にとって少なからぬ意味を持つ存在になっている」

　青豆は言葉を失っていた。

　男は言った。「しかし正確に言えば、それはただの偶然ではない。君たち二人の運命が、ただの成り行きによってここで邂逅したわけではない。君たちは入るべくしてこの世界に足を踏み入れたのだ。そして入ってきたからには、好むと好まざるとにかかわらず、君たちはここでそれぞれの役割を与えられることになる」

「この世界に足を踏み入れた？」

「そう、この１Ｑ８４年に」

「１Ｑ８４年？」と青豆は言った。顔はもう一度大きく歪められた。それは私の作った言葉じゃないか。

「そのとおり。君が作った言葉だ」と男は青豆の心を読んだように言った。「わたしはただそれを使わせてもらっているだけだ」

１Ｑ８４年、と青豆は口の中でその言葉を形作った。

「心から一歩も外に出ないものごとなんて、この世界には存在しない」とリーダーは静かな声で繰り返した。

第12章　天吾

指では数えられないもの

雨の降り出す前に天吾はアパートに戻ることができた。駅から自宅までは急ぎ足で歩いた。夕方の空にはまだ雲ひとつ見えなかった。雨の降りそうな気配はなかったし、雷の鳴り出しそうな気配もなかった。まわりを見回しても、傘を持ち歩いている人は一人もいなかった。このまま野球場に行って生ビールを飲みたくなるような、気持ちの良い晩夏の夕暮れだ。しかし彼は少し前から、ふかえりの口にすることをとりあえず受け入れようという心境になっていた。信じないよりは信じた方がいいだろう、と天吾は思う。論理的にというよりはあくまで経験的に。

郵便受けをのぞくと、差出人の名前のない事務封筒が入っていた。天吾はその場で封筒の封を開け、中身を確かめた。彼の普通預金口座に１、６２７、５３４円が振り込まれたという通知だった。振り込んだ相手は「オフィスＥＲＩ」となっている。きっと小松がこしらえたペーパー・カンパニーなのだろう。あるいは振り込んだのは戎野先生かもしれない。小松は以前「『空気さなぎ』の印税の一部を謝礼として支払うことになるからな」と天吾に告げていた。おそらくこれはその「一部」なのだ。そして支払いの名目は「協力費」とか「調査費」とか、そのようなものになっているに違いない。天吾はもう一度その金額を確かめてから振込通知を封筒に戻し、ポケットに突っ込んだ。

百六十万円は天吾にとってはかなりの大金だったが（実際のところ、生まれてこの方そんなまとまった額の金を手にしたことはない）、とくに嬉しいとも思わなかったし、驚きもしなかった。今のところ、金は天吾にとってそれほど重要な問題ではなかった。とりあえずの定収入はあったし、それでとくに不自由のない暮らしを送っている。将来への不安も、少なくとも現在の時点ではない。それなのにみんなが彼にまとまった金を与えたがっている。不思議な世界だ。

しかし『空気さなぎ』の書き直しに関して言えば、これだけの面倒に引き込まれて、その報酬が百六十万円というのは、いささか引き合わないんじゃないかという気がした。とはいえ「じゃあどれくらいが適正な報酬なのか」と面と向かって問われると、天吾としても返答に窮する。だいいち面倒に適正価格があるかどうかだって、よくわからない。値段のつけようのない面倒だって、あるいは支払い手を持たない面倒だって世の中には数多くあるはずだ。『空気さなぎ』はまだ売れ続けているようだから、先になって更に追加の振り込みがあるのかもしれないが、彼の口座に振り込まれる金額が増えれば増えたで、そこにはまた更なる問題が生じる。より多くの報酬を受け取れば、それだけ『空気さなぎ』への天吾の関与の度合いが、既成事実として大きくなるのだから。

彼はその百六十万円あまりを、明日の朝いちばんに、小松に送り返すことを考えてみた。そうすればある種の責任を回避することはできる。たぶん気持ちもすっきりするだろう。とにかく報酬の受け取りを拒否したという事実はかたちとして残る。しかしそれで彼の道義的責任が消滅するものではない。彼のおこなった行為が正当化されるわけでもない。それが与えてくれるのは、「情状酌量の余地」という程度のものでしかない。あるいはそれは逆に、彼の行為をいっそう胡散臭いものに見せるだけに終わるかもしれない。後ろめたいという思いがあるから金を返したんだろう、と。

　そんなことをあれこれ考えているうちに、頭が痛くなってきた。だからその百六十万円について、それ以上思い悩むのをやめた。あとでまたゆっくり考えればいいことだ。金は生き物ではないし、そのままにしておいてもどこかに逃げていったりはしない。たぶん。

　さしあたっての問題は、自分自身の人生をどのように立て直すかだ、と天吾はアパートの階段を三階まで上りながら思った。房総半島の南端まで父親に会いに行って、彼が本当の父親ではないだろうというおおよその確信を得ることができた。人生の新しい出発点のようなところに立つこともできた。ちょうど良い機会かもしれない。このあたりでいろんな面倒とは縁を切り、人生をあらためてやり直すのも悪くない。新しい職場、新しい場所、新しい人間関係。自信と言えるようなものはまだないにせよ、これまでよりはいくぶん筋道の通った人生が送れるのではないかという予感はあった。

　しかしその前に片づけなくてはならないことがある。ふかえりや小松や戎野先生を放り出して、このままふっとどこかに消えてしまうわけにはいかない。もちろん彼らに義理があるわけでもない。道義的な責任があるわけでもない。牛河が言ったように、今回のことに関して、天吾は迷惑をかけられっぱなしだった。しかしいくら半ば無理やりに引きずり込まれたといっても、裏にある計略を知らなかったといっても、現実にここまで関与してしまったのだ。あとのことは知りません、適当にみなさんでやってください、というわけにはいかない。これからどこに行くにせよ、それなりの決着はつけて、身辺をきれいにしていきたかった。そうしないと彼のまっさらであるべき新しい人生が出だしから汚染されてしまうかもしれない。

「汚染」という言葉は天吾に、牛河を思い起こさせた。牛河か、と天吾はため息をつきながら思う。牛河は天吾の母親についての情報を握っている。それを教えてあげることもできる、と彼は告げた。

もしあなたがお知りになりたいというのであれば、お母さんについての情報をそのままお渡しすることはできます。ただしあまり愉快とは言えない種類の情報も、そこには含まれているかもしれません。

天吾はそれに対して返事さえしなかった。牛河の口から、自分の母親についての情報を聞きたいという気持ちには、どうしてもなれなかったからだ。牛河の口から出てくるのと同時に、たとえどのような種類のものであれ、それは汚れた情報になってしまう。いや、たとえ誰の口から出たものであっても、天吾はそんな情報を耳にしたいとは思わなかった。母親についての知らせは、それがもし与えられるものであるのなら、部分的な情報としてではなく、綜合的な「啓示」として与えられなくてはならなかった。それは一瞬にしてすべてが見渡せる、広大で鮮明な、いわば宇宙的風景でなくてはならなかった。

そんな劇的な啓示が、この先いつか与えられるのかどうか、天吾にはもちろんわからない。そんなものは永遠にやってこないのかも知れない。しかし長年にわたって彼を戸惑わせ、理不尽に揺さぶり、苦しめ続けてきたあの「白日夢」の鮮烈なイメージに拮抗し、それを凌駕する、圧倒的なスケールをもった何かの到来が、そこには必要とされた。それを手にすることによって、彼はどこまでも浄化されなくてはならなかった。切り売りの情報では何の役にも立たない。

それが階段を三階ぶん上がるあいだに天吾の頭を去来したことだった。


天吾は自分の部屋の前に立ち、ポケットから鍵を出し、鍵穴に入れて回した。そしてドアを開ける前に三度ノックし、間を置いて二度ノックした。そのあとで静かにドアを開けた。

ふかえりはテーブルの前に座って、背の高いグラスに注いだトマトジュースを飲んでいた。彼女はここにやって来たときと同じ服を着ていた。ストライプの男物のシャツに、細身のブルージーンズだ。しかし朝に見たときとは、ずいぶん印象が違って見えた。それは――天吾がそれに気づくまでに少し時間がかかったのだが――髪が束ねて上にあげられていたためだった。おかげで耳と首筋がすっかりむき出しになっていた。ついさっき作りあげられて、柔らかいブラシで粉を払われたばかりのような、小振りなピンク色の一対の耳がそこにあった。それは現実の音を聞きとるためというよりは、純粋に美的見地から作成された耳だった。少なくとも天吾の目にはそう見えた。そしてその下に続くかたちの良いほっそりとした首筋は、陽光をふんだんに受けて育った野菜のように艶やかに輝いている。朝露とテントウムシが似合いそうな、どこまでも無垢な首だった。髪を上げた彼女を目にするのは初めてだったが、それは奇跡的なまでに親密で美しい光景だった。

天吾はドアを後ろ手に閉めたものの、しばらくそのまま戸口にたたずんでいた。彼女のむき出しにされた耳と首筋は、ほかの女性のまるっきりの裸体を目の前にするのと同じくらい、彼の心を揺り動かし、深く戸惑わせた。まるでナイルの源流である秘密の泉を発見した探検家のように、天吾はしばし言葉を失い、目を細めてふかえりの姿を眺めていた。手はまだドアノブにかけられたままだ。

「さっきシャワーにはいった」、彼女はそこに立ちすくんでいる天吾に向かって、大事な出来事を思い出したみたいに真剣な声で言った。「シャンプーとリンスをつかわせてもらった」

天吾は肯いた。そして一息つき、ようやくドアノブから手をもぎ放し、鍵を掛けた。シャンプーとリンス？　そして足を前に踏み出し、戸口を離れた。

「あれから電話は鳴らなかった？」と天吾は尋ねた。

「いちどもならなかった」とふかえりは言った。そして小さく首を振った。

天吾は窓際に行って、カーテンを少しだけ開けて外を眺めた。三階の窓から見える風景にとくに変わったところはなかった。不審な人間の姿も見えないし、不審な車も駐車していない。いつもどおりのぱっとしない住宅地の、ぱっとしない風景がそこに広がっているだけだ。歪んだ枝振りの街路樹は灰色のほこりをかぶり、ガードレールには多くのへこみがつき、錆を浮かべた自転車が何台か道ばたに放置されていた。「飲酒運転は人生の破滅への一方通行」という警察の標語が塀に掲げてあった（警察には標語をこしらえる専門の部署があるのだろうか？）。意地の悪そうな老人が、頭の悪そうな雑種犬を散歩させていた。頭の悪そうな女が、醜い軽自動車を運転していた。醜い電柱が、空中に意地悪く電線を張り巡らせていた。世界とは、「悲惨であること」と「喜びが欠如していること」との間のどこかに位置を定め、それぞれの形状を帯びていく小世界の、限りのない集積によって成り立っているのだという事実を、窓の外のその風景は示唆していた。

しかしその一方で、世界にはふかえりの耳と首筋のような、異議を挟む余地もなく美しい風景も存在していた。どちらの存在をより信じればいいのか、簡単には判断がつかないところだ。天吾は混乱した大型犬のように喉の奥で小さくうなり、それからカーテンを閉めて、彼自身のささやかな世界に戻った。

「戎野先生は君がここに来ていることを知っているの？」と天吾は聞いた。

ふかえりは首を振った。先生は知らない。

「教えるつもりはないの？」

ふかえりは首を振った。「れんらくをとることはできない」

「連絡をとることは危険だから？」

「でんわはきかれているかもしれない、ユウビンもとどかないかもしれない」

「君がここにいることは僕しか知らない」

ふかえりは肯いた。

「着替えとか、そういうものは持ってきているの？」

「すこしだけ」とふかえりは言った。そして自分が持ってきたキャンバス地のショルダーバッグに目をやった。たしかにそこには多くのものは入りそうになかった。

「でもわたしはかまわない」とその少女は言った。

「君がかまわなければ、もちろん僕はかまわない」と天吾は言った。

天吾は台所に行ってやかんに湯を沸かした。紅茶の葉をティーポットに入れた。

「なかのよいおんなのひとはここにくる」とふかえりが尋ねた。

「彼女はもう来ない」と天吾は短く答えた。

ふかえりは黙って天吾の顔をじっと見ていた。

「とりあえずは」と天吾は付け加えた。

「それはわたしのせい」とふかえりは尋ねた。

天吾は首を振った。「誰のせいかは僕にもわからない。でも君のせいじゃないと思う。たぶん僕のせいだろう。彼女自身のせいも少しはあるだろう」

「でもとにかくそのひとはもうここにはこない」

「そのとおり。彼女がここに来ることはもうない。たぶん。だからずっとここにいてかまわない」

ふかえりはそれについてしばらく一人で考えていた。「そのひとはけっこんしていた」と彼女は尋ねた。

「ああ、結婚していて、子供も二人いた」

「それはあなたのこどもじゃない」

「もちろん僕の子供じゃない。僕が会う前からすでに彼女に子供はいた」

「あなたはそのひとのことがすきだった」

「たぶん」と天吾は言った。限定された条件のもとで、と天吾は自分自身に向けて付け加えた。

「そのひともあなたのことがすきだった」

「たぶん。ある程度は」

「セイコウをしていた」

　セイコウという単語が「性交」を意味していることに思い当たるまでに少し時間がかかった。それはどう考えてもふかえりが口にしそうにない言葉だった。

「もちろん。彼女はモノポリーをやるために毎週ここに来ていたわけじゃない」

「モノポリー」と彼女は質問した。

「なんでもない」と天吾は言った。

「でもそのひとはもうここにはこない」

「少なくとも、そう言われた。もうここには来ないだろうって」

「そのひとからいわれた」とふかえりは尋ねた。

「いや、直接言われたわけじゃない。その人の夫から言われた。彼女は失なわれてしまったし、もう僕のところには来られないんだと」

「うしなわれてしまった」

「それが具体的に何を意味するのか僕にもわからない。尋ねても教えてはもらえなかった。質問はたくさんあるのに、回答は少ない。不均衡な貿易みたいに。紅茶は飲む？」

　ふかえりは肯いた。

　天吾は沸騰した湯をポットに注いだ。蓋をしてしかるべき時間が経過するのを待った。

「しかたない」とふかえりは言った。

「回答の少ないことが？　それとも彼女が失なわれたことが？」

ふかえりはそれには答えなかった。

天吾はあきらめて紅茶をふたつのティーカップに注いだ。「砂糖は？」

「スプーンにかるくいっぱい」とふかえりは言った。

「レモンかミルクは？」

ふかえりは首を振った。天吾はスプーンに一杯の砂糖をティーカップに入れて、ゆっくりかきまわし、それを少女の前に置いた。彼は何も入れない紅茶のカップを持って、テーブルをはさんで向かいに座った。

「セイコウするのはすきだった」とふかえりは尋ねた。

「ガールフレンドと性交するのは好きだったか？」と天吾は普通の疑問形の文章に置き直してみた。

ふかえりは肯いた。

「好きだったと思う」と天吾は言った。「好意を持っている異性と性交する。たいていの人間はそれが好きだよ」

そして、と彼は心の中で思った。彼女はそれがとても得意だった。どこの村にも灌漑の得意な農夫が一人くらいいるのと同じように、彼女は性交が得意だった。いろんな方法を試すのが好きだった。

「そのひとがこなくなるのはさびしい」とふかえりは尋ねた。

「たぶん」と天吾は言った。そして紅茶を飲んだ。

「セイコウができないから」

「そのこともちろんある」

ふかえりはしばらくまた天吾の顔を正面からじっと眺めていた。ふかえりは性交について何かを考えているように見えた。しかし言うまでもなく、彼女が本当に何を考えているかなんて、誰にもわからない。

「おなかはすいている？」と天吾は尋ねた。

ふかえりは肯いた。「あさからほとんどなにもたべていない」

「食事を作ろう」と天吾は言った。彼自身も朝からほとんど何も食べていなかったし、空腹を感じていた。それから食事を作る以外に、とりあえずやるべきことが何も思いつけなかったということもある。


天吾は米を洗い、炊飯器のスイッチを入れ、炊きあがるまでのあいだにわかめとネギの味噌汁を作り、鯵の干物を焼き、豆腐を冷蔵庫から出し、ショウガを薬味にした。大根をおろした。残っていた野菜の煮物を鍋で温めなおした。かぶの漬け物と、梅干しを添えた。大柄な天吾が動き回ると、小さな狭い台所は余計に狭く小さく見えた。しかし天吾自身はとくに不便を感じなかった。そこにあるもので間に合わせるという生活に、長いあいだ慣れていた。

「こういう簡単なものしか作れなくて悪いけど」と天吾は言った。

ふかえりは台所での天吾の手際の良い働きぶりを子細に観察し、その結果テーブルの上に並べられたものを興味深そうに眺め回してから言った。「あなたはリョウリをつくるのになれている」

「長いあいだ一人で暮らしてきたからね。一人で手早く食事の用意をして、一人で手早く食べる。

それが習慣になっている」

「いつもひとりでごはんをたべる」

「そうだね。こうやって誰かと向かい合って一緒に食事をするのは、珍しいことなんだ。その女の人とは週に一度、昼ご飯を一緒にここで食べた。でも夕ご飯を誰かと食べるというのは、考えてみればずいぶん久しぶりだな」

「キンチョウする」とふかえりは尋ねた。

　天吾は首を振った。「いや、とくに緊張はしない。ただの夕ご飯だ。少し不思議な気がするだけだ」

「わたしはいつもたくさんのひとたちとごはんをたべてきた。ちいさいころからみんなといっしょにくらしてきたから。センセイのうちにいってからもいろんなひとたちといっしょにごはんをたべていた。センセイのうちにはいつもおきゃくがきていたから」

　それほど多くのセンテンスをふかえりが口にしたのは初めてのことだ。

「でも隠れ家ではずっと一人でご飯を食べていた」と天吾は尋ねた。

　ふかえりは肯いた。

「君がずっと身を潜めていた隠れ家は、どこにあったの？」と天吾は尋ねた。

「とおく。センセイがそのかくれがをよういしてくれた」

「一人でどんなものを食べていたの？」

「インスタントもの。パックされたもの」とふかえりは言った。「こういうごはんはながいあいだたべなかった」

ふかえりは箸の先で時間をかけて、鰺の身を骨からひきはがした。それを口に運び、時間をかけて咀嚼した。とても珍しいものを食べるみたいに。それから味噌汁を一口飲み、味を点検し、何かを判断し、そのあとで箸をテーブルの上に置いて、考えを巡らせた。

九時に近くなって、遠くの方で微かに雷鳴が聞こえたような気がした。カーテンを小さく開けて外を見ると、すっかり暗くなった空を、不吉なかたちをした雲が次々に流れていくのが見えた。

「君の言ったとおりだ。ずいぶん不穏な雲行きになってきた」と天吾はカーテンを閉めて言った。

「リトル・ピープルがさわいでいるから」とふかえりは真剣な顔つきで言った。

「リトル・ピープルが騒ぐと天候に異変が起きる?」

「ばあいによる。テンコウというのはあくまでうけとりかたのもんだいだから」

「受けとりかたの問題?」

ふかえりは首を振った。「わたしにはよくわからない」

天吾にもよくわからなかった。彼には天候とはあくまで自立した客観的状況のように思えた。しかしその問題をこれ以上追及しても、おそらくどこにもたどり着けないだろう。だから別の質問をすることにした。

「リトル・ピープルは何かに腹を立てているんだろうか?」

「なにかがおころうとしている」と少女は言った。

「どんなことが?」

ふかえりは首を振った。「いまにわかる」

彼らは流し台で食器を洗い、それを拭いて食器棚にしまい、そのあとテーブルをはさんで向かい合ってお茶を飲んでいた。ビールを飲みたいところだったが、今日はアルコールは控えた方がいいかもしれないと天吾は思った。あたりの空気にはどことなくあぶなっかしい気配が漂っていた。何かが起こったときのために、できるだけ正気を保っていた方がよさそうだ。

「はやくねむったほうがいいかもしれない」とふかえりは言った。そしてムンクの絵に出てくる橋の上で叫ぶ人のように、両手を頬に押しあてた。でも彼女は叫んでいるわけではない。ただ眠いだけだ。

「いいよ。君はベッドを使えばいい。僕はこの前みたいにそこのソファで眠る」と天吾は言った。「べつに気にしなくていい。僕はどこでだって眠れるから」

それは事実だった。天吾はどんなところでもすぐに眠ることができた。それは才能といってもいいくらいだ。

ふかえりはただ肯いただけだった。意見らしきことは何も言わず、天吾の顔をしばらく見ていた。それからできたての美しい耳にちらりと手をやった。そこにまだちゃんと耳がついていることを確認するみたいに。「パジャマをかしてもらえない。わたしのはもってこなかった」

天吾は寝室のタンスの抽斗から予備のパジャマを出してふかえりに渡した。この前ふかえりがここに泊まったときに貸したのと同じパジャマだ。青無地のコットンのパジャマ。そのときに洗濯して畳んだままになっている。天吾は念のために鼻にあてて匂いを嗅いでみたが、何の匂いもしなかった。ふかえりはパジャマを受け取り、洗面所に行って着替え、食卓に戻ってきた。髪は今では下におろされていた。パジャマの袖と足の部分は前と同じように折られていた。

「まだ九時前だ」と天吾は壁の時計に目をやって言った。「いつもこんなに早く寝るの？」

ふかえりは首を振った。「きょうはとくべつ」

「リトル・ピープルが外で騒いでいるから？」

「よくわからない。いまはただねむいだけ」

「たしかに眠そうな目をしている」と天吾は認めた。

「ベッドにはいったらホンをよむかおはなしをしてくれる」とふかえりは尋ねた。

「いいよ」と天吾は言った。「とくにほかにすることもないし」

蒸し暑い夜だったが、ふかえりはベッドに入ると、外の世界と自分の世界を厳密に隔てるように、掛け布団を首まで引っ張り上げた。ベッドの中に入ると、彼女はなぜか小さな子供のように見えた。十二歳より上には見えない。窓の外から聞こえてくる雷鳴は前よりもずっと大きくなっていた。どうやらすぐ近くに雷が落ち始めているようだった。落雷があるたびに窓ガラスがびりびりと音を立てて震えた。しかし不思議なことに稲妻は見えなかった。真っ暗な空にただ雷鳴が響き渡っているだけだ。雨が降り出す気配もなかった。そこには確かに何かアンバランスなものがあった。

「かれらはわたしたちをみている」とふかえりは言った。

「リトル・ピープルのこと？」と天吾は言った。

ふかえりはそれには返事をしなかった。

「彼らは僕らがここにいることを知っているんだ」と天吾は言った。

「もちろんしっている」とふかえりは言った。

「彼らは僕らに何をしようとしているのかな？」

「わたしたちにはなにもできない」

「それはよかった」と天吾は言った。

「いまのところは」

「今のところは僕らに手出しはできない」と天吾は力ない声で反復した。「しかしいつまでそれが続くかはわからない」

「だれにもわからない」とふかえりはきっぱり断言した。

「しかし彼らは僕らに対して何もできなくても、そのかわりに、僕らのまわりにいる人々に対して何かをすることはできる」と天吾は尋ねた。

「そういうことはあるかもしれない」

「その人たちをひどい目にあわせるかもしれない」

ふかえりはしばらくのあいだ船幽霊の歌声を聞き取ろうとしている水夫のように真剣に目を細めていた。それから言った。「ばあいによっては」

「リトル・ピープルは僕のガールフレンドに対して、そのような力を使ったのかもしれない。僕に警告を与えるために」

ふかえりは布団の中から静かに手を出して、できたての耳を何度か掻いた。そしてその手をまた静かに布団の中に引っ込めた。「リトル・ピープルにできることはかぎられている」

天吾は唇を噛んでいた。それから言った。「彼らにはたとえば具体的にどんなことができるんだろう？」

ふかえりはそれについて何か意見を言おうとしたが、思い直してやめた。その意見は口にされないまま、もとあった場所にひっそりと沈み込んでいった。どこだかわからないが、深くて暗いところだ。

「リトル・ピープルには知恵と力があると君は言った」

ふかえりは肯いた。

「しかし彼らには限界もある」

ふかえりは肯いた。

「なぜなら彼らは森の奥に住んでいる人々であり、森から離れるとその能力をうまく発揮できないからだ。そしてこの世界には彼らの知恵や力に対抗できる何らかの価値観のようなものが存在している。そういうことなのかな？」

ふかえりはそれには答えなかった。おそらく質問が長すぎるのだろう。

「君はリトル・ピープルに会ったことがある」と天吾は尋ねた。

ふかえりは天吾の顔を漠然と見つめていた。質問の趣旨がよく呑み込めないみたいに。

「君は彼らの姿を実際に目にしたことがある」と天吾は重ねて質問した。

「ある」とふかえりは言った。

「何人くらいのリトル・ピープルに会ったんだろう？」

「わからない。それはゆびではかぞえられないものだから」

「でも一人ではない」

「ふえることもありへることもある。でもひとりでいることはない」

「『空気さなぎ』の中で君が描写したみたいに」

ふかえりは肯いた。

天吾は前からしようと思っていた質問を思い切って口にした。「ねえ、『空気さなぎ』はどこまで本当に起こったことなんだろう？」

「ほんとうというのはどういうこと」とふかえりは疑問符抜きで質問した。

もちろん天吾は答えを持たない。


雷が大きく空に鳴り響いた。窓ガラスが細かく震えた。しかしまだ雷光はない。雨音も聞こえない。天吾は昔見た潜水艦の映画を思い出した。爆雷が次々に爆発し、艦を激しく揺らせる。しかし人々は真っ暗な鋼鉄の箱の中に閉じこめられ、内側からは何も見えない。そこにあるのは絶え間のない音と振動だけだ。

「ホンをよむかおはなしをしてくれる」とふかえりが言った。

「いいよ」と天吾は言った。「でも朗読に向いた適当な本がどうしても思いつけないんだ。本は手元にないけど、『猫の町』の話でよければ、話してあげられる」

「ネコのまち」

「猫が支配している町の話」

「それがききたい」

「寝る前にする話としては、ちょっと怖いかもしれないけど」

「かまわない。どんなはなしでもわたしはねむれる」

天吾は椅子をベッドの脇にもってきて、そこに座り、膝の上で両手の指を組み、雷鳴を背景音に『猫の町』の話を始めた。彼はその短編小説を特急列車の中で二度読んでいたし、父親の病室でも一度朗読した。おおよその筋書きは頭の中に入っていた。それほど複雑精緻な話でもないし、流麗な名文で書かれているわけでもない。だから適当に物語を作り替えることに、天吾はさして抵抗を感じなかった。くどくどしい部分を省いたり、適当なエピソードを付け加えたりしながら、その物語をふかえりに話して聞かせた。

もともとそれほど長い話ではないのだが、話し終えるまでに、思ったより時間がかかった。ふかえりは何か疑問があれば質問をしたからだ。そのたびに天吾は話をいったん中断し、ひとつひとつの質問に丁寧に答えた。町の細部について、猫たちの行動について、主人公の人柄について説明した。それが本に書かれていないものごとである場合は——ほとんどがそうだったのだが——適当に自分でこしらえた。『空気さなぎ』を書き直したときと同じように。ふかえりはその『猫の町』の物語にすっかり引き込まれてしまったようだった。彼女はもう眠そうな目をしていなかった。ときどきその目を閉じて、猫の町の風景を頭の中に思い浮かべた。そして目を開け、話の続きを天吾に促した。

彼がその話を語り終えると、ふかえりは目を大きく開き、しばらくまっすぐ天吾を見つめていた。猫が瞳孔をいっぱいに開き、暗闇にある何かを見つめるのと同じように。

「あなたはネコのまちにいった」と彼女は天吾を咎めるように言った。

「僕が?」

「あなたはあなたのネコのまちにいった。そしてデンシャにのってもどってきた」

「君はそう感じる？」

ふかえりは夏用の掛け布団を顎の下まで引っ張り上げたままこっくり肯いた。

「たしかに君の言うとおりだ」と天吾は言った。「僕は猫の町に行って、電車に乗って戻ってきた」

「そのオハライはした」と彼女は尋ねた。

「オハライ？」と天吾は言った。お祓い？ 「いや、まだしていないと思う」

「それをしなくてはいけない」

「たとえばどんなお祓いを？」

ふかえりはそれには答えなかった。「ネコのまちにいってそのままにしておくとよいことはない」

天をまっぷたつに裂くように雷鳴が激しく轟いた。その音はますます激しさを増していた。ふかえりがベッドの中で身をすくめた。

「こちらに来てわたしをだいて」とふかえりは言った。「わたしたちふたりでいっしょにネコのまちにいかなくてはならない」

「どうして？」

「リトル・ピープルがいりぐちをみつけるかもしれない」

「お祓いをしていないから？」

「わたしたちはふたりでひとつだから」と少女は言った。

第13章 青豆

もしあなたの愛がなければ

「１Ｑ８４年」と青豆は言った。「私が今生きているのは１Ｑ８４年という名前で呼ばれる年であって、それは本当の１９８４年ではない。そういうこと？」

「何が本当の世界かというのは、きわめてむずかしい問題だ」、リーダーと呼ばれる男はうつぶせになったままそう言った。「それは結局のところ形而上的な命題になってくる。しかしここは本当の世界だ。そいつは間違いない。この世界で味わう痛みは、本物の痛みだ。この世界にもたらされる死は、本物の死だ。流されるのは本物の血だ。ここはまがい物の世界ではない。仮想の世界でもない。形而上的な世界でもない。それはわたしが請け合う。しかしここは君の知っている１９８４年ではない」

「パラレル・ワールドのようなもの？」

　男は肩を小さく震わせて笑った。「君はどうやらサイエンス・フィクションを読みすぎているようだ。いや、違う。ここはパラレル・ワールドなんかじゃない。あちらに１９８４年があって、こちらに枝分かれした１Ｑ８４年があり、それらが並列的に進行しているというようなことじゃないんだ。１９８４年はもうどこにも存在しない。君にとっても、わたしにとっても、今となっては時間といえばこの１Ｑ８４年のほかには存在しない」

「私たちはその時間性に入り込んでしまった」

「そのとおり。我々はここに入り込んでしまった。あるいは時間性が我々の内側に入り込んでしまった。そしてわたしが理解する限り、ドアは一方にしか開かない。帰り道はない」

「首都高速道路の非常階段を降りたときに、それが起こったのね」と青豆は言った。

「首都高速道路？」

「三軒茶屋のあたりで」と青豆は言った。

「場所はどこでもかまわない」と男は言った。「君にとってはそれは三軒茶屋だった。でも具体的な場所が問題になっているのではない。ここではあくまで時間が問題なんだ。言うなれば線路のポイントがそこで切り替えられ、世界は１Ｑ８４年に変更された」

　何人かのリトル・ピープルが力を合わせて、線路を切り替える装置を動かしている光景を、青豆は想像した。真夜中に、青白い月の光の下で。

「そしてこの１Ｑ８４年にあっては、空に月がふたつ浮かんでいるのですね？」と彼女は質問した。

「そのとおり。月は二つ浮かんでいる。それが線路が切り替えられたことのしるしなんだ。それによって二つの世界の区別をつけることができる。しかしここにいるすべての人に二つの月が見えるわけではない。いや、むしろほとんどの人はそのことに気づかない。言い換えれば、今が１Ｑ８４年であることを知る人の数は限られているということだ」

「この世界にいる人の多くは、時間性が切り替わったことに気づいていない？」

「そうだ。おおかたの人々にとってここは何の変哲もない、いつもの世界なんだ。『これは本当の世界だ』とわたしがいうのは、そういう意味あいにおいてだよ」

「線路のポイントが切り替えられた」と青豆は言った。「もしそのポイントが切り替えられなかったら、私とあなたがこうしてここで会うこともなかった、そういうことでしょうか？」

「そればかりは誰にもわからない。蓋然性の問題だ。しかしおそらくそうだろう」

「あなたの言っていることは厳正な事実なのですか、それともただの仮説なのですか？」

「良い質問だ。しかしそのふたつを見分けるのは至難の業だ。ほら、古い唄の文句にもあるだろう。Without your love, it's a honkey–tonk parade」、男はメロディーを小さく口ずさんだ。「君の愛がなければ、それはただの安物芝居に過ぎない。この唄は知っているかな？」

「『イッツ・オンリー・ア・ペーパームーン』」

「そう、１９８４年も１Ｑ８４年も、原理的には同じ成り立ちのものだ。君が世界を信じなければ、またそこに愛がなければ、すべてはまがい物に過ぎない。どちらの世界にあっても、どのような世界にあっても、仮説と事実とを隔てる線はおおかたの場合目には映らない。その線は心の目で見るしかない」

「誰が線路のポイントを切り替えたのですか？」

「誰がポイントを切り替えたか？　それもむずかしい問いかけだ。原因と結果という論法はここではあまり力を持たない」

「いずれにせよ、何らかの意思によって私はこの１Ｑ８４年の世界に運び込まれた」と青豆は言った。「私自身の意思ではないものによって」

「そのとおりだ。君の乗った列車はポイントを切り替えられたことによって、この世界に運び込まれてきた」

「そこにはリトル・ピープルがかかわっているのですか？」

「この世界にはリトル・ピープルなるものがいる。少なくともこの世界においては彼らはリトル・ピープルと呼ばれている。しかしそれがいつも形を持ち、名前を持つとは限らない」

　青豆は唇を噛み、それについて考えた。そして言った。「あなたの話は矛盾したもののように私には思えます。もしリトル・ピープルなるものが線路を切り替えて、私を１Ｑ８４年に運び込んだとする。しかし、もし私がここであなたに対してやろうとしていることを、リトル・ピープルが望んでいないのだとしたら、どうして彼らはわざわざ私をここに運び込まなくてはならなかったのですか？　私を排除する方が、彼らの利益にはかなっているはずなのに」

「それを説明するのは簡単ではない」と男はアクセントを欠いた声で言った。「しかし君はなかなか頭の回転が速い。わたしの言わんとすることを漠然とでも理解してもらえるかもしれない。前にも言ったように、我々の生きている世界にとってもっとも重要なのは、善と悪の割合が、バランスをとって維持されていることだ。リトル・ピープルなるものは、あるいはそこにある何らかの意思は、たしかに強大な力を持っている。しかし彼らが力を使えば使うほど、その力に対抗する力も自動的に高まっていく。そのようにして世界は微妙な均衡を保っていく。どの世界にあってもその原理は変わらない。我々が今このように含まれている１Ｑ８４年の世界にあっても、まったく同じことが言える。リトル・ピープルがその強い力を発揮し始めたとき、反リトル・ピープル的な力も自動的にそこに生じることになった。そしてその対抗モーメントが、君をこの１Ｑ８４年に引き込むことになったのだろう」

その巨体を青いヨーガマットの上に、岸に打ち上げられた鯨のように横たえたまま、男は大きく息をした。

「さっきの鉄道のアナロジーに沿って話を進めるなら、こういうことになる。彼らは線路のポイントを切り替えることができる。その結果、列車はこちらのラインに入ってくる。１Ｑ８４年というラインだ。しかし彼らには、その列車に乗り合わせている乗客の一人一人を識別したり、選り分けたりすることまではできない。つまりそこには、彼らにとって望ましくない人々も乗り合わせているかもしれないということだ」

「招かれざる乗客」と青豆は言った。

「そのとおりだ」

雷鳴が轟いた。さっきよりその音はずっと大きくなっている。しかし雷光はなかった。音が聞こえるだけだ。奇妙だと青豆は思った。これほど近くで落雷があるのに、稲妻が光らない。雨も降り出さない。

「ここまではわかってもらえたかな？」

「聞いています」、彼女は針の先を首筋のポイントから既に外していた。彼女は針の先端を注意深く宙に向けていた。今は相手の話についていくことに神経を集中しなくてはならない。

「光があるところには影がなくてはならないし、影のあるところには光がなくてはならない。光のない影はなく、また影のない光はない。カール・ユングはある本の中でこのようなことを語っている。

『影は、我々人間が前向きな存在であるのと同じくらい、よこしまな存在である。我々が善良で優れた完璧な人間になろうと努めれば努めるほど、影は暗くよこしまで破壊的になろうとする意思を明確にしていく。人が自らの容量を超えて完全になろうとするとき、影は地獄に降りて悪魔となる。なぜならばこの自然界において、人が自分自身以上のものになることは、自分自身以下のものになるのと同じくらい罪深いことであるからだ』

　リトル・ピープルと呼ばれるものが善であるのか悪であるのか、それはわからない。それはある意味では我々の理解や定義を超えたものだ。我々は大昔から彼らと共に生きてきた。まだ善悪なんてものがろくに存在しなかった頃から。人々の意識がまだ未明のものであったころから。しかし大事なのは、彼らが善であれ悪であれ、光であれ影であれ、その力がふるわれようとする時、そこには必ず補償作用が生まれるということだ。この場合、わたしがリトル・ピープルなるものの代理人になるのとほとんど同時に、わたしの娘が反リトル・ピープル作用の代理人のような存在になった。そのようにして均衡が維持された」

「あなたの娘？」

「そうだ。まず最初にリトル・ピープルなるものを導き入れたのがわたしの娘だ。彼女はそのとき十歳だった。今では十七になっている。彼らはあるとき暗闇の中から現れ、娘を通してこちらにやってきた。そしてわたしを代理人とした。娘がパシヴァ＝知覚するものであり、わたしがレシヴァ＝受け入れるものとなった。わたしたちにはたまたまそういう資質が具わっていたようだ。いずれにせよ、彼らがわたしたちを見つけた。わたしたちが彼らを見つけたわけではない」

「そしてあなたは自分の娘をレイプした」

「交わった」と彼は言った。「その言葉の方が実相により近い。そしてわたしが交わったのはあくまで観念としての娘だ。交わるというのは多義的な言葉なのだ。要点はわたしたちがひとつになることだった。パシヴァとレシヴァとして」

　青豆は首を振った。「あなたの言っていることが理解できない。あなたは自分の娘と性交したのですか、しなかったのですか？」

「その答えはどこまでいっても、イエスでありノーだ」

「つばさちゃんについても同じことなのですか？」

「同じことだ。原理としては」

「しかしつばさちゃんの子宮は現実に破壊されていた」

　男は首を振った。「君が目にしたのは観念の姿だ。実体ではない」

　会話の速い流れに青豆はついていくことができなかった。彼女は間を置き、呼吸を整えた。それから言った。

「観念が人の姿をとって、歩いて逃げてきたということですか？」

「簡単に言えば」

「私が目にしたつばさちゃんは実体ではなかった？」

「だから彼女は回収された」

「回収された」と青豆は言った。

「回収され、治癒されている。必要な治療を受けている」

「私はあなたの言うことを信じない」、青豆はきっぱりと言った。

「君を責めることはできそうにない」と男は感情を込めない声で言った。

青豆はしばらくのあいだ言葉を失っていた。それから別の質問をした。「自分の娘を観念的に多義的に犯すことによって、あなたはリトル・ピープルの代理人になった。しかしあなたがリトル・ピープルの代理人となるのと同時に、彼女はその補償のために、あなたのもとを離れていわば敵対する存在になった。あなたが主張しているのは、つまりそういうことかしら？」

「そのとおりだ。彼女はそのために自らのドウタを捨てた」と男は言った。「しかしそう言われても、どんなことだかよく理解できないだろうね」

「ドウタ？」と青豆は言った。

「生きている影のようなものだ。そしてそこにはもう一人の人物が関わってくることになる。わたしの古くからの個人的な友人だ。信頼するに足る男だ。わたしは娘をその友人に託した。またそれほど前のことではないが、君もよく知っている川奈天吾くんがそこに新たに関わることになった。天吾くんとわたしの娘は、偶然によって引き合わされ、チームを組んだ」

時間がそこで唐突に停止してしまったようだった。青豆はうまく言葉を見つけることができなかった。彼女は身体をこわばらせたまま、時間が再び動き出すのをじっと待っていた。

男は続けた。「二人はそれぞれを補う資質を持ち合わせていた。天吾くんに欠けているものを絵里子が持ち、絵里子に欠けているものを天吾くんが持っていた。彼らは補いあい、力を合わせてひとつの作業を成し遂げた。そしてその成果は大きな影響力を発揮することになった。反リトル・ピープルのモーメントを確立する、という文脈においてね」

「チームを組んだ？」

「二人は恋愛関係や肉体関係にあるわけではない。だから心配をすることはない。もし君がそういうことを考えているなら、ということだが。絵里子は誰とも恋愛をしたりはしない。彼女は――そういう立場を超えたところにいる」

「二人の共同作業の成果というのはどんなことなのですか。具体的に言うと？」

「それを説明するためにはもうひとつ別のアナロジーを持ち出す必要がある。言うなれば、二人はウィルスに対する抗体のようなものを立ち上げたんだ。リトル・ピープルの作用をウィルスとするなら、彼らはそれに対する抗体をこしらえて、散布した。もちろんこれは一方の立場から見たアナロジーであって、リトル・ピープルの側からすれば、逆に二人がウィルスのキャリアであるということになる。ものごとはすべて合わせ鏡になっている」

「それがあなたの言う補償行為ですね？」

「そういうことだ。君の愛する人物と、わたしの娘が力を合わせてそのような作業を成し遂げた。つまり君と天吾くんとは、この世界において文字通り踵《きびす》を接していることになる」

「でもそれはたまたまではない、ともあなたは言った。つまり私は何らかのかたちある意思に導かれてこの世界にやってきた。そういうことかしら？」

「そのとおりだ。君はかたちある意思に導かれ、目的を持ってここにやってきた。この１Ｑ８４年の世界に。君と天吾くんとがどのようなかたちにせよ、ここで関わりを持つようになったのは、決して偶然の所産ではない」

「それはどんな意思で、どんな目的なの？」

「それを説明することはわたしの任ではない」と男は言った。「申し訳ないが」

「どうして説明ができないの？」

「意味が説明できないということではない。しかし言葉で説明されたとたんに失われてしまう意味がある」

「じゃあ、違う質問をします」と青豆は言った。「それはどうして私でなくてはならなかったのかしら？」

「それがどうしてだか、君にはまだわかっていないらしい」

青豆は何度も強く首を振った。「どうしてだか、私にはわかりません。ぜんぜん」

「きわめて簡単なことだ。それは君と天吾くんが、互いを強く引き寄せ合っていたからだ」


青豆はそのまま長いあいだ沈黙を保っていた。額にうっすらと汗がにじむのを青豆は感じた。目に見えない薄い膜で、顔全体を覆われたような感触があった。

「引き寄せ合っている」と彼女は言った。

「互いに、とても強く」

怒りに似た感情がわけもなく彼女の中にこみ上げてきた。そこにはかすかな吐き気の予感さえあった。「そんなことは信じられません。彼が私のことなんかを覚えているはずがない」

「いや、天吾くんは君がこの世界に存在することをちゃんと覚えているし、君を求めてもいる。そして今に至るまで、君以外の女性を愛したことは一度もない」

青豆はしばらく言葉を失っていた。そのあいだ激しい落雷は、短い間隔を置いて続いていた。

雨もようやく降り出したようだった。大きな雨粒がホテルの部屋の窓を強く叩き始めた。しかしそんな音は青豆の耳にはほとんど届かなかった。

男は言った。「信じる信じないは君の自由だ。しかし信じた方がいい。紛れのない真実なのだから」

「会わなくなってからもう二十年も経つのに、彼が私のことをまだ覚えているというの？　まともに口をきいたことすらないのに」

「誰もいない小学校の教室で、君は天吾くんの手を強く握った。十歳のときに。そうするには、あらん限りの勇気を振り絞らなくてはならなかったはずだ」

青豆は激しく顔を歪めた。「どうしてあなたがそんなことを知っているの？」

男はその質問には答えなかった。「天吾くんはそのことを決して忘れなかった。そして君のことをずっと考えてきた。今でも君のことを考え続けている。信じた方がいい。わたしにはいろんなことがわかる。たとえば君は今でも、自慰行為をするときに天吾くんのことを考える。彼の姿を思い浮かべる。そうだね？」

青豆は口を小さく開けたきり、すべての言葉を失っていた。ただ浅く呼吸をしているだけだ。

男は続けた。「何も恥ずかしがることはない。人の自然な営みだ。彼も同じことをしている。そのときに君のことを考えている。今でも」

「どうしてそんなことをあなたが……」

「何故わたしにそんなことがわかるのか？　耳を澄ませばわかる。声を聴くことがわたしの仕事なのだから」

彼女は大声で笑い出したくもあったし、同時に泣き出したくもあった。しかしそのどちらもできなかった。彼女はその中間に立ちすくんだまま、どちらにも重心を移せず、ただ言葉を失っていた。

「怯えることはない」と男は言った。

「怯える？」

「君は怯えている。かつてヴァチカンの人々が地動説を受け入れることを怯えたのと同じように。彼らにしたところで、天動説の無謬性《むびゆうせい》を信じていたわけではない。地動説を受け入れることによってもたらされるであろう新しい状況に怯えただけだ。それにあわせて自らの意識を再編成しなくてはならないことに怯えただけだ。正確に言えば、カトリック教会はいまだに公的には地動説を受け入れてはいない。君も同じだ。今まで長いあいだ身にまとってきた、固い防御の鎧を脱ぎ捨てなくてはならないことを怯えている」

　青豆は両手で顔を覆ったまま、何度かしゃくり上げた。そんなことをしたくはなかったのだが、ひとしきり自分を抑えることができなかった。彼女はそれを笑いに見せかけたかった。しかしそれはかなわぬことだった。

「君たちは言うなれば、同じ列車でこの世界に運び込まれてきた」と男は静かな声で言った。「天吾くんはわたしの娘と組むことによって反リトル・ピープル作用を立ち上げ、君は別の理由からわたしを抹殺しようとしている。言い換えるなら、君たちはそれぞれに、とても危険な場所でとても危険なことをしている」

「何らかの意思がそうすることを私たちに求めたということ？」

「おそらくは」

「いったい何のために？」、口に出してから、それが無駄な発言であることに青豆は気づいた。答えが返ってくる見込みのない質問だ。

「もっとも歓迎すべき解決方法は、君たちがどこかで出会い、手に手を取ってこの世界を出ていくことだ」と男は質問には答えずに言った。「しかしそれは簡単なことではない」

「簡単なことではない」と青豆は無意識に相手の言葉を繰り返した。

「残念ながら、ごく控えめに表現して、簡単なことではない。率直に言えばおおむね不可能なことだ。君たちが相手にしているのは、それをどのような名前で呼ぼうと、痛烈な力だ」

「そこで――」と青豆は乾いた声で言った。そして咳払いをした。彼女の混乱は今では収まっていた。今はまだ泣くべき時ではない、と青豆は思った。「そこで、あなたの提案が出てくるわけですね。私があなたに苦痛のない死を与えることの見返りに、あなたは何かを私に差し出すことができる。違う選択肢のようなものを」

「君はとてもわかりがいい」と男はうつぶせになったまま言った。「そのとおりだ。わたしの提案は君と天吾くんとに関係した選択肢だ。心愉しいものではないかもしれない。しかし少なくともそこには選択の余地がある」

「リトル・ピープルはわたしを失うことを恐れている」と男は言った。「なぜなら彼らにはわたしの存在がまだ必要だからだ。わたしは彼らの代理人としてきわめて有用な人間だ。わたしのかわりを見つけるのは簡単ではない。そして今の時点では、わたしの後継者はまだ用意されていない。彼らの代理人になるには様々な困難な条件を満たす必要があるし、わたしはその条件をすべて満たす希な存在だった。彼らはわたしを失うことを恐れている。今ここでわたしを失えば、一時的な空白が生じる。だから彼らは、君がわたしの命を奪うことを妨げようとしている。まだしばらくはわたしを生かしておきたいのだ。外で鳴っている雷は彼らの怒りのしるしだ。しかし彼らは君に直接手を出すことができない。ただ怒りの警告を与えているだけだ。同じ理由で彼らは君の友だちを、おそらくは巧妙なやり方で死に追い込んでいった。そして彼らはこのままでは、天吾くんに何らかのかたちで危害を及ぼすことだろう」

「危害を及ぼす？」

「天吾くんはリトル・ピープルと、彼らの行っている作業についての物語を書いた。絵里子が物語を提供し、天吾くんがそれを有効な文章に転換した。それが二人の共同作業だった。その物語はリトル・ピープルの及ぼすモーメントに対抗する抗体としての役目を果たした。それは本として出版され、ベストセラーになった。そのせいでリトル・ピープルは一時的にせよ、いろんな可能性を潰され、いくつかの行動を制限されることになった。『空気さなぎ』という題名を耳にしたことはあるだろう」

　青豆は肯いた。「新聞で本についての記事を見かけたことがあります。出版社の広告も。本は読んでいませんが」

「『空気さなぎ』を実質的に書いたのは天吾くんだ。そして今、彼は新しい自分の物語を書いている。彼はそこに、つまり月の二つある世界の中に、自らの物語を発見したんだよ。絵里子という優れたパシヴァが、彼の中にその抗体としての物語を立ち上げさせた。天吾くんはレシヴァとしての優れた能力を具えていたようだ。君をここに連れてきたのも、言いかえるならその車両に君を乗せたのも、彼のそんな能力かもしれない」

　青豆は淡い闇の中で厳しく顔をしかめた。なんとか話についていかなくてはならない。「私はつまり、天吾くんの物語を語る能力によって、あなたの言葉を借りるならレシヴァとしての力によって、１Ｑ８４年という別の世界に運び込まれたということなのですか？」

「少なくともそれがわたしの推測するところだ」と男は言った。

　青豆は自分の両手を見つめた。その指は涙で湿っていた。

「このままでいけば、かなりの確率で天吾くんは抹殺されるだろう。彼は今のところ、リトル・ピープルなるものにとっていちばんの危険人物になっている。そしてここはあくまで本物の世界だ。本物の血が流され、本物の死がもたらされる。死はもちろん永久的なものだ」

　青豆は唇を噛んだ。

「このように考えてみてほしい」と男は言った。「君がもしここでわたしを殺し、この世界から削除したとする。そうすればリトル・ピープルが天吾くんに危害を及ぼす理由はなくなる。わたしというチャンネルが消滅してしまえば、天吾くんとわたしの娘がどれだけそのチャンネルを妨害したところで、彼らにとってはもはや脅威ではなくなってしまうからだ。リトル・ピープルはそんなものは放っておいて、よそに行って別のチャンネルを探す。別の成り立ちをしたチャンネルを。それが彼らにとっての最優先事項になる。それはわかるかな？」

「理屈としては」と青豆は言った。

「しかしその一方わたしが殺されれば、わたしの作った組織が君を放ってはおかない。君を見つけ出すまでにいくらか時間がかかるかもしれない。君はきっと名前を変え、住む場所を変え、おそらくは顔も変えるだろうからね。それでもいつか彼らは君を追い詰め、厳しく罰するだろう。そういう緊密で暴力的で、後戻りのできないシステムをわたしたちは作り上げたのだ。それがひとつの選択肢だ」

　青豆は彼の言ったことを頭の中で整理した。男はそのロジックが青豆の頭の中に染み込むのを待った。

　男は続けた。「逆に、もし君がここでわたしを殺さなかったとする。君はこのままおとなしく引き上げる。わたしは生き延びる。そうすればリトル・ピープルは、わたしという代理人を護るために、全力を尽くして天吾くんを排除しようと努めるだろう。彼のまとった護符はまだそれほど強くはない。彼らは弱点をみつけ出し、何かしらの方法をもって天吾くんを破壊しようとするはずだ。これ以上の抗体の流布を彼らは許容できないから。そのかわり君の脅威はなくなり、故に君が罰せられる理由はなくなる。それがもうひとつの選択肢だ」

「その場合天吾くんは死に、私は生き残る。この１Ｑ８４年の世界に」、青豆は男の言ったことを要約した。

「おそらく」と男は言った。

「でも天吾くんが存在しない世界では、私が生きる意味もない。私たちが出会う可能性は永久に失われてしまうのだから」

「君の観点からすれば、そういうことになるかもしれない」

　青豆は唇をきつく噛みしめ、その状況を頭の中に想像した。

「でもそれは、ただあなたがそう言っているというに過ぎない」と彼女は指摘した。「私があなたの言い分を、そのまま信じなくてはならない根拠や裏付けのようなものはありますか？」

男は首を振った。「そのとおり。根拠や裏付けはどこにもない。ただわたしがそう言っているだけだ。しかしわたしの持っている特殊な力はさきほど目にしたはずだ。あの置き時計には糸はついてないよ。そしてとても重いものだ。行って調べてみるといい。わたしの言っていることを受け入れるか受け入れないか、そのどちらかだ。そして我々にはもうあまり時間は残されていない」

青豆はチェストの上の置き時計に目をやった。時計の針は九時少し前を指していた。時計の置かれた位置はずれていた。妙な角度に向けられている。さっき空中に持ち上げられ、落とされたせいだ。

男は言った。「この１Ｑ８４年において今のところ、君たち二人を同時に助けることはできそうにない。選択肢は二つ。ひとつはおそらくは君が死に、天吾くんが生き残る。もうひとつはおそらくは彼が死に、君が生き残る。そのどちらかだ。心愉しい選択肢ではないと、最初に断ったはずだよ」

「でもそれ以外の選択肢は存在しない」

男は首を振った。「今の時点では、そのふたつからどちらかひとつ選ぶしかない」

青豆は肺の中の空気を集めてゆっくり吐き出した。

「気の毒だとは思う」と男は言った。「もし君がそのまま１９８４年にとどまっていれば、こんな選択を迫られるようなことはなかったはずだ。しかしそれと同時に、もし１９８４年にとどまっていれば、天吾くんが君のことをずっと思い続けてきたという事実を、君が知るすべはなかっただろう。こうして1Q84年に運ばれて来たからこそ、何はともあれ、君はその事実を知ることになった。君たちの心がある意味では結びあわされているという事実を」

青豆は目を閉じた。泣くまいと彼女は思った。まだ泣くべき時ではない。

「天吾くんは、本当に私のことを求めているのですか。あなたは嘘偽りなくそう断言できるのですか？」、青豆はそう尋ねた。

「天吾くんは今に至るまで君以外の女性を誰一人、心から愛したことはない。それは疑いの余地のない事実だ」

「それでも、私を捜すことはしなかった」

「君だって彼の行方を捜そうとはしなかった。そうじゃないか？」

青豆は目を閉じて、一瞬のあいだに長い歳月を振り返り、見渡した。高い丘に上り、切り立った断崖から眼下に海峡を見渡すみたいに。彼女は海の匂いを感じることができた。深い風の音を聞き取ることができた。

彼女は言った。「私たちはもっと前に、勇気を出してお互いを捜しあうべきだったのね。そうすれば私たちは本来の世界でひとつになることもできたのに」

「仮説としてはそうだ」と男は言った。「しかし1984年の世界にあっては、君はそんな風に考えることすらなかったはずだ。そのように原因と結果がねじれたかたちで結びついている。そのねじれはどれだけ世界を重ねても解消されることはあるまい」

青豆の目から涙がこぼれた。彼女はこれまでに自分が失ってきたもののために泣いた。これから自分が失おうとしているもののために泣いた。それからやがて——どれくらい泣いていたのだろう——もうこれ以上泣くことができないというポイントが訪れた。感情が目に見えない壁に突きあたったみたいに、涙がそこで尽きた。

「いいでしょう」と青豆は言った。「確かな根拠はない。何ひとつ証明されてはいない。細かいところはよく理解できない。しかしそれでも、私はあなたの提案を受け入れなくてはならないようです。あなたが望むとおり、あなたをこの世界から消滅させます。苦痛のない一瞬の死を与えます。天吾くんを生き延びさせるために」

「わたしと取り引きをするということだね」

「そうです。私たちは取り引きをします」

「君はおそらく死ぬことになるよ」と男は言った。「君は追い詰められて罰せられる。その罰し方はあるいは酷いものになるかもしれない。彼らは狂信的な人々だ」

「かまいません」

「君には愛があるから」

青豆は肯いた。

「愛がなければ、すべてはただの安物芝居に過ぎない」と男は言った。「唄の文句と同じだ」

「私があなたを殺せば、本当に天吾くんは生き残れるのね？」

男はしばらくのあいだ黙っていた。それから言った。「天吾くんは生き残る。わたしの言葉をそのまま信じていい。それはわたしの命と引き替えに間違いなく与えることのできるものだ」

「私の命とも」と青豆は言った。

「命と引き替えにしかできないこともある」と男は言った。

青豆は両方の手を堅く握りしめた。「でも本当のことをいえば、私は生きて天吾くんとひとつになりたかった」

沈黙がしばらくのあいだ部屋に降りた。雷鳴もそのあいだは轟かなかった。すべてが静まりかえっていた。

「できることならそうさせてあげたい」と男は静かな声で言った。「わたしとしてもね。しかし気の毒だが、そういう選択肢はないんだ。１９８４年においてもなかったし、１Ｑ８４年においてもない。それぞれに違う意味合いにおいて」

「１９８４年においては、私と天吾くんの歩む道がクロスすることさえなかった。そういうこと？」

「そのとおりだ。君たち二人はまったく関わりを持たぬまま、お互いのことを考えながら、おそらくはそれぞれ孤独に年老いていっただろう」

「しかし１Ｑ８４年においては、少なくとも私は、彼のために自分が死んでいくことを知ることができる」

男は何も言わず、大きく呼吸をした。

「ひとつ教えてほしいことがあります」と青豆は言った。

「わたしに教えられることなら」と男はうつぶせになったまま言った。

「天吾くんは、私が彼のために死んでいったことを、何かのかたちで知ることになるのでしょうか。それとも何も知らないままに終わるのでしょうか？」

男は長いあいだその質問について考えていた。「それはおそらく君次第だ」

「私次第」と青豆は言った。そしてわずかに顔を歪めた。「それはどういうこと？」

男は静かに首を振った。「君は重い試練をくぐり抜けなくてはならない。それをくぐり抜けたとき、ものごとのあるべき姿を目にするはずだ。それ以上のことはわたしにも言えない。実際に死んでみるまでは、死ぬというのがどういうことなのか、正確なところは誰にもわからない」


青豆はタオルをとって顔の涙を丁寧にぬぐってから、床に置いた細身のアイスピックを手に取り、繊細な先端が欠けていないことを今一度点検した。そして右手の指先で、さっき探り当てた首の後ろの致死的なポイントを探した。彼女はその位置を頭に刻み込んでいたし、すぐに見つけることができた。青豆は指の先でそのポイントをそっと押さえ、手応えを測り、自分の直感に間違いがないことを今一度確認した。それから何度もゆっくり深呼吸をして、心臓の鼓動を整え、神経を落ち着けた。頭の中をクリアにしなくてはならない。彼女は天吾に対する想いをそこから一時的に払拭した。憎しみや、怒りや、戸惑いや、慈悲の心をどこか別の場所に封印した。失敗は許されない。意識を死そのものに集中させなくてはならない。光線の焦点をくっきりとひとつに結ぶように。

「仕事を片付けてしまいましょう」と青豆は穏やかに言った。「私はこの世界からあなたを排除しなくてはならない」

「そしてわたしは与えられたすべての痛みを離れることができる」

「すべての痛みや、リトル・ピープルや、様相を変えてしまった世界や、いろんな仮説や……そして愛を」

「そして愛を。そのとおりだ」と男は自らに語りかけるように言った。「わたしにも愛する人々がいた。さあ、それぞれの仕事を片付けてしまおう。青豆さん、君はおそろしく有能な人だ。わたしにはそれがわかる」

「あなたも」と青豆は言った。彼女の声は既に、死をもたらすものの不思議な透明性を帯びていた。「あなたもおそらくとても有能で優秀な人なのでしょう。あなたを殺さなくても済む世界がきっとあったはずなのに」

「その世界はもうない」と男は言った。それが彼の口にした最後の言葉になった。

その世界はもうない。

青豆は尖った針先を、首筋のその微妙なポイントに当てた。意識を集中して角度を正しく調整した。そして右手の拳を空中に上げた。彼女は息を殺し、じっと合図を待った。もう何も考えるまい、と彼女は思った。我々はそれぞれの仕事を片付けてしまう、それだけのことだ。何を考える必要もない。説明される必要もない。ただ合図を待ち受けるだけだ。その拳は岩のように堅く、心を欠いていた。

稲妻のない落雷が窓の外でひときわ激しく轟いた。雨がばらばらと窓に当たった。そのとき彼らは太古の洞窟にいた。暗く湿った、天井の低い洞窟だ。暗い獣たちと精霊がその入り口を囲んでいた。彼女のまわりで光と影がほんの一瞬ひとつになった。遠くの海峡を、名もない風が一息に吹き渡った。それが合図だった。合図にあわせて、青豆は拳を短く的確に振り下ろした。

すべては無音のうちに終わった。獣たちと聖霊は深い息を吐き、包囲を解き、心を失った森の奥に戻っていった。

第14章　天吾

手渡されたパッケージ

「こちらにきてわたしをだいて」とふかえりは言った。「ふたりでいっしょにもういちどネコのまちにいかなくてはならない」

「君を抱く?」と天吾は言った。

「わたしをだきたくない」とふかえりは疑問符抜きで尋ねた。

「いや、そういうわけじゃなくて、ただ――それがどういうことなのか、意味がよくわからなかったから」

「オハライをする」、彼女は抑揚を欠いた声でそう告げた。「こちらにきてわたしをだいて。あなたもパジャマにきがえてあかりをけして」

　天吾は言われたように寝室の天井の明かりを消した。服を脱ぎ、自分のパジャマを出して、それに着替えた。いちばん最近このパジャマを洗濯したのはいつだっけ、と天吾は着替えながら考えた。思い出せないところをみると、かなり前のことなのだろう。でもありがたいことに汗の匂いはしなかった。天吾はもともとあまり汗をかかない。体臭も強い方ではない。とはいえパジャマはもっと頻繁に洗っておくべきだと、天吾は反省した。この不確かな人生においては、いつ何が起こるかわかったものではない。パジャマをこまめに洗濯しておくのも、それに対する方策のひとつだ。

彼はベッドの中に入り、ふかえりの身体におそるおそる腕をまわした。ふかえりは頭を天吾の右腕に載せた。そしてそのまま、まるで冬眠をしかけている生き物のようにじっと静かにしていた。彼女の身体は温かく、無防備なまでに柔らかかった。でも汗はかいていない。

雷鳴は更に激しさを増していた。今では雨も降り始めていた。雨は怒りに狂ったみたいに横殴りに窓ガラスを叩き続けている。空気はべっとりとして、世界が暗い終末に向けてひたひたと近づいているような気配が感じられた。ノアの洪水が起こったときも、あるいはこういう感じだったのかもしれない。もしそうだとしたら、こんな激しい雷雨の中で、サイのつがいやら、ライオンのつがいやら、ニシキヘビのつがいやらと狭い方舟に乗り合わせているのは、かなり気の滅入ることであったに違いない。それぞれに生活習慣がずいぶん違うし、意思伝達の手段も限られているし、体臭だって相当なものであったはずだ。

つがいという言葉は天吾に、ソニーとシェールを思い出させた。しかしノアの方舟にヒトのつがいの代表としてソニーとシェールを乗せるのは、妥当な選択とは言えないかもしれない。不適切とは言わないまでも、サンプルとしてより適切なカップルがほかにいるはずだ。

天吾のパジャマを着ているふかえりを、天吾がこうしてベッドの中で抱いているのは、なにかしら妙な心持ちのするものだった。まるで自分の一部を抱いているような気さえする。血肉を分け、体臭を共有し、意識を繋げたものを抱いているみたいだ。

ソニーとシェールの代わりに、自分たちがつがいとして選ばれ、ノアの方舟に乗せられているところを天吾は想像した。でもそれだって、人類の適切なサンプルであるとはとても言えそうにない。だいたい我々がベッドの中でこうして抱き合っていること自体、どう考えても適切とは言えない。それを思うと、天吾は落ち着いた気持ちになれなかった。彼は頭を切り換えて、ソニーとシェールが方舟の中で、ニシキヘビのつがいと仲良くなるところを想像した。まったく意味のない想像だったが、そうすることで身体の緊張をわずかながら解くことができた。

　ふかえりは天吾に抱かれたまま何も言わなかった。身動きもせず、口も開かなかった。天吾も何も言わなかった。ベッドの中でふかえりを抱いていても、天吾は性欲というものをほとんど感じなかった。天吾にとって性欲とは、基本的にはコミュニケーションの方法の延長線上にあるものだ。だからコミュニケーションの可能性のないところに性欲を求めるのは、彼にとって適切とは言いがたい行為だった。そしてふかえりが求めているのが彼の性欲ではないことも、おおむね理解していた。天吾には何かべつのものが求められているのだ——それが何であるのかはよくわからないけれど。

　でも目的が何であれ、十七歳の美しい少女の身体を腕に抱いていること自体は、とくに悪い気持ちのするものではなかった。ときどき彼女の耳が彼の頬に触れた。彼女の吐く温かい息が彼の首筋にかかった。彼女の乳房は、そのほっそりとした身体に比べるとどきっとするくらい大きく、しっかりしていた。胃のちょうど上のあたりに、その緊密さを感じることができた。そして彼女の肌からは素敵な匂いがした。形成の途上にある肉体にしか発することのできない、とくべつな生命の匂いだ。朝露のかかった夏の盛りの花のような匂いだ。小学生のころ、朝早くラジオ体操に行く道すがら、そんな匂いをよく嗅いだ。

勃起しなければいいのだが、と天吾は思った。もし勃起したら、位置的な関係から言って彼女にはすぐにそれがわかるはずだ。そんなことになったら、いささか居心地の悪い状況がもたらされることになる。たとえ直接的な性欲に駆られていなくても、時として勃起は起こるのだという事実を、十七歳の少女に向かってどのような言葉と文脈で説明すればいいのだろう。しかしありがたいことに今のところまだ勃起はしていない。その徴候もない。匂いについて考えるのはよそう。セックスとはなるべく関係のない事象に頭を巡らせなくては、と天吾は思った。

ソニーとシェールとニシキヘビのつがいとの交流について、更にひとしきり考えた。彼らは共通する話題を持っているだろうか。もしあるとしたら、それはどんなものだろう？　そこで歌は歌われるのだろうか？　やがて嵐の中での方舟に関する想像力が尽きてしまうと、頭の中で三桁と三桁のかけ算をした。彼は年上のガールフレンドとセックスするとき、よくそれをやった。そうすることによって射精の瞬間を遅らせることはできた（彼女は射精の瞬間についてはきわめて厳格だった）。それが勃起を収めることにも効果を発揮するかどうかまでは、天吾にはわからない。しかし何もしないよりはましだ。何かをしなくてはならない。

「かたくなってもかまわない」とふかえりは彼の心を見透かしたように言った。

「かまわない？」

「それはわるいことじゃない」

「悪いことじゃない」と天吾は彼女の言葉を繰り返した。まるで性教育を受けている小学生みたいだな、と天吾は思った。勃起するのは決して恥ずかしいことではありませんし、悪いことでもありません。しかしもちろん時と場合を選ばなくてはなりません。

「それで、つまり、オハライはもう始まっているのかな?」と天吾は話題を変えるために質問した。


ふかえりはそれには答えなかった。彼女の小さな美しい耳は相変わらず、雷鳴のとどろきの中に何かを聞き取ろうとしているようだった。天吾にはそれがわかった。だから彼はそれ以上何も言わないことにした。天吾は三桁と三桁のかけ算を続けることをやめた。硬くなってもふかえりがかまわないのなら、硬くなったっていいじゃないか、と天吾は思った。しかしいずれにせよ、彼のペニスは勃起する徴候を見せなかった。それは今のところ安寧の泥の中に静かに身を横たえていた。


「あなたのおちんちんが好きよ」と年上のガールフレンドが言った。「かたちも色も大きさも」

「僕はそんなに好きでもないけど」と天吾は言った。

「どうして?」、彼女は天吾の勃起していないペニスを、眠り込んだペットを扱うみたいに手のひらに載せて、その重さを量りながら尋ねた。

「わからないな」と天吾は言った。「たぶん自分で選んだものじゃないからだろう」

「変な人」と彼女は言った。「変な考え方」


大昔の話だ。ノアの大洪水が起こる以前の出来事だ。たぶん。

ふかえりは静かな温かい息を、一定のリズムをたもちながら、天吾の首筋に吹きかけていた。

天吾は電気時計の微かな緑色の光で、あるいはようやく光り始めた時折の雷光を受けて、彼女の耳を目にすることができた。その耳は柔らかな秘密の洞窟のように見えた。もしこの少女が自分の恋人であったとしたら、飽きることなく何度もそこに口づけをすることだろうと、天吾は思った。セックスをし、彼女の中に入りながら、その耳に唇をつけ、軽く噛み、舌で舐め、息を吐きかけ、匂いを嗅ぐことだろう。今そうしたいというわけではない。それはあくまで、もし彼女が自分の恋人であったらきっとそうするだろうという、純粋な仮定に基づいた、状況的な想像だった。倫理的に恥じるべきところはない——おそらく。

　しかし倫理的に問題があるにせよないにせよ、彼はそんなことを考えるべきではなかったのだ。天吾のペニスは背中を指でとんとんとつつかれ、泥の中での穏やかな眠りから目覚めたようだった。それはひとつあくびをし、そろそろと頭をもたげ、徐々に硬度を増していった。そしてやがて、まるでヨットが北西の方向から吹いてくる確かな順風を受けてキャンバスの帆を張るように、留保のない完全な勃起に至った。その結果、天吾の硬くなったペニスは否応なく、ふかえりの腰のあたりに押しつけられることになった。天吾は心の中で深くため息をついた。年上のガールフレンドが消えてしまってから、彼はもう一ヶ月以上セックスをしていない。たぶんそのせいだ。ずっと三桁のかけ算を続けているべきだったのだ。

「きにしなくていい」とふかえりは言った。「かたくなるのはシゼンなことだから」

「ありがとう」と天吾は言った。「でもリトル・ピープルがどこかから見ているかもしれない」

「みているだけでなにもできない」

「それはよかった」と天吾は落ち着かない声で言った。「でも見られていると思うと、なんとなく気になるな」

　再び雷が古いカーテンでも裂くみたいに空を二つに分断し、雷鳴が窓ガラスを激しく震わせた。彼らは本気でガラスを打ち破ろうとしているみたいだった。あるいはそのうちにガラスは実際に割れてしまうかもしれない。アルミサッシのかなり丈夫な窓だったが、そのような猛々しい揺さぶりが続けば、長くはもたないかもしれない。大きな硬い雨粒が鹿を撃つ散弾のように、窓ガラスをばらばらと叩き続けていた。

「雷はさっきからほとんど移動してないみたいだ」と天吾は言った。「普通こんなに長く雷が続くことはないんだけど」

　ふかえりは天井を見上げた。「しばらくどこにもいかない」

「しばらくってどれくらい？」

　ふかえりはそれには返事をしなかった。天吾は答えの与えられない質問と、行くあてのない勃起を抱えたまま、ふかえりの身体を恐る恐る抱き続けていた。

「もういちどネコのまちにいく」とふかえりは言った。「だからねむらなくてはならない」

「でも、うまく眠れるかな。こんなに雷も鳴っているし、まだ九時過ぎだし」と天吾は心許なげに言った。

　彼は頭の中に数式を並べてみた。長い複雑な数式に関する設問だったが、その解答は既にわかっていた。どれだけ早く、どれだけ短いルートでその解答にたどり着けるものか、それが与えられた課題だった。彼は頭を素早く回転させた。それは純粋な頭脳の酷使だった。しかしそれでも、彼の勃起は収まらなかった。かえってますます硬度を増したような気さえする。

「ねむることができる」とふかえりが言った。

彼女の言うとおりだった。激しく降り続く豪雨と、建物を揺さぶるような雷鳴に包囲され、落ち着かぬ心と強固な勃起を抱え込んだまま、それでも天吾は知らないうちに眠りに落ちてしまった。そんなことが可能だとはとても思えなかったのだが……。

すべてが混沌としている、と眠りにつく前に彼は思った。解答への最短距離をなんとか見つけなくてはならない。時間は制約されている。そして与えられた答案用紙のスペースはあまりに狭い。こちこちこちこち、と時計が律儀に時を刻んでいる。

気がついたとき、彼は裸になっていた。そしてふかえりもやはり裸になっていた。まるっきりの裸だった。なにひとつ身にまとってはいない。彼女の乳房はみごとに完全な半球を描いていた。けちのつけようもない半球だ。乳首はそれほど大きくない。それはまだ柔らかく、来るべき完成形をそこで静かに模索している。乳房だけが大きく、すでに成熟を遂げている。そしてなぜか重力の影響をほとんど受けていないように見える。ふたつの乳首はきれいに上を向いている。陽光を求める蔓《つる》性植物の新しい芽のように。次に天吾が気がついたのは、彼女に陰毛がないことだった。本来陰毛があるべき場所には、つるりとしたむき出しの白い肌があるだけだった。肌の白さがその無防備を余計に強調していた。彼女は脚を開いていたので、その奥に性器を目にすることができた。耳と同じく、それはついさっき作られたばかりのもののように見えた。実際にそれはついさっき作られたばかりなのかもしれない。できたばかりの耳と、できたばかりの女性性器はとてもよく似ている、と天吾は思った。それらは宙に向けて、注意深く何かを聞き取ろうとしているみたいに見えた。たとえば遠くで鳴っているかすかなベルの音のようなものを。

彼はベッドの上に仰向けになり、天井に顔を向けていた。ふかえりはその上にまたがるように乗っていた。天吾の勃起はまだ持続していた。雷もまだ続いていた。いったいいつまで雷が鳴り続けるんだろう？　こんなに雷が続いていて、空は今ごろずたずたに寸断されてしまっているのではあるまいか。それを修復することはもう誰にもできないのではないだろうか。

おれは眠っていたんだ、と天吾は思い出した。勃起したまま眠りについた。そして今でもまだしっかり勃起している。眠っているあいだも勃起はずっと持続していたのだろうか。それともこれは、一度おさまったあとで、新たに立ち上げられた勃起なのだろうか？「第二次なんとか内閣」みたいに。だいたいどれくらい長く眠っていたのだろう。いや、そんなことはどうでもいい、と天吾は思った。とにかく（中断があったにせよなかったにせよ）今もこうして勃起が続いているし、それが収まりそうな徴候はどこにも見えない。ソニーとシェールも、三桁のかけ算も、複雑な数式もそれを収める役には立たない。

「かまわない」とふかえりは言った。彼女は脚を開いて、そのできたての性器を彼の腹部に押し当てていた。それを恥ずかしがっている様子は見受けられなかった。「かたくなるのはわるいことじゃない」と彼女は言った。

「身体がうまく動かせない」と天吾は言った。それは本当だった。起き上がろうと努力しているのだが、指一本持ち上げることはできない。身体の感覚はある。ふかえりの身体の重みを感じることができた。自分が硬く勃起しているという感覚もあった。しかし彼の身体は何かで固定されてしまったみたいに、重くこわばりついていた。

「うごかすヒツヨウはない」とふかえりは言った。

「動かすヒツヨウはある。これは僕の身体だから」と天吾は言った。

ふかえりはそれに対しては何も言わなかった。

だいたい自分の言っていることがまともな音声として空気を震わせているのかどうか、天吾にはそれすら定かではなかった。口のまわりの筋肉が意図した通りに動き、言葉がそこにかたちづくられているという実感がないのだ。彼の言いたいことは、ふかえりにはいちおう伝わっているようだ。しかし二人のコミュニケーションには、接続の悪い長距離電話で会話をしているようなあやふやさがあった。少なくとも聞く必要のないことを、聞かないですませることがふかえりにはできた。天吾にはそれはできない。

「しんぱいしなくていい」とふかえりは言った。そして身体をゆっくりと下にずらせていった。その動作が意味するところは明白だった。彼女の目にはこれまで見たこともない色あいの光が宿っていた。

そんなできたての小さな性器に、彼の大人のペニスが入るとはとても思えなかった。大きすぎるし、硬すぎる。痛みは大きいはずだ。しかし気がついたとき、彼は既に隅から隅までふかえりの中に入っていた。抵抗らしい抵抗はなかった。ふかえりはそれを挿入するとき、顔色ひとつ変えなかった。呼吸が少し乱れ、上下する乳房のリズムが五秒か六秒のあいだ微妙に変化しただけだった。それを別にすれば、何もかもすべて自然で、当たり前のことであり、日常の一部だった。

ふかえりは天吾を深く受け入れ、天吾はふかえりに深く受け入れられたまま、そこにじっとしていた。天吾は相変わらず身体を動かすことができなかったし、ふかえりは目を閉じ、天吾の上で避雷針みたいに身体を直立させたまま、動きをとめていた。口は軽く半開きになり、唇がさざ波のように微かに動いているのが見える。それは何かの言葉を形作ろうと宙を模索していた。しかしそのほかには動きらしきものはなかった。彼女はその体勢のまま何かが起こるのを待ち受けているようだった。

深い無力感が天吾をとらえた。これから何かが起ころうとしているのに、それが何であるのかわからないし、自分の意思でそれをコントロールすることができない。身体には感覚がない。身動きもできない。しかしペニスには感覚はある。いや、それは感覚というよりも、むしろ観念に近いかもしれない。いずれにせよそれは彼がふかえりの中に入っていることを告げている。勃起が完全なものであることを告げている。コンドームをつけなくていいのだろうか、と天吾は不安になった。妊娠したりすると面倒なことになる。年上のガールフレンドは避妊についてもきわめて厳格だった。天吾もその厳格さに慣らされていた。

何かほかのことを考えようと懸命に試みたが、実際には何も考えられなかった。彼は混沌の中にいた。その混沌の中では時間は止まってしまっているようだった。しかし時間が止まるわけはない。そんなことは原理的にあり得ない。おそらくただ不均一になっているだけだ。長い期間をとおしてみれば、時間は定められた速度で前に進んでいる。それは間違いないところだ。しかし特定の部位を取り上げてみれば、それは不均一になる可能性を持っている。そういう時間の局部的な緩みの中にあっては、ものごとの順序や蓋然性などほとんど何の価値も持たなくなってしまう。

「テンゴくん」とふかえりは言った。彼女がそんな呼び方をするのは初めてのことだった。「テンゴくん」と彼女は繰り返した。外国語の単語の発音を練習するみたいに。どうして急におれを名前で呼んだりするのだろうと天吾は不思議に思った。それからふかえりはゆっくり前屈みになり、彼の顔に顔を近づけ、天吾の唇に唇をつけた。半開きだった唇が大きく開き、彼女の柔らかい舌が天吾の口の中に入ってきた。良い香りのする舌だった。言葉にならない言葉を、そこに刻まれた秘密のコードをそれは執拗に探し求めた。天吾の舌も無意識のうちにその動きに応えていた。まるで冬眠から目覚めたばかりの二匹の若い蛇が、互いの匂いを頼りに春の草原で絡み合い、貪り合うみたいに。

　それからふかえりは右手を伸ばし、天吾の左手を握った。強くしっかりと、包み込むように彼女は天吾の手を握った。小さな爪が彼の手のひらに食い込んだ。そして激しい口づけを終え、身体を起こした。「めをとじて」

　天吾は言われたとおり両目を閉じた。目を閉じると、そこには奥行きのある、薄暗いスペースがあった。とても深い奥行きだ。地球の中心まで延びているみたいに見える。その空間には薄暮を思わせる暗示的な光が差し込んでいた。長い長い一日の末に訪れた、心優しく懐かしい薄暮だ。細かい切片のようなものが数多く、その光の中に浮かんでいるのが見えた。ほこりかもしれない。花粉かもしれない。あるいはほかの何かかもしれない。それからやがて、その奥行きが徐々に縮んでいった。光が明るくなり、まわりにあるものがだんだん見えるようになってきた。

　気がつくと彼は十歳で、小学校の教室にいた。それは本物の時間で、本物の場所だった。本物の光で、本物の十歳の彼自身だった。彼はそこにある空気を実際に吸い込み、ニスの塗られた木材の匂いや、黒板消しについたチョークの匂いを嗅ぐことができた。教室にいるのは彼とその少女の二人きりだ。ほかの子供たちの姿は見えない。彼女はそんな偶然の機会を素早く大胆にとらえたのだ。あるいは彼女はずっとそんな機会を待ち続けていたのかもしれない。いずれにせよ、少女はそこに立ち、右手を伸ばして天吾の左手を握りしめていた。彼女の瞳は天吾の目をじっとのぞき込んでいた。

口の中はからからになっていた。すべての潤いがそこから消えていた。それはあまりに突然の出来事だったので、何をすればいいのか、何を言えばいいのか、彼には見当もつかなかった。ただそこに立ち、その少女に手を握られていた。やがて腰の奥の方にかすかな、しかし深いうずきがあった。これまで経験したことのない感覚だった。遠くから聞こえてくる海鳴りのようなうずきだ。それと同時に現実の音も耳に届いた。開いた窓から飛び込んでくる子供たちの叫び声。サッカーボールが蹴られる音。野球のバットがソフトボールを打つ音。何かを訴える下級生の女の子の甲高い叫び声。リコーダーがたどたどしく『庭の千草』を合奏練習している。放課後だ。

彼は少女の手を、同じくらいの強さで握り返したいと思った。しかし手に力が入らない。少女の力があまりにも強すぎたということがある。しかしそれと同時に、天吾の身体は思うように動かすことができなくなっていた。どうしてだろう、指一本動かせないのだ。まるで金縛りにあったみたいに。

時間が止まってしまったみたいだ、と天吾は思った。天吾は静かに呼吸をし、自分の呼吸に耳を澄ませた。海鳴りは続いていた。気がつくと、現実のすべての音は消えていた。そして腰の奥のうずきは、より限定されたべつのかたちへと移行していった。そこには独特の痺れが混じっていた。その痺れは細かい粉のようになって赤く熱い血液に混じり、働き者の心臓が提供するふいごの力によって、血管をつたって全身へと誠実に送り届けられた。胸の中に緊密な小さな雲のようなものが形成されていった。それは呼吸のリズムを変え、心臓の鼓動をより堅いものにした。

きっといつか、もっとあとになって、自分はこの出来事の意味や目的を理解できるようになるのだろう、と天吾は思った。そのためにはこの瞬間をできるだけ正確に、明瞭に意識にとどめておく必要がある。今の彼はただ数学が得意なだけの、十歳の少年に過ぎない。新しい扉を目の前にしているが、その奥で何が自分を待ち受けているのかを知らない。無力であり無知であり、感情的に混乱し、少なからず怯えてもいる。自分でもそれはわかっていた。そして少女も、今ここで理解されることを期待してはいない。彼女が求めているのは、自分の感情を天吾にしっかり送り届けるという、ただそれだけのことだ。それは小さな固い箱に詰められ、清潔な包装紙にくるまれ、細い紐できつく結ばれている。そのようなパッケージを彼女は天吾に手渡していた。

そのパッケージを今ここで開く必要はない、と少女は無言のうちに語っていた。その時がくれば開けばいい。あなたは今これをただ受け取るだけでいい。

彼女はいろんなことをすでに知っている、と天吾は思った。彼はまだそれを知らない。その新しいフィールドでは彼女が主導権を持っていた。そこには新しいルールがあり、新しいゴールと新しい力学があった。天吾は何も知らない。彼女は知っている。

やがて少女は天吾の左手を握っていた右手を放し、何も言わず、振り返ることもなく、足早に教室を出て行った。天吾は広い教室の中に一人だけで残された。開いた窓からは子供たちの声がきこえた。

次の瞬間、天吾は自分が射精していることを知った。激しい射精がひとしきり続いた。多くの精液が強く放出された。いったいどこに射精しているんだろう、と天吾は混乱した頭で考えた。小学校の放課後の教室でこんな風に射精するのは適切なことではない。誰かに見られたら困ったことになる。でもそこはもう小学校の教室ではなかった。気がついたとき、天吾はふかえりの中にいて、彼女の子宮に向けて射精をしていた。そんなことはしたくなかった。しかしそれを止めることはできなかった。すべては彼の手の届かないところでおこなわれていた。

「しんぱいすることはない」とふかえりは少し後で、いつもの平板な声で言った。「わたしはニンシンしない。わたしにはセイリがないから」

　天吾は目を開けてふかえりを見た。彼女は天吾の上にまたがったまま、彼を見下ろしていた。理想的なかたちをした彼女の一対の乳房が彼の目の前にあった。その乳房は穏やかな規則的な呼吸を繰り返していた。

　これが猫の町に行くことなのか、と天吾は尋ねたかった。猫の町とはいったいどのような場所のことなのだ？　実際に言葉に出してみようと試みた。しかし口の筋肉はぴくりとも動かなかった。

「ヒツヨウなことだった」とふかえりは天吾の心を読んだように言った。それは簡潔な答えだった。そして何の答えにもなっていない。いつもと同じように。

　天吾はもう一度目を閉じた。彼はそこに行って、射精をして、そしてまたここに戻ってきた。それは現実の射精であり、そこで放出されたのは現実の精液だった。それがヒツヨウなことだったとふかえりがいうのなら、それはたぶん必要なことだったのだろう。天吾の肉体はまだ痺れて感覚を失ったままだった。そして射精のあとの気だるさが、彼の身体を薄い膜のように包んでいた。

長いあいだふかえりはそのままの姿勢を続け、蜜を吸う虫のように、天吾の精液を最後まで効果的に搾り取った。文字通り一滴残らず。それから天吾のペニスを静かに抜き取り、何も言わずにベッドを出て、浴室に行った。気がついたとき、雷は止んでいた。あの激しい雨もいつの間にかあがっていた。あれほど執拗にアパートの頭上にとどまっていた雷雲は、あとかたもなく消えてしまった。あたりは非現実的なまでにしんとしている。浴室でふかえりがシャワーを浴びている音がわずかに聞こえてくるだけだ。天吾は天井を眺めたまま、肉体に本来の感覚が戻ってくるのを待った。勃起は射精のあともまだ持続していたが、硬度はさすがに減っているようだった。

彼の心の一部はまだ小学校の教室の中にあった。彼の左手には、少女の指の感触が鮮やかに残っていた。手をあげて見ることはできないが、左の手のひらにはおそらく爪のあとが赤くなってついているはずだ。心臓の鼓動は興奮のあとをまだいくらかとどめていた。胸の中の緊密な雲は消えていたものの、そのかわりに心臓のすぐ近くにある架空の部分が心地よく鈍い痛みを訴えていた。

青豆、と天吾は思った。

青豆に会わなくてはならない、と天吾は思った。彼女を捜し出さなくてはならない。そんなわかりきったことに、どうしてたった今まで思い当たらなかったのだろう？　彼女はその大事なパッケージを差し出してくれたのだ。どうしておれはそれを開けることなく、そのまま放り出しておいたのだろう？　彼は首を振ろうと思った。しかし首を振ることはまだできなかった。肉体はまだ痺れから回復していなかった。

しばらくしてふかえりが寝室に戻ってきた。彼女はバスタオルに身をくるんで、ベッドの端にしばらく腰掛けていた。

「リトル・ピープルはもうさわいではいない」、と彼女は言った。まるで前線の報告をするクールで有能な斥候《せっこう》兵みたいに。そして空中に指先でするりと小さな円を描いた。ルネッサンス期のイタリア人画家が教会の壁に描くような、美しい完璧な円だった。始まりもなく、終わりもない円だ。その円はしばらくのあいだ空中に浮かんでいた。「もうおわった」

そう言うと、少女は身体に巻いていたバスタオルをとって裸になり、何も身につけず、そのましばらくそこに立っていた。動きのない空気の中で、湿り気を残した身体を、静かに自然に乾燥させているみたいに。それはとても美しい眺めだった。つるりとした乳房と、陰毛のない下腹部。

それから身をかがめて床に落ちたパジャマを拾い上げ、下着をつけずにじかにそれを身にまとった。ボタンを留め、腰の紐を結んだ。天吾はその様子を薄闇の中でぼんやりと眺めていた。まるで昆虫が変身をしていくプロセスを目にしているみたいだった。天吾のパジャマは彼女には大きすぎたが、彼女はその大きさによく馴染んでいた。それからふかえりはベッドの中にするりと潜り込み、狭いベッドの中で自分の位置を定め、頭を天吾の肩に載せた。彼は裸の肩の上に、彼女の小さな耳のかたちを感じることができた。喉もとにその温かい呼吸を感じることができた。それにあわせて身体の痺れは、時間がきて潮が引くみたいに少しずつ遠のいていった。

空中に湿気は残っていたが、それはもうべっとりとした不快な湿っぽさではなかった。窓の外では虫が鳴き始めていた。勃起は今ではすっかり収まり、彼のペニスは再び安寧の泥の中に身を沈めようとしていた。ものごとはしかるべき段階をたどって循環し、ようやくひとつのサイクルを終えたようだった。空中に完璧な円がひとつ描かれたのだ。動物たちは方舟からおりて、懐かしい地上に散っていった。すべてのつがいはそれぞれのあるべき場所に戻っていった。

「ねむったほうがいい」と彼女は言った。「とてもふかく」

とても深く眠る、と天吾は思った。眠り、そして目覚める。明日になったとき、そこにいったいどんな世界があるのだろう?

「それはだれにもわからない」、ふかえりは彼の心を読んで言った。

第15章　青豆

いよいよお化けの時間が始まる

青豆はクローゼットから予備の毛布を取りだし、男の大きな身体にかけた。それからもう一度首筋に指を当て、動脈の鼓動が完全に失われていることを確認した。その「リーダー」と呼ばれた人物は既に別の世界に移動していた。それがどのような世界であるかはわからない。しかし１Ｑ８４年でないことはたしかだ。そしてこちら側の世界においては、彼はもう「死者」と呼ばれる存在に変わっていた。微かな声さえ立てず、まるで寒気を感じたように身体を一瞬小さく震わせただけで、生と死を隔てる分水嶺をその男は越えていった。一滴の出血もなかった。今ではすべての苦痛から解放され、青いヨーガマットの上にうつぶせになって音もなく死んでいる。彼女の仕事はいつものように素速く、的確だった。

青豆は針の先端にコルクを刺し、ハードケースにしまった。それをジムバッグに入れた。ビニールのポーチからヘックラー&コッホを取りだし、スエットパンツのウェストバンドに突っ込んだ。安全装置は解除され、薬室には弾丸が送り込まれている。背骨にあたる堅固な金属の感触は彼女をほっとさせた。窓際に行って厚いカーテンを引き、部屋をもう一度暗くした。

それからジムバッグを手に取り、ドアに向かった。ドアノブに手をかけて後ろを振り返り、暗闇の中でうつぶせになっている大きな男の姿を今一度見やった。熟睡しているようにしか見えない。最初に目にしたときと同じように。彼が絶命していることを知るものは、この世界に青豆しかいない。いや、たぶんリトル・ピープルは知っている。だからこそ彼らは雷を鳴らすのをやめたのだ。今さらそんな警告を送っても無益であることがわかっているからだ。彼らの選んだ代理人は既に生命を絶たれていた。

青豆はドアを開け、目をそばめながら明るい部屋に足を踏み入れた。音がしないようにそっとドアを閉めた。坊主頭はソファに座ってコーヒーを飲んでいた。テーブルの上にはルームサービスでとったらしいコーヒーポットと、サンドイッチを盛った大きなトレイがあった。サンドイッチは半分ばかりに減っていた。使われてないコーヒーカップが二つその脇に置かれている。ポニーテイルはドアのわきに置かれたロココ調の椅子に、さっきと同じように背中を直立させて座っていた。二人とも長いあいだ同じ姿勢で、無言のまま時間を過ごしていたようだった。部屋の中にはそういう保留された空気が漂っていた。

青豆が部屋に入ると、坊主頭は手にしていたコーヒーカップをソーサーの上に置き、静かに立ち上がった。

「終わりました」と青豆は言った。「今は眠られています。かなり時間もかかりました。筋肉の負担も大きかったと思います。寝かせておいてあげてください」

「眠られている」

「ぐっすりと」と青豆は言った。

坊主頭は青豆の顔をまっすぐに見た。彼女の目を深いところまでのぞき込んだ。それから変わったところはないか検分するようにその視線をゆっくりつま先まで下ろし、また目を上げて顔を見た。

「それは普通のことなのですか」

「筋肉の激しいストレスが解消されて、そのせいで深く眠り込んでしまう人はよくいらっしゃいます。特別なことではありません」

坊主頭は居間と寝室を隔てる戸口のところまで歩いて行って、静かにドアノブをまわし、ドアを小さく開けて中をのぞき込んだ。何かあったときにすぐに拳銃を取り出せるように、青豆は右手をスエットパンツの腰にあてていた。男は十秒ばかり様子をうかがっていたが、やがて顔を引っ込め、ドアを閉めた。

「どれくらい眠られるのでしょう？」と彼は青豆に尋ねた。「あのままいつまでも床に寝かせておくわけにはいきません」

「二時間ほどで目を覚まされるはずです。それまではできるだけあのままの姿勢にしておいてください」

坊主頭は腕時計に目をやり、時刻をたしかめた。それから軽く肯いた。

「わかりました。しばらくそのままにしておきます」と坊主頭は言った。「シャワーをお使いになりますか？」

「シャワーは必要ありません。ただもう一度着替えさせてください」

「もちろん。化粧室を使ってください」

青豆はできることなら着替えなんかせず、一刻も早くその部屋を立ち去りたかった。しかし相手に不審感を抱かせない方がいい。来たときに服を着替えたのだ。帰りにも同じように着替える必要がある。彼女は浴室に行ってスエットの上下を脱いだ。汗で湿った下着をとり、バスタオルで身体の汗を拭いてから、新しいものに換える。そしてもともと着ていたコットンパンツと白いブラウスを身につける。拳銃はコットンパンツのベルトの下に、外からは見えないように挟み込む。身体をいろいろに動かし、動作が不自然に見えないことを確認する。石けんで顔を洗い、ヘアブラシで髪をとかす。それから洗面台の大きな鏡に向かって、いろんな角度に顔を思い切りしかめる。緊張でこわばった筋肉をほぐすためだ。ひとしきりそれをやってから通常の顔に戻す。長くしかめ面を続けたあとでは、通常の顔がどんなだったか思い出すのに少し手間がかかる。しかし数度の試行錯誤のあとで、それらしきところに落ち着くことができる。青豆は鏡を睨み、じっくりその顔を点検する。問題ない、と彼女は思った。通常の顔だ。微笑みを浮かべることだってできる。手も震えていない。視線もしっかりしている。いつもどおりのクールな青豆さんだ。

しかし坊主頭はさっき、寝室から出てきたばかりの彼女の顔をじっと見つめていた。そこに彼は涙のあとを認めたかもしれない。ずいぶんたくさん泣いたから、その形跡は少しは残っていたはずだ。そう思うと青豆は落ち着かない気持ちになった。筋肉のストレッチングをしながらどうして涙をこぼさなくてはならなかったのか、と相手は不思議に思うかもしれない。何か異様なことが起こったのではないか、と疑念を抱くかもしれない。そして彼は寝室のドアを開け、あらためてリーダーの様子を見に行き、彼の心臓が停止していることを発見する……。

青豆は腰のうしろに手をやり、拳銃のグリップを確認する。落ち着かなくては、と彼女は思う。

怯えてはならない。怯えは顔に出るし、それは相手に疑念を抱かせる。

彼女は最悪の状況を覚悟しながら、左手にジムバッグを提げ、用心深く浴室を出た。右手はすぐに拳銃にのばせるようにしてある。しかし部屋の中に変わった様子はなかった。坊主頭は腕組みをして部屋の真ん中に立ち、目を細めて何ごとかを考えていた。ポニーテイルは、相変わらず入り口の椅子に座り、部屋の中を冷静に観察していた。彼は爆撃機の機関銃手のような、静かな一対の目を持っていた。孤独で、青い空を見続けるのになれている。目が空の色に染まっている。

「疲れたでしょう」と坊主頭が言った。「よかったらコーヒーをいかがですか。サンドイッチもあります」

青豆は言った。「ありがとう。でもけっこうです。仕事の直後はおなかがすかないんです。一時間くらいすると少しずつ食欲が出てきます」

坊主頭は肯いた。そして上着の内ポケットから分厚い封筒を取りだし、その重みを手の中で確かめてから、青豆に差し出した。

男は言った。「失礼ですが、うかがっている料金よりは余分に入っているはずです。先ほども申し上げましたとおり、今回の件はくれぐれも内聞に願います」

「口止め料ということですか」と青豆は冗談めかして言った。

「なにかと余分なお手間を取らせた、ということです」と男はにこりともせず言った。

「金額とは関係なく秘密は厳守します。それも私の仕事のうちです。外に話が漏れることはありません」と青豆は言った。そして受け取った封筒をそのままジムバッグの中に入れた。「領収書はご入り用ですか？」

坊主頭は首を振った。「不要です。これは我々のあいだだけのことです。あなたはそれを収入として申告する必要はありません」

青豆は黙って肯いた。

「ずいぶん力が必要だったでしょう」と坊主頭が探るように質問した。

「いつもよりは」と彼女は言った。

「普通の人ではありませんから」

「そのようです」

「かけがえのない方です」と彼は言った。「そして長いあいだ激しい肉体の痛みに苦しんでこられました。我々の苦しみや痛みを、いわば一身に引き受けておられるのです。そのような痛みが少しでも減じられればというのが我々の願いです」

「根本的な原因がわからないので、確かなことは言えませんが」と青豆は言葉を選びながら言った。「少しは痛みが減じられたのではないかと思います」

坊主頭は肯いた。「お見受けしたところ、あなたもかなり消耗されたようだ」

「そうかもしれません」と彼女は言った。

青豆と坊主頭が話をしているあいだ、ポニーテイルはドアのわきに座って、部屋の中を無言で観察していた。顔は動かず、目だけが動いている。表情はまったく変化を見せない。二人の会話が彼の耳に入っているのかどうかもわからない。孤独で、寡黙《かもく》で、どこまでも注意深い。敵の戦闘機の小さな機影を雲間に求めている。それは最初は芥子粒のようにしか見えない。

青豆は少し迷ってから、坊主頭に質問をした。「余計なことかもしれませんが、コーヒーを飲んだり、ハム・サンドイッチを食べたりすることは、教団の戒律に反しないのですか？」

坊主頭は振り向いて、テーブルの上に載っているコーヒーポットとサンドイッチのトレイに目をやった。そして微かな笑みに似たものを唇に浮かべた。

「我々の教団にはそれほど厳しい戒律があるわけではありません。酒と煙草はいちおう禁止されています。性的なものごとについての禁制もある程度あります。しかし食べ物については比較的自由です。普段は質素なものしか口にしませんが、コーヒーもハム・サンドイッチも、とくに禁じられてはいません」

青豆は意見を述べず、ただ肯いた。

「多くの人が集まるわけですから、ある程度の規律はもちろん必要になります。しかし固定された形式に目が向かいすぎると、本来の目的が見失われかねません。戒律や教義はあくまで便宜的なものなのです。大事なのは枠ではなく、その中にあるものです」

「そしてリーダーがそこに中身を与えるのですね」

「そうです。我々の耳には届かない声を、あの方は聴くことができます。特別な方です」、坊主頭はもう一度青豆の目を見た。そして言った。「今日はご苦労様でした。ちょうど雨もあがったようです」

「ひどい雷だった」と青豆は言った。

「とても」と坊主頭は言った。しかし彼は雷や雨にはとくに興味を抱いていないように見えた。

青豆は会釈をしてジムバッグを提げ、戸口に向かった。

「ちょっと待って下さい」と坊主頭が背後から呼び止めた。鋭い声だった。

青豆は部屋の中央で立ち止まり、後ろを振り向いた。心臓が鋭く乾いた音を立てていた。彼女の右手はさりげなく腰にあてられた。

「ヨーガマット」とその若い男は言った。「あなたはヨーガマットを持って行くのを忘れています。寝室の床に敷き放しになっている」

青豆は微笑んだ。「今その上で熟睡しておられますし、身体をどかせて抜き取るわけにもいきません。よかったら差し上げます。高価なものではありませんし、けっこう使い込んであります。不必要なら捨ててください」

坊主頭は少し考えていたが、やがて肯いた。「お疲れ様でした」と彼は言った。

青豆が戸口に近づくと、ポニーテイルが椅子から立ち上がり、ドアを開けてくれた。そして小さく会釈をした。この人はとうとうひとことも口をきかなかった、と青豆は思った。彼女は会釈を返し、彼の前をすり抜けようとした。

しかしその一瞬、暴力的な思念が強烈な電流のように青豆の肌を貫いた。ポニーテイルの手がさっと伸びて、彼女の右腕をつかもうとした。それはきわめて迅速で的確な動作であるはずだった。空中の蠅をつかめそうなくらいの速さだ。そういう生々しい一瞬の気配がそこにはあった。青豆の全身の筋肉がこわばった。鳥肌が立ち、心臓が一拍分スキップした。息が詰まり、背筋を氷の虫が這った。意識が激しい白熱光に晒された。この男にここで右腕をとられたら、拳銃に手をのばすことができなくなってしまう。そうなったら私には勝ち目はない。この男は私が何かをおこなったことを感じ取っている。この部屋の中で何かがもちあがったことを直感的に認知している。何かはわからないが、ひどく不適切なことが。彼女の本能は「この女を捕らえなくてはならない」と告げている。床にねじ伏せ、思い切り体重をかけ、ひとまず肩の関節を外してしまうことを命じている。しかしそれはあくまで直感に過ぎない。確証はない。単なる思い違いであった場合には、ひどく面倒な立場に置かれることになる。彼は激しく迷い、そして結局あきらめた。判断し指示を下すのはあくまで坊主頭であり、彼にはその資格はない。彼は右手の衝動を必死に押さえ込み、肩の力を抜いた。青豆はポニーテイルの意識がその一秒か二秒のあいだに通過した一連の段階を、ありありと感知することができた。

　青豆はカーペットの敷かれた廊下に出た。振り返ることなくエレベーターに向けて、そのまっすぐな廊下を淡々と歩いた。ポニーテイルはどうやらドアの外に顔を出して、彼女の動きを目で追っているようだった。その鋭い刃物のような視線を、青豆は背中に感じ続けた。体中の筋肉がひどくむずむずしたが、決して振り返らなかった。振り返ってはならない。廊下の角を曲がって、そこでやっと張り詰めていた力が抜けた。しかしまだ安心はできない。次に何が起こるかはわからない。彼女はエレベーターの下りボタンを押し、それがやってくるまで（やってくるまでに永遠に近い時間がかかった）、手を後ろにまわして拳銃のグリップを握っていた。ポニーテイルが思い直してあとを追ってきたら、いつでもそれを引き抜けるように。その強靭な手で自分の身体をつかまれる前に、迷いなく相手を撃たなくてはならない。あるいは迷いなく自分を撃たなくてはならない。そのどちらを選ぶべきか、青豆には判断がつかなかった。最後まで判断がつかないかもしれない。

　しかしあとを追ってくるものはいなかった。ホテルの廊下はひっそりと静まりかえったままだった。エレベーターのドアがちんと音を立てて開き、青豆はそこに乗り込んだ。ロビー階のボタンを押し、ドアが閉まるのを待った。そして唇を噛みながら階数の表示を睨んでいた。エレベーターを降り、広いロビーを歩いて抜け、玄関で客待ちをしているタクシーに乗り込んだ。雨はもうすっかりあがっていたが、車はまるで水の中をくぐり抜けてきたみたいに全身から水滴をしたたらせていた。新宿駅西口まで、と青豆は言った。タクシーが発車してホテルを離れると、彼女は身体の中にたまっていた空気を大きく外に吐き出した。そして目を閉じ、頭を空っぽにした。しばらくのあいだ何も考えたくない。

　強い吐き気を感じた。胃の中にあるものがそっくり喉もとまでこみ上げてくるような感覚があった。でもなんとかそれを奥の方に押し戻した。ボタンを押して窓ガラスを半分開け、湿った夜の空気を肺の奥に送り込んだ。シートに身をもたせかけ、何度も深く呼吸をした。口の中に不吉なにおいがあった。身体の中で何かが腐りだしているようなにおいだった。

　彼女はふと思い出してコットンパンツのポケットの中を探り、二枚のチューインガムをそこに見つけた。細かく震える手で包装紙をはぎとり、口に入れてゆっくりと嚙んだ。スペアミント。懐かしい香り。それがなんとかうまく神経をなだめてくれた。顎を動かしているうちに、口の中の嫌なにおいも少しずつ薄らいでいった。私の身体の中で何かが実際に腐っているわけではない。恐怖が私をおかしくしているだけだ。

　でもとにかくこれですべては終わった、と青豆は思った。もうこれ以上私が人を殺す必要はない。そして私は正しいことをしたのだ、青豆は自分にそう言い聞かせた。あの男は殺されて当然の行いをしてきた。その報いを受けただけだ。そしてまた――たまたまではあるが――殺されることを本人が強く求めていた。私は相手の望み通りの安らかな死を与えた。間違ったことはしていない。ただ法律に反しているだけだ。

しかしどれだけそう自分に言い聞かせても、心の底から納得することができなかった。彼女はついさっき普通ではない人間をこの手で殺してきたのだ。鋭い針先がその男の首筋に音もなく沈み込んでいく感触を、まだはっきり覚えていた。そこには普通ではない手応えがあった。そのことが青豆の心を少なからずかき乱していた。彼女は両方の手のひらを広げてしばらく眺めた。何かが違っている。いつもとはぜんぜん違う。しかし何がどう違っているのかを見きわめることができない。

その男の言ったことを信じるなら、彼女が殺害したのは預言者だった。神の声を預かるものだ。しかしその声の主は神ではない。おそらくはリトル・ピープルなるものだ。預言者は同時に王であり、王は殺されることを運命づけられている。つまり彼女は運命が寄越した刺客なのだ。そして彼女はその王であり預言者である存在を暴力的に消去することによって、世界の善悪のバランスを保ったのだ。その結果、彼女は死んでいかなくてはならない。でもそのとき彼女は取り引きをした。その男を殺害し、事実上自分の命を放棄することによって、天吾の命が救われる。それが取り引きの内容だ。もしその男の言ったことを信じるなら、だ。

しかし青豆は彼の言ったことを基本的に信じないわけにはいかなかった。彼は狂信者ではないし、死んでいく人間は嘘をつかない。そして何よりも、彼の言葉には説得力があった。大きな碇のように重い説得力だ。すべての船はその大きさと重さに相応しい碇を持つ。どれほどあさましい行いをなしたにせよ、あの男は確かに大きな船を思わせる人間だった。青豆はそれを認めないわけにはいかない。

運転手に見えないようにヘックラー&コッホをベルトから抜き、安全装置をかけてポーチにしまった。五百グラムほどの堅牢な、致死的な重みが彼女の身体から取り除かれた。

「さっきはひどい雷でしたね。雨もすごかったし」と運転手が言った。

「雷？」と青豆は言った。それはなんだかずっと昔の出来事のように思えた。つい三十分前のことなのに。そういえば雷が鳴っていた。「そうね。すごい雷だった」

「天気予報ではそんなことぜんぜん言ってなかったんですけどね。一日良い天気だってことでしたが」

彼女は頭をめぐらせた。何かを言わなくては。でもうまい言葉が浮かんでこない。頭の働きがずいぶん鈍くなっているみたいだ。「天気予報ってあたらないものだから」と彼女は言った。

運転手はミラーの中の青豆をちらりと見た。しゃべり方がどことなく不自然だったのかもしれない。運転手は言った。「道路の水があふれて、地下鉄赤坂見附駅の構内に流れ込んで、線路が水浸しになったそうです。狭い地域にまとめて雨が降ったせいです。銀座線と丸ノ内線が一時運転を中止しています。さっきラジオのニュースでそんなこと言っていました」

集中豪雨のために地下鉄の運行が停止した。それは私の行動に何か影響を与えるのだろうか？　頭を素速く働かせなくては。私は新宿駅に行き、コインロッカーから旅行バッグとショルダーバッグを出す。それからタマルに電話をかけ、指示を受ける。もしそれが新宿から丸ノ内線を使わなくてはならないものごとであれば、話はいくぶん面倒になるかもしれない。逃げのびるための時間の余裕は二時間しかない。二時間たてば、彼らはリーダーが目を覚まさないことを不審に思い、おそらく隣室に様子を見に行き、その男が息を引き取っていることを発見するだろう。彼らはすぐに行動を開始する。

「丸ノ内線はまだ動き出していないのかしら？」と青豆は運転手に尋ねた。

「どうかな。わかりませんね。ラジオのニュースをつけますか？」

「ええ、お願い」

　リーダーの言によれば、リトル・ピープルがあの雷雨をもたらした。彼らは赤坂付近の狭い地域に雨を激しく集中させ、おかげで地下鉄が停まってしまった。青豆は首を振った。そこには何か目論見があるのかもしれない。ものごとはそうすんなり計画通りには運ばない。

　運転手はラジオをＮＨＫにあわせた。音楽番組をやっていた。一九六〇年代後半に流行った、日本人の歌手が歌うフォークソングの特集だった。青豆はそれらの歌を子供の頃にラジオで聴いて漠然と記憶していたが、懐かしいとはまったく思わなかった。むしろ不快な思いが胸の中にこみあげてきた。それらの曲が彼女に思い出させるのは、思い出したくもない種類のものごとばかりだった。しばらく我慢してその番組を聴いていたが、どれだけ待っても地下鉄の運行状態についてのニュースはなかった。

「すみません。もういいからラジオを消してくれますか」と青豆は言った。「とにかく新宿駅に行って様子を見ることにします」

　運転手はラジオを消した。「新宿駅、きっと混んでますよ」と彼は言った。

　新宿駅は言われたとおり、ひどく混み合っていた。新宿駅で国電と接続する丸ノ内線が停まってしまったために、人の流れに混乱が生じ、人々は右往左往していた。帰宅ラッシュの時間は過ぎていたが、それでも人混みをかき分けて歩くのはやっかいな作業だった。

　青豆はようやくコインロッカーにたどり着き、ショルダーバッグと人造革の黒い旅行バッグを取り出した。旅行バッグには貸金庫から出した現金が入っている。ジムバッグからいくつかの品物を出して、ショルダーバッグと旅行バッグに分けて移し替えた。坊主頭から受け取った現金の入った封筒、拳銃を入れたビニールのポーチ。アイスピックの入ったハードケース。不要になったナイキのジムバッグは近くのコインロッカーに入れ、百円硬貨を入れて鍵をかけた。回収するつもりはない。彼女の身元がたどれるものは何も入っていない。

　彼女は旅行バッグをさげて駅の構内を歩きまわり、公衆電話を探した。どこの公衆電話も混み合っていた。電車が止まったせいで帰宅が遅れるという電話をかける人々が、長い列を作って順番を待っていた。青豆は軽く顔をしかめた。どうやらリトル・ピープルは、そう簡単には私を逃亡させてはくれないみたいだ。リーダーの言うところによれば、彼らは私に直接手を出すことはできない。しかし別の手段で搦手《からめて》から私の行動を妨げることはできる。

　青豆は電話の順番を待つのはあきらめ、駅を出て少し歩き、目についた喫茶店に入ってアイスコーヒーを注文した。店のピンク電話も使用中だったが、さすがに人は並んでいない。彼女は中年の女の背後に立って、彼女の長話が終わるのをじっと待った。女は不快そうにちらちらと青豆を見ていたが、五分ばかり話をつづけてからあきらめて電話を切った。

　青豆はありったけの小銭を電話に入れ、記憶していた番号を押した。三度呼び出し音があり、それから「ただいま留守にしております。ご用の方は発信音のあとにメッセージをお残し下さい」とテープの無機的な声が告げた。

発信音が聞こえ、青豆は受話器に向かって言った。「ねえタマルさん、そこにいるのなら出てくれる？」

受話器がとられた。「ここにいる」とタマルが言った。

「よかった」と青豆は言った。

タマルはその声の中に、いつもとは違う切迫した響きを感じとったようだった。「大丈夫か？」と彼は尋ねた。

「今のところは」

「仕事はうまくいったか？」

青豆は言った。「深く眠っている。これ以上はないというくらい深く」

「なるほど」とタマルは言った。心からほっとしているようで、声にそれが滲み出ていた。感情を表に出さないタマルにしては珍しいことだ。「そう伝えておく。きっと安心されるだろう」

「簡単なことではなかったけれど」

「わかっている。でも仕事は完了した」

「なんとかね」と青豆は言った。「この電話は安全？」

「特別な回線を使っている。心配しなくていい」

「新宿駅のコインロッカーから旅行用の荷物を出した。このあとは？」

「時間の余裕は？」

「一時間半」と青豆は言った。彼女は簡単に事態を説明した。あと一時間半たったら二人のボデイーガードは隣室をチェックし、リーダーが息をしていないことを発見するだろう。

「一時間半あれば十分だ」とタマルは言った。

「発見したら、あの人たちはすぐ警察に知らせるかしら」

「そいつはわからん。昨日教団本部に警察の捜査が入ったばかりだ。今のところ事情聴取という程度で、まだ本格的な捜索までは行ってないが、ここで教祖が変死したりすれば、かなり面倒なことになりかねない」

「つまり公にすることなく、自分たちで処理するかもしれない？」

「連中はそれくらいは平気でやる。明日の新聞を見ればどうなったかはわかる。彼らが教祖の死を警察に届けたか、届けなかったか。俺はギャンブルが好きじゃない。しかしもしどちらかに賭けなくちゃならないとしたら、届け出をしない方に賭けるね」

「自然な現象だと思ってくれないかしら」

「見た目では判断はつかない。綿密な司法解剖でもしないかぎり、自然死か殺人かもわかるまい。しかしいずれにせよ、連中はまず最初にあんたの話を聞こうとするはずだ。なにしろ生きたリーダーに最後に会った人間だからな。そしてあんたが住居を引き払い、どこかに姿を隠したと知ったら、当然ながらそれは自然死ではあるまいと類推する」

「そして彼らは私の行方を探し始める。全力をあげて」

「まず間違いなく」とタマルは言った。

「うまく姿を消せるかしら？」

「プランは立ててある。綿密なプランだ。そのプランに沿って注意深く、我慢強く行動すれば、まず誰にも見つからない。いちばんまずいのは怯えることだ」

「努力はしている」と青豆は言った。

「努力し続けるんだ。素速く行動し、時間を自分の味方につけるんだ。あんたは注意深く、我慢強い人間だ。いつものようにやればいい」

青豆は言った。「赤坂のあたりで集中豪雨があって、地下鉄が停まっている」

「知っている」とタマルは言った。「でも心配しなくていい。地下鉄を使う予定はない。これからタクシーを拾って、都内のセーフハウスに行ってもらう」

「都内？　どこか遠くに行くっていう話じゃなかった？」

「もちろん遠くに行く」とタマルはゆっくり言い聞かせるように言った。「しかしその前にいくつか準備が必要になる。名前や顔を変えなくてはならない。それに今回はきつい仕事だった。あんたもきっと気持ちがたかぶった状態にあるだろう。そういうときにあわてて動いても、ろくなことにはならない。しばらくそのセーフハウスに身を隠しているんだ。大丈夫、俺たちがしっかりサポートする」

「それはどこにあるの？」

「高円寺」とタマルは言った。

高円寺、と青豆は思った。そして爪の先で前歯を小さく叩いた。高円寺には土地勘がまったくない。

タマルは住所とマンションの名前を言った。いつものように青豆はメモをとらず、すべてを頭に刻み込んだ。

「高円寺の南口。環七の近くだ。部屋番号は三〇三。入り口のオートロックは二八三一を押せば開く」

タマルは間を置いた。三〇三と二八三一と青豆は頭の中で繰り返した。

「鍵は玄関マットの裏側にガムテープでとめてある。部屋には当座の生活に必要なものが揃っているし、しばらくは外に出なくて済むようになっている。俺の方から連絡をする。三度ベルを鳴らしてから切り、二十秒後にかけなおす。そちらからはできるだけ連絡してほしくない」

「わかった」と青豆は言った。

「連中はタフだったか？」とタマルは尋ねた。

「そばにいた二人は腕が立ちそうに見えた。少しばかりひやっとすることもあった。でもプロじゃない。あなたとはレベルが違う」

「俺みたいな人間はあまりいない」

「たくさんいても困るかもしれない」

「あるいは」とタマルは言った。

　青豆は荷物を持って駅の構内にあるタクシー乗り場に向かった。そこにも長い列ができていた。地下鉄の運行はまだ復旧していないようだ。しかしとにかくそこに並んで、我慢強く順番を待たないわけにはいかない。選択の余地はないのだから。

　苛立ちを顔に浮かべた多くの通勤客たちに混じってタクシーの順番を待ちながら、彼女はセーフハウスの住所と名前と部屋番号、オートロックの解除番号とタマルの電話番号を、頭の中で繰り返し復唱した。修行僧が山のてっぺんにある岩の上に座って、大事なマントラを唱えるみたいに。青豆はもともと記憶力には自信がある。それくらいの情報なら苦労もなく暗記できる。しかし今の彼女にとっては、それらの数字が命綱だった。ひとつでも忘れたり間違えたりしたら、生き延びていくのがむずかしくなる。頭に深く刻み込んでおかなくてはならない。

　彼女がようやくタクシーに乗り込んだとき、リーダーの死体を残して部屋を出てから、おおよそ一時間が経過していた。ここまで、予定していた時間の二倍近くかかっている。おそらくリトル・ピープルがその時間を稼いだのだ。赤坂に集中豪雨を降らせ、地下鉄を停めて人々の帰宅の足を乱し、新宿駅を混雑させ、タクシーを不足させ、青豆の行動を遅らせた。そのようにして彼女の神経をじわじわと締め上げている。冷静さを失わせようとしている。いや、それらはあくまで偶然の一致なのかもしれない。たまたまそうなっただけかもしれない。私はありもしないリトル・ピープルの影に怯えているだけかもしれない。

　青豆は運転手に行き先を告げると、シートに深くもたれこんで目を閉じた。あのダークスーツの二人組は今ごろ、腕時計で時刻を確かめながら、教祖が目覚めるのを待っているはずだ。青豆はその姿を想像した。坊主頭はコーヒーを飲みながら、いろんなことを考えている。考えるのは彼の役目である。考えて判断する。あまりにもリーダーの眠りが静かすぎる、と彼はいぶかっているかもしれない。リーダーはいつも物音を立てずに深くひっそりと眠る。鼾《いびき》や寝息を立てることもない。とはいえ、そこには常に気配というものがある。二時間は熟睡するとあの女は言った。筋肉の回復のために、それくらいは安静にしておかなくてはならないのだと。まだ一時間しかたっていない。しかし何かが彼の神経に障る。様子を確かめてみた方がいいかもしれない。どうしたものかと彼は迷っている。

　でも本当に危険なのはポニーテイルの方だ。部屋を出るときにポニーテイルが瞬間的に示した暴力の気配を、青豆はまだ鮮明に記憶していた。無口だが鋭い勘を持った男だ。おそらく格闘技術にも優れているはずだ。予想していたよりずっと腕が立ちそうだ。青豆のマーシャル・アーツの心得くらいでは歯が立たないだろう。拳銃に手を回す余裕だって与えてもらえないだろう。しかしありがたいことに彼はプロではない。直感を行動に移す前に、理性を働かせる。誰かから指示を受けることに慣れてしまっている。タマルとは違う。タマルなら、まず相手を取り押さえ、無力化しておいてからものを考えるだろう。最初に行動がある。直感を信用し、論理的な判断はあとにまわす。一瞬の躊躇が手遅れになることを彼は知っている。

　そのときのことを思い出すと、脇の下に汗がうっすらにじんだ。彼女は無言で首を振った。私は幸運だったのだ。少なくとも現場で生け捕りにされることは免れた。これからはじゅうぶん注意しなくてはならない。タマルの言うとおりだ。注意深く、我慢強くなることが何よりも大事になる。気を抜いた一瞬に危機は訪れる。

　タクシーの運転手は言葉づかいの丁寧な中年の男だった。彼は地図を持ち出し、車を停めてメーターを切り、親切に番地を調べ、そのマンションを見つけてくれた。青豆は礼を言ってタクシーを降りた。六階建ての洒落た造りの新築マンションだった。住宅街の真ん中にある。入り口には人けはない。青豆は二八三一を押してオートロックを解除し、玄関の自動ドアを開け、清潔だが狭いエレベーターで三階にあがった。エレベーターを降りると、まず非常階段の位置を確認した。それからドアマットの裏にガムテープでとめられた鍵をとり、それを使って部屋に入った。玄関のドアを開けると自動的に入り口の照明がつく仕掛けになっている。部屋の中には新築の建物特有の匂いがした。置かれている家具も電気製品もすべてまったくの新品らしく、使用された形跡は見当たらなかった。きっと箱から出して、ビニールの包装を解いたばかりなのだろう。それらの家具や電気製品は、マンションのモデルルームをしつらえるために、デザイナーによって一括して買い揃えられたもののように見えた。シンプルなデザインで、機能的で、生活の匂いが感じられない。

　入り口の左手に食堂兼居間がある。廊下があって洗面所と浴室があり、その奥に部屋がふたつあった。ひとつの寝室にはクイーンサイズのベッドが置かれていた。ベッドメークも済んでいる。窓のブラインドは閉じられている。通りに面した窓を開けると、環状七号線の交通の音が遠い海鳴りのように聞こえた。閉めるとほとんど何も聞こえない。居間の外に小さなベランダがあり、そこから通りを隔てて小さな公園が見おろせた。ぶらんこと滑り台、砂場、そして公衆便所がある。高い水銀灯が不自然なほど明るくあたりを照らし出している。大きなケヤキの木があたりに枝を張っている。部屋は三階だが、近隣に高い建物はなく、人目を気にする必要もなかった。

　青豆はついさっき引き払ってきた、自由が丘の自分のアパートの部屋を思い出した。古い建物で、あまり清潔とは言えず、ときどきゴキブリが出たし、壁も薄かった。愛着のある住まいとはとても言えなかった。しかし今ではそれが懐かしかった。このしみひとつない真新しい部屋にいると、自分が記憶と個性を剥奪された匿名の人間になったような気がした。

　冷蔵庫を開けると扉のところにハイネケンの缶ビールが四本冷えていた。青豆は一本を開けて一口だけ飲んだ。二一インチのテレビをつけ、その前に座ってニュースを見た。雷と集中豪雨についての報道があった。赤坂見附駅構内が水浸しになり、丸ノ内線と銀座線が停まったことがトップニュースとして報じられた。溢れた水が駅の階段を滝のように流れていた。雨合羽を着た駅員たちが、駅の入り口に土嚢《どのう》を積んでいたが、それはどう見ても遅きに失していた。地下鉄はまだ停まったまま、復旧の見込みはついていない。テレビのレポーターがマイクを差し出し、帰宅の足を失った人々の意見を聞いていた。「朝の天気予報では今日は一日快晴だと言っていました」と苦情を述べる人もいた。

ニュースを最後まで見たが、「さきがけ」のリーダーが死亡したニュースはもちろんまだ報じられなかった。あの二人組は、隣室で二時間が経過するのを待っているはずだ。それから彼らは真実を知ることになる。彼女は旅行バッグの中からポーチを取りだし、ヘックラー＆コッホを出して、食卓の上に置いた。新しい食卓の上に置かれたドイツ製の自動拳銃は、ひどく無骨で寡黙に見えた。そしてどこまでも黒々としていた。しかしおかげで、まったく無個性だった部屋にひとつの集約点が生まれたようだった。「自動拳銃のある風景」と青豆はつぶやいた。まるで絵画の題みたいだ。いずれにせよ、これからはこいつを肌身離さず持っていなくてはならない。いつでもすぐ手に取れるようにしておかなくてはならない。ほかの誰かを撃つにせよ、自分自身を撃つにせよ。

大きな冷蔵庫の中には、いざとなれば半月くらいここに籠城できるだけの食品が用意されていた。野菜と果物、すぐに食べられるいくつかの加工食品。冷凍庫の中ではいろんな種類の肉と魚とパンが硬く凍っていた。アイスクリームまである。食品棚には様々なレトルト食品、缶詰と調味料がひととおり並んでいた。米と麺類もある。ミネラル・ウォーターもたっぷりある。ワインも赤と白が二本ずつ用意してあった。誰が用意したのかはわからないが、用意は周到だった。欠けているものはとりあえず思いつけない。

いくらか空腹を感じたので、彼女はカマンベール・チーズを取りだし、それを切ってクラッカーと一緒に食べた。チーズを半分食べてから、セロリを一本よく洗い、マヨネーズをつけて丸ごと齧った。

それから彼女はベッドルームに置かれているタンスの抽斗を順番に開けてみた。いちばん上にはパジャマと薄手のバスローブが入っていた。ビニールのパックに入ったままの新品だ。とても用意がいい。次の抽斗にはＴシャツとソックスが三組、ストッキング、下着の替えも入っていた。どれも家具のデザインに合わせたような白いシンプルなもので、どれもやはりビニールのパックに入っている。おそらくセーフハウスの女性たちに与えられるのと同じものなのだろう。素材は良かったが、そこにはいかにも「支給品」という雰囲気が漂っていた。

洗面所にはシャンプーや、コンディショナーや、スキンクリームや、オーデコロンがあった。彼女が必要とするものはすべて揃っていた。青豆は普段ほとんど化粧をしないから、必要な化粧品は限られている。歯ブラシと歯間ブラシと歯磨きのチューブもあった。ヘアブラシも、綿棒も、剃刀も、小さな鋏も、生理用品も周到に用意されていた。トイレット・ペーパーとティッシュ・ペーパーはしっかりストックされている。バスタオルとフェイスタオルはきれいに畳まれて、戸棚の中に積み上げられていた。すべては念入りに整えられている。

クローゼットを開けてみた。ひょっとしたらその中には、彼女のサイズのワンピースと、彼女のサイズの靴がずらりと揃えられているかもしれない。それがアルマーニとフェラガモであれば、言うことはないのだが。しかし予想に反してクローゼットは空っぽだった。いくらなんでもそこまではやらない。彼らはどのあたりまでが周到で、どのあたりからがやり過ぎになるかを心得ている。ジェイ・ギャツビーの図書室と同じだ。本物の書物は揃える。しかしページを切ることまではしない。それにここにいるあいだ、外出着が必要とされるような状況はまずないはずだ。必要ではないものを彼らは用意しない。しかしハンガーだけはたっぷりと用意されている。

　青豆は旅行バッグの中から持ってきた服を取りだし、ひとつひとつしわがよっていないことを確かめてからそのハンガーにかけた。そんなことをせず、服をバッグに入れっぱなしにしておいた方が、逃走中の身にとって何かと都合の良いことはわかっていた。しかし青豆がこの世界においてなにより嫌いなのは、折りじわのよった服を着ることだった。

　私は冷徹なプロの犯罪者にはなれそうにない、と青豆は思った。まったく、こんなときに服の折りじわが気になるなんてね。そしてあゆみといつか交わした会話をふと思い出した。

「ベッドのマットレスのあいだに現ナマを隠しておいて、やばくなるとそれをひっつかんで窓から逃げる」

「そう、それそれ」とあゆみは言って、指をぱちんと鳴らした。「なんだかスティーブ・マックイーンの『ゲッタウェイ』みたい。札束とショットガン。そういうのって好きだな」

　それほど楽しい生活でもないよ、と青豆は壁に向かって言った。

　それから青豆は浴室に行って着ている服を脱ぎ、シャワーを浴びた。熱い湯を浴びて、身体に残っていた嫌な汗を流した。浴室を出て、キッチン・カウンターの前に座り、タオルで濡れた髪を拭きながら、缶ビールの残りをまた一口飲んだ。

今日一日でいくつかのものごとがしっかりと前に進んでしまった、と青豆は思った。歯車がかちんと音を立ててひとつ進んだ。一度前に進んだ歯車があとに戻ることはない。それが世界のルールなのだ。

青豆は拳銃を手に取り、上下をひっくり返して、銃口を上向きに口の中に入れた。歯の先端にあたる鋼鉄の感触はひどく硬く冷たかった。グリースの微かな匂いがした。こうやって脳を撃ち抜けばいいのだ。撃鉄を起こし、引き金を絞る。それですべてはあっけなく終了する。何かを考える必要もない。逃げ回る必要もない。

青豆は自分が死んでいくことをとくに怖いとは思わなかった。私は死に、天吾くんは生き残る。彼はこの先１Ｑ８４年を、月が二つあるこの世界を生きていくことになる。しかしそこには私は含まれていない。この世界で私が彼と出会うことはない。どれだけ世界を重ねても、私が彼に出会うことはない。少なくともそれがリーダーの言ったことだ。

青豆は部屋の中をあらためてゆっくりと見渡した。まるでモデルルームだ、と彼女は思った。清潔で統一感があって、必要なものはすべて揃っている。しかし無個性でよそよそしい、ただのはりぼてだ。もし私がこんなところで死ぬことになるとしたら、それはあまり心愉しい死に方とは言えないだろう。でもたとえ舞台背景を好ましいものに替えたところで、心愉しい死に方なんていうものが果たしてこの世界に存在するだろうか。それに考えてみれば結局のところ、我々の生きている世界そのものが、巨大なモデルルームみたいなものではないのか。入ってきてそこに腰を下ろし、お茶を飲み、窓の外の風景を眺め、時間が来たら礼を言って出て行く。そこにあるすべての家具は間に合わせのフェイクに過ぎない。窓にかかった月だって紙で作られたはりぼてかもしれない。

でも私は天吾くんを愛している、と青豆は思った。小さくそう口にも出した。私は天吾くんを愛している。これは安物芝居なんかじゃない。１Ｑ８４年は切れば血の出る現実の世界なのだ。痛みはどこまでも痛みであり、恐怖はどこまでも恐怖である。空にかかった月ははりぼての月ではない。本物の月だ。本物の一対の月だ。そしてこの世界で、私は天吾くんのために進んで死を受け入れたのだ。それがフェイクだとは誰にも言わせない。

青豆は壁にかかった円形の掛け時計に目をやった。ブラウン社のシンプルなデザイン。ヘックラー＆コッホとマッチしている。その時計の他にこの部屋の壁にかかっているものはない。時計の針は十時をまわっていた。そろそろあの二人組がリーダーの死体を発見する時刻だ。

ホテル・オークラの優雅なスイートルームの寝室で、一人の男が息を引き取っている。体の大きな、普通ではない男だ。彼はあちらの世界に移ってしまった。誰をもってしても何をもってしても、もうこちら側に引き戻すことはできない。

そしていよいよお化けの時間が始まる。

第16章 天吾

まるで幽霊船のように

明日になったとき、そこにいったいどんな世界があるのだろう?
「それはだれにもわからない」とふかえりは言った。

しかし天吾が目覚めた世界は、前夜眠りについた世界に比べてさして変わりがあるようには見えなかった。枕元の時計は六時過ぎを指していた。窓の外はすっかり明るくなっていた。空気がくっきりと澄んでいて、カーテンの隙間から光がくさびのように差し込んでくる。夏もようやく終わりに近づいているようだった。鳥の声が鋭く鮮やかに聞こえる。昨日の激しい雷雨が幻のように感じられた。あるいは遠い過去に、どこか知らない場所で起こったことのように。

目が覚めてまず最初に天吾の頭に浮かんだのは、ひょっとしてふかえりが夜のあいだに姿を消したのではないかということだった。しかしその少女は彼のとなりで、冬眠中の小動物のようにぐっすりと眠っていた。寝顔は美しく、細い黒髪が白い頬にかかって、複雑な模様を描いていた。耳は髪に隠されて見えなかった。寝息が小さく聞こえた。天吾はしばらくのあいだ部屋の天井を眺め、その小さなふいごのような寝息に耳を澄ませた。

　彼は昨夜の射精の感覚をまだはっきりと記憶していた。この少女の中に自分が実際に精液を放出したのだと思うと、彼の頭はひどく混乱した。それもたくさんの精液だ。朝になってみると、それはあの激しい雷雨と同じように、現実に起こったことではないみたいに思えた。まるで夢の中での体験のようだ。十代のころに何度か夢精を体験した。リアルな性的な夢を見て、夢の中で射精して、それで目が覚める。出来事はすべて夢だが、射精だけは本物だ。感覚としてはそれによく似ていた。

　でもそれは夢精ではない。彼は間違いなくふかえりの中に射精した。彼女が導いて彼のペニスを自分の中に入れ、精液を有効に搾り取ったのだ。彼はただそれに従っていただけだ。そのとき彼の身体は完全に痺れていて、指一本動かすことはできなかった。そして天吾自身は小学校の教室に射精したつもりだった。でも何にしてもセイリはないからニンシンする心配はない、とふかえりは言う。そんなことが本当に起こったなんて、うまく呑み込めない。でも本当に起こったのだ。現実の世界で、現実のこととして。たぶん。

　彼はベッドを出て、服を着替え、台所に行って湯を沸かし、コーヒーを作った。コーヒーを作りながら、頭の中を整理しようとした。机の抽斗の中身を整理するように。しかしうまく整理はつかなかった。いくつかのものの位置を入れ替えただけだ。消しゴムのあったところにペーパークリップを入れ、ペーパークリップのあったところに鉛筆削りを入れ、鉛筆削りのあったところに消しゴムを入れる。混乱のひとつのかたちが、別のかたちに変わっただけだ。

　新しいコーヒーを飲み、洗面所に行ってＦＭラジオでバロック音楽の番組を聴きながら髭を剃った。テレマンの作曲した各種独奏楽器のためのパルティータ。いつもと同じ行動だ。台所でコーヒーを作り、それを飲み、ラジオで「バロック音楽をあなたに」を聴きながら髭を剃る。日々曲目だけが変わる。昨日はたしかラモーの鍵盤音楽だった。

解説者が語っていた。


十八世紀前半には作曲家としてヨーロッパ各地で高い評価を得たテレマンですが、十九世紀に入ってからはあまりの多作の故に、その作品は人々の軽侮を買うことになりました。しかしそれはなにもテレマンの責任ではありません。ヨーロッパ社会の成り立ちの変化に伴い、音楽の作られる目的が大きく変化したことが、このような評価の逆転を招いたのです。


これが新しい世界なのか、と彼は思った。

あらためてまわりの風景を見まわしてみた。やはり変化らしきものは見当たらない。軽侮する人々の姿も今はまだ見えない。しかしいずれにせよ、髭を剃る必要はある。世界が変わったにせよ変わらなかったにせよ、誰かが代わりに彼の髭を剃ってくれるわけではない。自分の手で剃るしかない。

髭を剃ってしまうと、トーストを焼いてバターをつけて食べ、コーヒーをもう一杯飲んだ。寝室にふかえりの様子を見に行ったが、ずいぶん深く眠り込んでいるらしく、身動きひとつしなかった。さっきから姿勢も変わっていない。髪は頰の上で同じ模様を描いていた。寝息も前と同じように安らかだった。

とりあえず予定はなかった。予備校の講義もない。誰かが訪ねてくるでもなく、誰かを訪ねるつもりもない。今日一日、何をしようと彼の自由だ。天吾は台所のテーブルに向かって小説の続きを書いた。万年筆を使って、原稿用紙を字で埋めていった。いつものようにすぐに彼はその作業に意識を集中した。意識のチャンネルが切り替わり、ほかのものごとはあっさりと視野から消えてしまった。

ふかえりが目覚めたのは九時前だった。彼女はパジャマを脱いで、天吾のＴシャツを着ていた。ジェフ・ベックの日本ツアーのＴシャツ、彼が千倉まで父親を訪ねて行ったときに着ていたものだ。一対の乳首がそこにくっきりと浮き上がっていた。それは否応なく天吾に昨夜《ゆうべ》の射精の感覚を思い出させた。ひとつの年号が歴史的事実を思い起こさせるように。

ＦＭラジオはマルセル・デュプレのオルガン曲を流していた。天吾は小説を書くのをやめ、彼女のために朝食を作った。ふかえりはアールグレイを飲み、トーストに苺ジャムをつけて食べた。彼女はまるでレンブラントが衣服のひだを描くときのように、注意深く時間をかけてトーストにジャムを塗った。

「君の本はどれくらい売れたんだろう？」と天吾は尋ねた。

「くうきさなぎのこと」とふかえりは尋ねた。

「そう」

「しらない」とふかえりは言った。そして眉を軽くひそめた。「とてもたくさん」

彼女にとって数はそれほど重要なファクターではないのだ、と天吾は思った。彼女の「とても

「たくさん」という表現は、広い野原に見渡す限り生えているクローバーを想起させた。クローバーが示すのはあくまで「たくさん」という概念であって、誰にもその数は数えられない。

「たくさんの人が『空気さなぎ』を読んでいる」と天吾は言った。

ふかえりは何も言わず、ジャムの塗り具合を点検した。

「小松さんに会わなくちゃならない。なるべく早い機会に」と天吾はテーブル越しにふかえりの顔を見ながら言った。彼女の顔にはいつものようにどんな表情も浮かんでいなかった。「君はもちろん小松さんに会ったことはあるよね？」

「キシャカイケンのときに」

「話はした？」

ふかえりはただ小さく首を振った。ほとんど話はしていないということだ。

その場の情景がありありと想像できた。小松はいつものようにすさまじいスピードで、思っていることを――あるいはとくに思ってもいないことを――しゃべりまくり、彼女はそのあいだほとんど口を開かない。相手の言うこともろくに聞いていない。小松の方はそんなことは気にもしない。もし「相容れる見込みのない人々の組み合わせ」のサンプルをひとつ具体的に示せと誰かに言われたら、ふかえりと小松を持ち出せばいい。

天吾は言った。「ずいぶん長く小松さんに会っていない。連絡ももらっていない。あの人もこのところずいぶん忙しかっただろう。『空気さなぎ』がベストセラーになったことで、どたばたに巻き込まれていたからね。でも顔をつき合わせて、いろんな問題について真剣に話し合うべき時期になっている。せっかく君もここにいるんだ。良い機会だ。一緒に会ってみないか？」

「さんにんで」

「うん。その方が話が早いだろう」

ふかえりはそれについて少し考えていた。あるいは何かを想像していた。それから言った。

「かまわない。もしそれができるのなら」

もしそれができるのなら、と天吾は頭の中で復唱した。そこには予言的な響きがあった。

「できないかもしれないと君は思う」と天吾はおそるおそる尋ねた。

ふかえりはそれには答えなかった。

「もしできたとしたら、彼に会う。それでかまわないかな」

「あってなにをする」

「会って何をするか？」と天吾は質問を反復した。「まずお金を返す。『空気さなぎ』を書き直した報酬として、まとまったお金がこのあいだ僕の銀行口座に振り込まれた。でも僕としてはそんなものを受け取りたくないんだ。なにも『空気さなぎ』を書き直したことを後悔しているんじゃない。その作業は僕を刺激してくれたし、良い方向に僕を導いてくれた。自分で言うのもなんだけど、出来は良いと思う。事実、評価も高いし本も売れている。仕事を引き受けたこと自体は間違っていなかったと思う。ただしここまで話が大きくなるとは思わなかった。もちろん引き受けたのは僕だし、その責任を取らなくちゃならないことは確かだ。でもとにかくこのことで報酬を受け取るつもりはない」

ふかえりは肩を小さくすぼめるような動作をした。

天吾は言った。「確かにそのとおりだ。そんなことをしても、事態は何ひとつ変わらないかもしれない。でも僕としては、自分の立場をはっきりさせておきたいんだ」
「だれにたいして」
「主に僕自身に対して」と天吾はいくぶん声を落として言った。
ふかえりはジャムの瓶のふたを手に取って珍しいものでも見るように眺めた。
「でも、ひょっとしたらもう遅すぎるかもしれない」と天吾は言った。
ふかえりはそれについて何も言わなかった。

一時過ぎに小松の会社に電話をかけたとき（午前中に小松が出社することはない）、電話に出た女性は、小松はこの数日会社を休んでいると言った。しかしそれ以上のことを彼女は知らなかった。あるいは何かを知っていたとしても、天吾に教えるつもりはないようだった。天吾は彼女に頼んで、顔見知りの別の編集者に電話をまわしてもらった。その男が編集をしている月刊誌のために、天吾はペンネームを使って短いコラムのようなものを書いていた。その編集者は二つか三つ年上で、同じ大学を出ていたこともあり、天吾に好意を持ってくれていた。
「小松さんはもう一週間仕事を休んでいる」とその編集者は言った。「三日めに、身体の具合が思わしくないのでしばらく休むという電話が本人からあった。それ以来出社していない。出版部の連中はみんな頭を抱えているよ。なにしろ小松さんは『空気さなぎ』の担当編集者になって、あの本に関することは一人で仕切ってきた。本人は雑誌の担当だけど、部署なんか無視してしっかり囲い込んで、ほかの誰にもいじらせなかった。だから今ここで休まれると、ほかの人間ではとても対応ができないんだよ。まあ、身体の具合が悪いのならしょうがないとしか言えないんだけどね」

「どんな風に具合が悪いんですか？」

「わからないよ。ただ具合が悪いとしか本人は言わなかった。それだけ言って電話を切ってしまった。以来まったく連絡がない。尋ねたいことがあって家に電話をかけても繋がらない。留守番電話になったままだ。それで弱っているんだ」

「小松さんには家族はいないんですか？」

「一人暮らしだよ。奥さんと子どもが一人いたが、ずいぶん前に離婚しているはずだ。本人は何も言わないから、詳しいことはわからんけど、そういう噂だ」

「いずれにせよ一週間休んで一度しか連絡が来ないってのも変ですね」

「しかしまあ君も知っての通り、常識の通用する人ではないからね」

　天吾は受話器を握ったままそれについて考えた。そして言った。「たしかに何をしでかすかわからない人です。社会通念が欠けているし、身勝手なところもあります。でも僕の知る限り、仕事に関しては無責任な人じゃない。『空気さなぎ』がこんなに売れているときに、いくら身体の具合が悪いにせよ、その仕事を途中で放り出して、会社にろくに連絡も入れないなんてことはあり得ませんよ。そこまでひどくはない」

「言えてるな」とその編集者は同意した。「一度自宅に足を運んで、様子を確かめた方がいいかもしれない。ふかえりの失踪がらみで『さきがけ』とのごたごたもあったし、彼女の行方もまだわかっていない。何かがあったということも考えられる。まさか小松さんが仮病を使って休みを取り、ふかえりをどこかに匿っているってようなこともあるまいがね」

天吾は黙っていた。目の前にふかえり本人がいて、綿棒で耳の掃除をしているとは言えない。

「この件に限らず、あの本に関してはどうもひっかかるところがある。本が売れるのはけっこうだが、もうひとつ釈然としないんだ。俺だけじゃない。社内でも多くの人間がそう感じている。……ところで天吾くんは小松さんに何か用事があったの？」

「いや、とくに用事はありません。しばらく話をしてないから、どうしてるかなと思っただけです」

「彼もここのところずいぶん忙しかった。そういうストレスもあったのかもしれない。とにかく『空気さなぎ』はうちの会社始まって以来のベストセラーだ。今年のボーナスが楽しみだよ。天吾くんはあの本をもう読んだか？」

「もちろん応募原稿のときに読みました」

「そういえばそうだな。君は原稿の下読みをしていたんだ」

「よく書けた面白い小説です」

「ああ、確かに内容はいいよ。読むだけの価値はある」

天吾はその言い方に不吉な響きを聞き取った。「でも何か気になる？」

「これは編集者としての勘みたいなものだ。とてもよく書けている。そいつは確かだ。しかしいささかよく書けすぎているんだ。十七歳の新人の女の子にしてはね。そして著者は目下行方不明だ。編集者にも連絡がとれない。そして誰も乗り合わせていない昔の幽霊船みたいに、本だけがベストセラーの水路を順風満帆、まっすぐに進んでいる」

天吾は曖昧な声を出した。

相手は続けた。「不気味で、ミステリアスで、話がうますぎる。ここだけの話だけど、ひょっとして小松さんが作品にかなり手を入れたんじゃないかっていう憶測も社内では囁かれている。常識の範囲を超えてね。まさかとは思うけど、もしそうだとしたら、俺たちはやばい爆弾を抱えこんでいることになる」

「あるいはただ幸運がうまく重なっているだけかもしれませんよ」

「だとしても、そんなことはいつまでも続かない」とその編集者は言った。

天吾は礼を言って電話を切った。

天吾は受話器を置いてからふかえりに言った。「一週間ほど前から小松さんは会社を休んでいる。連絡がつかない」

ふかえりは何も言わなかった。

「僕のまわりでいろんな人が次々に姿を消していくみたいだ」と天吾は言った。

ふかえりはやはり何も言わなかった。

人の表皮細胞は毎日四千万個ずつ失われていくのだという事実を天吾はふと思い出した。それらは失われ、はがれ、目に見えない細かい塵となって空中に消えていく。我々はあるいはこの世界にとっての表皮細胞のようなものなのかもしれない。だとすれば、誰かがある日ふっとどこかに消えてしまったところで不思議はない。

「ひょっとして次は僕の番かもしれない」と天吾は言った。

ふかえりはコンパクトに首を振った。「あなたはうしなわれない」

「どうして僕は失われないんだろう？」

「オハライをしたから」

天吾はそれについて数秒間考察してみた。しかしもちろん結論は出なかった。いくら考えても無駄なことは初めからわかっている。それでもまったく考える努力をしないというわけにもいかない。

「いずれにせよ、今すぐ小松さんと会うことはできない」と天吾は言った。「お金を返すこともできない」

「おかねはもんだいではない」、ふかえりは言った。

「それでは、いったい何が問題なんだろう？」と天吾は質問してみた。

もちろん答えは返ってこなかった。


天吾は昨夜決心したとおり、青豆の行方を捜すことにした。一日がかりで集中してやれば何か手がかりくらいは得られるはずだ。しかし実際にやってみると、それは予想していたほど簡単な作業ではないことが判明した。彼はふかえりを部屋に残して（「誰が来てもドアを開けるんじゃないよ」と何度も言い聞かせた）、電話局の本局に行った。そこには日本全国の電話帳がすべて揃えられており、閲覧することが可能だった。彼は東京二十三区の電話帳を片端から繰って、そこに青豆という名前を探し求めた。彼女本人ではなくても、おそらく親戚がどこかに住んでいるはずだ。その人に青豆の消息を尋ねればいい。

しかしどの電話帳にも青豆という名前を持つ人は見当たらなかった。天吾は地域を全東京に広げた。やはり一人も見つからない。それから捜索範囲を関東一円に広げた。千葉県、神奈川県、埼玉県……そこでエネルギーと時間が尽きた。電話帳の細かい活字を睨んでいたおかげで、目の奥が痛んだ。

いくつかの可能性が考えられた。

（1）彼女は北海道の歌志内《うたしない》市郊外に住んでいる。

（2）彼女は結婚して姓を「伊藤」に変えた。

（3）彼女はプライバシーを護るために電話帳に名前を出さない。

（4）彼女は二年前の春に悪性インフルエンザで死んだ。

可能性はそれ以外にいくらでもあるはずだ。電話帳だけに頼るのは無理がある。日本全国の電話帳を残らず調べるわけにはいかない。北海道にたどり着くころには来月になっているかもしれない。何かほかの方法をみつけなくてはならない。

天吾はテレフォン・カードを買って電話局のブースに入り、卒業した市川市の小学校に電話をかけ、同窓会の連絡をしたいということで、青豆の登録住所を調べてもらった。親切で暇そうな女性事務員が卒業生名簿を繰ってくれた。青豆は五年生の途中で転校したので、卒業生ではない。従って卒業生名簿には名前が載っていないし、現在の住所もわからない。しかし当時の転居先の住所なら調べることができる。知りたいか？

知りたい、と天吾は言った。

天吾はその住所と電話番号をメモした。東京都足立区の住所で、「田崎孝司方」とあった。彼女はどうやらそのとき両親の家を出たようだ。きっと何か事情があったのだろう。駄目だろうとは思いながら、天吾はいちおうその番号をダイアルしてみた。予想通りその電話番号はもう使用されていなかった。なにしろ二十年も前のことだ。番号案内に電話をかけて、住所と田崎孝司という名前を告げたが、そのような名前では電話は登録されていないと言われた。

それから天吾は「証人会」の本部の電話番号を調べてみた。しかしどれだけ調べても電話帳には彼らの連絡先は掲載されていなかった。「洪水の前」でも「証人会」でも、あるいはそれに類するいかなる名前でも、記載はなかった。職業別電話帳の「宗教団体」の項にも見当たらなかった。天吾はしばらく悪戦苦闘したのちに、おそらく彼らは誰からも連絡なんかしてもらいたくないのだろう、という結論に達した。

それは考えてみれば妙な話だった。彼らは好きなときに勝手に人に会いに来る。こちらがスフレを焼いているときでも、ハンダ付けをしているときでも、髪を洗っているときでも、ハツカネズミを調教しているときでも、二次関数について考えているときでも、そんなことにはおかまいなく呼び鈴を鳴らして、あるいはドアをノックして、「一緒に聖書を勉強しませんか？」とにこやかな顔で誘いかける。向こうからやってくるのはかまわない。しかし（たぶん信者にならない限り）こちらからは自由に会いに行けない。簡単な質問ひとつできない。不便といえば不便な話だ。

しかしたとえ電話番号を調べだして連絡がついたとしても、そのガードの固さから見て、彼らがこちらの要請に応じて、個々の信者についての情報を親切に開示してくれるとは考えづらかった。彼らからしてみればきっと、ガードを固くしなくてはならない理由があるのだろう。その極端で風変わりな教義の故に、信仰の頑迷さの故に、世間の多くの人々は彼らを嫌い、疎《うと》ましく思っていた。いくつかの社会問題を引き起こし、その結果迫害に近いものを受けたこともある。そのような決して好意的とは言えない外の世界から自分たちのコミュニティーを守ることがおそらく、彼らの習性のひとつになっているのだろう。

いずれにせよそこでとりあえず、青豆の捜索の道は閉ざされてしまった。それ以上どんな捜索方法が残されているのか、天吾には急には思いつけなかった。青豆というのはかなり珍しい姓だ。一度聞いたら忘れられない。ところがその名前を持った一人の人間の足取りを辿ろうとすると、あっという間もなく堅い壁にぶつかってしまう。

あるいは「証人会」の信者に直接聞いてまわるのが手っ取り早いかもしれない。本部に正面から尋ねても、おそらく怪しまれて何も教えてはもらえないだろうが、そのへんの信者に個人的に尋ねれば、親切に教えてくれそうな気がする。しかし天吾は「証人会」の信者を一人として知らなかった。そして考えてみればこの十年近く、「証人会」の信者の訪問を受けたことは一度もない。どうして彼らは来てほしいときに来てくれなくて、来てほしくないときに限って来るのだろう？

新聞に三行広告を出すという手もある。「青豆さん、至急連絡を下さい。川奈」、馬鹿げた文章だ。それにたとえそんな広告を目にしても、青豆がわざわざ連絡をしてくるとは天吾には思えなかった。警戒されるのがおちだ。川奈というのもそれほど頻繁には見かけない名前だ。しかし天吾には、青豆が自分の名前をまだ覚えているとはとても思えなかった。川奈——誰だろう？　とにかく彼女は連絡なんかしてこない。だいたいどこの誰が新聞の三行広告なんて読むだろう。
あとは大きな興信所に捜査を依頼するという手段もある。彼らはその手の人捜しには慣れているはずだ。そのためのいろんな手段やコネクションを持っている。これだけ手がかりがあれば、あっという間に見つけ出してくれるかもしれない。おそらくそれほど高い料金も請求されないはずだ。しかしそれは最後の手段として取っておいた方がいいかもしれない、と天吾は思った。まずは自分の足を使って捜してみよう。自分に何ができるものか、もう少し知恵を絞ってみた方がいいような気がする。

あたりが薄暗くなってから部屋に帰ると、ふかえりは床に座って一人でレコードを聴いていた。年上のガールフレンドが残していった古いジャズのレコードだ。部屋の床にはデューク・エリントン、ベニー・グッドマン、ビリー・ホリデイといった人々のレコード・ジャケットが散らばっていた。そのときターンテーブルの上で回転していたのは、ルイ・アームストロングの歌う『シャンテレ・バ』だった。印象的な歌だ。それを聴くと、天吾は年上のガールフレンドのことを思い出した。セックスとセックスとのあいだに二人でよくそのレコードを聴いた。その曲の最後の部分で、トロンボーンのトラミー・ヤングはすっかりホットになって、打ち合わせどおりにソロを終わらせることを忘れ、ラスト・コーラスを八小節ぶん余分に演奏してしまう。「ほら、ここのところ」と彼女は説明してくれた。レコードの片面が終わると、裸のままベッドを出て、隣の部屋までＬＰレコードを裏返しに行くのはもちろん天吾の役目だった。彼はそのことを懐かしく思い出した。そんな関係がいつまでも続くとはもちろん考えてはいなかった。しかしこれほど唐突な終わり方をするとも思わなかった。

　ふかえりが安田恭子の残していったレコードを熱心に聴いている姿を見ていると、不思議な気がした。彼女は眉を寄せ、意識を集中し、その古い時代の音楽の中に何か音楽以外のものを聞き取ろうとしているみたいに見えた。あるいは目をこらして、その響きの中に何かの影を見出そうとしているようにも見えた。

「そのレコードは気に入った？」

「なんどもきいた」とふかえりは言った。「かまわなかった」

「もちろんかまわない。でもひとりでいて退屈はしない？」

　ふかえりは小さく首を振った。「かんがえることがある」

　天吾は昨夜、雷雨のさなかに二人のあいだに起こったことについて、ふかえりに質問してみたかった。どうしてあんなことをしたのかと。ふかえりが自分に対して性欲を抱くとは、天吾には考えられなかった。だからそれは性欲とは無関係なところで成立した行為であるはずだ。だとしたら、それはいったい何を意味するのだろう。

　しかしそんなことを正面から質問しても、まともな答えが返ってくるとは思えない。それにいかにも平和で穏やかな九月の宵に、正面きってそんな話題を持ち出すのは、天吾としてももうひとつ気が進まなかった。それは暗黒の時刻に暗黒の場所で、激しい雷鳴に囲まれながら、ひっそりとおこなわれた行為なのだ。日常の中に持ち出すと意味あいが変質してしまうかもしれない。

「君には生理がない」と天吾は別の角度から質問してみた。イエス・ノーで答えられるところから始めてみよう。

「ない」とふかえりは簡潔に答えた。

「生まれてから一度も？」

「いちども」

「僕が口出しするようなことじゃないのかもしれないけど、君はもう十七だし、それでまだ一度も生理がないというのは普通じゃないみたいに思える」

ふかえりは小さく肩をすぼめた。

「そのことでお医者に行ったことはある？」

ふかえりは首を振った。「いってもやくにはたたない」

「どうして役に立たないんだろう？」

ふかえりはそれにも答えなかった。天吾の質問が聞こえた気配もなかった。彼女の耳には質問の適正・不適正を感じ取る特別な弁がついていて、それが半魚人の鰓蓋《えらぶた》みたいに、必要に応じて開いたり閉じたりするのかもしれない。

「リトル・ピープルもそのことに絡んでいるのかな？」と天吾は尋ねた。

やはり答えはない。

天吾はため息をついた。昨夜の出来事の解明に近づくための質問を、天吾はそれ以上ひとつも思いつけなかった。細いあやふやな道はそこで途切れ、その先は深い森になっていた。彼は足もとを確かめ、まわりを見回し、天を仰いだ。それがふかえりと会話をするときの問題点だ。すべての道はどこかで必ず途切れてしまう。ギリヤーク人なら、道がなくなってもそのまま進み続けることができるかもしれない。しかし天吾には無理だ。

「僕は今ある人を捜している」と天吾は切り出した。「女の人だ」

ふかえり相手にそんな話を持ち出したところでどうなるわけでもない。それはよくわかっている。しかし天吾は誰かにその話をしたかった。誰でもいい、青豆について自分が考えていることを、声に出して話してしまいたかった。そうしておかないと、青豆がまた少し自分から遠のいていくような気がした。

「もう二十年も会ったことがない。最後に会ったのは十歳のときだ。彼女も同じ歳だ。僕らは小学校の同じクラスにいた。いろんなやり方で調べてみたけれど、彼女の足取りを辿ることができない」

レコードが終わった。ふかえりはレコードをターンテーブルから取りあげ、目を細めてそのビニールの匂いを何度か嗅いだ。それから盤に指紋をつけないように注意しながら紙袋に収め、その紙袋をレコード・ジャケットに収めた。まるで眠りかけている子猫を寝床に移すみたいにそっと、慈愛深く。

「あなたはそのひとにあいたい」とふかえりは疑問符抜きで尋ねた。

「僕にとって大事な意味を持つ人だから」

「二十ねんずっとそのひとをさがしてきた」とふかえりは尋ねた。

「いや、そうじゃない」と天吾は言った。そしてそれに続く言葉を探し求めるあいだ、テーブルの上で両手の指を組み合わせた。「実を言えば、捜し始めたのは今日のことだ」

ふかえりはよくわからないという表情を顔に浮かべた。

「きょうのこと」と彼女は言った。

「そんなに大事な相手なのに、どうして今日まで一度も捜さなかったのか？」と天吾はふかえりの代わりに言った。「良い質問だ」

ふかえりは黙って天吾の顔を見ていた。

天吾は頭の中にある考えをひととおり整理した。それから言った。「僕はたぶん長いまわり道をしてきたんだろう。その青豆という名前の女の子は——なんて言えばいいんだろう——長いあいだずっと変わることなく僕の意識の中心にいた。僕という存在にとってのひとつの大事なおもしの役割を果たしていた。にもかかわらずというか、それがあまりにも中心にあったために、かえってその意味を摑み切れなかったみたいだ」

ふかえりはじっと天吾の顔を眺めていた。その少女が彼の言っていることを少しでも理解しているのかどうか、顔つきからはわからなかった。しかしそれはどうでもいい。天吾は半ば自分自身に向けて語りかけていた。

「でもやっとわかってきたんだ。彼女は概念でもないし、象徴でもないし、喩《たと》えでもない。温もりのある肉体と、動きのある魂を持った現実の存在なんだ。そしてその温もりや動きは、僕が見失ってはならないはずのものなんだ。そんな当たり前のことを理解するのに二十年もかかった。僕はものを考えるのに手間がかかる方だけど、それにしてもいささかかかり過ぎだな。あるいはもう遅すぎるかもしれない。でもなんとしてでも彼女を捜し出したいんだ。もし仮に手遅れであったとしても」

ふかえりは床の上に膝をついたまま、身体をまっすぐに伸ばした。ジェフ・ベックのツアーTシャツに、乳首のかたちがまたくっきりと浮かび上がった。

「アオマメ」とふかえりは言った。

「そう。青い豆と書く。珍しい名前だ」

「そのひとにあいたい」とふかえりは疑問符抜きで質問した。

「もちろん会いたい」と天吾は言った。

ふかえりは下唇を嚙みしめながら、しばらく何ごとかを考えていた。それから顔を上げ、思慮深げに言った。「そのひとはすぐちかくにいるかもしれない」

第17章　青豆
ネズミを取り出す

テレビの朝七時のニュースでは地下鉄、赤坂見附駅構内の浸水は大きく報じられていたが、ホテル・オークラのスイートルームにおける「さきがけ」のリーダーの死についての言及はなかった。NHKのニュースが終わると、彼女はチャンネルをまわして、いくつかの放送局のニュースを見てみた。しかしどの番組も、その大きな男の無痛の死を世界に告げてはいなかった。

あいつらは死体を隠したのだ、と青豆は顔をしかめながら思った。それは十分にあり得るとタマルは前もって予告していた。しかしそんなことが実際に行われるなんて、青豆にはうまく信じられなかった。彼らは何らかの方法で、ホテル・オークラのスイートルームからリーダーの死体を担ぎ出し、それを車に積んで運び去ったのだろう。あれほど大きな男だ。死体はずいぶん重かったはずだ。そしてホテルには客や従業員がたくさんいる。多くの防犯カメラが各所で目を光らせている。どうやって人目につくことなく、死体をホテルの地下の駐車場まで運ぶことができたのだろう。

いずれにせよ彼らはたぶん夜中のうちに、山梨の山中にある教団本部までその遺体を運んだに違いない。そこでリーダーの死体をどのように処理すべきか、協議が行われたのだろう。少なくとも彼の死が警察に正式に通報されることはないはずだ。いったん隠したものは、どこまでも隠しおおさなくてはならない。

おそらくあの激しい局地的な雷雨と、その雷雨のもたらした混乱が、彼らの行動を容易にしたのだろう。とにかく彼らはこの出来事を表沙汰にすることを避けた。うまい具合にリーダーは人前にほとんど顔を見せない。その存在や行動は謎に包まれている。だから彼が急に姿を消しても、その不在は当分のあいだ人々の注目を惹かないはずだ。彼が死んだ——あるいは殺された——という事実は一握りの人間のあいだだけの秘密として保たれる。

彼らがこの先、リーダーの死によって生じた空白をどのようなかたちで埋めるつもりなのか、青豆にはもちろんわからない。しかし彼らはそのために手を尽くすはずだ。組織をそのまま継続させるために。あの男が言っていたように、指導者がいなくなってもシステムはそのまま存続し、動き続ける。誰がリーダーのあとを継ぐことになるのだろう？　しかしそれは青豆には関係のない問題だった。彼女に与えられた仕事はリーダーを抹殺することで、ひとつの宗教団体を潰すことではない。

彼女はダークスーツを着た二人組のボディーガードのことを考えた。坊主頭とポニーテイル。彼らは教団に帰ってから、リーダーを目の前でむざむざと殺された責任を取らされるのだろうか？　青豆は、二人が彼女を追い詰めて処分する——あるいは捕まえる——使命を与えられるところを想像した。「なんとしてもその女を見つけ出せ。それまでは戻ってくるな」と彼らは命じられる。あり得ることだ。彼らは青豆の顔を間近に見ている。腕も立つし、復讐心にも燃えている。ハンターとしては適役だ。そして教団の幹部たちは、青豆の背後に誰がいるかをつきとめなくてはならない。

彼女は朝食にリンゴをひとつ食べた、食欲はほとんどなかった。彼女の手にはまだ、男の首筋に針を打ち込んだときの感触が残っていた。右手に小さなナイフを持ってリンゴの皮をむきながら、彼女は身のうちに微かな震えを感じた。これまでに一度も感じたことのない震えだ。誰かを殺しても、一晩眠ればその記憶はあらかた消えてしまっていた。もちろん一人の人間の命を奪うのは決して気持ちの良いことではない。しかしどうせ相手はみんな、生きている価値のないような男たちだった。人としての憐憫よりはおぞましさの方が先に立った。しかし今回は違う。客観的に事実だけを見れば、あの男がこれまでやってきたのは人倫にもとる行いだったかもしれない。しかし彼自身は多くの意味合いにおいて普通ではない人間だった。その普通でなさは、少なくとも部分的には、善悪の基準を超えたもののように思えた。そしてその命を絶つのもまた、普通ではないことだった。それはあとに奇妙な種類の手応えを残していった。普通ではない手応えだ。

彼が残していったものは「約束」だった。青豆はしばらく考えた末にそういう結論に達した。約束の重みが、彼女の手の中にしるしとして残されたのだ。青豆はそれを理解した。このしるしが彼女の手から消えることは、もうないかもしれない。

午前九時過ぎに電話がかかってきた。タマルからの電話だった。ベルが三回鳴って切れ、それから二十秒後にまたベルが鳴った。

「連中はやはり警察を呼ばなかった」とタマルは言った。「テレビのニュースにも出ない。新聞にも載っていない」

「でも死んだことは確かよ」

「それはもちろん知っている。リーダーは間違いなく死んだ。いくつかの動きがあった。彼らは既にホテルを引き払っている。夜中に何人かの人間が都内にある支部から招集された。たぶん死体を人目につかないように処理するためだ。連中はそういう作業に習熟している。そしてスモークグラスのＳクラス・ベンツと、窓を黒く塗ったハイエースが、午前一時頃にホテルの駐車場から出て行った。どちらも山梨ナンバーだ。おそらく夜明けまでには『さきがけ』の本部に着いているはずだ。一昨日に警察の捜査が入ったが、本格的なものじゃなかったし、警官たちは作業を終えてとっくに引き上げている。教団の中には本格的な焼却場がある。そこに死体が放り込まれたら、骨ひとつ残らない。きれいな煙になる」

「不気味ね」

「ああ、気色の悪い連中だ。リーダーが死んでも、組織そのものは当分そのまま動き続けるだろう。頭を切られてもそれとは無関係に動き続ける蛇と同じだ。頭がなくても、どっちに進めばいいのかちゃんとわかっているんだ。その先のことはなんとも言えない。しばらくしたら死ぬかもしれない。あるいは新しい頭を生やすかもしれない」

「あの男は普通ではなかった」

タマルはそれについて特に意見を口にしなかった。

「これまでとはぜんぜん違う」と青豆は言った。

タマルは青豆の言葉の響きを測っていた。それから言った。「これまでと違うことは、俺にも想像がつく。でも俺たちはこれからのことを考えた方がいい。少しでも実際的になろう。そうしないと生き残れない」

青豆は何かを言おうと思ったが、言葉は出てこなかった。彼女の身体にはまだ震えが残っていた。

「マダムがあんたと話したいそうだ」とタマルは言った。「話せるか？」

「もちろん」と青豆は言った。

老婦人が電話に出た。彼女の声にも安堵の色がうかがえた。

「あなたには感謝しています。言葉では表現できないくらい深く。あなたは今回も完璧な仕事をしました」

「ありがとうございます。でももう二度と同じことはできないと思います」と青豆は言った。

「わかっています。無理を言いました。あなたが無事に戻ってきてくれてとても嬉しい。もう二度とこんなことをお願いするつもりはありません。これでおしまいです。落ち着き場所は用意してあります。心配することは何もありません。そのセーフハウスで待機していてください。そのあいだにあなたが新しい生活に移るための準備を整えます」

青豆は礼を言った。

「何かとりあえず足りないものはありますか？　もしあったら言ってください。すぐにタマルに手配させます」

「いいえ、見たところここには必要なものはすべて揃っているようです」

老婦人は軽く咳をした。「いいですか、どうかこれだけは覚えていてください。私たちは完全に正しいことをしたのです。私たちはあの男が犯した罪を罰し、この先に起こることを防ぎました。これ以上の犠牲者が出ることを阻止したのです。何ひとつ気にかけることはありません」

「彼も同じことを言っていました」

「彼？」

「『さきがけ』のリーダーです。私が昨夜処理した男です」

老婦人は五秒ばかり沈黙した。それから言った。「彼は知っていた？」

「ええ、その男は私が自分を処理しに来たことを知っていました。それを承知の上で私を受け入れたのです。彼はむしろ死の到来を待ち望んでいました。その身体は既に重い損傷を受け、緩慢に、しかし避けようのない死に向かっていました。私はその時期をいくらか早め、激しい苦痛に苛まれる身体に安息を与えただけです」

老婦人はそれを聞いて真剣に驚いたようだった。またしばらく言葉を失っていた。それは老婦人にしては珍しいことだった。

「その男は――」と老婦人は言った。そして言葉を探した。「自分のとった行為に対して処罰を受けることを、自ら望んでいたわけですか？」

「彼が求めていたのはその苦痛に満ちた人生を一刻も早く終えることでした」

「そして覚悟の上であなたに自分を殺させた」

「そういうことです」

リーダーと彼女の間でなされた取り引きについては、青豆は口を閉ざしていた。天吾をこの世界で生き延びさせるかわりに、自分が死んでいかなくてはならない――それはあの男と青豆だけのあいだで交わされた密約だった。他人には明かせない。

青豆は言った。「あの男がおこなったことは道に外れた異常なことだし、殺されてもやむを得ないのでしょう。でも彼は普通ではない人間でした。少なくとも特別な何かを持った人間でした。それはたしかです」

「特別な何か」と老婦人は言った。

「うまく説明はできません」と青豆は言った。「それは特殊な能力か資質であると同時に、厳しい重荷でもあった。そしてそれが彼の肉体を内部から蝕んでいったようです」

「その特別な何かが彼を異常な行動に走らせたということなのかしら？」

「おそらく」

「いずれにせよあなたはそれを終息させた」

「そのとおりです」と青豆は乾いた声で言った。

　青豆は左手に受話器を持ち、死の感触がまだ残っている右手を広げ、手のひらを眺めた。少女たちと多義的に交わるというのがどのようなことなのか、青豆には理解できない。それを老婦人に説明することももちろんできない。

「いつものように見かけはいちおう自然死になっていますが、彼らはおそらくそれを自然死だとみなしてはくれないでしょう。成り行きからして、私が何らかのかたちでリーダーの死に関与していると考えるはずです。そしてご存じのように、彼の死はこれまでのところ警察には届けられていません」

「彼らが今後どのような行動に出るにせよ、私たちは全力をあげてあなたの身を守ります」と老婦人は言った。「彼らには彼らの組織があります。でもこちらにも強いコネクションと潤沢な資金があります。そしてあなたは注意深く聡明な人です。向こうの思うようにはさせません」

「つばさちゃんはまだ見つかっていないのですか？」と青豆は尋ねた。

「行方はまだわかっていません。私の考えでは、おそらく教団の中にいるはずです。それ以外に行き場所はありませんからね。今のところあの子を取り戻す手だては見つかってません。でもおそらくリーダーの死によって、教団は混乱しているはずです。その混乱を利用して、なんとかあの子を助け出すことができるかもしれません。あの子はなんとしても保護されなくてはならないのです」

あのセーフハウスにいたつばさは実体ではなかったとリーダーは言った。彼女は観念のひとつのかたちに過ぎなかったし、それは回収されたのだと。しかしそんなことをここで老婦人に告げるわけにはいかなかった。それが何を意味するのか、青豆にだって本当のところはよくわからない。しかし彼女は宙に持ち上げられた大理石の置き時計のことを覚えていた。それは目の前で本当に起こったことだった。

青豆は言った。「私は何日くらいこのセーフハウスに潜んでいるのでしょう？」

「四日から一週間のあいだだと思っていて下さい。そのあとであなたは新しい名前と環境を与えられ、ある遠くの場所に移ることになります。あなたがそこに落ち着いたら、当分のあいだ安全のために、私たちは接触を断たなくてはなりません。あなたとはしばらく会えなくなります。私の年齢を考えれば、ひょっとしてもう二度と会えないということになるかもしれません。あなたをこんな面倒なことに誘い入れなければよかったのかもしれない。そう思ったことも幾度となくあります。そうすればあなたをこうして失ってしまうこともなかったかもしれません。しかし――」

　老婦人はしばらく声を詰まらせた。青豆は黙って話の続きを待った。

「――しかし後悔はしていません。すべてはおそらくは宿命のようなものだった。あなたを巻き込まないわけにはいかなかった。私には選びようがなかったのです。そこにはとても強い力のようなものが働いていて、それが私を動かしてきました。こんなことになってあなたには申し訳なかったと思っています」

「でもその代わり、私たちは何かを共有しました。ほかの誰とも共有することのできない種類の、大事なものを。他では得ることのできないものを」

「そのとおりです」と老婦人は言った。

「それを共有することは、私にとっても必要なことでした」

「ありがとう。あなたがそう言ってくれると、私はいくらか救われます」

　老婦人に会えなくなるのは、青豆にとってもやはりつらいことだった。彼女は青豆が手にしている数少ない絆のひとつだった。彼女と外の世界をかろうじて結びつけている絆だ。

「お元気で」と青豆は言った。

「あなたこそお元気で」と老婦人は言った。「できるだけ幸福になりなさい」

「もしできることなら」と青豆は言った。幸福というのは青豆から最も遠くにあるものごとのひとつだった。

　タマルが電話に出た。

「今のところまだ、あれは使ってないね」と彼は尋ねた。

「まだ使っていない」

「なるべく使わないようにした方がいい」

「期待に添うように心がける」と青豆は言った。

少し間があり、それからタマルは言った。

「俺が北海道の山奥の孤児院で育てられたっていう話は、このあいだしたよな」

「両親と離ればなれになり、樺太《サハリン》から引き上げてきて、そこに入れられた」

「その施設に俺より二つ年下の子供がいたんだ。黒人との混血だった。三沢あたりの基地にいた兵隊とのあいだにできた子供なんだと思う。母親はわからんが、売春婦かバーの女給か、だいたいそんなところだ。生まれてまもなく母親に捨てられて、そこに連れてこられた。図体は俺よりでかいんだが、頭の働きがかなりとろいやつだった。もちろんまわりの連中によくいじめられてた。肌の色も違ってたしな。そういうのってわかるだろう」

「まあね」

「俺も日本人じゃないから、なんとなく成り行きで、そいつを保護する役を引き受けるようになった。俺たちはまあ、似たような境遇だったわけさ。樺太引き上げ朝鮮人と、クロとパンパンとの混血。カーストのいちばん底辺だ。でもおかげで鍛えられた。タフになった。でもそいつはタフにはなりようがなかった。ほうっておけば間違いなく死んでいただろう。頭が細かく素早く働くか、喧嘩がめっぽう強いか、どっちかじゃないと生き延びてはいけない環境だったからな」

青豆は黙って話を聞いていた。

「そいつは何をやらせてもとにかく駄目なんだ。何ひとつまともなことがやれない。服のボタンも満足にとめられないし、自分のケツだってうまく拭けない。ところが彫刻だけはやたらうまかった。何本かの彫刻刀と材木があれば、あっという間に見事な木彫りを作ってしまう。下描きも何もなく、頭の中にイメージがぱっと浮かんで、そのままものを正確に立体的に作ってしまうんだ。とても細かく、リアルに。一種の天才だよ。たいしたものだった」

「サヴァン」と青豆は言った。

「ああ、そうだ。俺もあとでそれを知った。いわゆるサヴァン症候群だ。そういう普通ではない能力を与えられた人間がいる。しかしそんなものがあるなんて当時は誰も知らなかった。知恵遅れのようなもんだと思われていた。頭の働きは鈍いけど、手先が器用で、木彫りがうまい子供だと。もっともなぜかネズミの彫刻しか作らないんだ。ネズミなら見事に作れる。どこから見てもまるで生きているみたいにさ。しかしネズミ以外のものは何ひとつ作らない。みんなは何かほかの動物の木彫りを作らせようとした。馬とか、熊とかな。そのためにわざわざ動物園にまで連れて行ったんだ。しかしそいつはほかの生き物にはこれっぽっちも興味を示さなかった。だからみんなはあきらめて、そいつにネズミばかり作らせておいた。好きにさせておいたわけだ。いろんなかたちの、いろんな大きさの、いろんなかっこうのネズミをそいつは作ったよ。不思議といえば不思議な話だ。というのは、孤児院にはネズミなんていなかったからさ。寒すぎたし、餌なんてどこにもない。その孤児院はネズミにさえ貧しすぎたわけさ。どうしてそいつがネズミにそんなにこだわるのか、誰にも理解できなかった。……いずれにせよ、そいつの作るネズミのことがちょっと話題になって、地方新聞にも載って、そのネズミを買いたいという人も何人か出てきた。

それで孤児院の院長は、カトリックの神父なんだが、その木彫りのネズミをどこかの民芸店に置かせてもらい観光客に売った。そこそこの金になったはずだが、もちろんそんな金が一円だってこっちに回ってくるわけじゃない。どうなったかは知らないが、たぶん孤児院の上の方が適当に何かに使ったんだろう。そいつはただ彫刻刀と材木を与えられて、工作室で延々とネズミを作っていただけだ。まあ、畑でのきつい労働が免除されて、そのあいだ一人でネズミを作っていれば良かったから、それだけでも幸運というべきなんだが」

「それでその人はどうなったの？」

「さあね、どうなったかは知らん。俺は十四のときに孤児院を逃げ出して、それからずっと一人で生きてきた。すぐに連絡船に乗って本土に渡り、以来、北海道に足を踏み入れたこともない。俺が最後に見たときも、そいつは作業台にかがみ込んでせっせとネズミを彫っていた。そういうときには何を言っても耳に入らないんだ。だからさよならも言わなかった。もし無事に生き延びていれば、今でもたぶんどこかでネズミを彫り続けていることだろう。それ以外にはほとんど何ひとつできないやつだからな」

　青豆は黙って話の続きを待った。

「今でもそいつのことをよく考える。孤児院の暮らしはひどいもんだった。食事は乏しくて常にひもじかったし、冬はなにしろ寒かった。労働は過酷で上級生からのいじめはそりゃすさまじいもんだった。でもそいつはそこでの暮らしをとくにつらいとも思っていなかったみたいだった。彫刻刀を持って、一人でネズミを彫っていれば幸福そうだった。彫刻刀を取り上げると、半狂乱みたいになることもあったが、それをべつにすれば実におとなしいやつだった。誰にも迷惑をかけなかった。ただ黙々とネズミを作っていただけだ。木の塊を手にとってじっと長いあいだ見ていると、そこにどんなネズミが、どんなかっこうで潜んでいるのか、そいつには見えてくるんだよ。それが見えてくるまでにはけっこう時間がかかった。しかしいったんそれが見えたら、あとは彫刻刀をふるってそのネズミを木の塊の中から取り出すだけだ。そいつはよく言っていたよ。『ネズミを取り出す』ってな。そして取り出されたそのネズミは、本当に今にも動き出しそうに見えるんだ。そいつはつまり、木の塊の中に閉じこめられていた架空のネズミを解放しつづけていたんだ」

「そしてあなたはその少年を護った」

「ああ、望んでそうなったわけじゃないが、結果的にそういう立場に立たされることになった。それが俺のポジションだった。いったんポジションが与えられたら、何があろうとそれを守るしかない。それが場のルールだった。だから俺はそのルールに従った。たとえばそいつの彫刻刀をいたずらで取り上げたりするやつがいたら、出て行ってぶちのめした。俺より年上でも、図体がでかくても、相手が一人じゃなくても、そんなこと関係なくとにかくぶちのめした。もちろん逆にぶちのめされることもあった。何度もあった。しかし勝ち負けは問題じゃない。ぶちのめしても、ぶちのめされても、俺は必ず彫刻刀を取り戻してやった。そのことが大事なんだ。わかるか？」

「わかると思う」と青豆は言った。「でも結局、その子を見捨てることになった」

「俺は一人で生きて行かなくちゃならなかったし、いつまでもそいつのそばにいて面倒を見てるわけにはいかなかった。そんな余裕は俺にはなかった。当然のことだ」

青豆はもう一度右手を開き、それを見つめた。

「あなたが小さな木彫りのネズミを手にしているのを、何度か目にしたことがあったけど、それはその子の作ったものだったのね？」

「ああ、そうだ。小さなものを俺にひとつくれた。施設を逃げ出すときにそれを持ってきた。今でも持っている」

「ねえタマルさん、どうして今そういう話を私にしてくれたわけ？　あなたはとくに意味もなく自分について語るタイプじゃないと思うんだけど」

「俺が言いたいことのひとつは、今でもよくそいつのことを思い出すってことだよ」とタマルは言った。「もう一度会いたいとかそういうんじゃない。べつに会いたくなんかないさ。今さら会っても話すことなんてないしな。ただね、そいつが脇目もふらずネズミを木の塊の中から『取り出している』光景は、俺の頭の中にまだとても鮮やかに残っていて、それは俺にとっての大事な風景のひとつになっている。それは俺に何かを教えてくれる。あるいは何かを教えようとしてくれる。人が生きていくためにはそういうものが必要なんだ。言葉ではうまく説明はつかないが意味を持つ風景。俺たちはその何かにうまく説明をつけるために生きているという節がある。俺はそう考える」

「それが私たちの生きるための根拠みたいになっているということ？」

「あるいは」

「私にもそういう風景はある」

「そいつを大事にした方がいい」

「大事にする」と青豆は言った。

「そして言いたいことのもうひとつは、俺はできる限りあんたを護るということだ。ぶちのめすべき相手がいたら、それが誰であれ、出て行ってぶちのめす。勝ち負けとは関係なく、途中で見捨てたりはしない」

「ありがとう」

　数秒間の穏やかな沈黙があった。

「しばらくのあいだ部屋から外には出るなよ。一歩でも外に出たらそこはジャングルだと思え。いいな」

「わかった」と青豆は言った。

　そして電話が切れた。受話器を戻してから、自分がそれを思い切り強く握り締めていたことに青豆は気づいた。

　タマルが私に伝えたかったのは、私は今では彼らの属しているファミリーの不可欠な一員であり、いったん結ばれたその絆が断ち切られることはないというメッセージだったのだろう。青豆はそう思った。私たちはいうなれば擬似的な血で結ばれているのだ。そのメッセージを送ってくれたことで、青豆はタマルに感謝した。青豆にとって今が苦しい時期だということが彼にはわかっていたのだろう。ファミリーの一員だと思えばこそ、彼は自らの秘密を少しずつ彼女に伝えているのだ。

　しかしそのような密接な関係が、暴力というかたちを通してしか結ばれないのだと思うと、青豆はやりきれない気持ちになった。法律に背き、何人かの人を殺し、そして今度は誰かに追われ、殺されるかもしれないという特異な状況に置かれて、私たちはこのように気持ちを深く結び合わせている。しかし、もしそこに殺人という行為が介在しなかったら、そんな関係を打ち立てることは果たして可能だっただろうか。アウトローの立場に立つことなく、信頼の絆を結ぶことはできただろうか。おそらくむずかしいはずだ。

　お茶を飲みながらテレビのニュースを見た。赤坂見附駅の浸水についての報道はもうなかった。一夜明けて水が引き、地下鉄が通常運行に復旧してしまえば、そんなものは過去の話になってしまう。そして「さきがけ」のリーダーの死は、まだ世間の知るところではなかった。その事実を知っているのはほんの一握りの人間に過ぎない。高熱焼却炉がその大男の死体を焼いているところを青豆は想像した。骨ひとつ残らない、とタマルは言った。恩寵とも苦痛とも関わりなく、すべては煙になって初秋の空気の中に溶け込んでしまう。その煙とその空を、青豆は頭に思い浮かべることができた。

　ベストセラー『空気さなぎ』の著者である十七歳の少女が行方不明になっているというニュースがあった。「ふかえり」こと深田絵里子、もう二ヶ月以上行方が知れない。警察は保護者から出された捜索願を受け、その行方について慎重に調査を進めているが、今のところ事情は明らかになっていない。アナウンサーはそう告げていた。書店の店頭に『空気さなぎ』が山積みになっている映像が映し出された。書店の壁にはその美しい少女の写真ポスターが貼ってあった。若い女性の書店員がテレビ局のマイクに向けてしゃべっていた。「本は今でもすごい勢いで売れています。私も自分で買って読みました。豊かなイマジネーションにあふれた面白い小説です。ふかえりさんの行方が早くわかるといいと思います」

そのニュースでは深田絵里子と宗教法人「さきがけ」の関係についてはとくに言及されていなかった。宗教団体がからんでくると、メディアは警戒的になる。

とにかく深田絵里子は行方不明になっている。彼女は十歳のときに、父親である男に犯された。彼の言ったことをそのまま受け入れるなら、彼らは多義的に交わった。そしてその行為をとおして、リトル・ピープルを彼の中へと導いた。なんて言ってたっけ？　そう、パシヴァとレシヴァだ。深田絵里子が「知覚するもの」であり、その父親が「受け入れるもの」だった。そしてその男は特別な声を聴き始めた。彼はリトル・ピープルの代理人となり、「さきがけ」という宗教団体の教祖のような存在になった。その後彼女は教団を離れた。そして今度は「反リトル・ピープル」のモーメントを担うようになり、天吾とチームを組んで、『空気さなぎ』という小説を書き、それはベストセラーになった。そして今、彼女は何らかの理由で行方不明になっている。警察はその行方を捜している。


その一方で私は昨夜、教団「さきがけ」のリーダーである深田絵里子の父親を、特製のアイスピックを使って殺害した。教団の人々は彼の死体をホテルから運び出し、内密に「処理」した。深田絵里子が父親の死を知って、それをどのように受け止めるのか、青豆には想像もつかない。それが本人の求めた死であり、無痛のいわば慈悲の死であったとしても、私はとにかく一人の人間の生命をこの手で断ち切った。人の生命は孤独な成り立ちのものではあるが、孤立したものではない。その生命にはどこかでべつの生命が繋がっている。それについても私はおそらく何らかのかたちで責任を負わなくてはならないはずだ。

天吾もこの一連の出来事に深く関わっている。私たちを結び付けているのは深田父子の存在だ。パシヴァとレシヴァ。天吾は今どこにいて、何をしているのだろう。深田絵里子の失踪に彼は関与しているのだろうか。二人は今も行動をともにしているのだろうか。もちろんテレビのニュースは天吾の運命について何ひとつ教えてはくれない。彼が『空気さなぎ』の実質的な作者であることは、今のところまだ誰にも知られていないようだ。でも私はそれを知っている。

私たちは少しずつ距離を狭めているように見える。天吾くんと私は何らかの事情でこの世界に運び込まれ、大きな渦に引き寄せられるみたいに、お互いに向けて近づけられている。おそらくそれは致死的な渦だ。しかしリーダーが示唆するところによれば、致死的でないところに私たちの邂逅はなかった。暴力性がある種の純粋な結びつきを作り出すのと同じように。

彼女は一度深く呼吸をした。それからテーブルの上に置かれたヘックラー&コッホに手を伸ばし、その硬い感触を確かめた。その銃口が自分の口の中に突っ込まれ、彼女の指が引き金を絞るところを想像した。

大きなカラスが出し抜けにベランダにやってきて、手すりにとまり、よく通る声で何度か短く鳴いた。青豆とカラスはしばらくのあいだ、ガラス窓越しにお互いの様子を観察していた。カラスは顔の横についた大きなきらきらした目を動かしながら、部屋の中の青豆の動きをうかがっていた。彼女が手にした拳銃の意味を推し量っているように見えた。カラスは頭の良い動物だ。彼らはその鉄の塊が重要な意味を持っていることを理解している。何故かはわからないが、彼らはそれを知っている。

それからカラスはやってきたときと同じように、唐突に羽を広げてどこかに飛び立っていった。見るべきものは見たという感じで。カラスがいなくなると、青豆は席を立ってテレビを消し、ため息をついた。そしてそのカラスがリトル・ピープルのまわしものでないことを祈った。

青豆は居間のカーペットの上でいつものストレッチングをやった。一時間、彼女は筋肉を酷使した。しかるべき痛みとともに時間を過ごした。全身の筋肉をひとつひとつ順番に召喚し、詳しく厳しく査問した。それらの筋肉の名前と役目と性質は、青豆の頭の中に細かく刻み込まれている。彼女が見逃すことは何ひとつない。多くの汗が流れ、呼吸器と心臓がフルに活動し、意識のチャンネルが入れ替わった。青豆は血液の流れに耳を澄ませ、内臓が発する無言のメッセージを受信した。顔の筋肉が百面相をするみたいに大きく動きながら、それらのメッセージを咀嚼した。

それから彼女はシャワーを浴び、汗を流した。体重計に乗って、大きな変化がないことを確かめた。鏡の前に立って、乳房の大きさと陰毛の形状が変わってないことを確認し、大きく顔を歪めた。いつもの朝の儀式だ。

洗面所を出ると、青豆は動きやすいジャージのスポーツウェアの上下を着た。そして時間をつぶすために、部屋の中にあるものをもう一度点検してみることにした。まず台所からその作業にとりかかった。そこにどんな食品が用意してあり、どんな食器や調理用具が揃っているのか。彼女はそのひとつひとつを頭の中に記録していった。その食品のストックをどのような順番で調理し、食べていけばいいのか、おおよその計画を立てた。彼女の概算によれば、一歩もこの部屋を出なくても、少なくとも十日は飢えることなく生活することができた。意識して節約すればたぶん二週間はもつだろう。それだけの食料は用意されていた。

そのあとで雑貨のストックを細かく調べた。トイレット・ペーパー、ティッシュ・ペーパー、洗剤、ゴミ袋。足りないものはない。すべてはとても注意深く買いそろえられている。仕度にはおそらく女性が携わったのだろう。手慣れた主婦らしい注意深さがそこには見受けられた。三十歳の健康な独身女性がここで一人で短期間生活するために、何がどれくらい必要なのか、細かいところまで綿密に計算されている。男にできることではない。注意深く観察力の鋭いゲイの男になら可能かもしれないが。

寝室のリネン・クローゼットにはシーツや毛布や布団カバーや枕の予備がひととおり揃っていた。どれも新品の寝具の匂いがした。もちろんすべて白の無地だった。装飾性はきれいに排除されている。そこには趣味や個性は必要とされていない。

居間にはテレビとビデオデッキと小型のステレオ装置が置かれていた。レコード・プレーヤーとカセットデッキがついている。窓とは反対側の壁には、腰までの高さの木製のサイドボードがあり、身を屈めて扉を開けると、その中に二十冊ほどの本が並んでいるのが見えた。誰だかは知らないが、青豆がここに潜伏しているあいだ退屈しないでいられるように気を配ってくれたのだろう。念が入っている。本はすべてハードカバーの新品で、ページを繰られた形跡はなかった。ざっとタイトルを見たところ、最近話題になっている新刊書が中心だった。おそらく大型書店の平積みの中から選ばれてきたのだろうが、それでもそこには選択の基準のようなものが見受けられた。趣味とまではいかないにせよ、基準はある。フィクションとノンフィクションがおおよそ半分ずつ。その選択の中には『空気さなぎ』も含まれていた。

青豆は小さく肯いてその本を手に取り、居間のソファに座った。ソファには柔らかい太陽の光があたっていた。厚い本ではない。軽く、活字も大きい。彼女は表紙を眺め、そこに印刷されたふかえりという著者名を眺め、手のひらの上に置いて重さを量り、帯に書かれた宣伝コピーを読んだ。そして本の匂いを嗅いだ。新刊書特有の匂いがした。その本には名前こそ印刷されてはいないけれど、天吾の存在が含まれている。そこに印刷されている文章は天吾の身体を通り抜けてきた文章なのだ。彼女は気持ちを落ち着けてから、最初のページを開いた。

ティーカップとヘックラー&コッホは、彼女の手の届くところに置かれていた。

第18章 天吾

寡黙な一人ぼっちの衛星

「そのひとはすぐちかくにいるかもしれない」、ふかえりは下唇を嚙みしめながらしばらく真剣に考えたあとでそう言った。

天吾はテーブルの上で指を組み直し、ふかえりの目を見つめた。「この近くに？ つまり高円寺にということ？」

「ここからあるいていけるところ」

どうしてそんなことが君にわかるんだ、と天吾は問いただしてみたかった。しかしそんな質問をしたところで答えは返ってこないだろう。天吾にもそれくらいの予測はつく。イエス・ノーだけで答えられる実際的な質問が求められているのだ。

「つまりこのあたりで捜せば、青豆に会えるのかな？」と天吾は尋ねた。

ふかえりは首を振った。「ただあるきまわってもあえない」

「ここから歩いていけるところにいるけれど、ただ歩き回って捜しても見つからない。そういうこと？」

「かくれているから」

「隠れている?」

「けがをしたネコのように」

青豆が身を丸めて、どこかの黴《かび》くさい縁の下に身を潜めている情景が天吾の頭に浮かんだ。

「どうして、誰から隠れているんだろう?」と彼は質問した。

当然のことながら、答えは返ってこなかった。

「でも隠れているということはつまり、彼女は何らかの危機的な状況の中にいるわけだね」と天吾は尋ねた。

「キキてきなジョウキョウ」とふかえりは天吾の言ったことを反復した。そして苦い薬を目の前に出された小さな子供のような顔をした。その言葉の響きが気に入らないのだろう。

「たとえば誰かに追われているとか」と天吾は言った。

ふかえりは首をわずかに傾けた。わからないということだ。「でもいつまでもこのあたりにいるわけではない」

「時間は限られている」

「かぎられている」

「でも彼女は怪我をした猫のようにどこかにじっと身を潜めていて、だからそのへんをぶらぶら散歩したりするようなことはない」

「そんなことはしない」とその美しい少女はきっぱり言った。

「つまり僕は、どこか特別なところを捜さなくてはならない」

ふかえりは肯いた。

「それはどんな風に特別なところなんだろう？」と天吾は尋ねた。

言うまでもないことだが、答えは返ってこなかった。

「そのひとについておもいだすことがいくつかある」、ふかえりはしばらく時間がたってからそう言った。「やくにたつことがあるかもしれない」

「役に立つ」と天吾は言った。「彼女についての何かを思い出せば、隠れている場所についてのヒントが得られるかもしれないということ？」

彼女は返事をせずただ小さく肩をすぼめた。そこにはおそらく肯定のニュアンスが含まれていた。

「ありがとう」と天吾は礼を言った。

ふかえりは満ち足りた猫のように小さく肯いた。


天吾は台所で夕食の用意をした。ふかえりはレコード棚から熱心にレコードを選んでいた。それほど多くのレコードがあるわけでもないのだが、選ぶのに時間がかかった。熟考の末にローリングストーンズの古いアルバムを取りだし、ターンテーブルの上に載せ、針を下ろした。高校生のときに誰かに借りて、なぜかそのまま借りっぱなしになっているレコードだ。ずいぶん長いあいだ聴いていない。

天吾は『マザーズ・リトル・ヘルパー』や『レディ・ジェーン』を聴きながら、ハムときのことブラウン・ライスを使ってピラフを作り、豆腐とわかめの味噌汁を作った。カリフラワーを茹で、作り置きのカレー・ソースをかけた。いんげんとタマネギの野菜サラダも作った。料理を作ることは天吾には苦痛ではない。彼は料理を作りながら考えることを習慣にしていた。日常的な問題について、数学の問題について、小説について、あるいは形而上的な命題について。台所に立って手を動かしていると、何もしていないときよりうまく順序立ててものを考えることができた。しかしいくら考えても、ふかえりの言う「特別な場所」がどんなところなのか見当がつかなかった。もともと順序のないものに順序を与えようとしても、それは無駄な試みでしかない。たどり着ける場所は限定されている。

二人はテーブルをはさんで向かい合って夕食を食べた。会話というほどのものは交わされなかった。彼らは倦怠期を迎えた夫婦のように、黙々と料理を口に運びながら、それぞれに別のことを考えていた。あるいは何も考えていなかった。とくにふかえりの場合その違いを見分けるのはむずかしい。食事が終わると天吾はコーヒーを飲み、ふかえりは冷蔵庫からプディングを出して食べた。彼女は何を食べていても表情に変化がない。咀嚼のことしか頭にないように見える。

天吾は仕事机の前に座り、ふかえりの示唆に従って、青豆についての何かを思い出そうと努めた。

そのひとについて思い出すことがいくつかある。役に立つことがあるかもしれない。

しかし天吾は、その作業に意識を集中することができなかった。ローリングストーンズの別のアルバムがかかっていた。『リトル・レッド・ルースター』、ミック・ジャガーがシカゴ・ブルーズに夢中になっていたころの演奏だ。悪くない。でも深く思索したり、真剣に記憶を掘り起こそうとしている人のことを考えて作られた音楽ではない。ローリングストーンズというバンドにはそういう種類の親切心はほとんどない。どこか静かなところで一人になる必要があると彼は思った。

「少し外に出てくる」と天吾は言った。

　ふかえりはローリングストーンズのアルバム・ジャケットを手にとって眺めながら、どうでもよさそうに肯いた。

「誰が来てもドアを開けるんじゃないよ」と天吾は言った。

　天吾は長袖の紺のTシャツに、折り目が完全に消えたカーキ色のチノパンツ、スニーカーというかっこうでしばらく駅に向けて歩き、駅の少し手前にある「麦頭《むぎあたま》」という店に入った。そして生ビールを注文した。酒と軽い食事を出す店だ。小さな店で、二十人くらい客が入ればいっぱいになってしまう。以前何度かこの店に入ったことがあった。深夜近くになると若い連中で賑やかになるが、七時から八時にかけての時間は比較的客も少なく、ひっそりして感じが良かった。一人で片隅の席に座り、ビールを飲みながら本を読むのに適している。椅子の座り心地も良い。その店名がどこから来ているのか、何を意味するのかは不明だった。店員に訊いてみてもよかったが、知らない相手と世間話をするのは得意ではない。それに店名の由来を知らなくても、それで何か不自由があるわけではなかった。そこはとにかく「むぎあたま」という名前を持つなかなか居心地の良い店なのだ。

　ありがたいことに店内に音楽はかかっていなかった。天吾は窓際のテーブル席に座ってカールスバーグの生を飲み、小さなボウルに盛られたミックスナッツをかじりながら、青豆のことを思い出した。青豆の姿を思い出すことは、彼自身がもう一度十歳の少年に戻ることでもあった。彼の人生におけるひとつの転換点を再体験することでもあった。十歳の時に彼は青豆に手を握り締められ、そのあとで父親についてＮＨＫの集金についてまわることを拒否するようになった。ほどなくはっきりした勃起と精通を経験した。それが天吾にとっての人生のひとつの転機となった。もちろん青豆に手を握られなくても、その転換はやってきたはずだ。遅かれ早かれ。しかし青豆が彼を励まし、そのような変化を促してくれたのだ。背中をそっと押すみたいに。

　彼は長いあいだ左の手のひらを広げて見つめていた。十歳の少女がこの手を握り、おれの内側にあった何かを大きく変えてしまった。どうしてそんなことが起こり得たのか、筋道立てて説明することはできない。しかし二人はそのとききわめて自然なかたちでお互いを理解し合い、受け入れあったのだ。ほとんど奇跡的なまでに、隅から隅まで。そんなことはこの人生の中で何度も起こるわけではない。いや、人によっては一度だって起こらないかもしれない。でもその時点では、それがどれくらい決定的な意味を持つ出来事なのか、天吾にはじゅうぶん理解できなかった。いや、何もそのときだけじゃない。つい最近になるまで、そこに込められた意味は本当には理解できていなかったのだ。彼はただ漠然とその少女のイメージを心に抱きつづけてきただけだった。

　彼女は三十歳になり、今では外見もずいぶん違ったものになっているかもしれない。背も高くなり、胸もふくらんでいるだろうし、髪型も当然変わっているはずだ。もし「証人会」を脱会していればということだが、化粧だってそれなりにしているだろう。今では洒落た高価な服を着こなしているかもしれない。カルバン・クラインのスーツに身を包み、ハイヒールを履いて通りを勢いよく歩いている青豆の姿を、天吾はうまく想像することができなかった。しかしもちろんそういうことだってあり得る。人は成長するものだし、成長するというのは変化を遂げることなのだ。ひょっとしたら彼女は今この店の中にいるのに、それに気づかないということだってあるかもしれない。

彼はビールのグラスを傾けながら、あらためてあたりを見回した。彼女はこの近くにいる。歩いて行ける距離のところに。ふかえりはそう言った。そして天吾はふかえりの言葉をそのまま受け入れた。彼女がそう言うのであれば、おそらくそうなのだろう。

しかし店の中には天吾のほかには、大学生風の若いカップルがカウンター席に隣り合って座り、額を寄せ合うようにして何ごとかを熱心に親密に語り合っているだけだった。その二人を見ていると、天吾は久しぶりに深い淋しさを感じた。この世界で自分は孤独なのだと思った。おれは誰にも結びついていない。

天吾は軽く目を閉じ、意識を集中し、小学校の教室の情景をもう一度頭に思い浮かべた。昨夜、激しい雷雨の中でふかえりと交わったとき、彼はやはり目を閉じてその場所を訪れていた。リアルに、とても具象的に。そのせいで彼の記憶はいつもより更に鮮やかなものに更新されたようだった。まるでそこにかぶっていたほこりが夜の雨に洗い流されたみたいに。

不安と期待と怯えが、がらんとした教室の隅々にまで散らばり、臆病な小動物のように様々な事物の中にこっそり身を潜めていた。数式の消し残しのある黒板、折れて短くなったチョーク、日焼けした安物のカーテン、教壇の花瓶に挿された花（花の名前までは思い出せない）、壁にピンでとめられた子供たちの描いた絵、教壇の背後にかかった世界地図、床のワックスの匂い、揺れるカーテン、窓の外から聞こえてくる歓声——そこにある情景を天吾はとても克明に頭の中に再現することができた。そこに含まれていた予兆や企みや謎かけをひとつひとつ目でたどっていくことができた。

青豆に手を握られていた数十秒のあいだに、天吾はずいぶん多くのものを目にしたし、まるでカメラのように正確にそれらの像を網膜に焼きつけた。それは彼が、苦痛に満ちた十代を生き延びていくための、基本的な情景のひとつとなった。その情景は常に少女の指の強い感触を伴っていた。彼女の右手は、苦しみあえぎながら大人になっていく天吾を、常に変わることなく勇気づけてくれた。大丈夫、あなたには私がいる、とその手は告げていた。

あなたは孤独ではない。

彼女はじっと隠れている、とふかえりは言った。怪我をした猫のように。

考えてみれば不思議な巡り合わせだ。ふかえりもやはりここに身を隠している。天吾の部屋から一歩も外に出ようとしない。この東京の一角に二人の女性が同じように身を潜めている。何かから逃げている。どちらも天吾に深く関わりのある女性だ。そこには共通した要因があるのだろうか？　それとも偶然の一致に過ぎないのか？

もちろん答えは返ってこない。ただ疑問があてもなく発せられるだけだ。多すぎる疑問、少なすぎる回答。毎度のことだ。

ビールを飲んでしまうと、若い男の店員がやってきて、ほかに何か欲しいものはあるかと彼に尋ねた。天吾は少し迷ってから、バーボンのオンザロックとミックスナッツのおかわりを注文した。バーボンはフォア・ローゼズしかないがそれでかまわないか？　かまわない、と天吾は言った。なんでもいい。そして再び青豆について考えた。店の奥にある調理場からピザを焼く香ばしい匂いが漂ってきた。

青豆はいったい誰から身を隠しているのだろう？　あるいは司直の手を逃れているのかもしれない、と天吾は思う。しかし彼女が犯罪者になっているとは、天吾には考えられなかった。彼女がいったいどんな犯罪を犯すというのだ。いや、それは警察なんかじゃない。青豆のあとを追っているのは、それが誰であれ何であれ、法律とは無縁のものであるはずだ。

ひょっとしてそれは、ふかえりを追っているのと同じものではないのか、と天吾はふと思った。リトル・ピープル？　でもどうして、何のためにリトル・ピープルが青豆を追わなくてはならないのだ？

しかしもし本当に彼らが青豆を追っているのだと仮定すれば、その要の役をしているのはこのおれということになるかもしれない。どうして自分がそんな成り行きの要にならなくてはならないのか、天吾にはもちろん理解できない。しかしもし仮にふかえりと青豆という二人の女性を結びつけている要因があるとするなら、それは天吾自身のほかにはあり得なかった。自分でもよくわからないうちに、おれは何らかの力を行使して、青豆を自分の近くに引き寄せていたのかもしれない。

何らかの力？

彼は自分の両手を見つめた。わからないな。おれのいったいどこにそんな力がある？

フォア・ローゼズのオンザロックが運ばれてきた。新しいナッツのボウルも。彼はフォア・ローゼズを一口飲み、ミックスナッツをいくつか手のひらの中に入れて、サイコロのように軽く振った。

いずれにせよ青豆はこの町のどこかにいる。ここから歩いていけるくらいの距離に。ふかえりはそう言う。そしておれはそれを信じる。なぜかと訊かれても困るのだが、とにかく信じる。しかしいったいどうすればどこかに身を潜めている青豆を捜し出せるだろう？　当たり前に社会生活を営んでいる相手を捜すことだって簡単ではないのだ。意図して隠れているとなれば、当然ながら話は更にややこしくなってくる。ラウドスピーカーで彼女の名前を呼んでまわればいいのか。まさか、そんなことをしたってのこのこ出てくるわけがない。まわりの注目を引いて、彼女の身をより多くの危険にさらすだけだ。

　何か思い出すべきことが残っているはずだ、と天吾は思った。

「そのひとについておもいだすことがいくつかある。やくにたつことがあるかもしれない」とふかえりは言った。しかし彼女にそう言われる前から、青豆に関して何か重要な事実をひとつかふたつ、自分は思い出し損ねているのではないか、という感覚が天吾にはずっとあった。それが、靴の中に入った小石のように、ときどき彼を落ち着かない気持ちにさせていた。漠然とではあるけれど、切実に。

　天吾は黒板を消すように意識をまっさらにし、もう一度記憶を掘り起こしてみた。青豆について、自分自身について、二人のまわりにあったものごとについて、漁師が網を引くように柔らかな泥底をさらった。ひとつひとつの事物を順序立てて丹念に思い返していった。しかしなんといっても二十年も前に起こったことだ。そのときの情景をどれだけ鮮やかに覚えているといっても、具体的に思い出せることはやはり限られている。

それでもそこにあった何かを、そしてこれまで見過ごされてきた何かを、天吾は見つけ出さなくてはならない。それもここで今すぐに。そうしないと、この町のどこかにいるはずの青豆を探し出すことはできなくなってしまうかもしれない。ふかえりの言葉を信じるなら、時間は限られている。そして何かが彼女を追っている。

彼は視線について考えてみることにした。青豆がそこで何を見ていたか。そして天吾自身が何を見ていたか。時間の流れと視線の動きに沿って思い返してみよう。

天吾の手を握りしめながら、その少女は天吾の顔をまっすぐ見ていた。彼女はその視線をいっときも逸らさなかった。天吾は最初のうち、彼女のとった行為の意味がまったく理解できず、説明を求めるように相手の目を見た。ここには何かしらの誤解があるに違いない。あるいは間違いがあるに違いない。天吾はそう思った。しかしそこには誤解もなければ、間違いもなかった。彼にわかったのは、その少女の瞳がびっくりするほど深く澄み渡っていることだった。そんなに混じりけなく澄んだ一対の瞳を、彼はそれまで一度も目にしたことがなかった。透き通っていながら、底が見えないくらい深い泉のようだ。長くのぞき込んでいると、中に自分が吸い込まれてしまいそうだった。だから相手の目から逃れるように視線を逸らせた。逸らせないわけにはいかなかった。

彼はまず足もとの板張りの床を眺め、人影のない教室の入り口を眺め、それから小さく首を曲げて窓の外に目をやった。そのあいだも青豆の視線は揺らがなかった。彼女は窓の外を見ている天吾の目をそのまま凝視していた。その視線を彼はひりひりと肌に感じることができた。そして彼女の指は変わらぬ力で天吾の左手を握り締めていた。その握力には一片の揺らぎもなく、迷いもなかった。彼女は怯えてはいなかった。彼女が怯えなくてはならないものは何ひとつなかった。そしてその指先を通して天吾にその気持ちを伝えようとしていた。

掃除のあとだったから、空気を入れ換えるために窓は大きく開けられ、白いカーテンが緩やかに風にそよいでいた。その向こうには空が広がっていた。十二月になっていたがまだそれほど寒くはない。空の高いところには雲が浮かんでいた。秋の名残をとどめたまっすぐな白い雲だ。ついさっき刷毛で引かれたばかりのように見える。それからそこには何かがあった。何かがその雲の下に浮かんでいた。太陽？　いや、違う。それは太陽ではない。

天吾は息を止め、こめかみに指を当てて記憶をより深いところまでのぞき込もうとした。その今にも切れてしまいそうな意識の細い糸をたどっていった。

そう、そこには月があった。

まだ夕暮れには間があったが、そこには月がぽっかりと浮かんでいた。四分の三の大きさの月だ。まだこんなに明るいうちに、こんなに大きく鮮やかに月を見ることができるんだ、と天吾は感心した。そのことを覚えている。その無感覚な灰色の岩塊は、まるで目に見えぬ糸にぶらさげられたようなかっこうで、所在なさそうに空の低いところに浮かんでいた。そこには何かしら人工的な雰囲気が漂っていた。ちょっと見たところ、芝居の小道具で使われる作り物の月のように見えた。しかしもちろんそれは本物の月だった。当然のことだ。誰も本物の空にわざわざ手間暇かけて、偽物の月を吊したりはしない。

ふと気がついたとき、青豆はもう天吾の目を見てはいなかった。その視線は彼が見ているのと同じ方向にむけられていた。青豆も彼と同じように、そこに浮かんだ白昼の月を見つめていた。

天吾の手をしっかり握りながら、とても真剣な顔つきで。天吾はもう一度彼女の目を見た。彼女の瞳はもうさきほどのようには澄んでいなかった。あれはあくまでいっときの、特別な種類の澄み渡り方だったのだ。しかしその代わりに今ではそこに堅く結晶したものが見受けられた。それは艶やかでありながら、同時に霜を思わせる厳しさを含んだものだった。それがいったい何を意味するのか、天吾には把握できなかった。

やがてその少女ははっきりと心を定めたようだった。握っていた手を唐突に放し、天吾にくるりと背中を向け、ひとことの言葉もなく、足早に教室から出て行った。一度も後ろを振り返ることなく、天吾を深い空白の中に置き去りにして。

天吾は目を開けて意識の集中を解き、深い息を吐き、それからバーボン・ウィスキーを一口飲んだ。それが喉を越えて、食道を降りていく感触を味わった。そしてもう一度息を吸い込み、吐いた。青豆の姿はもう見えなかった。彼女は背を向けて、教室の外に去ってしまったのだ。そして彼の人生から姿を消してしまった。

それから二十年が経過した。

月だ、と天吾は思う。

おれはそのとき月を見ていたのだ。そして青豆もやはり同じ月を見ていた。午後三時半のまだ明るい空に浮かんだ、灰のような色をした岩塊。寡黙な一人ぼっちの衛星。二人は並んでその月を見ていた。でもそれがいったい何を意味するのだろう？　月がおれを青豆のいる場所に導いてくれるというのだろうか？

青豆はそのときひそかに、ある種の心を月に託していたのかもしれない、と天吾はふと思った。彼女と月とのあいだに、何か密約のようなものが結ばれたのかもしれない。月に向けられた彼女の視線には、そのような想像を導く、おそろしく真摯なものがこめられていた。

そのとき青豆が月に向かって何を差し出したのかはもちろんわからない。しかし月が彼女に与えたものは、天吾にもおおよそ想像がついた。それはおそらく純粋な孤独と静謐だ。それは月が人に与え得る最良のものごとだった。

天吾は勘定を払って「麦頭」を出た。そして空を見上げた。月は見当たらなかった。空は晴れていたし、どこかに月は出ているはずだ。しかしまわりをビルに囲まれた路上からは、その姿を目にすることはできない。彼はポケットに手を突っ込んだまま、月を求めて通りから通りへと歩いた。どこか視界の開けた場所に行きたかったが、高円寺ではそんな場所は簡単には見つからない。ちょっとした坂だって見つけるのに苦労するくらい平らな土地なのだ。小高くなった場所もない。四方を見渡せるビルの屋上に上がればいいのだろうが、あたりには屋上に上がれるような適当なビルは見当たらなかった。

でもあてもなく歩いているうちに、近くに児童公園があったことを天吾は思い出した。散歩の途中その前を通りかかることがある。大きな公園ではないが、そこにはたしか滑り台があったはずだ。その上にのぼれば、少しは空を見渡すことができるかもしれない。大した高さではないけれど、地表にいるよりはいくらか見晴らしがいいだろう。彼はその公園の方に歩いていった。腕時計の針は八時近くを指していた。

公園には人影はなかった。真ん中に水銀灯が一本高く立っていて、その明かりが公園の隅々までを照らしていた。大きなケヤキの木があった。その葉はまだ密に繁っている。いくつかの背の低い植え込みがあり、水飲み場があり、ベンチがあり、ぶらんこがあり、滑り台があった。公衆便所もあったが、それは区の職員の手によって日暮れに施錠されるようになっていた。浮浪者を閉め出すためかもしれない。昼のあいだは、幼稚園に上がる前の子供を連れた若い母親たちがやってきて、子供たちを遊ばせながら賑やかに世間話をしていた。天吾は何度かそういう光景を目にしていた。しかし日が暮れると、そこを訪れるものはほとんどいない。

天吾は滑り台の上にあがり、そこに立って夜空を見上げた。公園の北側には六階建ての新しいマンションが建っていた。以前はそんなものはなかった。最近できたばかりなのだろう。その建物が北側の空を壁のように塞いでいた。しかしそれ以外の方向には低いビルしかない。天吾はぐるりとあたりを見回し、南西の方向に月の姿を見つけた。月は二階建ての古い一軒家の屋根の上に浮かんでいた。月は四分の三の大きさだった。二十年前の月と同じだ、と天吾は思った。まったく同じ大きさ、同じかたち。偶然の一致だ。たぶん。

しかし初秋の夜空に浮かんだ月はくっきりと明るく、この季節特有の内省的な温かみを持っていた。十二月の午後三時半の空に浮かんだ月とはずいぶん印象が違う。その穏やかな自然の光は、人の心を癒し鎮めてくれる。澄んだ水の流れや、優しい木の葉のそよぎが、人の心を癒し鎮めてくれるのと同じように。

天吾は滑り台のてっぺんに立ったまま、その月を長いあいだ見上げていた。環状七号線の方向からは、様々なサイズのタイヤ音が混じり合った海鳴りに似た音が聞こえてきた。その音は天吾にふと、父親のいる千葉の海辺の療養所を思い出させた。

都市の世俗的な明かりが、いつものように星の姿をかき消していた。空はきれいに晴れていたが、いくつかのとくべつに明るい星が、ところどころに淡く散見できるだけだ。しかしそれでも月だけはくっきりと見えた。月は照明にも騒音にも汚染された空気にも苦情ひとつ言わず、律儀にそこに浮かんでいた。目をこらせば、その巨大なクレーターや谷間が作り出す、奇妙な影を認めることもできた。月の輝きを無心に眺めているうちに、天吾の中に古代から受け継がれてきた記憶のようなものが呼び起こされていった。人類が火や道具や言語を手に入れる前から、月は変わることなく人々の味方だった。それは天与の灯火として暗黒の世界をときに明るく照らし、人々の恐怖を和らげてくれた。その満ち欠けは時間の観念を人々に与えてくれた。月のそのような無償の慈悲に対する感謝の念は、おおかたの場所から闇が放逐されてしまった現在でも、人類の遺伝子の中に強く刷り込まれているようだった。集合的な温かい記憶として。

考えてみれば、こんな風に月をしげしげと眺めるのはずいぶん久しぶりのことだな、と天吾は思った。この前月を見上げたのはいつのことだったろう。都会であわただしく日々を過ごしていると、つい足もとばかり見て生きるようになる。夜空に目をやることさえ忘れてしまう。

それから天吾はその月から少し離れた空の一角に、もう一個の月が浮かんでいることに気づいた。最初のうち、彼はそれを目の錯覚だと思った。あるいは光線が作り出した何かのイリュージョンなのだと。しかし何度眺めても、そこには確固とした輪郭を持った二つめの月があった。彼はしばし言葉を失い、口を軽く開いたまま、ただぼんやりとその方向を眺めていた。自分が何を見ているのか、意識を定めることができなかった。輪郭と実体とがうまくひとつに重ならなかった。まるで観念と言語が結束しないときのように。

もうひとつの月？

目を閉じ、両方の手のひらで頰の筋肉をごしごしとこすった。いったいおれはどうしたのだろう、と天吾は思った。それほど酒を飲んだわけでもない。彼は静かに息を吸い込み、静かに息を吐いた。意識がクリアな状態にあることを確かめた。自分が誰で、今どこにいて何をしているのか、目を閉じた暗闇の中であらためて確認した。一九八四年九月、川奈天吾、杉並区高円寺、児童公園、夜空に浮かんだ月を見上げている。間違いない。

それから静かに目を開け、もう一度空を見上げた。冷静な心で、注意深く。しかしそこにはやはり月が二個浮かんでいた。

錯覚ではない。月は二個ある。天吾はそのまま長いあいだ右手のこぶしを強く握りしめていた。

月は相変わらず寡黙だった。しかしもう孤独ではない。

第19章 青豆

ドウタが目覚めたときには

『空気さなぎ』は幻想的な物語のかたちをとっているものの、基本的には読みやすい小説だった。それは十歳の少女が語る口語を模した文体で書かれていた。むずかしい言葉もなく、強引なロジックもなく、くどい説明もなく、凝った表現もなかった。物語は終始、少女によって語られる。彼女の言葉は聞き取りやすく、簡潔であり、多くの場合耳に心地良いが、それでいてほとんど何も説明していなかった。彼女は自分の目で見たものを、流れのままに語っているだけだ。立ち止まって、「今いったい何が起こっているのだろう」「これは何を意味するのだろう」と考察するようなことはない。彼女はゆっくりと、しかし適度な足取りで前に進み続ける。読者はその視線を借りて、少女の歩みについていく。とても自然に。そしてふと気がつくと、彼らは別の世界に入っている。ここではない世界だ。リトル・ピープルが空気さなぎを作っている世界だ。

最初の十ページばかりを読んで、青豆はまずその文体に強い印象を受けた。もし天吾がこの文体を作りだしたのだとしたら、彼にはたしかに文章を書く才能が具わっている。青豆の知っていた天吾はまず数学の天才として知られていた。神童と呼ばれていた。大人でもなかなか解けないようなむずかしい数学の問題を苦もなく解いていた。数学ほどではないが、ほかの学科の成績も素晴らしくて、何をやらせてもほかの子供たちを寄せ付けないところがあった。身体も大きく、スポーツも万能だった。しかし文章を書くことに秀でていたという記憶はない。たぶん当時その才能は、数学の陰に隠れてあまり目立たなかったのだろう。

あるいは天吾は彼女の語り口をただそのまま文章に移し替えただけなのかもしれない。彼自身のオリジナリティーは文体にそれほど関与していないのかもしれない。しかしそれだけではあるまいという気がした。その文章は一見したところシンプルで無防備でありながら、細かく読んでいくと、かなり周到に計算され、整えられていることがわかった。書きすぎている部分はひとつもなかったが、それと同時に、必要なことはすべて書かれていた。形容的な表現は切り詰められているものの、描写は的確で色合いが豊かだった。そして何よりもその文章には優れた音調のようなものが感じられた。声に出して読まなくても、読者はそこに深い響きを聞き取ることができた。十七歳の少女がすらすらと自然に書けるような文章ではない。

青豆はそれだけを確かめてから、その先を注意深く読み進んでいった。

主人公は十歳の少女だ。彼女は山中にある小さな「集まり」に属している。彼女の父親も母親も、その「集まり」の中で共同生活を送っている。兄弟姉妹はいない。少女は生まれてまもなくこの場所に連れられてきたので、外の世界についての知識をほとんど持たない。それぞれに日課が忙しく、家族三人が顔を合わせてゆっくり会話をするような機会はあまりないが、それでも仲はいい。日中少女は地域の小学校に通い、両親は主に農作業に携わっている。時間の余裕がある限り、子供たちも農作業を手伝う。

「集まり」の中で暮らす大人たちは、その外にある世界のあり方を嫌っている。自分たちの住んでいる世界は、シホンシュギの海の中に浮かんだ美しい孤島であり、トリデなのだ、と彼らはことあるごとに言う。少女はシホンシュギ（時にはブッシツシュギという言葉が使われる）が何であるかを知らない。ただ人々がその言葉を口にするときに聞き取れるさげすむような響きからすると、それはどうやら自然や正しさに反する、ゆがんだものごとのあり方であるらしい。自分の身体や考え方をきれいに保つために、外の世界とできるだけかかわってはならないと少女は教えられる。そうしないと心がオセンされていくことになる。

「集まり」は五十人ばかりの比較的若い男女によって構成されていたが、おおまかに二つのグループに分かれていた。ひとつはカクメイを目指すグループであり、ひとつはピースを目指すグループだった。彼女の両親はどちらかといえば後者に属していた。父親はそこにいる人々の中ではもっとも年長者であり、「集まり」が生まれたときから中心的な役割をつとめていた。

　十歳の少女にはもちろん、そのような両者の対立の構造を論理立てて説明することはできない。カクメイとピースの違いもよくわからない。カクメイはいくぶん尖ったかたちをした考え方であり、ピースはいくぶん丸いかたちをした考え方だという印象しかない。考え方というのはそれぞれにかたちを持ち、色合いを持っている。そして月と同じように満ちたり欠けたりする。彼女にわかるのはその程度のことだ。

「集まり」がどのようにしてできあがったかという事情も、少女にはよくわかっていない。ただ十年近く前、彼女が生まれてまもなく社会に大きな動きがあり、人々は都会での暮らしを捨て、孤立した山中のムラに移ってきたと聞かされている。都会についても、彼女は多くを知らない。電車に乗ったこともないし、エレベーターに乗ったこともない。三階建て以上の高い建物を見たこともない。わからないことがあまりに多い。彼女に理解できるのは、目で見て手で触れることのできる身の回りの事物だけだ。

しかしそれでも、少女の低い視線と飾り気のない語り口は、その「集まり」という小さなコミュニティーの成り立ちや風景を、そしてそこで暮らす人々のあり方や考え方を、自然に生き生きと描き出していった。

考え方の違いこそあれ、そこに住んでいる人々の連帯感は強く保たれていた。シホンシュギから離れて生きるのが善きことであるという思いを人々は共有していたし、考え方のかたちや色合いが多少あわなくても、肩を寄せ合わなくては自分たちは生き残っていけないのだということをよく理解していた。生活はぎりぎりのものだった。人々は日々休みなく労働をし、野菜を作り、近隣の人々と物々交換をし、余った産物を売り、可能な限りマスプロダクトの製品を使用することを避け、自然の中で生活を営んだ。彼らがやむを得ず用いる電化器具は、どこかの廃品置き場から拾われてきて修理されたものであり、彼らが着る服のほとんどはどこかから送られてきた古着だった。

そのような純粋ではあるが、厳しい日々の暮らしに順応することができず、「集まり」を離れていくものもいたし、あるいはまた話を聞いてやってきて、そこに加わるものもいた。離れていくものよりは、新たに加わるものの数の方が多かった。だから「集まり」の人口は徐々に増加していた。それは好ましい流れだった。彼らが居住している廃村には、少し手を入れればまだ人の住める廃屋がたくさんあったし、耕すべき畑も多く残っていた。働き手が増えるのは大歓迎だった。

そこには八人から十人の子供たちがいた。多くは「集まり」の中で生まれた子供たちで、いちばん年齢が上なのが、その主人公の少女である。子供たちは地元の小学校に通った。みんなで一緒に歩いて登校し、下校した。子供たちは地域の学校に通わなくてはならない。それは法律で定められたことだった。また地域の人々と友好的な関係を保つことが、コミュニティーの生存のためには不可欠だと「集まり」の創始者たちは考えていた。しかしその一方で地元の子供たちは「集まり」の子供たちを気味悪がって敬遠し、あるいはいじめたので、「集まり」の子供たちはおおむねひとつにまとまって行動した。子供たちは身を寄せ合うことによって自分たちを護った。物理的な危害から、そして心のオセンから。

それとはべつに「集まり」の中で独自の学校が作られ、人々が交代で子供たちに勉強を教えた。彼らの多くは高い教育を受けていたし、教師の資格を持つものも少なくなかったから、それはむずかしいことではなかった。独自の教科書が作られ、基本的な読み書きと、算数が教えられた。化学、物理学、生理学、生物学の基本が教えられた。世界の成り立ちが教えられた。世界にはシホンシュギとコミュニズムという二つのシステムがあり、お互いを憎み合っていた。しかしどちらも深い問題を抱えており、おおむねのところ世界は良くない方向に向かっていた。コミュニズムはもともとは高い理想を持った優れた思想であったが、それはリコ的な政治家によって途中でまちがったかたちに歪められてしまった。少女はその「リコ的な政治家」の一人の写真を見せられた。鼻が大きく、黒々とした大きな髭を持ったその男は、彼女に悪魔の王様を連想させた。

「集まり」の中にはテレビはなく、ラジオも特別な場合を別にして許可されてはいなかった。新聞や雑誌も制限されていた。必要だと思われるニュースは、「集会所」での夕食の席で口頭で伝えられた。そのニュースのひとつひとつに対して、集まった人々は歓声や不賛成のうめきで反応した。歓声よりはうめきの方が数としてはずっと多かった。それが少女にとっての唯一のメディア体験だった。少女は生まれてから映画を見たこともない。漫画を読んだこともない。ただ古典音楽を聴くことだけは許可されていた。「集会所」にはステレオ装置があり、誰かがまとめて持ち込んだのだろう、たくさんのレコードがあった。自由時間にはそこでブラームスの交響曲や、シューマンのピアノ曲や、バッハの鍵盤音楽、宗教音楽を聴くことができた。それが少女にとっての貴重な、そしてほとんど唯一の娯楽になった。

　そんなある日、少女は罰を受けることになった。彼女はその週、朝と夜に数匹の山羊の世話をすることを命じられていたのだが、学校の宿題やほかの日課をこなすことに追われて、うっかりそれを忘れてしまった。その翌朝、いちばん年老いた目の見えない山羊が冷たくなって死んでいるのが発見された。その罰として彼女は十日間、「集まり」から隔離されることになった。

　その山羊は人々のあいだで特別な意味を持つ山羊と考えられていたが、じゅうぶん年老いていたし、病気は――それがどんな病気だったかはわからないが――その痩せた身体をしっかりと爪でとらえていた。誰が面倒をみてもみなくても、その山羊が持ち直す見込みはなかった。死んでいくのは時間の問題だった。しかしだからといって少女の犯した罪が軽減されるわけではない。山羊の死そのもののみならず、与えられた職務を彼女が怠ったことが問題にされていた。隔離は

「集まり」の中ではもっとも重大な罰則のひとつだった。

　少女は死んだ目の見えない山羊と共に、小さな古い土蔵の中に閉じこめられた。その土蔵は「反省のための部屋」と呼ばれていた。「集まり」の決まりを破ったものが、そこで自らの犯した罪科を反省する機会を与えられた。隔離罰を受けているあいだ、誰ひとり彼女に口をきいてくれなかった。少女は完全な沈黙に十日間耐えなくてはならなかった。最低限の水と食事は運ばれたが、土蔵の中は暗く冷たく、じめじめしていた。そして死んだ山羊のにおいがした。扉には外から鍵がかけられ、部屋の隅には用便のためのバケツが置かれていた。壁の高いところに小さな窓がついており、そこから太陽の光や月の光が入ってきた。雲がかかっていなければ、いくつかの星を見ることもできた。それ以外には明かりはなかった。彼女は板張りの床に敷かれた固いマットレスに身を横たえ、二枚の古い毛布にくるまって、震えながら夜を過ごした。四月になっていたが、それでも山中の夜は冷えた。あたりが暗くなると、死んだ山羊の目が星明かりを受けてきらりと光った。それが怖くて、少女はなかなか眠ることができなかった。

　三日目の夜に、山羊が大きく口を開けた。その口は内側から押し開けられたのだ。そしてそこから小さな人々がぞろぞろと出てきた。全部で六人。出てきた時は高さが十センチほどしかなかったが、地面に立つと、まるで雨のあとにキノコが伸びるように、彼らは急速に大きくなった。といっても、せいぜい六十センチくらいのものだ。そして自分たちは「リトル・ピープル」だと言った。

『白雪姫と七人のコビトたち』みたいだ、と少女は思った。小さい頃に父親からその話を読んでもらったことがある。でもそれには一人足りない。

「もし七人がいいのなら、七人にすることもできる」と低い声のリトル・ピープルが言った。どうやら彼らには少女の心が読めるらしい。そして数え直してみると、彼らは六人ではなく七人になっていた。でも少女はそのことをとくに不思議だとは思わなかった。リトル・ピープルが山羊の口から出てきたときに、世界のルールは既に変更されてしまったのだ。それからあとは何が起こっても不思議ではない。

「あなたたちはどうしてしんだヤギのくちからでてきた」と少女は尋ねた。自分の声が奇妙な響き方をしていることに彼女は気づいた。しゃべり方もいつもとは違う。たぶん三日も誰とも口をきいていなかったせいだろう。

「山羊の口が通路になっておったから」としゃがれた声のリトル・ピープルが言った。「われらも、ここに出てくるまでは、それが死んだ山羊だとは気がつかなんだ」

甲高い声のリトル・ピープルが言った。「われらはちっともかまわん。山羊だろうが、鯨だろうが、えんどう豆だろうが。それが通路でさえあれば」

「キミが通路を造った。だからわれらはそれを試してみたんだ。どこに通じているのだろうと思ってな」と低い声のリトル・ピープルが言った。

「わたしがツウロをつくった」と少女は言った。やはり自分の声には聞こえない。

「われらによいことをしてくれた」と小さな声のリトル・ピープルが言った。

何人かが同意の声を上げた。

「空気さなぎを作って遊ばないか」とテノールのリトル・ピープルが言った。

「せっかくここまで出てきたんだから」とバリトンのリトル・ピープルが言った。

「くうきさなぎ」と少女は尋ねた。

「空気の中から糸を取りだして、それですみかを作っていく。それをどんどん大きくしていくぞ」と低音が言った。

「それはだれのためのすみか」と少女は尋ねた。

「そのうちにわかるぞ」とバリトンが言った。

「出てくればわかるぞ」と低音が言った。

「ほうほう」と別のリトル・ピープルがはやした。

「わたしもそれをてつだっていい」と少女は尋ねた。

「言うまでもなく」としゃがれ声が言った。

「キミはわれらのためによいことをしてくれた。一緒にやってみよう」とテノールのリトル・ピープルが言った。

　空気の中から糸を取り出すのは、いったん慣れてしまえばそんなにむずかしいことではなかった。少女は手先が器用な方だったから、すぐにその作業を素早くこなせるようになった。よく見ると、空気の中にはいろんな糸が浮かんでいた。見ようとすれば、それは見える。

「そう、その調子だ。それでいいぞ」と小さな声のリトル・ピープルは言った。

「キミはずいぶん賢い女の子だ。覚えがよろしい」と甲高い声が言った。彼らはみんな同じような服を着て、同じような顔をしていたが、声だけはそれぞれにはっきり違った。

　リトル・ピープルの着ている服は、どこにでもある普通の服だった。奇妙な言い方だが、それ以外に形容のしようがない。いったん目をそらせたら、彼らがどんな服を着ていたかもうまったく思い出せなくなってしまう。それは彼らの顔立ちについても言えることだった。その顔立ちは良くも悪くもない。どこにでもある普通の顔立ちだった。そしていったん目をそらせたら、彼らがどんな顔をしていたか、まったく思い出せなくなってしまう。髪も同じだ。長くもなく、短くもない。それはただの髪だ。そして彼らには匂いというものがない。

　夜明けがやってきて、ニワトリが鳴き、東の空が明るくなると、七人のリトル・ピープルは仕事をやめて、それぞれにのびをした。そしてそれまでにできた白い空気さなぎを——その大きさはまだ子ウサギ程度のものだったが——部屋の隅に隠した。食事を持ってくる人にそれが見つからないようにしたのだろう。

「朝になる」と小さな声のリトル・ピープルが言った。

「夜は終わった」と低音が言った。

　こんなにいろんな声のひとがそろっているんだから、合唱隊をつくればいいのに、と少女は思った。

「われらに歌はない」とテノールのリトル・ピープルが言った。

「ほうほう」とはやし役のリトル・ピープルが言った。

　リトル・ピープルはもと来たときと同じように、背丈十センチほどに小さくなり、隊列を組んで死んだ山羊の口の中に入っていった。

「今夜また来るぞ」と小さな声のリトル・ピープルが、山羊の口を内側から閉める前に少女に小さな声で言った。「われらのことは誰にも言ってはいけない」

「われらのことを誰かに言うと、ずいぶんよくないことが起きるぞ」としゃがれ声が念のために言い添えた。

「ほうほう」とはやし役が言った。

「だれにもいわない」と少女は言った。

それにもしそんなことを言ったところで、誰もきっと信じてはくれないだろう。少女は頭に浮かんだ考えを口にすることで、よくまわりの大人たちから叱責を受けた。現実と想像の区別がついていない、と人々は言った。彼女の考え方のかたちや色合いは、ほかの人々のそれとはずいぶん違っているみたいだった。自分のどこがいけないのか、少女にはうまく理解できなかった。しかしとにかくリトル・ピープルの話は誰にもしない方がいい。


リトル・ピープルが消え、山羊の口が再び閉じられたあと、少女は彼らが空気さなぎを隠していったあたりをずいぶん探してみたのだが、どうしても見つけだすことができなかった。隠し方がとてもうまい。こんな狭い空間なのに、いくら探しても見つからない。いったいどこに隠したのだろう?

そのあと少女は毛布にくるまって眠った。久方ぶりの安らかな眠りだった。夢もなく、中断もなかった。彼女はその深い眠りを楽しんだ。

昼のあいだずっと山羊は死に続けていた。身体は硬くこわばり、濁った目はガラス玉のようだった。しかし日が暮れて、土蔵に闇がやってくると、目は星明かりを受けてきらりと光った。そしてその光に導かれるように山羊の口がぱっくりと開き、そこからリトル・ピープルが出てきた。今度は最初から七人だった。

「ゆうべの続きにかかろう」としゃがれ声のリトル・ピープルは言った。

残りの六人はそれぞれに同意の声を上げた。

七人のリトル・ピープルと少女はさなぎのまわりに輪を描いて座り、その作業を続けた。空気の中から白い糸を取りだし、それでさなぎをこしらえていった。彼らはほとんど口もきかず、ただ黙々と作業に励んだ。熱中して手を動かしていると、夜の寒さも気にならなかった。時間は知らないあいだに過ぎていった。退屈もしなかったし、眠気を感じることもなかった。さなぎは少しずつ、しかし目に見えて大きくなっていった。

「どれくらい大きくする」、少女は明け方近くになってそう尋ねた。この土蔵に自分が閉じこめられている十日間のあいだに、その作業が終わるのかどうか知りたかったのだ。

「できるかぎり大きくするぞ」と甲高い声のリトル・ピープルが答えた。

「あるところまでくると、自然にはじける」とテノールが楽しそうに言った。

「そして何かが出てくる」とバリトンが張りのある声で言った。

「どんなもの」と少女は尋ねた。

「何が出るか」と小さな声が言った。

「出てきてのお楽しみ」と低音のリトル・ピープルが言った。

「ほうほう」とはやし役のリトル・ピープルがはやした。

「ほうほう」と残りの六人が声を合わせた。

小説の文体には不思議な独特の暗さが漂っていた。青豆はそれに気づいてわずかに顔をしかめた。幻想的な童話のような物語だった。しかしその足下には目に見えぬ暗い底流が太く流れていた。飾りのない簡潔な言葉遣いの中に、青豆はその不吉な響きを聞き取ることができた。そこにあるのはある種の病の到来を暗示するような暗鬱さだ。それは人の精神を芯から静かに蝕んでいく致死的な病だ。そしてその病を運んでくるものは、合唱隊のような七人のリトル・ピープルだった。ここには間違いなく何かしら健全ではないものが含まれている、と青豆は思った。それでも宿命的なまでに自分に近しいものを、彼らのヴォイスの中に青豆はなぜか聞き取ることができた。

　青豆は本から顔を上げ、リーダーが死ぬ前にリトル・ピープルについて語っていたことを思い出した。

「我々は大昔から彼らと共に生きてきた。まだ善悪なんてものがろくに存在しなかった頃から。人々の意識がまだ未明のものであったころから」

　青豆は物語の続きを読んだ。

　リトル・ピープルと少女は働き続け、数日後には空気さなぎはおおよそ大型犬ほどの大きさにまでなった。

「あすでバツがおわりわたしはここをでていく」、夜が明けかけてきたとき、少女はリトル・ピープルに向かってそう言った。

　七人のリトル・ピープルは黙って彼女の発言に耳を澄ませていた。

「だからもう、くうきさなぎをいっしょにつくることはできなくなる」

「それはずいぶん残念だ」、テノールのリトル・ピープルが実際に残念そうな声でそう言った。

「キミがいて、われらはとても助かったんだがな」とバリトンのリトル・ピープルが言った。

甲高い声のリトル・ピープルが言った。「でもさなぎはおおかたのところできあがっている。あともう少し足せば用は足りる」

リトル・ピープルたちは横に並んで、サイズを測るような目で、そこまでできあがった空気さなぎを眺めた。

「あともうちっとだ」としゃがれ声のリトル・ピープルが、単調な船頭歌の音頭を取るように言った。

「ほうほう」とはやし役がはやした。

「ほうほう」と残りの六人が声を合わせた。


十日間の隔離罰が終了し、少女は「集まり」の中に戻っていった。多くのルールに従う団体生活が再び始まり、一人になる時間はなくなった。リトル・ピープルと一緒に空気さなぎをつくることももちろんできない。彼女は毎晩眠りにつく前に、空気さなぎを取り囲んで座り、それを大きくし続けている七人のリトル・ピープルの姿を想像する。それ以外のことは考えられなくなってしまう。彼女の頭の中に、その空気さなぎが実際にすっぽりと入っているようにさえ感じられる。

空気さなぎの内部にはいったいなにが収められているのだろう、時期がきてさなぎがぽんと割れたときに、なにがそこから姿を見せるのだろう、少女はそれが知りたくてたまらなかった。その場面を自分の目で見ることができないのはなんとしても残念だった。あれだけさなぎ作りに手を貸したのだもの、わたしにだってそこに立ちあう資格はあるはずだ。もう一度何か罪を犯して隔離罰を受け、土蔵に戻してもらえないだろうかと真剣に考えたくらいだ。しかし苦労してそんなことをしても、もうリトル・ピープルはあの土蔵には現れないかもしれない。死んだ山羊だって運び去られ、どこかに埋められてしまった。その目が星明かりを受けてきらりと光ることもない。

　コミュニティーの中での少女の日常生活が語られる。規律正しい日課、定められた労働。彼女は最年長の子供として、年下の子供たちの指導をし、面倒を見る。質素な食事。眠る前のひとときに両親が読んでくれる物語。暇を見つけて聴く古典音楽。オセンのない生活。

　リトル・ピープルが彼女の夢を訪れる。彼らは好きなときに人の夢の中に入ってくることができる。そろそろ空気さなぎが割れるころだから見に来ないか、と彼らは少女を誘う。日が暮れたら人に見られないように、ろうそくを持って土蔵においで。

　少女は好奇心を抑えることができない。寝床を抜け出し、用意しておいたろうそくを持って、足音を忍ばせて土蔵に行く。そこには誰もいない。空気さなぎが床にひっそりと置かれているだけだ。空気さなぎは最後に見たときよりも一回り大きくなっている。一メートル三〇センチか四〇センチ、全長はそれくらいある。そして全体から淡い光を放っている。輪郭は美しい曲線を描き、真ん中あたりにきれいなくびれができている。それは小さいときにはなかったものだ。リトル・ピープルはあれからずいぶん熱心に働いたようだった。そしてさなぎは既に割れ始めている。縦にきれいに割れ目が入っている。少女はかがみ込んでその隙間から中をのぞき込む。

さなぎの中にいるのが少女自身であることを、少女は発見する。彼女はさなぎの中に裸で横たわっている自分の姿を眺める。そこにいる彼女の分身は仰向けになって目を閉じている。意識はないようだ。呼吸もしていない。まるで人形のように。

「そこにいるのはキミのドウタだ」としゃがれた声のリトル・ピープルが言った。そしてひとつ咳払いをした。

　後ろを振りかえると、いつの間にか七人のリトル・ピープルが、そこに扇形に並んで立っていた。

「ドウタ」と少女は自動的に言葉を繰り返す。

「そしてキミはマザと呼ばれる」と低音が言った。

「マザとドウタ」と少女は繰り返す。

「ドウタはマザの代理をつとめる」と甲高い声のリトル・ピープルが言う。

「わたしはふたりにわかれる」と少女は尋ねる。

「そうじゃない」とテノールのリトル・ピープルが言う。「キミは何も二つに分かれるわけじゃないぞ。キミは隅から隅までもとのままのキミだ。心配はいらない。ドウタはあくまでマザの心の影に過ぎない。それがかたちになったものだ」

「この人はいつめをさます」

「もうすぐ。時間が来たら」とバリトンのリトル・ピープルが言う。

「このドウタはわたしのこころのかげとしてなにをする」と少女は尋ねる。

「パシヴァの役目をする」と小さな声がこっそりと言う。

「パシヴァ」と少女は言う。

「知覚するもの」としゃがれ声が言う。

「知覚したことをレシヴァに伝える」と甲高い声が言う。

「つまりドウタはわれらの通路になるぞ」とテノールのリトル・ピープルが言う。

「ヤギのかわり」と少女は尋ねる。

「死んだ山羊はあくまで仮の通路に過ぎない」と低音のリトル・ピープルが言う。「われらの住んでいる場所とここを結ぶには、生きているドウタが必要だ。パシヴァとして」

「マザはなにをする」と少女は尋ねる。

「マザはドウタの近くにいる」と甲高い声が言う。

「ドウタはいつめをさます」と少女は尋ねる。

「二日後、あるいは三日後」とテノールが言う。

「そのどちらか」と小さな声のリトル・ピープルが言う。

「ドウタの面倒をよくみるように」とバリトンが言う。「キミのドウタなのだから」

「マザの世話なしにドウタは完全ではない。長く生きることはむずかしくなる」と甲高い声が言う。

「ドウタを失えばマザは心の影をなくすことになる」とテノールが言う。

「こころのかげをなくしたマザはどうなる」と少女は尋ねる。

彼らは互いに顔を見合わせる。誰もその問いには答えない。

「ドウタが目覚めたときには、空の月が二つになる」としゃがれ声が言う。

「二つの月が心の影を映す」とバリトンが言う。
「つきがふたつになる」と少女は自動的に言葉を繰り返す。
「それがしるしだぞ。空をよく注意して見てるがいい」と小さな声がこっそりと言う。
「注意して空を見る」と小さな声が念を押す。「月の数をかぞえる」
「ほうほう」とはやし役がはやす。
「ほうほう」と残りの六人が声を合わせる。

少女は逃げる。

そこには間違ったもの、正しくないものがある。大きく歪んだものがある。それは自然に反したことだ。少女にはそれがわかる。リトル・ピープルが何を求めているのかはわからない。しかし空気さなぎの中に収まった自らの姿は、少女を戦慄させる。生きて動いている自分の分身と一緒に暮らすなんて、そんなことはできない。ここから逃げ出さなくては。それもできるだけ早く。ドウタが目を覚まさないうちに。空に浮かぶ月が二つになってしまわないうちに。

「集まり」では個人が現金を持つことは禁じられている。しかし父親は彼女にこっそりと一万円札といくらかの小銭を渡していた。「見つからないように隠しておくんだ」と父親は少女に言った。そして住所と名前と電話番号を書いた紙を渡した。「ここを逃げ出さなくてはならなくなったら、このお金で切符を買って電車に乗り、ここを訪ねて行きなさい」

父親はゆくゆく何かよからぬことが「集まり」の中で持ち上がる可能性を念頭に置いていたのかもしれない。少女は迷わなかった。そして行動は迅速だった。両親に別れを告げるだけの時間はなかった。

少女は地中に埋めておいた瓶の中から、一万円札と小銭と紙片を取り出す。小学校の授業中に、気分が悪いから医務室に行かせてほしいと言って教室を抜け出し、そのまま学校の外に出る。やってきたバスに乗って駅まで行く。窓口で一万円札を出し、高尾駅までの切符を買う。お釣りをもらう。切符を買うのも、お釣りをもらうのも、電車に乗るのも生まれて初めてだ。しかしその方法は父親から細かく聞かされていたし、どのように行動すればいいかは頭の中に入っている。

彼女は紙片に書かれた指示通り、中央線の高尾駅で電車を降り、公衆電話から教えられた番号に電話をかけた。電話をかけた相手は、父親の古くからの友人である日本画家だ。父親よりは十歳ばかり年上だが、娘と二人で高尾山近くの山の中に住んでいた。奥さんはしばらく前に亡くなっており、クルミという名の、少女よりひとつ年下の娘がいた。彼は連絡を受けるとすぐに駅までやってきて、「集まり」を逃げ出してきた少女を温かく迎えてくれた。

画家の家に引き取られた翌日、部屋の窓から空を見上げ、月が二個に増えていることを少女は発見する。いつもの月の近くに、より小さな二つめの月が、ひからびかけた豆のように浮かんでいた。ドウタが目を覚ましたのだ、と少女は思う。二つの月が心の影を映し出している。少女の心は震える。世界は変化を遂げたのだ。そして何かが起ころうとしている。

両親からの連絡はない。「集まり」の中では、少女が脱走したことに人々は気づいてないのかもしれない。なぜなら少女の分身であるドウタがあとに残されているからだ。見た目はそっくりだから、普通の人にはまず見分けはつかない。しかし彼女の両親にはドウタが少女本人ではなく、その分身に過ぎないということがもちろんわかるはずだ。それを身代わりとして残し、実体は「集まり」というコミュニティーから逃げ出したのだということも。行く先だってひとつしかない。それでも両親は一度として連絡してこなかった。それは逃げたままでいるようにという両親からの無言のメッセージなのかもしれない。

彼女は学校に行ったり行かなかったりする。新しい外の世界は、少女が育ってきた「集まり」の世界とはあまりにも違っている。ルールも違うし、目的も違うし、使われている言葉も違う。だからなかなかそこで友だちをつくることはできない。学校での生活に馴染むことができない。

しかし中学校のときに、一人の男の子と仲良くなる。トオル、というのが彼の名前だ。トオルは小さく、痩せている。顔には猿のような深いしわが何本かよっている。小さいときに何か重い病気をしたことがあるらしく、激しい運動には参加しない。背骨もいくらか曲がっている。休み時間にはみんなから離れて、いつも一人で本を読んでいる。彼にも友だちはいない。小さすぎるし、醜すぎる。少女は昼休みに彼のとなりに座り、話しかける。読んでいる本について尋ねる。彼は読んでいる本を、声を出して読み上げてくれる。少女は彼の声が好きだ。小さなしゃがれた声だが、彼女にははっきりと聴き取れる。その声で語られる物語は少女をうっとりとさせる。トオルはまるで詩を読むように散文を美しく朗読する。彼女は昼休みの時間を、いつも彼と一緒に過ごすようになる。彼の読む物語にじっと深く耳を澄ませる。

しかしほどなくトオルは失われる。リトル・ピープルが彼を少女からもぎとっていく。

ある夜トオルの部屋に空気さなぎが現れる。トオルが眠っているあいだに、リトル・ピープルたちがそのさなぎを日々大きくしていく。リトル・ピープルは夢を通して夜ごとその情景を少女に見せる。しかし少女にはその作業を止《と》めることができない。さなぎはやがて十分な大きさになり、縦に割れる。少女の場合と同じように。しかしそのさなぎの中にいるのは三匹の大きな黒い蛇だ。三匹の蛇はお互いにしっかりと絡み合っていて、誰にも——あるいは彼ら自身にも——それを解きほぐすことはできそうにない。彼らは頭が三つあるぬめぬめとした永遠のもつれのように見える。蛇たちは自分たちが自由になれないことにひどく苛立っている。そして彼らはお互いから身をふりほどこうと必死に蠢《うごめ》くのだが、蠢けば蠢くほど事態はますます悪化していく。リトル・ピープルはその生き物を少女に見せる。トオルという少年はそのとなりで、何も知らずに眠り続けている。それは少女の目にしか見えないものなのだ。

　数日後、少年は突然発症し、遠くの療養所に送られる。それがどのような病気なのか、公にはされない。いずれにせよ、トオルが学校に戻ることはもうないだろう。彼は失われてしまったのだ。

　それはリトル・ピープルからのメッセージなのだと少女は悟る。彼らはマザである少女には直接手を出すことができないらしい。そのかわりまわりにいる人間に害を及ぼし、滅ぼすことができる。誰に対してでもそれができるというわけではない。その証拠に彼らは保護者である日本画家や、その娘のクルミには手を出すことができない。彼らはもっとも弱い部分を餌食に選ぶ。彼らは少年の意識の奥底から三匹の黒い蛇を引きずり出し、眠りから覚まさせたのだ。少年を滅ぼすことによって、彼らは少女に警告を出し、彼女をなんとかドウタのそばに連れ戻そうとしている。こうなったのも、もとはといえばキミのせいなのだぞ、と彼らは告げているのだ。

　少女は再び孤独になる。もう学校にも行かなくなる。誰かと仲良くなるのは、相手に危険をもたらすことなのだ。それが二つの月の下で生きていることの意味だ。彼女はそれを知る。

　少女はやがて決心して自分の空気さなぎを作り始める。彼女にはそれができる。リトル・ピープルたちは通路をたどって、彼らの場所からやってきたのだと言った。だとすれば自分だって通路を逆方向にたどって、その場所に行くことはできるはずだ。そこに行けばなぜ自分がここにいるのか、マザとドウタが何を意味するのか、秘密が解き明かされるはずだ。あるいは失われてしまったトオルを救い出すこともできるかもしれない。少女は通路を作り始める。空気の中から糸をとりだし、さなぎを紡げばいいのだ。時間はかかる。しかし時間さえかければそれはできる。

　それでもときどき彼女にはわからなくなる。混乱が彼女をとらえる。私は本当にマザなのだろうか。私はどこかでドウタと入れ替わってしまったのではあるまいか。考えれば考えるほど彼女には確信が持てなくなる。私が私の実体であることをどのように証明すればいいのだろう？

　物語は彼女がその通路の扉を開けようとするところで象徴的に終わっている。その扉の奥で何が起こるのか、そこまでは書かれていない。たぶんそれはまだ起こっていないことなのだろう。

ドウタ、と青豆は思った。リーダーは死ぬ前にその言葉を口にした。娘は反リトル・ピープルの作用を打ち立てるために、白らのドウタをあとに残して逃亡したと彼は言った。それはおそらく実際に起こったことだった。そして二つの月を目にしているのは自分ひとりだけではない。

　でもそれはそれとして、青豆にはこの小説が人々に受け入れられ、広く読まれた理由がわかるような気がした。もちろん著者が美しい十七歳の少女であることも、あるレベルでは作用しただろう。でもそれだけでベストセラーが生まれるわけはない。生き生きとした的確な描写が、疑いの余地なくこの小説の魅力になっていた。読者は少女を取り巻く世界を、少女の視線を通して鮮やかに見てとることができた。それは特殊な環境に置かれた少女の、非現実的な体験についての物語ではあったが、そこには人々の自然な共感を呼ぶものがあった。たぶん意識下にある何かが喚起されるのだろう。だから読者は引きずり込まれてページを繰ってしまう。

　そのような文学的美質には、おそらく天吾の貢献するところが大きいのだろうが、いつまでもそこに感心しているわけにはいかない。彼女はリトル・ピープルの登場する部分に焦点をあてて、その物語を読み込まなくてはならない。それは青豆にとっては、人の生死が賭かったきわめて実際的な物語なのだ。マニュアル・ブックのようなものだ。彼女はそこから必要な知識とノウハウを得なくてはならない。彼女が紛れ込んでしまった世界の意味を少しでも詳しく、具体的に読み取らなくてはならない。

『空気さなぎ』は世間の人々が考えているように、十七歳の少女が頭の中でこしらえた奔放なファンタジーじゃない。いろんな名称こそ変えられているものの、そこに描写されているものごとの大半は、その少女が身をもってくぐり抜けてきた紛れもない現実なのだ——青豆はそう確信した。ふかえりは彼女が体験した出来事をできるだけ正確に、記録として書き残したのだ。その隠された秘密を世界に向けて広く開示するために。リトル・ピープルの存在を、彼らの為していることを多くの人々に知らせるために。

　少女があとに残してきたドウタは、おそらくリトル・ピープルのための通路となって、彼らをリーダーである少女の父親へと導き、その男をレシヴァ＝受け入れるものに変えてしまった。そして不必要な存在となった「あけぼの」を血なまぐさい自滅へと追い込み、そのあとに残された「さきがけ」をスマートで先鋭的な、そして排他的な宗教団体へと変貌させていった。それがリトル・ピープルにとってもっとも快適で都合の良い環境だったのだろう。

ふかえりのドウタは、マザなしで無事に長く生き延びることができたのだろうか。マザなしでドウタが長く生き延びるのはむずかしいとリトル・ピープルは言った。そしてマザにしたところで、心の影を失ったまま生きるというのはどのようなことなのだろう。

少女が脱出したあとも、リトル・ピープルの手によって同じような手順で、何人かの新しいドウタが「さきがけ」の中で作り出されたのだろう。リトル・ピープルが行き来する通路をより広く安定したものにすることが、その目的であったはずだ。道路の車線を増やしていくのと同じことだ。そのようにして複数のドウタたちがリトル・ピープルのためのパシヴァ＝知覚するものとなり、巫女の役割を果たすことになった。つばさもそのうちの一人だ。リーダーが性的な関係を結んだのは少女たちの実体《マザ》ではなく、彼女たちの分身《ドウタ》であると考えれば、「多義的に交わった」というリーダーの表現も腑に落ちる。つばさの目がいかにも平板で奥行きがなかったことも、ほとんど口がきけなかったことも、それで説明がつく。何故どのようにしてドウタのつばさが教団から抜け出したのか、その事情まではわからない。しかしいずれにせよ彼女は、おそらくは空気さなぎに入れられてマザのもとに回収されたのだ。犬が血なまぐさく殺されたのはリトル・ピープルからの警告だった。トオルの場合と同じように。

ドウタたちはリーダーの子供を受胎することを求めていたが、実体ではない彼女たちに生理はない。それでもリーダーの言によれば、彼女たちは受胎することを切に求めていた。なぜだろう？

青豆は首を振る。わからないことがまだたくさんある。

青豆はそのことをすぐにでも老婦人に伝えたかった。あの男がレイプしたのは、あるいは少女たちの影に過ぎなかったのかもしれません、と。私たちにはあえてあの男を殺害する必要もなかったのかもしれません。

しかしそんな説明をしても、もちろん簡単には信じてもらえないだろう。その気持ちは青豆にもわかる。老婦人は、いやまともな頭を持つ人間なら誰だって、リトル・ピープルだのマザだのドウタだの空気さなぎだの、そんなことを事実として持ち出されても、すぐには受け入れられないはずだ。まともな頭を持つ人々にとってはそんなものはみんな、小説の中に出てくるただの作り事でしかないのだから。『不思議の国のアリス』のトランプの女王や、時計を持ったウサギの実在を信じられないのと同じことだ。

しかし青豆は空に浮かぶ二つの新旧の月を現実に目にしてきた。彼女はそれらの月の光の下で実際に生活を送ってきた。そのいびつな引力を肌に感じてもきた。そしてリーダーと呼ばれる人物を、ホテルの暗い一室で、この自分の手で殺害した。その首の裏側のポイントに鋭く研ぎすまされた針を打ち込んだときの不吉な手応えは、まだ手のひらにありありと残っている。その感触は彼女の肌を今でも激しく粟立たせる。そしてその少し前に彼女は、リーダーが重い置き時計を宙に五センチばかり浮かびあがらせるのを目にした。それは錯覚でもないし、手品でもない。それはただそのまま受け入れるしかない冷徹な事実なのだ。

そのようにしてリトル・ピープルが「さきがけ」というコミュニティーを実質的に支配することになった。彼らがその支配を通してどんなものごとを最終的に求めていたのか、青豆にはわからない。それはあるいは善悪を超えたものごとなのかもしれない。しかし『空気さなぎ』の主人公である少女はそれを正しくないこととして直感的に認識し、彼女なりに反撃を試みる。自らのドウタを捨ててそのコミュニティーから逃亡し、「リーダー」の表現を借りるなら、世界の均衡を保つために「反リトル・ピープル的モーメント」を立ち上げようとする。彼女はリトル・ピープルの通ってきた通路をさかのぼり、彼らのやってきた場所に入り込もうとする。物語が彼女の乗り物となる。そして天吾がパートナーとなってその物語の立ち上げを助ける。天吾本人はそのときおそらく自分のやっていることの意味を理解していなかったはずだ。あるいは今でもまだ理解していないかもしれない。

いずれにせよ、『空気さなぎ』という物語が大きなキーになっている。

すべてはこの物語から始まっているのだ。

しかし私はいったいこの物語のどこにあてはまるのだろう?

あの渋滞した首都高速道路の非常階段を、ヤナーチェックの『シンフォニエッタ』を聴きながら降りた時点から、大小ふたつの月が空に浮かぶこの世界に、この謎に満ちた「1Q84年」に私は引きずり込まれてしまった。それは何を意味するのだろう?

彼女は目を閉じ、考えを巡らせる。

私はたぶん、ふかえりと天吾がこしらえた「反リトル・ピープル的モーメント」の通路に引き込まれてしまったのだ。そのモーメントが私をこちら側に運んできた。青豆はそう思う。ほかに考えようがないではないか。そして私はこの物語の中で決して小さくはない役割を担うことになった。いや、主要人物の一人と言っていいかもしれない。

青豆はまわりを見回した。つまり、私は天吾の立ち上げた物語の中にいることになる、と青豆は思う。ある意味では私は彼の体内にいる。彼女はそのことに気づく。いわば私はその神殿の中にいるのだ。

昔、テレビで古いＳＦ映画を見たことがあった。タイトルは忘れた。科学者たちが自らの身体を顕微鏡でしか見えないところまで縮小し、潜水艇のような乗り物（それも同じく縮小されている）に乗り込んで患者の血管の中に入り、血管を通って脳の中に入り、通常では不可能な複雑な外科手術をおこなおうとする話だ。状況はそれに似ているかもしれない。私は天吾の血液の中にいて、その身体を巡っている。侵入した異物（つまり私だ）を排除するべく襲いかかってくる白血球たちと激しく闘いながら、目標の病根へと向かう。そして私はホテル・オークラの一室で「リーダー」を殺害することによって、おそらくその病根を「削除」することに成功したのだ。

そう考えると、青豆はいくらか温かい気持ちになることができた。私は与えられた使命を果たした。それは疑問の余地なく困難な使命だった。ずいぶん怖い思いもした。でも私は雷鳴の轟く中でクールに、そして遺漏《いろう》なく仕事を成し遂げたのだ。おそらくは天吾の見ている前で。彼女はそのことを誇らしく思った。

そして血液のアナロジーを更にたどっていくなら、私は役目を終えた老廃物として、間もなく静脈に取り込まれ、遠からず体外に排出されていくことになるはずだ。それが身体のシステムのルールだ。その運命を逃れることはできない。しかしそれでかまわないじゃないか、と青豆は思う。私は今、天吾くんの中にいる。彼の体温に包まれ、彼の鼓動に導かれている。彼の論理と彼のルールに導かれている。そしておそらくは彼の文体に。なんと素晴らしいことだろう。彼の中にこうして含まれているということは。

青豆は床に座ったまま目を閉じる。本のページに鼻をつけ、そこにある匂いを吸い込む。紙の匂い、インクの匂い。そこにある流れに静かに身を委ねる。天吾の心臓の鼓動に耳を澄ませる。

これが王国なのだ、と彼女は思う。

私には死ぬ用意ができている。いつでも。

第20章 天吾
せいうちと狂った帽子屋

間違いない。月は二個ある。

ひとつは昔からずっとあるもともとの月であり、もうひとつはずっと小振りな緑色の月だった。それは本来の月よりかたちがいびつで、明るさも劣っていた。行きがかりで押しつけられた、だれにも歓迎されない、貧しく醜い遠縁の子供のように見えた。しかしそれは打ち消しがたくそこにあった。幻でもなければ、目の錯覚でもない。それは実体と輪郭を備えた天体として、たしかにそこに浮かんでいた。飛行機でもないし、飛行船でもないし、人工衛星でもない。誰かが冗談で作ったはりぼてでもない。疑いの余地なく岩の塊だ。深く考え抜かれたあとの句読点のように、あるいは宿命が与えたほくろのように、それは無言のうちに揺らぎなく、夜空のひとつの場所に自らの位置を定めていた。

天吾は挑むように、その新しい月を長いあいだ見つめた。視線を逸らすことはなかった。瞬きさえほとんどしなかった。しかしどれだけ長く凝視しても、それは微動だにしなかった。どこまでも寡黙に、頑なな石の心をもって天空のその場所に腰を据えていた。

天吾は握りしめていた右手のこぶしをほどき、ほとんど無意識に小さく首を振った。これじゃ『空気さなぎ』と同じじゃないか、と彼は思った。空に月が二つ並んで浮かんでいる世界。ドウタが生まれたとき、月は二個になる。

「それがしるしだぞ。空をよく注意して見てるがいい」とリトル・ピープルは少女に言った。

その文章を書いたのは天吾だった。小松のアドバイスに従って、その新しい月についてできる限り詳細に具体的に描写した。彼がもっとも力を入れて書いた部分だ。そして新しい月の形状はほとんど天吾が自分で考えついたものだった。

小松は言った。「天吾くん、こう考えてみてくれ。読者は月がひとつだけ浮かんでいる空なら、これまで何度も見ている。しかし空に月が二つ並んで浮かんでいるところを目にしたことはないはずだ。ほとんどの読者がこれまで目にしたことのないものごとを、小説の中に持ち込むときには、なるたけ細かい的確な描写が必要になる」

もっともな意見だ。

天吾は空を見上げたまま、もう一度短く首を振った。その新しく加わった月は、まったくのところ、天吾が思いつきで描写したとおりの大きさと形状を持っていた。比喩の文脈までほとんどそっくりだ。

そんなことはあり得ないと天吾は思った。どのような現実が比喩を真似たりするだろう。「そんなことはあり得ない」と実際に声にしてみた。声はうまく出てこなかった。彼の喉は長い距離を走ったあとのようにからからに渇いていた。どう考えてもそんなことはあり得ない。あれはフィクションの世界なのだ。現実には存在しない世界だ。ふかえりがアザミに夜ごと物語り、天吾がそこに文章の肉付けをおこなった幻想の物語の世界なのだ。

ということは――と天吾は自らに問いかける――ここは小説の世界なのだろうか？　おれはひょっとして、何かの加減で現実の世界を離れ、『空気さなぎ』の世界に入り込んでしまったのだろうか。ウサギ穴に落ちたアリスみたいに。それとも現実の世界が『空気さなぎ』という物語にあわせて、そっくり作り替えられてしまったということなのだろうか。もともとあった世界は――ひとつの月しかないお馴染みの世界は――もうどこにも存在しないということなのだろうか。そこにはリトル・ピープルの力が、何かのかたちで絡んでいるのだろうか。

彼は回答を求めてまわりをみまわした。しかし目に映るのはごく当たり前の都会の住宅地の風景だった。変わったところ、普通ではないところはひとつとして見受けられない。トランプの女王も、せいうちも、狂った帽子屋も、どこにもいない。彼を囲んでいるのは、無人の砂場とぶらんこ、無機質な光を振りまく水銀灯、枝を広げたケヤキの木、施錠された公衆便所、六階建ての新しいマンション（四戸の窓にだけ明かりがついている）、区の掲示板、コカコーラのマークがついた赤い自動販売機、違法駐車している旧型の緑色のフォルクスワーゲン・ゴルフ、電信柱と電線、遠くに見える原色のネオンサイン、そんなものだけだった。いつもの騒音、いつもの光。天吾は七年間この高円寺の街で暮らしてきた。とくに気に入って住み着いたわけではない。たまたま家賃の安いアパートの部屋を、駅からそれほど遠くないところにみつけて移ってきた。通勤に便利だし、越すのが面倒だからそのまま住み続けているだけだ。しかし風景だけはしっかり見慣れている。どこかに違いがあればすぐに気がつく。

いったいいつから、月はその数を増やしていたのだろう？　それは天吾には判断できないことだった。何年も前から既に月は二つになっていて、それに天吾がずっと気づかなかっただけかもしれない。彼が同じように見逃してきたことはほかにもたくさんある。新聞もろくに読まないし、テレビも見ない。みんなが知っていて彼が知らないということは、数え切れないくらいある。あるいはついさっき、何かが起こって月は二つになったのかもしれない。まわりの誰かに質問してみてもよかった。すみません、妙なことをおうかがいするようですが、いつから月が二つになったのか、ひょっとしてご存じではありませんか、と。しかし天吾のまわりには誰もいなかった。文字通り猫一匹見当たらない。

いや、誰もいないというわけではない。誰かがすぐ近くで、金槌を使って壁に釘を打ち付けていた。こんこんこんこん、という途切れのない音が聞こえた。かなり硬い壁と、かなり硬い釘だ。こんな時間にいったい誰が釘なんか打っているのだろう？　天吾は不思議に思ってまわりを見回したが、どこにもそれらしい壁は見当たらなかった。そしてまた釘を打っている人の姿もなかった。

少しあとになって、それが彼の心臓が立てている音であることがわかった。彼の心臓がアドレナリンの刺激を受け、急遽増量された血液を、耳障りな音を立てて体内に送り出しているのだ。

二つの月の姿は、天吾に立ちくらみのような軽いめまいをもたらした。神経の均衡が損なわれているようだ。彼は滑り台のてっぺんに腰を下ろし、手すりにもたれかかり、目を閉じてそれに耐えた。まわりの引力が微かに変化しているような感触がそこにはあった。どこかで潮が満ち、どこかで潮が引いている。人々はinsaneとlunaticのあいだを無表情に行き来している。

天吾はそのめまいの中で、自分がずいぶん長いあいだ母親の幻影に襲われていないことにふと気がついた。赤ん坊である彼が眠っているそばで、白いスリップ姿の母親が若い男に乳首を吸わせているあの映像を、彼はもう久しく見ていなかった。そんな幻影に長年悩まされてきたことを、すっかり忘れてしまっていたくらいだ。最後にあの幻影を目にしたのはいつのことだったろう？よく思い出せないが、たぶん新しい小説を書き始めたあたりだ。なぜかはわからないが、母親の亡霊はどうやらそのあたりを境にして、彼のまわりをうろつくことをやめたようだった。

しかしそのかわり今、天吾は高円寺の児童公園の滑り台の上に座って、空に浮かんだ一対の月を眺めている。わけのわからない新しい世界が、ひたひたと押し寄せる暗い水のように、彼のまわりを音もなく取り囲んでいる。たぶんひとつの新しいトラブルが、ひとつの古いトラブルを追い出したということなのだろう。ひとつの古いおなじみの謎が、新しい新鮮な謎に入れ替わったのだ。天吾はそう思った。しかしとくに皮肉を込めてそう思ったわけではない。またそれについて異議を申し立てたいという気持ちも湧いてこなかった。今ここにある新しい世界が、どのような成り立ちを持った世界であるにせよ、おそらく自分はそれをそのまま黙って受け入れざるを得ないだろう。選り好みできる余地があるとも思えない。これまであった世界にだって、選り好みの余地はなかったのだ。同じことだ。だいいち、と彼は自らに問いかける、もし異議があるとして、いったい誰に向かってそれを申し立てればいいのだ？

心臓は相変わらず、乾いた硬い音を立て続けていた。しかしめまいの感覚は少しずつ薄らいでいった。天吾はその心臓の音を耳元で聴きながら、滑り台の手すりに頭をもたせかけ、高円寺の空に浮かぶ二つの月を見上げた。ひどく奇妙な風景だ。新しい月が加わった、新しい世界。すべては不確かで、どこまでも多義的だ。しかしただひとつ断言できることがある、と天吾は思った。これから自分の身にどんなことが起こるにせよ、この二つの月が並んで浮かんだ風景を、見慣れた当たり前のものとして眺めることはおそらくあるまい、ということだ。そんなことはたぶん永遠にない。

　青豆はあのときにいったいどのような密約を月と結んだのだろう、と天吾は思った。そして白昼の月を眺めていた青豆の、どこまでも真剣な目を思い出した。彼女はそのときいったい月に向かって何を差し出したのだろう？

　そしておれはこれからいったいどうなっていくのだろう？

それは放課後の教室で青豆に手を握られながら、十歳の天吾がずっと思いめぐらしていたことだった。大きな扉の前に立った、怯えた一人の少年。そして今でもまだ、そのときと同じことを思いめぐらしている。同じ不安、同じ怯え、同じ震え。もっと大きな新しい扉。そして彼の前にはやはり月が浮かんでいる。ただその数は二つに増えている。

　青豆はどこにいるのだろう？

　彼は滑り台の上から再びあたりを見回した。でも彼が見出したいと思うものは、どこにも見当たらなかった。彼は左手を目の前に広げ、そこに何かしらの暗示を見いだそうと努めた。しかし手のひらには、いつもと同じ何本かの深いしわが刻まれているだけだ。それは水銀灯の奥行きのない光の下では、火星の表面に残された水路のあとのように見える。しかしその水路は何ひとつ彼に教えてくれない。その大きな手が彼に示唆しているのは、天吾が十歳のときからずいぶん長い道のりを歩んで、ここまでやってきたという程度のことだ。この高円寺の小さな児童公園の滑り台の上まで。そしてその空には二つの月が並んで浮かんでいる。

　青豆はどこにいるのだろう、と天吾はもう一度自らに問いかけた。彼女はいったいどこに身を潜めているのだろう。

「そのひとはすぐちかくにいるかもしれない」とふかえりは言った。「ここからあるいていけるところ」

　すぐ近くにいるはずの青豆にも、この二つの月は見えているのだろうか？

見えているに違いない、と天吾は思う。もちろん根拠はない。しかし彼には不思議なほど強い確信があった。彼が今見ているのと同じものが彼女にも間違いなく見えているはずだ。天吾は左手を堅く握り締め、それで滑り台の床を何度か叩いた。手の甲が痛くなるまで。

　だからこそ我々は巡り合わなくてはならないのだ、と天吾は思う。ここから歩いていけるくらい近くにあるどこかの場所で。青豆はおそらく誰かに追われて、傷ついた猫のようにそこに身を隠している。そして彼女をみつけるための時間は限られている。しかしそれがどこなのか、天吾にはまるでわからない。

「ほうほう」とはやし役がはやした。

「ほうほう」と残りの六人が声をあわせた。

第21章

青豆

どうすればいいのだろう

その夜、月を見るために青豆は、グレーのジャージの運動着の上下にスリッパというかっこうでベランダに出た。手にはココアのカップを持っていた。ココアを飲みたくなるなんてずいぶん久しぶりのことだ。戸棚の中にヴァン・ホーテンのココアの缶をみつけ、それを見ているうちに突然ココアが飲みたくなったのだ。雲ひとつなく晴れた南西の空に、月がくっきりと二個浮かんでいた。大きな月と小さな月。彼女はため息をつくかわりに、喉の奥で小さくうなった。空気さなぎからドウタが生まれ、月は二つになった。そして１９８４年は１Ｑ８４年に変わった。古い世界は消え、もうそこに戻ることはできない。

ベランダに置かれているガーデンチェアに腰掛け、熱いココアを小さく一口ずつ飲み、目を細めて二つの月を見ながら、青豆は古い世界のことを思い出そうと努めた。しかし今のところ彼女に思い出せるのは、アパートの部屋に置いてきた鉢植えのゴムの木だけだった。それは今どこにあるのだろう？　タマルは電話で約束したように、あの鉢植えの面倒を見てくれているのだろうか？　大丈夫。心配することはない、と青豆は自分に言い聞かせる。タマルは約束をまもる男だ。

もし必要があれば、彼は迷うことなくあなたを殺すかもしれない。しかしもしそうなったとしても、彼は残されたあなたのゴムの木の面倒を最後まで見てくれるはずだ。

　しかしどうしてこんなに、あのゴムの木のことが気になるのだろう？

それを残して部屋を出てくるまで、ゴムの木のことなんて、青豆はろくに考えもしなかった。それは本当にぱっとしないゴムの木だった。色つやも悪く、見るからに元気がなかった。値札はバーゲンで千八百円になっていたが、レジに持って行くと、何も言わないうちに向こうから千五百円にまけてくれた。交渉すれば更に安くなったかもしれない。きっと長いあいだ売れ残っていたのだろう。その鉢植えを抱えて家まで持って帰るあいだ、彼女はそんなものを衝動的に買ってしまったことをずっと後悔していた。それが見かけのぱっとしないゴムの木で、そのくせにかさばって持ちにくいからであり、なんといってもひとつの生命《いのち》を持つものだったからだ。

　生命を持つ何かを彼女が手にしたのは、それが生まれて初めてのことだった。ペットにせよ鉢植えにせよ、買ったこともないし、もらったこともないし、拾ったこともない。そのゴムの木が、彼女にとって生命あるものと生活をともにする最初の体験だった。

　老婦人の家の居間で、つばさに夜店で買ってやったという小さな赤い金魚を目にして、自分もそんな金魚がほしいと青豆は思った。とても強くそう思った。その金魚から目をそらせることができなくなってしまったくらいだ。どうして急にそんなことを思ったのだろう？　つばさがうらやましかったからかもしれない。青豆は夜店で誰かに何かを買ってもらったことなんて、ただの一度もない。夜店に連れて行ってもらったことすらない。聖書の教えにどこまでも忠実な「証人会」の熱心な信者である両親は、あらゆる俗世の祭りを侮蔑し、忌避した。

だから青豆は自由が丘の駅の近くにあるディスカウント・ショップに行って、自分で金魚を買うことにした。誰も彼女のために金魚と金魚鉢を買ってくれないのなら、出かけていって自分で買うしかない。それでいいじゃないか、と彼女は思った。私はもう三十歳の大人なのだし、自分の部屋に一人で住んでいる。銀行の貸金庫には札束が硬い煉瓦のように積み上げてある。金魚を買うくらい、誰に気兼ねする必要もない。

しかしペット売り場に行って、水槽の中でレースのような鰭《ひれ》をひらひらと動かしながら泳いでいる実際の金魚を目の前にしているうちに、青豆にはそれを買い求めることができなくなってしまった。金魚は小さく、自我や省察を欠いた無考えな魚のように見えたが、なんといっても完結したひとつの生命体だった。そこにある生命を、金を払って自分個人のものにするというのは、適切ではない行いのように彼女には思えた。それは幼いときの自分自身の姿を彼女に思い起こさせた。狭いガラスの鉢に閉じこめられたまま、どこに行くこともできない無力な存在。金魚自身はそんなことは気にもしていないように見えた。たぶん実際に気にしてもいないのだろう。とくにどこにも行きたくないのだろう。しかし青豆には、それがどうしても気になった。

老婦人の家の居間で見たときには、そんなことはまったく感じなかった。魚はとても優雅に、とても楽しげにガラス鉢を泳いでいた。夏の光が水の中に揺れていた。金魚と生活をともにするのは、素晴らしい考えのように思えた。それは彼女の生活にいくらかでも潤いを与えてくれるはずだった。しかし駅前のディスカウント・ショップのペット売り場では、金魚の姿は青豆を息苦しくさせただけだった。青豆は水槽の中の小さな魚たちをしばらく眺めてから、唇を堅く結んだ。だめだ。私にはとても金魚を飼うことなんてできない。

そのとき、店の隅に置かれたゴムの木が目についた。それはいちばん目立たない場所に押しやられ、見捨てられた孤児のようにそこで身をすくませていた。少なくとも青豆の目にはそのように映った。色つやもなく、形のバランスも悪かった。しかし彼女はろくに考えもせず、それを買い求めた。気に入って買ったわけではない。買わずにいられなかったから買っただけだ。実際の話、持って帰って部屋に置いたあとでも、たまに水をやるときのほかにはほとんど目もくれなかった。

　でもいったんあとに残してくると、もうそれを二度と見ることはないのだと思うと、青豆は何故かそのゴムの木のことが気になってしかたなかった。混乱し、叫び出したくなったときによくそうするように、彼女は大きく顔をしかめた。顔中の筋肉が極限近くまで引き伸ばされた。そして彼女の顔は別の人間の顔のようになった。これ以上はしかめられないというところまで顔をしかめ、それをいろんな角度にねじ曲げてから、青豆はようやく顔を元に戻した。

　どうしてこんなにあのゴムの木のことが気になるのだろう？

　いずれにせよ、タマルは間違いなくあのゴムの木を大事に扱ってくれる。私なんかよりは、ずっと丁寧に、責任をもって面倒を見てくれるはずだ。彼は生命のあるものを世話し、愛おしむことに慣れている。私とは違う。彼は犬を自分の分身のように扱う。老婦人の家の植木だって、暇があれば庭を巡って細かいところまで点検している。孤児院にいるときには、要領の悪い年下の少年を身体を張って保護していた。私にはそんなことはとてもできない、と青豆は思う。私には他人の生命を引き受ける余裕はない。自分一人の生命の重みに耐え、自分の孤独に耐えていくだけで精いっぱいなのだ。

孤独という言葉は、青豆にあゆみのことを思い出させた。

あゆみはどこかの男の手で、ラブホテルのベッドに手錠で縛り付けられ、暴力的に犯され、バスローブの紐で首を絞められて死んだ。犯人は青豆の知る限り、まだ逮捕されていない。あゆみには家族もいたし、同僚もいた。しかし彼女は孤独だった。そんなひどい死に方をしなくてはならなかったほどに孤独だった。そして私は彼女の求めに応じてやることができなかった。彼女は私に向かって何かを求めていた。間違いなく。でも私には護らなくてはならない私の秘密があり、孤独があった。あゆみとはどうしても分かち合うことのできない種類の秘密であり、孤独だった。彼女はなぜよりによって私なんかに心の交流を求めなくてはならなかったのだろう。この世界にほかにいくらでも人はいるはずなのに。

目を閉じると、アパートのがらんとした部屋に残してきた、鉢植えのゴムの木の姿が思い浮かんだ。

どうしてこんなにあのゴムの木のことが気になるのだろう。

それからひとしきり青豆は泣いた。いったいどうしたのだろう、と青豆は小さく首を振りながら思う、このところ私は泣きすぎている。彼女は泣きたくなんかなかった。あのろくでもないゴムの木のことを考えながら、どうして私が涙を流さなくてはならないのだ。しかしこぼれ出る涙を抑えることができなかった。彼女は肩を震わせて泣いた。私にはもう何も残されていない。みすぼらしいゴムの木ひとつ残されていない。少しでも価値あるものは次々に消えていった。何もかもが私のもとから去っていった。天吾の記憶の温もりのほかには。

もう泣くのはやめなくては、と彼女は自分に言い聞かせる。私は今こうして天吾の中にいるのだ。あの『ミクロの決死圏』の科学者みたいに——そうだ『ミクロの決死圏』というのが映画のタイトルだった。映画のタイトルを思い出せたおかげで、青豆はいくらか気持ちを立て直すことができた。彼女は泣くのをやめる。いくら涙をこぼしても、それで何かが解決するわけではない。もう一度クールでタフな青豆さんに戻らなくてはならない。

誰がそれを求めているのか？

私がそれを求めている。

そして彼女はあたりを見回す。空にはまだ二つの月が浮かんでいる。

「それがしるしだぞ。空をよく注意して見てるがいい」とリトル・ピープルの一人が言った。小さな声のリトル・ピープルだ。

「ほうほう」とはやし役がはやした。


そのときに青豆はふと気がつく。今こうして月を見上げている人間が、自分一人ではないことに。道路をはさんだ向かいにある児童公園に一人の若い男の姿が見えた。彼は滑り台のてっぺんに腰を下ろして、彼女と同じ方向を見つめていた。その男は私と同じように二個の月を目にしている。青豆は直感的にそれを知った。間違いない。彼は私と同じものを見ている。彼にはそれが見えるのだ。この世界には二個の月がある。しかしこの世界に生きているすべての人間に二個の月が見えるわけではない、とリーダーは言った。

しかしその若い大柄な男が、空に浮かんだ一対の月を目にしていることに疑いの余地はなかった。何を賭けてもいい。私にはそれがわかる。彼はあそこに座って、黄色い大きな月と、苔むしたような緑色をした小さないびつな月を見ている。そして彼は二つの月がそこに並んで存在する意味について、考えを巡らせているように見えた。その男も、心ならずもこの１Ｑ８４年という新しい世界に漂流してきた人々の一人なのだろうか。そしてその世界の意味を摑みきれずに戸惑っているのかもしれない。きっとそうに違いない。だからこそ夜の公園の滑り台の上にのぼって、ひとりぼっちで月を見つめ、頭の中にあらゆる可能性や、あらゆる仮説を並べ、綿密に検証しなくてはならないのだ。

いや、そうじゃないかもしれない。あの男はひょっとしたら、私を捜してここまでやってきた「さきがけ」の追跡者の一人かもしれない。

そのとたんに心臓の鼓動が速くなり、きんという耳鳴りがした。青豆の右手は無意識に、ウエストバンドにはさんだ自動拳銃を探し求めた。彼女の手はその硬いグリップを思い切り握り締めた。

しかしどう見ても、男の様子にはそんな切迫した雰囲気は感じられなかった。暴力の気配も見受けられない。彼は一人で滑り台のてっぺんに座り、手すりに頭をもたせかけ、空に浮かんだ二個の月をまっすぐ見上げて、長い省察に耽っているだけだ。青豆は二階のベランダにいて、彼はその下にいた。青豆はガーデンチェアに腰掛け、不透明なプラスチックの目隠し板と金属の手すりの隙間から、その男を見下ろしている。もしこちらを見上げても、向こうからは青豆の姿は見えないはずだ。それに男は空を見上げるのに夢中で、自分がどこかから誰かにみられているかもしれないという考えは、頭をよぎりもしないようだった。

彼女は気持ちを落ち着け、胸に溜めていた息を静かに吐き出した。そして指の力を抜き、拳銃のグリップから手を放し、同じ姿勢でその男を観察し続けた。青豆の位置からは、彼の横顔しか見えない。公園の水銀灯が高いところから彼の姿を明るく照らし出している。背の高い男だ。肩幅も広い。硬そうな髪は短くカットされ、長袖のTシャツを着ている。その袖は肘のところまで折り上げられている。ハンサムというのではないが、感じの良いしっかりとした顔立ちだ。頭の格好も悪くない。もっと年をとって髪が薄くなってもきっと素敵なはずだ。

それから青豆は唐突に知る。

それは天吾だった。

そんなことはあり得ないと青豆は思う。彼女は短くきっぱり、何度か首を振る。とんでもない思い違いに決まっている。いくらなんでもそんなことが都合良く起こるわけがない。彼女は正常に呼吸をすることができない。身体のシステムが混乱をきたしている。意思と行為がうまくつながらない。もう一度その男をよく眺めなくてはと思う。しかしなぜか目の焦点をあわせることができない。なんらかの作用によって、左右の視力が突然大きく異なってしまったみたいだった。彼女は無意識に大きく顔を歪める。

どうすればいいのだろう？

彼女はガーデンチェアから立ち上がり、あたりを意味もなく見まわす。それから居間のサイドボードの中にニコンの小型双眼鏡が置いてあったことをはっと思い出し、それを取りに行く。双眼鏡を持って急いでベランダに戻り、滑り台の上を見る。若い男はまだそこにいる。さっきと同じ姿勢のままだ。こちらに横顔を向け、空を見上げている。彼女は震える指で双眼鏡の焦点をあわせ、横顔を間近に見る。息を止め、意識を集中する。間違いない。それは天吾だ。たとえ二十年という歳月を経ていても、青豆にはそれがわかる。天吾以外の誰でもない。

　青豆がいちばん驚いたのは、天吾の見かけが十歳のときからほとんど変化していないことだった。十歳の少年が、そのまま三十歳になってしまったみたいだ。子供っぽいというのではない。もちろん身体は遥かに大きくなっているし、首も太くなり、顔の造作も大人らしくなっている。表情にも深みが出ている。膝に置かれた手は大きく、力強かった。二十年前に小学校の教室で、彼女が握った手とはずいぶん違う。しかしそれでも、その体軀が醸し出す雰囲気は、十歳のときの天吾そのままだった。しっかりとした厚みのある身体は彼女に、自然な温もりと深い安心感を与えてくれた。彼女はその胸に頬を寄せたいと思った。とても強く思った。青豆はそのことを嬉しく思った。そして彼は児童公園の滑り台の上に座って空を見上げ、彼女が見ているのと同じものを熱心に見つめていた。二個の月だ。そう、私たちは同じものを目にすることができるのだ。

どうすればいいのだろう？

どうすればいいのか、青豆にはわからなかった。彼女は双眼鏡を膝の上に置き、両手を思い切り握り締めた。爪が食い込んでしっかりとあとがついてしまうくらい。握り締められた拳は細かくぶるぶると震えていた。

どうすればいいのだろう？

彼女は自分の激しい息づかいを聞いていた。彼女の身体がいつの間にか、真ん中からふたつに裂けてしまったようだった。一方の半分は天吾が目の前にいるという事実を進んで受け入れようとしていた。そしてもう一方の半分は、その事実を受け入れることを拒否し、どこか見えないところに押しやってしまおうとしていた。そんなことは起こってもいないのだ、と思いこもうとしていた。その正反対の方向に向かう二つの力が、彼女の中で激しくせめぎ合っていた。どちらもそれぞれの目指すところに激しく彼女を引っ張っていこうとしていた。いたるところで肉がちぎれ、関節がばらばらになり、骨が砕けてしまいそうだった。

　青豆はそのまま公園まで走っていって、滑り台の上にあがり、そこにいる天吾に語りかけたかった。でもなんて言えばいいのだろう。口の筋肉の動かし方がよくわからない。それでも彼女はなんとか言葉を絞り出すだろう。私の名前は青豆、二十年前に市川の小学校の教室であなたの手を握った。私のことを覚えている？

　そう言えばいいのか？

　ほかにもう少しましな言い方があるはずだ。

　もう一人の彼女は「このままベランダにじっと隠れていろ」と命令していた。あなたにできることは、もう何もない。そうじゃないか？　あなたは昨夜、リーダーと取り引きをした。あなたは自分の命を捨てることによって、天吾を救う。彼をこの世界で生き延びさせる。それが取り引きの内容だ。契約は既に結ばれてしまった。リーダーをあちら側の世界に送り込み、自分の命を差し出すことにあなたは同意した。今ここで天吾に会って昔話をして、それでどうなるというのだ。それにもし彼が、あなたのことなんか覚えてもいなかったとしたら、あるいは「不気味なお祈りをするみっともない女の子」としてしか覚えていなかったとしたら、どうするつもりなのだ。

もしそうなったら、あなたはどんな心を抱いて死ぬことになるだろう？
そう考えると、彼女の身体は硬くこわばり、細かく震えだした。彼女はその震えを抑制することができなくなった。ひどい風邪をひいたときの悪寒に似ていた。身体の芯まで凍りついてしまいそうだ。彼女は自分の身体を両腕で抱きしめるようにして、ひとしきりその寒さに震えていた。しかしそのあいだも、滑り台の上に座って空を見上げている天吾から目を離さなかった。目を離したとたんに彼がどこかに消えてしまいそうな気がした。

天吾の腕に抱かれたいと彼女は思った。彼のあの大きな手で身体を愛撫されたい。そして彼の温もりを全身に感じたい。身体を隅から隅まで撫でてほしい。そして温めてほしい。私の身体の芯にあるこの寒気を取り除いてほしい。それから私の中に入って、思い切りかきまわしてほしい。スプーンでココアを混ぜるみたいに、ゆっくりと底の方まで。もしそうしてくれたなら、この場ですぐに死んだってかまわない。本当に。

いや、本当にそうだろうか、と青豆は思う。そんなことになったら、私はもう死にたくないと思うかもしれない。いつまでもいつまでも彼と一緒にいたいと思うかもしれない。死ぬ決心なんて朝日を受けた露みたいに、あっさり蒸発して消えてしまうかもしれない。あるいは彼を殺してしまいたいと思うかもしれない。ヘックラー&コッホで彼をまず撃ち殺し、そのあとで自分の脳味噌を撃ち抜くかもしれない。そこで何が起こるか、自分が何をしでかすか、まるで予測がつかない。

どうすればいいのだろう？

どうすればいいのか、彼女には判断できない。息づかいが激しくなる。様々な思いが入れ替わり、すれ違う。考えをひとつにまとめることができない。何が正しくて、何が正しくないのか。彼女にわかっていることはたったひとつしかない。今すぐここで彼のその太い腕に抱かれたいということだ。そのあとのことは、そのあとのことだ。それは神様だか悪魔だかが勝手に決めればいい。

青豆は決心する。洗面所に行き、タオルで顔に残っていた涙のあとを拭う。鏡に向かって髪を素早く整える。とりとめのないでたらめな顔をしている。目は赤く血走っている。着ている服だってひどいものだ。色の褪せたジャージの上下で、ウェストバンドには九ミリの自動拳銃が突っ込まれ、背中に奇妙な膨らみを作っている。二十年間会いたいと焦がれ続けてきた相手の前に出ていくようなかっこうじゃない。どうしてもう少しまともな服を身につけておかなかったのだろう。しかし今更どうしようもない。着替えているような余裕はない。彼女は素足にスニーカーを履き、ドアに鍵もかけず、マンションの非常階段を三階ぶん駆け下りる。そして道路を横切り、人気のない公園に入り、滑り台の前に行く。しかしそこにはもう天吾の姿はない。水銀灯の人工的な光を受けた滑り台の上は無人だ。月の裏側よりも暗く冷たく、がらんとしている。

あれは錯覚だったのだろうか?

いや違う、錯覚なんかじゃない、彼女は息を切らせながらそう思う。天吾はほんの少し前までそこにいたのだ。間違いなく。彼女は滑り台の上にあがり、そこに立ってあたりを見回す。どこにも人影は見えない。しかしまだそんな遠くには行っていないはずだ。ほんの数分前まで彼はここにいた。四分か五分、それ以上はかかっていない。今から走れば追いつける距離だ。

しかし青豆は思い直した。彼女はほとんど力ずくで自分を押しとどめる。いや、だめだ、そんなことはできない。彼がどちらの方向に歩いていったかだってわからないのだ。夜の高円寺の街をあてもなく走りまわって、天吾の行方を捜すような真似はしたくない。それは私がとるべき行動ではない。青豆がベランダのガーデンチェアの上でどうしようかと迷いに迷っているあいだに、天吾は滑り台を降り、どこかに歩き去ってしまった。考えてみればそれが私に与えられた運命なのだ。私は迷い、迷い続け、判断能力を一時的に失い、そのあいだに天吾は去っていった。それが私の身に起こったことなのだ。

結果的にはそれでよかったのだ、と青豆は自分に言い聞かせる。おそらくそれがいちばん正しいことだった。少なくとも私は天吾に巡り合えた。通りを一本隔てて彼の姿を目にし、彼の腕の中に抱かれるという可能性に身体を震わせることができた。たとえ数分間であっても、私はその激しい喜びと期待を全身で味わうことができた。彼女は目を閉じ、滑り台の手すりを握りしめ、唇を噛みしめる。

青豆は天吾がとっていたのと同じ姿勢で、滑り台の上に腰を下ろし、南西の空を見上げた。そこには大小二個の月が並んで浮かんでいた。それからマンションの三階のベランダに目をやった。部屋の明かりがついている。彼女はついさっきまで、その部屋のベランダからここにいる天吾を見つめていた。そのベランダには、彼女の深い迷いがまだ残って漂っているようだった。

１Ｑ８４年、それがこの世界に与えられた名称だ。私は半年ばかり前にその世界に入り、そして今、出て行こうとしている。意図せずにそこに入り、意図してそこから出て行こうとしている。

私が去ったあとも、天吾はそこにとどまる。天吾にとってそれがどのような世界になるのか、私にはもちろんわからない。見届けるすべもない。でもそれでかまわない。私は彼のために死んでいこうとしている。私自身のために生きることはできなかった。そんな可能性は私からあらかじめ奪われてしまっていた。でもそのかわり、彼のために死ぬことができる。それでいい。私は微笑みながら死んでいくことができる。

嘘じゃない。

青豆は滑り台の上に残された天吾の気配を、僅かでもいいから感じ取ろうと努めた。しかしそこにはどのようなぬくもりも残されていなかった。秋の予感を含んだ夜の風がケヤキの葉の間を抜けて、そこにあるすべての痕跡を消し去ろうとしていた。それでも青豆はいつまでもそこに座って、二つ並んだ月を見上げていた。その感情を欠いた奇妙な光を身に浴びていた。様々な種類の物音がひとつに入り混じった都会の騒音が、通奏低音となって彼女を取り囲んでいた。首都高速道路の非常階段に巣を張っていたちっぽけな蜘蛛のことを彼女は思い出した。あの蜘蛛はまだ生きて巣を張っているのだろうか？

彼女は微笑んだ。

私には用意ができている、彼女はそう思った。

でもその前に、ひとつだけ訪れなくてはならない場所がある。

第22章 天吾

月がふたつ空に浮かんでいるかぎり

滑り台を降りて、児童公園を出て、天吾はあてもなく街を歩いた。通りから通りへとさまよった。自分がどこを歩いているのか、ほとんど気にとめなかった。歩きながら頭の中にあるとりとめのない考えを、少しでも明確な輪郭を持つものにしようと努めた。しかしどれだけ努力しても、もうまとまった思考ができなくなっていた。あまりにも様々なことを、滑り台の上で一度に考えてしまったせいだ。二個に増えた月について、血のつながりというものについて、人生の新しい出発点について、目眩《めまい》をともなうリアルな白日夢について、ふかえりと『空気さなぎ』について、そしてこのあたりのどこかに潜伏しているはずの青豆について。彼の頭は多くの考えで混雑し、集中力は限界近くまで伸びきっていた。できることならこのままベッドに入ってぐっすり眠りたかった。続きは明日の朝、目が覚めてから考えればいい。これ以上何を考えたところで、意味のある地点に辿り着けるとも思えない。

天吾が部屋に戻ると、ふかえりは天吾の仕事机の前に座り、小さなポケットナイフを使って熱心に鉛筆を削っていた。天吾はいつも十本ばかりの鉛筆を鉛筆立てに入れているのだが、その数は今では二十本ほどに増えていた。彼女は感心するくらいきれいにそれらの鉛筆を削っていた。それほど美しく削られた鉛筆を天吾は今まで目にしたことがなかった。その先端は縫い針のように鋭く尖っていた。

「でんわがあった」と彼女は鉛筆の尖り具合を指で確かめながら言った。「チクラから」

「電話には出ないはずだけど」

「だいじなでんわだったから」

大事な電話だとベルの音でわかったのだろう。

「どんな用件だった?」と天吾は尋ねた。

「ようけんはいわなかった」

「でもそれは千倉の療養所からの電話だったんだね?」

「でんわをかけてほしい」

「こちらから電話をかけてほしいということ?」

「おそくなってもかまわないからきょうのうちに」

天吾はため息をついた。「相手の番号がわからないな」

「わたしにはわかる」

彼女は番号を記憶していた。天吾はその番号をメモ用紙に書き付けた。そして時計に目をやった。八時半だ。

「電話は何時頃にかかってきた?」と天吾は尋ねた。

「すこしまえ」

天吾は台所に行って水をグラスに一杯飲んだ。流し台の縁に両手をついて目を閉じ、頭がなんとか人並みに回転することを確かめてから、電話の前に行ってその番号をまわした。ひょっとして父親が亡くなったのかもしれない。少なくともそれは生死にかかわるものごとに違いない。よほどのことがなければ、彼らはこんな夜の時間にわざわざ天吾に電話をかけてきたりはしない。

電話には女性が出た。天吾は自分の名前を言って、さっきそちらから連絡があったので、折り返し電話していると言った。

「川奈さんの息子さんですね」と相手は言った。

「そうです」と天吾は言った。

「先日こちらでお会いしました」とその女性は言った。

金属縁の眼鏡をかけた中年の看護婦の顔が浮かんだ。名前は思い出せない。

彼は簡単な挨拶をした。「さきほどお電話をいただいたそうですが」

「ええ、そうです。今担当の先生のところに電話をまわしますので、直接お話しなさってください」

天吾は受話器を耳に押しつけたまま、電話がつながるのを待った。相手はなかなか出てこなかった。『峠の我が家』の単調なメロディーが永遠に近い時間流れていた。天吾は目を閉じて、その房総の海岸にある療養所の風景を思い出した。重なり合うように分厚く茂った松林、そのあいだを抜けてくる海からの風。休むことなく打ち寄せる太平洋の波。見舞客の姿もない閑散とした玄関ロビー。廊下を運ばれていく移動式ベッドの車輪が立てる音。日焼けしたカーテン。きれいにアイロンのかかった看護婦の白い制服。まずくて薄い食堂のコーヒー。

やがて医師が電話に出た。

「ああ、お待たせして申し訳ありません。ついさっきほかの病室から緊急の呼び出しを受けたものですから」

「お気遣いなく」と天吾は言った。そして担当の医師の顔を思い浮かべようとした。でも考えてみれば、その医師に会ったことは一度もなかった。頭がまだうまく働いていない。「それで、父に何かがあったのでしょうか？」

医師は少し間をおいて言った。「とくに今日何かがあったということではないのですが、ただ、しばらく前から慢性的にあまり良い状態にはありません。申し上げにくいんですが、お父さまは昏睡状態にあります」

「昏睡状態」と天吾は言った。

「深く眠り続けておられます」

「つまり意識がないということですか？」

「そういうことです」

天吾は考えを巡らせた。頭をなんとか働かせなくてはならない。「父は何か病気にかかっていて、それで昏睡状態に陥ったということなのでしょうか？」

「正確にはそうではありません」と医師は困ったように言った。

天吾は待った。

「電話で説明するのはむずかしいのですが、どこがとりたてて悪いというわけでもないのです。たとえば癌だとか、肺炎だとか、そういうはっきりとした名前がつく病気を患っておられるわけではありません。医学的に申し上げれば、これと識別される症状は見当たりません。ただ、何が原因となっているかはよくわからないのですが、お父さまの場合、身体生命を維持しようとする自然な力が、目に見えて水位を落としているのです。しかし原因がわからないものですから、治療法も見当たりません。点滴は続け、栄養は補給していますが、それはあくまで対症的なものです。根本的なものではありません」

「率直にうかがってよろしいですか？」と天吾は言った。

「もちろんです」と医師は言った。

「父は、それほど長くは持ちそうにないということですか？」

「このままの状態が続けば、その可能性は高いかもしれません」

「老衰のようなものなんですか？」

医師は電話口で曖昧な声を出した。「お父さまはまだ六十代です。老衰するような年齢ではありません。それに基本的には健康な方です。認知症以外には、これという持病も見受けられません。定期的に行っている体力の測定ではかなり良い結果を出しておられます。問題らしきものはひとつとして見当たりませんでした」

医師はそこで口をつぐんだ。それから話を続けた。

「しかし……、そうですね、この数日の様子を拝見していますと、あなたがおっしゃるように、老衰に似たところがあるかもしれません。身体の機能が全体的に低下して、生きるための意志のようなものが希薄になってきているようです。それは通常、八十代の後半になってから出てくる症状です。それくらいの年齢になると、これ以上生き続けることに疲れて、生命を維持するための自助努力を放棄していく例が見受けられます。しかしそれと同じようなことが、どうして六十代の川奈さんに起こるのか、今のところ私にもよく理解できません」

天吾は唇を噛んで、少し考えた。

「昏睡はいつ頃始まったのですか？」と天吾は尋ねた。

「三日前です」と医師は言った。

「三日間まったく目を覚まさないのですね？」

「一度も」

「そして生命の徴候はだんだん弱まっている」

医師は言った。「急激にというのではありませんが、今も申し上げましたとおり、生命力の水位は少しずつ、しかし目に見えて下がってきています。まるで列車が少しずつ速度を落として停止に向かうときのように」

「あとどれくらいの余裕があるのでしょう？」

「正確なところはなんとも申し上げられません。ただこのままの状態が続いたとすれば、最悪のケース、あと一週間くらいということになるかもしれません」と医師は言った。

天吾は受話器を持ち替え、もう一度唇を噛んだ。

「明日、そちらにうかがいます」と天吾は言った。「お電話をいただかなくても、近いうちにそちらに行こうと思っていたところでした。でも連絡していただけてよかった。感謝します」

医師はそれを聞いてほっとしたようだった。「そうして下さい。なるべく早くお会いになった方がいいと思います。話をすることはできないかもしれませんが、あなたがお見えになれば、お父さんもきっと喜ばれるはずだ」

「でも意識はないのですね？」

「意識はありません」

「痛みはあるのでしょうか？」

「今のところ痛みはありません。おそらくないはずです。それは不幸中の幸いです。ただぐっすりと眠っておられます」

「どうもありがとうございました」と天吾は礼を言った。

「川奈さん」と医師は言った。「お父さんは、なんというか、とても手のかからない人でした。誰にも迷惑というものをかけない人でした」

「昔からそういう人間なんです」と天吾は言った。そしてもう一度医師に礼を言って、電話を切った。


天吾はコーヒーを温め、テーブルのふかえりの前に座ってそれを飲んだ。

「あすでかける」とふかえりは天吾に尋ねた。

天吾は肯いた。「朝になったら電車に乗って、もう一度猫の町に行かなくちゃならない」

「ねこのまちにいく」とふかえりは無表情に言った。

「君はここで待っている」と天吾は尋ねた。ふかえりと一緒に暮らしていると、疑問符なしで質問することに慣れてしまった。

「わたしはここでまっている」

「僕は一人で猫の町に行く」と天吾は言った。そしてコーヒーを一口飲んだ。それからふと思いついて彼女に尋ねた。「何か飲みたい？」

「白ワインがあれば」

天吾は冷蔵庫を開けて冷えた白ワインがあるかどうか探した。しばらく前にバーゲンで買ってきたシャルドネが奥の方に見つかった。ラベルには野生のいのししの絵が描かれている。コルクを開け、ワイングラスに注いでふかえりの前に置いた。それから少し迷ってから、自分のグラスにもそれを注いだ。たしかにコーヒーよりはワインを飲みたい気分だ。ワインはいささか冷えすぎていたし、甘みが勝っていたが、アルコールは天吾の気持ちをいくらか落ち着かせた。

「あなたはあすねこのまちにいく」と少女は繰り返した。

「朝早く電車に乗って」と天吾は言った。

白ワインのグラスを傾けているとき、テーブルをはさんで向かい合っているその十七歳の美しい少女の体内に、自分が精液を放出したことを天吾は思い出した。つい昨夜のことなのに、ずいぶん遠い過去に起こった出来事のように思える。歴史上の出来事のようにさえ思えるくらいに。でもそのときの感覚はまだ彼の中にありありと残っている。

「月の数が増えていた」と天吾はグラスを手の中でゆっくりとまわしながら、打ち明けるように言った。「さっき空を見たら月は二個になっていた。大きな黄色い月と、小さな緑色の月。前から既にそうなっていたのかもしれない。でも僕は気がつかなかった。さっきやっとそれがわかった」

月の数が増加したことについて、ふかえりはとくに感想を口にしなかった。その知らせを聞いて、彼女が驚いたという印象は見受けられなかった。表情にはまったく変化はなかった。肩を小さくすぼめることさえしなかった。それは彼女にとってとりたてて目新しいニュースというのでもないようだった。

「あえて言うまでもないことだけど、空に月が二個浮かんでいるというのは、『空気さなぎ』に出てくる世界と同じだ」と天吾は言った。「そして新しい月は僕が描いたとおりのかっこうをしていた。大きさも色も同じだった」

ふかえりはただ黙っていた。返事を必要としない質問に対して彼女が返事をすることはない。

「どうしてそんなことが起こったんだろう。どうしてそんなことが起こり得るんだろう？」

やはり返事はなかった。

天吾は思いきって率直に質問した。「つまり僕らは『空気さなぎ』に描かれた世界に入り込んでしまったということなんだろうか」

ふかえりはしばらく両手の指の爪のかたちを注意深く調べていた。それから言った。「わたしたちはふたりでホンをかいたのだから」

天吾はグラスをテーブルの上に置いた。それからふかえりに尋ねた。「僕と君は二人で『空気さなぎ』を書き、それを出版した。共同作業をした。そしてその本はベストセラーになり、リトル・ピープルやらマザやらドウタについての情報が世界にばらまかれた。だからその結果、僕らはこの新しく改変された世界に一緒に入り込んでしまった。そういうこと？」

「あなたはレシヴァのやくをしている」

「僕がレシヴァの役をしている」と天吾は反復した。「たしかに僕は『空気さなぎ』の中でレシヴァについて書いた。でもそれがどういうことなのか、僕にはよくわからなかった。レシヴァはいったい具体的にどんな役を果たすんだろう？」

ふかえりは小さく首を振った。その説明はできないということだ。

説明しなくてはわからないということは、説明してもわからないということだ、と父親がどこかで言った。

「わたしたちはいっしょにいたほうがいい」とふかえりは言った。「そのひとがみつかるまでは」

天吾はしばらく黙ってふかえりの顔を見ていた。その顔が表現するものを読みとろうとした。しかしそこにはどのような表情も浮かんでいなかった。いつものように。それから彼は無意識に首を横に向け、窓の外に目をやった。でも月は見えなかった。電柱と、絡み合った醜い電線が見えるだけだ。

天吾は言った。「レシヴァの役を引き受けるには、何か特殊な資質が必要なのかな？」

ふかえりは顎を小さく縦に動かした。必要だということだ。

「でも『空気さなぎ』はもともと君の物語だ。君がゼロから立ち上げた物語だ。君の内部から出てきた物語だ。僕はたまたま依頼を受けてその文章のかたちを整えただけだ。単なる技術者に過ぎない」

「わたしたちはふたりでホンをかいたのだから」、ふかえりは前と同じ言葉を繰り返した。

天吾は無意識に指先をこめかみにあてた。「そのときから僕は、知らないままレシヴァの役を果たしていたということ？」

「そのまえから」とふかえりは言った。そして右手のひとさし指で自分を指し、それから天吾を指した。「わたしがパシヴァであなたがレシヴァ」

「perceiver と receiver」、天吾は正しい言葉に言い換えた。「つまり君が知覚し、僕がそれを受け入れる。そういうことだね？」

ふかえりは短く肯いた。

天吾は顔を少し歪めた。「つまり君は僕がレシヴァであることを知っていて、あるいはレシヴァの資質を持つことを知っていて、だからこそ僕に『空気さなぎ』の書き直しをまかせた。君が知覚したことを、僕を通して本のかたちにした。そういうことなのか？」

返事はなかった。

天吾は歪めていた顔を元に戻した。そしてふかえりの目を見ながら言った。「具体的なポイントはまだ特定できないけれど、おそらくその前後から僕はおそらくこの月が二つある世界に入り込んだのだろう。今までそれを見過ごしてきただけだ。夜中に空を見上げることが一度もなかったから、月の数が増えていることに気づかなかった。きっとそうだね？」

ふかえりはただ沈黙をまもっていた。その沈黙は細かい粉のように、空中にひそやかに浮かび漂っていた。それは特殊な空間から現れた蛾の群れが、ついさっきまきちらしていった粉だ。その粉が空中に描くかたちを天吾はしばらくのあいだ眺めていた。天吾は自分がまるで一昨日の夕刊になってしまったような気がした。情報は日々更新されている。彼だけがそれらについて何ひとつ知らされていない。

「原因と結果がどうしようもなく入り乱れているみたいだ」と天吾は気を取り直して言った。

「どちらが先でどちらが後なのか順番がわからない。しかしいずれにせよ、僕らはとにかくこの新しい世界に入り込んでいる」

ふかえりは顔を上げ、天吾の目をのぞき込んだ。気のせいかもしれないけれど、その瞳の中には優しい光のようなものが微かにうかがえた。

「いずれにせよ、もう元の世界はない」と天吾は言った。

ふかえりは小さく肩をすぼめた。「わたしたちはここでいきていく」

「月の二個ある世界で？」

ふかえりはそれには答えなかった。その美しい十七歳の少女は、唇を堅くまっすぐに結び、天吾の目を正面から見つめていた。青豆が放課後の教室で、十歳の天吾の目をのぞき込んでいたのと同じように。そこには強く深い意識の集中があった。ふかえりにそのように見つめられていると、天吾は自分がそのまま石になってしまいそうな気がした。石になって、そのまま新しい月に変えられてしまいそうな気がした。いびつなかたちをした小さな月に。しばらくあとでふかえりはようやく視線を緩めた。そして右手を上げて、指先をそっとこめかみにあてた。まるで自分自身の中にある秘密の考えを読みとろうとするかのように。

「あなたはひとをさがしていた」と少女は尋ねた。

「そう」

「でもみつからなかった」

「見つからなかった」と天吾は言った。

青豆は見つからなかった。しかしそのかわりに月が二つになっていることを発見した。それはふかえりの示唆に従って彼が記憶の底を掘り起こし、その結果月を見ようと思ったからだ。

少女は視線を少しだけ緩め、ワイングラスを手に取った。口の中にワインをしばらく含み、露を吸う虫のように大事そうにそれを飲み込んだ。

天吾は言った。「彼女はどこかに身を潜めていると君は言う。だとしたら、そんなに簡単には見つからない」

「しんぱいしなくていい」と少女は言った。

「僕は心配しなくていい」と天吾はただ相手の言葉を反復した。

ふかえりは深く肯いた。

「つまり、僕には彼女が見つけられるということ？」

「そのひとがあなたをみつける」と少女は静かな声で言った。柔らかな草原を渡る風のような声だ。

「この高円寺の町で」

ふかえりは首を傾げた。それはわからない、ということだ。「どこかで」と彼女は言った。

「この世界のどこかで」と天吾は言った。

ふかえりは小さく肯いた。「ツキがふたつそらにうかんでいるかぎり」

「どうやら君の言うことを信じるしかなさそうだ」、しばらく考えてから天吾はあきらめて言った。

「わたしがチカクしあなたがうけいれる」とふかえりは思慮深げに言った。

「君が知覚し、僕が受け入れる」と天吾は人称を入れ替えて言い直した。

ふかえりは肯いた。

だから僕らは交わることになったのだろうか、と天吾はふかえりに尋ねたかった。昨夜のあの激しい雷雨の中で。それはいったい何を意味するのだ？　しかし尋ねなかった。それはおそらく不適切な質問であるはずだ。そしてどうせ答えは返ってこない。天吾にはそれがわかった。説明しなくてはわからないということは、説明してもわからないということだ、と父親がどこかで言った。

「君が知覚し、僕が受け入れる」と天吾はもう一度反復した。「『空気さなぎ』を書き直したときと同じように」

ふかえりは首を横に振った。そして髪をうしろにやり、小さな美しい耳をひとつ露わにした。発信器のアンテナを上げるみたいに。

「おなじではない」とふかえりは言った。「あなたはかわった」

「僕は変わった」と天吾は繰り返した。

ふかえりは肯いた。

「僕はどんな風に変わったんだろう？」

ふかえりは手にしたワイングラスの中を長いあいだのぞき込んでいた。そこに何か大事なものが見えるみたいに。

「ネコのまちにいけばわかる」とその美しい少女は言った。そして耳を露わにしたまま、白ワインを一口飲んだ。

第23章 青豆

タイガーをあなたの車に

朝の六時過ぎに青豆は目を覚ました。美しく晴れた朝だった。コーヒーメーカーでコーヒーを作り、トーストを焼いて食べた。ゆで卵も作った。テレビのニュースを見て、まだ「さきがけ」のリーダーの死が報じられていないことを確かめた。警察に届けることなく、人々に知らせることもなく、彼らはその死体をこっそりと処分してしまったのだろう。それならそれでかまわない。さして重要な問題ではない。死んだ人間はどのように処理されても、やはり死んだ人間なのだ。死んでいることに変わりはない。

八時にシャワーを浴び、洗面所の鏡に向かって丹念に髪をとかし、見えるか見えない程度に淡く口紅を塗った。ストッキングをはいた。クローゼットにかけておいた白い絹のブラウスを着て、ジュンコ・シマダのスタイリッシュなスーツを着込んだ。何度か身を揺すったりねじ曲げたりして、ワイヤとパッドの入ったブラジャーを身体に馴染ませながら、もう少し乳房が大きければいいのにと思った。これまでにも同じことを、七万二千回くらい鏡の前で思ったはずだ。でもかまわない。なにを何回考えようが、そんなことはあくまで私の勝手だ。これで七万二千一回目になるとしても、それのどこがいけない？　私は少なくとも生きているあいだは、自分の考えたいことを好きなときに好きなように好きなだけ考える。誰にも文句は言わせない。それから彼女はシャルル・ジョルダンのハイヒールを履いた。

青豆は玄関にかかった等身大の鏡の前に立ち、その服装に隙のないことを確認した。彼女は鏡に向かって片方の肩を軽く上にあげ、『華麗なる賭け』に出ていたフェイ・ダナウェイみたいに見えないものだろうかと思った。彼女はその映画の中で、冷たいナイフのように冷徹な保険会社の調査員になる。クールでセクシーで、ビジネス・スーツがとてもよく似合う。もちろん青豆はフェイ・ダナウェイのようには見えなかったが、それにいくらか近い雰囲気はあった。少なくとも、なくはなかった。一流のプロフェッショナルだけが漂わせることのできる特別な雰囲気だ。おまけにショルダーバッグの中には硬く冷たい自動拳銃が収められている。

彼女は小振りなレイバンのサングラスをかけ、部屋を出た。そしてマンションの向かいにある児童公園に入り、昨夜天吾が座っていた滑り台の前に立ち、そのときの情景を頭の中に再現した。今から十二時間ばかり前、そこに現実の天吾がいたのだ——私のいる場所から通り一本隔てたところに。そこに一人で静かに座って、月を長いあいだ見上げていた。彼女が見ているのと同じ二つの月を。

そのように天吾に巡り合えたことは、青豆にはほとんど奇蹟に思えた。それはある種の啓示でもあった。何かが彼女の前に天吾を運んできたのだ。そしてその出来事は、彼女の身体の組成を大きく変えてしまったようだった。朝目覚めたときから青豆は、そのような軋みを休みなく全身に感じ続けていた。彼は私の前に姿を現し、去っていった。話をすることも、肌を触れあうこともできなかった。しかしその短い時間のあいだに、彼は私の中の多くのものごとを変成させていった。文字通りスプーンでココアをかき混ぜるみたいに、私の心と身体を大きくかき回していったのだ。内臓や子宮の奥まで。

青豆は五分ばかりそこにたたずみ、片手を滑り台のステップに置き、顔をわずかにしかめながら、ハイヒールの細いかかとで地面を軽く蹴っていた。心と身体のかき回され具合を確かめ、その感触を味わっていた。それから心を決めて公園をあとにし、大きな通りに出てタクシーを拾った。

「まず用賀まで行って、それから首都高速の三号線を池尻出口の手前まで行って」と彼女は運転手に告げた。

当然のことながら運転手は混乱した。

「それで、お客さん、最終的な行き先はいったいどこなんですか？」と彼はどちらかというとのんびりした声で言った。

「池尻出口。とりあえず」

「じゃあ、池尻までここから直接行った方が遥かに近いです。用賀まで行ったりしたらえらい遠回りになるし、それに朝のこの時間、三号線の上りはぎちぎちに渋滞してます。ほとんど前に進みません。これは今日は水曜日だというのと同じくらい間違いないことです」

「混んでたってかまわない。今日が木曜日でも金曜日でも天皇誕生日でも、なんだってかまわない。とにかく用賀から首都高速に乗ってちょうだい。時間ならいくらでもあるから」

　運転手の年齢は三十代の前半というあたりだった。痩せて、色白で、細長い顔をしていた。用心深い草食動物のように見える。イースター島にある石像のように顎が前に突き出している。彼はミラーで青豆の顔をうかがっていた。自分が相手にしている人間は、ただ単に頭のたがが外れているのか、あるいは何かややこしい事情を抱えている普通の人間なのか、表情から読み取ろうとしている。しかしそんなことは簡単には読み取れない。とくに小さな鏡に映った姿からは。

　青豆はショルダーバッグから財布を取り出し、さっき印刷したばかりのように見える真新しい一万円札を一枚、運転手の鼻先に差し出した。

「お釣りはいらない。領収書もいらない」と青豆は手短に言った。「だから余計なことは言わずに、言われたとおりにしてほしいの。まず用賀に行って、そこから首都高速に乗って池尻まで行く。たとえ渋滞してても、それだけあれば料金は間に合うでしょう」

「そりゃもちろんじゅうぶん間に合いますけど」と運転手はそれでも疑わしそうに言った。「でもお客さん、首都高に何か特別な用事でもあるんですか?」

　青豆は一万円札を、吹き流しのようにひらひらと振った。「もし行かないのなら、降りてほかのタクシーをつかまえるから、行くか行かないかなるべく早く決めてくれない」

　運転手は十秒ばかり眉を寄せて、その一万円札を眺めていた。それから決心して紙幣を手に取った。光に透かせて本物であることを確かめてから、営業用のバッグの中に入れた。

「わかりました。行きましょう、首都高三号線。でもほんとに、いやになるくらい渋滞してますよ。そして用賀と池尻とのあいだには出口はありません。公衆便所もありません。だからもしトイレに行きたくなりそうだったら、今のうちに済ませておいてください」

「大丈夫、このまますぐに行ってちょうだい」

　運転手は入り組んだ住宅地の道路を抜けて環状八号線に出た。そして混み合ったその道路を用賀方向に向かった。そのあいだ二人はひとことも口をきかなかった。運転手はずっとラジオのニュース番組を聞いていた。青豆は自分の考えに耽っていた。首都高入り口の手前に来たところで、運転手はラジオのボリュームを絞って、青豆に尋ねた。

「余計なことかもしれませんが、お客さん、何か特殊なお仕事をしてらっしゃるんですか？」

「保険会社の調査員」と青豆は迷うことなく言った。

「保険会社の調査員」と運転手はこれまで食べたことのない料理を味わうときのように、口の中で注意深くその言葉を繰り返した。

「保険金詐取事件を立証しているの」と青豆は言った。

「ふうん」と運転手は感心したように言った。「その保険金詐欺だかなんだかに首都高三号線が何か関係しているわけですね」

「そういうこと」

「まるであの映画みたいですね」

「どの映画？」

「ずっと昔の映画です。スティーブ・マックイーンの出てくるやつ。ええと、題名は忘れました」

「『華麗なる賭け』」と青豆は言った。

「そうそう、それです。フェイ・ダナウェイが保険会社の調査員をしてるんですよ。盗難保険のスペシャリストです。それでマックイーンが大金持ちで、趣味で犯罪をやっている。面白い映画だった。高校生のときに見ましたよ。あの音楽が好きだったな。しゃれていて」

「ミシェル・ルグラン」

運転手は最初の四小節を小さくハミングした。それから彼はミラーに目をやって、そこに映っている青豆の顔をもう一度じっくり点検した。

「お客さん、そういえばどことなく、その頃のフェイ・ダナウェイに雰囲気が似てるんじゃないですか」

「どうもありがとう」と青豆は言った。微笑みが口元に浮かんでくるのを隠すために、努力がいくらか必要だった。


首都高速道路三号線上りは、運転手が予言した通り見事に渋滞していた。入り口から入って百メートルも進まないうちに既に渋滞は始まっていた。渋滞の見本帳に載せたいような立派な代物だった。しかしそれこそがまさに青豆の望んだことでもあった。同じ服装、同じ道路、同じ渋滞。タクシーのラジオからヤナーチェックの『シンフォニエッタ』が流れていないのは残念だったし、カーラジオの音質があのトヨタ・クラウン・ロイヤルサルーンに取り付けられていたものほど高品質ではないことも残念だったが、そこまで望むのは望みすぎというものだ。

車はトラックに挟まれながら、のろのろと前進した。長く一カ所に止まり、それから思い出したようにまた少しだけ前に進んだ。隣の車線の冷凍輸送トラックの若い運転手は、停止しているあいだずっと熱心に漫画雑誌を読んでいた。クリーム色のトヨタ・コロナ・マークⅡに乗った中年の夫婦は難しい顔をして二人で前を向いたきり、一度も口をきかなかった。おそらく話すことがないのだろう。あるいは何かを話したせいでそうなったのかもしれない。青豆はシートに深くもたれてもの思いに耽り、タクシーの運転手はラジオの番組に耳を澄ませていた。

やっとの思いで「駒沢」という表示のあるところまでたどり着き、かたつむりが這うように三軒茶屋に向かった。青豆はときどき顔を上げて、窓の外の風景を眺めた。この街ももう見納めになる。私はどこか遠いところに行ってしまう。しかしそう思っても、東京の街を慈しむ気持ちにはどうしてもなれなかった。高速道路沿いの建物はどれも醜く、自動車の排気ガスに薄黒く汚れ、いたるところに派手ばでしい広告看板が掲げられていた。そんな光景を目にしていると気が重くなった。どうして人々はこんな心塞ぐ場所をわざわざ作り出さなくてはならないのだろう。世界が隅々まで美しくなくてはならないとまでは言わない。しかしなにもここまで醜くなくてもいいのではないか。

そのうちにようやく見覚えのある場所が青豆の視野に入ってきた。あのときタクシーから降りた場所だ。いわくありげな中年の運転手が、そこに非常階段があることを青豆に教えてくれた。道路の先の方にエッソ石油の大きな広告看板が見える。虎がにっこりと笑って、給油ホースを手にしている。あのときと同じ看板だ。

タイガーをあなたの車に。

喉が渇いていることに青豆は突然気づいた。彼女はひとつ咳をし、ショルダーバッグの中に手を突っ込んで、レモン味の咳止めドロップを出した。口の中に一粒入れ、容器をバッグに戻した。そのついでにバッグの中で、ヘックラー&コッホの銃把を強く握りしめた。その硬さと重みを手の中に確認した。そう、これでいい、と青豆は思った。それから車はまた少し前に進んだ。

「左の車線に移って」と青豆は運転手に言った。

「でも右の方がまだ流れてるじゃないですか」、運転手は穏やかに抗議した。「それに池尻の出口は右側になってますから、今ここで左に移っちゃうとあとが面倒です」

　青豆は抗議を受け付けなかった。「いいから、左に入って」

「そうおっしゃるなら」と運転手はあきらめたように言った。

　彼は窓から手を出してうしろの冷凍輸送トラックに合図をし、相手がそれを目にしたことを確かめてから、鼻先を差し込むようにして左車線に入った。そこから五十メートルばかり進んだところで、車はまた一斉に停止した。

「ここで降りるからドアを開けて」

「降りる？」とタクシーの運転手はあっけにとられたように言った。「降りるって、ここでですか？」

「そう、ここで降りるの。ここに用事があるから」

「だってこれ、お客さん、首都高のど真ん中ですよ。危険ですし、降りたってどこにもいけませんよ」

「すぐそこに非常階段があるから大丈夫」

「非常階段」、運転手は首を振った。「そんなものがあるかどうか、私にはわかりません。しかしこんなところでお客さんを降ろしたと知れたら、私は会社でえらい目にあわされます。首都高の管理会社からも叱られます。そいつはちょっと勘弁してくださいな」

「でもね、事情があってどうしてもここで降りなくちゃならないの」、青豆はそう言って、財布から一万円札をもう一枚取り出し、指でぴんとはじいて運転手に差し出した。「無理言って悪いとは思うけど、これが迷惑料。だから黙って私をここで降ろして。お願い」

運転手はその一万円札を受けとらなかった。あきらめたように手元のレバーを引いて、後部席左側の自動ドアを開けた。

「お金はいりませんよ。最初にいただいただけでじゅうぶんです。でもほんとに気をつけてくださいね。首都高には路肩もありませんし、そんなところを人が歩くのは、いくら渋滞しているとはいえずいぶん危ないですから」

「ありがとう」と青豆は言った。車を降りてから、助手席の窓をこんこんと叩いてガラスを下ろさせた。そして身を乗り出すようにして、その一万円札を運転手の手に押しつけた。

「いいから受け取ってちょうだい。気にしないでいい。お金は余るくらいあるんだから」

運転手はその紙幣と青豆の顔を交互に見ていた。

青豆は言った。「もし警察か会社から、私のことで何か言われたら、ピストルを突きつけられて脅されたとでも言いなさい。だからどうしようもなかったんだと。そうすれば文句もつけられないでしょう」

運転手は彼女の言うことがうまく呑み込めないようだった。金が余るくらいある？　ピストルで脅された？　それでも一万円札は受け取った。受け取るのを拒否して、思いも寄らぬことをされるのが怖かったのだろう。

前の時と同じように、彼女は側壁と左車線の車のあいだを抜けるようにして、渋谷の方向に歩いた。その距離は五十メートルばかりだった。人々は車の中から信じられないという目で彼女の姿を見守っていた。しかし青豆はそんなものは気にもかけず、パリ・コレクションのステージに立ったファッションモデルのように、背筋をまっすぐに伸ばして大股で堂々と歩を運んだ。風が彼女の髪を揺らせた。空いた対向車線をスピードをあげて通り過ぎていく大型車が、路面を煽るように揺らせていた。エッソの看板がだんだん大きくなり、やがて見覚えのある非常用駐車スペースに青豆はたどり着いた。


あたりの風景は前に来たときと変わりはなかった。鉄の柵があり、その隣に非常用電話の入った黄色いボックスがあった。

ここが１Ｑ８４年の出発点だった、と青豆は思った。

この非常階段を使って、下にある二四六号線に降りたときから、私にとっての世界が入れ替わってしまった。だから私はもう一度この階段を下りてみようと思う。この前この階段を降りたのは四月の初めで、私はベージュのコートを着ていた。今はまだ九月の初めで、コートを着るには暑すぎる。しかしコートをべつにすれば、そのときとまったく同じものを私は身につけている。渋谷のホテルで、あの石油関係の仕事をしているろくでもない男を殺したときと同じ服装だ。ジュンコ・シマダのスーツにシャルル・ジョルダンのハイヒール。白いブラウス。ストッキングに、ワイヤの入った白いブラ。私はミニスカートをまくりあげるような格好で鉄柵を越え、ここから非常階段を降りた。

もう一度同じことをやってみる。それはあくまで純粋な好奇心からなされることだ。あのときと同じ場所に、同じ服装で行き、同じことをして、どんなことが持ち上がるのか、私はただそれが知りたい。助かりたいと思っているのではない。死ぬのはとくに怖くない。そのときがくれば躊躇はしない。私は微笑みを浮かべて死んでいける。しかし青豆は、ものごとの成り立ちを理解しないまま、無知な人間として死にたくはなかった。自分に試せるだけのことは試してみたい。もし駄目ならそこであきらめればいい。でも最後の最後まで、やれるだけのことはやる。それが私の生き方なのだ。

青豆は鉄柵から身を乗り出すようにして非常階段を探した。しかしそこに非常階段はなかった。何度見ても同じだった。非常階段は消えていた。

青豆は唇を噛み、顔を歪めた。

場所を間違えているのではない。たしかにこの非常用駐車スペースだった。あたりの風景も同じだし、エッソの広告看板が目の前にある。１９８４年の世界では、非常階段がそこに存在していた。あの奇妙なタクシーの運転手が教えてくれたとおり、青豆はその階段を容易に見つけることができた。そして柵を乗り越え、その階段を降りていくことができた。しかし１Ｑ８４年の世界には非常階段はもう存在していない。

出口はふさがれてしまったのだ。

青豆は歪めた顔をもとに戻してから、注意深くあたりを見回し、もう一度エッソの広告看板を見上げた。虎も給油ホースを手に、尻尾をくるりと上にあげ、こちらに流し目を送りながら、楽しげに微笑んでいた。最高に幸せ、これ以上満足することなんて、絶対にできっこないというみたいに。

当然のことだ、と青豆は思った。

そう、そんなことは最初からわかっていた。ホテル・オークラのスイートルームで、彼女の手にかかって死んでいく前に、リーダーもはっきりとそう言った。１Ｑ８４年から１９８４年に戻るための道はない。その世界に入るドアは一方にしか開かないのだ、と。

それでもやはり青豆は、自分のふたつの目でその事実を確かめないわけにはいかなかった。それが彼女のネイチャーなのだ。そして彼女はその事実を確かめた。おしまい。証明は終わり。Ｑ．Ｅ．Ｄ．

青豆は鉄柵にもたれ、空を見上げた。申し分のない天気だ。深い青を背景に、まっすぐな細長い雲が何本か浮かんでいた。ずっと遠くまで空を見通すことができる。都会の空ではないみたいだ。しかし月はどこにも見えない。月はどこに行ってしまったのだろう？　まあいい。月は月だ。私は私だ。我々にはそれぞれの生き方があり、それぞれの予定がある。

フェイ・ダナウェイならおそらく、ここで細身の煙草をとり出して、その先端にライターでクールに火をつけるところだろう。優雅に目を細めて。しかし青豆は煙草を吸わないし、煙草もライターも持ち合わせていなかった。彼女のバッグの中にあるのはレモン味の咳止めドロップくらいだ。それにプラス、鋼鉄製の九ミリ自動拳銃と、これまで何人かの男たちの首の後ろに打ち込まれてきた特製のアイスピック。どちらも煙草よりいくぶん致死的かもしれない。

彼女は渋滞中の車の列に目をやった。人々はそれぞれの車の中から熱心に青豆を見ていた。当然だ。首都高速道路を歩いている一般市民の姿を目にするのは、そうしょっちゅうあることではない。それが若い女ともなればなおさらだ。おまけにミニスカートに、踵の細いハイヒールというかっこうで、緑色のサングラスをかけ、口元に微笑みを浮かべている。見ない方がどうかしている。

路上に停まっている車の大半は大型輸送トラックだった。多くの物資がいろんな場所から東京に運び込まれていた。彼らはおそらく夜を徹して運転してきたのだろう。そして今、朝の宿命的な渋滞に巻き込まれている。運転手たちは退屈し、うんざりし、疲れていた。風呂に入って、髭を剃って、横になって眠りたいと思っていた。それだけが彼らの望んでいることだった。彼らは見慣れない珍しい動物でも見るみたいに、ただぼんやりと青豆の姿を見ていた。何かと積極的に関わり合いになるには、あまりにも疲れすぎていた。

そのような多くの輸送トラックのあいだに、まるで無骨なサイの群れに紛れ込んでしまったしなやかなレイヨウのように、銀色のメルセデス・ベンツ・クーペが一台混じっていた。おろしたての新車らしく、その美しい車体はのぼったばかりの朝日を輝かしく反射させている。ハブキャップも車体の色に合わせられている。運転席の窓ガラスが降ろされ、身なりの良い中年の女性がこちらをじっと見ていた。ジバンシーのサングラス。ハンドルに置かれた手も見える。指輪が光っている。

彼女は見るからに親切そうだった。そしてどうやら青豆のことを心配しているようだった。高速道路の路上で身なりの良い若い女性が一人、いったい何をしているのだろう、何があったのだろう、彼女はそういぶかっている。青豆に声をかけたそうにしている。頼めばどこかまで乗せていってくれるかもしれない。

　青豆はかけていたレイバンをはずし、上着の胸のポケットに入れた。鮮やかな朝の光に目を細めながら、鼻の両脇についた眼鏡のあとを指でひとしきりこすった。舌先で乾いた唇をなめた。口紅の味が微かにした。晴れ上がった空を見上げ、それから念のために一度足下を見た。

　彼女はショルダーバッグを開け、おもむろにヘックラー&コッホを取り出した。ショルダーバッグを足下にすとんと落とし、両手を自由にした。左手で銃の安全装置をはずし、スライドを引いて、弾丸を薬室《チエンバー》に送り込んだ。その一連の動作は素早く、的確だった。小気味の良い音があたりに響いた。彼女は手の中で軽く振って、銃の重さを確かめた。銃自体の重さが四八〇グラム、それに弾丸七発の重さがプラスされる。大丈夫、間違いなく弾丸は装塡されている。彼女にはその重みの違いが感じとれる。

　青豆のまっすぐな口元はまだ微笑みを浮かべている。人々は青豆のそんな動作を見守っていた。彼女がバッグから銃を取り出すのを見ても、誰も驚かなかった。少なくとも驚きを顔には出さなかった。それを本物の銃だとは思っていないのかもしれない。でもこれは本物の銃なのよ、と青豆は思った。

　それから青豆は銃把を上にして、銃口を口の中に突っ込んだ。銃口はまっすぐに大脳に向けられていた。意識が宿る灰色の迷宮に。

　祈りの文句は考える必要もなく、自動的に出てきた。銃口を口に突っ込んだまま、彼女は早口でそれを唱えた。何を言っているのか、誰にも聞き取れないだろう。でもかまわない。神様に聞こえればいい。自分が口にしている文言の内容は、幼い青豆にはほとんど理解できなかった。しかしその一連の言葉は、彼女の身体の芯まで染みこんでいた。学校での給食の前にも必ずお祈りをしなくてはならない。ひとりぼっちで、しかし大きな声で。まわりの人々の好奇の目や嘲笑を気にかけることはない。大事なのは、神様があなたを見ているということだ。誰もその目から逃れることはできない。

ビッグ・ブラザーはあなたを見ている。

天上のお方さま。あなたの御名がどこまでも清められ、あなたの王国が私たちにもたらされますように。私たちの多くの罪をお許しください。私たちのささやかな歩みにあなたの祝福をお与え下さい。アーメン。

真新しいメルセデス・ベンツのハンドルを握っている顔立ちの良い中年女性は、まだ青豆の顔をじっと見つめていた。彼女には――まわりのほかの人々と同じように――青豆の手にしている拳銃の意味がよく理解できていないみたいだった。もし理解できていたら、彼女は私から目をそらしているはずだ。青豆はそう思った。脳味噌があたりに飛び散る光景を目の前にしたら、今日の昼食も夕食もおそらく口にできなくなってしまうだろうから。だから悪いことは言わない、目をそらしなさい、と青豆は彼女に向かって無言で語りかけた。私は歯を磨いているわけじゃない。ヘックラー&《ウント》コッホというドイツ製の自動拳銃を口の中に突っ込んでいるの。お祈りだって済ませた。その意味はわかるはずよ。

　私からの忠告。大事な忠告。目をそらし、何も見ないで、できたての銀色のメルセデス・クーペを運転して、そのままおうちに帰りなさい。あなたの大事なご主人や子供たちが待つきれいなおうちに、そしてあなたの穏やかな生活を続けなさい。これはあなたのような人が目にするべきものじゃないのよ。これは本物の醜い拳銃なの。七発の醜い九ミリ弾がここに装塡されている。そしてアントン・チェーホフも言っているように、物語の中にいったん拳銃が登場したら、それはどこかで発射されなくてはならないの。それが物語というものの意味なの。

　しかしその中年の女性は、どうしても青豆から目をそらさなかった。青豆はあきらめて小さく首を振った。悪いけれどこれ以上は待てない。タイムアップ。そろそろショーを始めましょう。

　タイガーをあなたの車に。

「ほうほう」とはやし役のリトル・ピープルが言った。

「ほうほう」と残りの六人が声を合わせた。

「天吾くん」と青豆は言った。そして引き金にあてた指に力を入れた。

第24章 天吾

まだ温もりが残っているうちに

午前中に東京駅を出る特急列車に乗り、天吾は館山に向かった。館山で各駅停車に乗り換え、千倉まで行った。きれいに晴れ上がった朝だ。風はなく、海にも波はほとんど見えなかった。夏もすでに遠くなり、半袖のシャツの上にコットンの薄手のジャケットというかっこうでちょうどいい。海水浴客の姿の消えた海辺の町は、思いのほか閑散としてひと気がなかった。本当に猫の町になってしまったみたいだ、と天吾は思った。

駅前で簡単に食事を済ませ、それからタクシーに乗った。療養所に着いたのは一時過ぎだった。このあいだと同じ中年の看護婦が受付で天吾を出迎えた。昨夜も電話に出た女性だ。田村看護婦。彼女は天吾の顔を覚えていて、最初の時よりも少しだけ愛想がよかった。わずかに微笑みさえした。天吾が今回は小綺麗な服装をしてきたことも、いくらか影響しているかもしれない。

彼女はまず食堂に天吾を案内し、コーヒーを出してくれた。「ここで少し待っていてください。先生が見えますから」と彼女は言った。十分ばかり後に担当の医師が、タオルで手を拭きながらやってきた。硬い髪に白髪が混じりかけていて、年齢は五十前後だろう。何かの作業をしていたらしく、白衣は着ていなかった。グレーのスエットシャツに、お揃いのスエットパンツ、履き古したジョギング・シューズという格好で、体格も良く、療養所の医師というよりは、二部リーグからどうしても上がることのできない大学運動部のコーチのように見えた。

　医師の話は、昨夜電話で話したこととおおむね同じだった。残念ながら今のところ、医学的に打つべき手はもうほとんどありません、と医師は残念そうに言った。表情や言葉遣いからして、彼の心情は本物であるように見えた。

「息子さんが声をかけてあげて、励ましてあげて、生きようという意欲を盛り上げてあげるしか、もう方法は残されていないようです」

「こちらが話していることは父に聞こえるのでしょうか？」と天吾は尋ねた。

　医師はぬるい日本茶を飲みながらむずかしい顔をした。「正直なところ、それは私にもわかりません。お父さんは昏睡状態にあります。呼びかけても身体的な反応はまったくありません。しかしたとえ深い昏睡状態にあっても、人によってはまわりの話し声が聞こえる場合もありますし、その内容をある程度理解できることもあります」

「でも見た目ではその違いはわからないのですね」

「わかりません」

「夕方の六時半くらいまでここにいられます」と天吾は言った。「そのあいだ父のそばにいて、できるだけ話しかけてみるようにします」

「もし何か反応らしきものがありましたら教えてください」と医師は言った。「私はこのあたりのどこかにいますから」

若い看護婦が、父親が寝かされている部屋に天吾を案内した。彼女は「安達」という名札をつけていた。父親は新しい棟の一人部屋に移されていた。より重度の患者のための棟だ。歯車がひとつ前に進んだわけだ。これより先の移動場所はない。狭くて細長い、素っ気のない部屋で、ベッドが部屋の面積の半分近くを占めていた。窓の外には防風の役目を果たす松林が広がっている。密に茂った松林はその療養所を、活気のある現実の世界と隔てる大きな仕切り壁のようにも見えた。看護婦が出て行くと、天吾は天井に顔を向けて眠り込んでいる父親と二人きりになった。彼はベッドのわきに置かれた小さな木製のスツールに腰を下ろし、父親の顔を見た。

ベッドの枕元には点滴液のスタンドがあり、ビニールパックの中の液体がチューブで腕の血管に送り込まれている。尿道にも排泄のためのチューブが挿入されている。しかし見たところ排尿量は驚くほど少なかった。父親は先月見たときよりも、更にひとまわり小さく縮んで見えた。すっかり肉の削げた頰と顎には、おおよそ二日分の白い髭が生えている。もともと目は落ちくぼんでいる方だったが、そのくぼみは前よりいっそう深くなっていた。何か専門的な道具を使って、眼球をその穴の中から手前に引っ張り出す必要があるのではないかと思えるほどだった。両目のまぶたはその深い穴の中で、シャッターでも下ろされたみたいに堅く閉じられ、口はわずかに半開きになっていた。息づかいは聞こえなかったが、耳をすぐそばまで寄せると微かな空気のそよぎが感じ取れた。最低限のレベルの生命維持がそこで密かになされているのだ。

天吾には、昨夜の電話で医師が口にした「まるで列車が少しずつ速度を落として停止に向かうときのように」という表現がひどくリアルなものとして感じ取れた。父親という列車は徐々にスピードを落とし、惰性が尽きるのを待ち、何もないがらんとした平原の真ん中に静かに停止しようとしている。ただひとつの救いは、車内にはもう、一人の乗客も残ってはいないということだ。列車がこのまま停止しても、そのことで苦情を申し立てる人間はいない。

　何かを話しかけなくては、と天吾は思った。しかし何を、どのように、どんな声で話しかければいいのか、天吾にはわからなかった。しゃべろうと思っても、意味を持つ言葉がまったく頭に浮かんでこない。

「お父さん」と彼はとりあえず小さな声で囁くように言った。しかしあとの言葉が続かなかった。

　彼はスツールから立ち上がり、窓際に行って、よく手入れをされた芝生の庭と、松林の上に広がる高い空を眺めた。大きなアンテナの上にカラスが一羽とまって、陽光を身に受けながら、思慮深げにあたりを睥睨《へいげい》していた。ベッドの枕元には目覚まし時計のついたトランジスタ・ラジオが置かれていたが、父親はそのどちらの機能をも必要としてはいなかった。

「天吾です。さっき東京から来ました。僕の声が聞こえますか?」、彼は窓際に立ったまま、父親を見下ろすようにして言った。反応はまったくない。彼の発した声は束の間空気を震わせたあと、部屋にしっかりと腰を据えた空白の中に跡形もなく吸い込まれていった。

　この男は死のうとしている、と天吾は思った。深く落ちくぼんだ目を見れば、それがわかった。彼はもう生命を終えようと心を決めたのだ。そして目を閉じ、深い眠りについた。何を語りかけたところで、どれだけ励ましたところで、その決心をくつがえすことは不可能だろう。医学的に見ればまだ生きている。しかしこの男にとってすでに人生は終了していた。そして努力してそれを延長するための理由も意志も、彼の中にはもう残されていなかった。天吾にできるのは、父親の希望を尊重し、そのまま静かに安らかに死なせてやることくらいだ。その男はとても穏やかな顔をしていた。今のところ苦しみはまったく感じていないようだ。医師が電話で言ったように、それがただひとつの救いだった。

それでも天吾は父親に何かを話しかけなくてはならなかった。ひとつにはそれが医師と約束したことであったからだ。医師はどうやら親身になって父親の面倒を見てくれているようだった。そしてもうひとつ、そこには——ぴたりとしたうまい表現が思いつけないのだが——礼儀の問題があった。もうずいぶん長いあいだ、天吾は父親とまとまった話をしていなかった。日常会話さえろくに交わしていなかった。最後に話らしい話をしたのはたぶん中学生のときだ。そのあと天吾はほとんど家に寄りつかなくなり、用事があって帰っても父親と顔を合わせることをできるだけ避けるようになった。

しかしその男は今、深い昏睡状態に入り込んだまま、彼の前でひっそりと死んでいこうとしていた。自分が本当の父親ではないということを天吾に事実上打ち明け、それでようやく肩の荷を下すことができて、どことなくほっとしているようにも見えた。我々はそれぞれの肩の荷を下ろせたわけだ。ぎりぎりのところで。

おそらく血のつながりはないにせよ、天吾を戸籍上の実の息子として引き受け、自活できるようになるまで面倒を見てくれたのはこの男なのだ。それだけの恩義はある。自分がこれまでどのように生きてきたか、どんなことを考えて生きてきたか、それをいちおう報告しておく義務はあるはずだ。天吾はそう思った。いや、義務というのではない。それはあくまで礼儀の問題なのだ。言っていることが相手の耳に届くかどうか、それが何かの役に立つかどうか、そんなこととは関係なく。

天吾はもう一度ベッドの脇のスツールに腰を下ろし、彼がこれまでに送ってきた人生のあらましを語り始めた。高校に入学し、家を出て柔道部の寮で暮らし始めたころからの話だ。そのときから彼の生活と、父親の生活はほとんどすべての接点を失い、二人はお互いが何をしているのか、まったく関知しないという状態になっていった。そのような大いなる空白をできるだけ埋めておいた方がいいかもしれない。

しかし天吾の高校時代の生活については、語るべきことはたいしてない。彼は柔道部が強いことで定評のある千葉県内の私立高校に入学した。もっと程度の高い高校に行くことは楽にできたのだが、その高校の出してきた条件がいちばん良かった。学費免除待遇、その上に三食付きの寮も用意されていた。天吾はその学校で柔道部の中心選手となり、練習の合間に勉強をし（とくに熱心に勉強をしなくても、その学校でならトップクラスの成績を楽に保つことはできた）、休暇中には部の仲間たちと肉体労働のアルバイトをして小遣い銭を稼いだ。やるべきことがたくさんあり、とにかく朝から晩まで時間に追われる日々だった。三年間の高校生活については、忙しかったという以外にこれといって語るべきこともない。特に楽しいこともなかったし、親しい友だちもできなかった。学校も何かと規則が多く、まったく好きになれなかった。柔道部の仲間たちとは適当に調子をあわせてつきあっていたが、基本的に話は合わなかった。正直に言って天吾は、柔道という競技に心からのめり込んだことは一度もなかった。自活するためには柔道で良い成績を残すことが必要だったから、まわりの期待を裏切らないように、真面目に練習に打ち込んでいただけだ。それはスポーツというよりは生き残っていくための現実的な方便だった。仕事と言ってもいいくらいのものだ。一刻も早くこんなところを卒業してしまいたい、もっとまともな暮らしを送りたいと思いながら、彼は高校の三年間を送った。

しかし大学に入ってからも柔道は続けた。基本的には高校時代と同じ生活だ。柔道部の活動を続けていれば、寮に入ることができたし、寝る場所と食べるものには（あくまで最低限のレベルではあるけれど）困らなかったからだ。奨学金はもらったが、奨学金だけではとても生活していけない。だから柔道を続ける必要があった。もちろん専攻は数学だった。それなりに勉強はしたから、大学でも成績は良かったし、指導教授に大学院に進むことを勧められもした。しかし三年生、四年生と進むにつれて、学問としての数学に対する情熱のようなものが、天吾の中から急速に失われていった。数学そのものは相変わらず好きだった。しかしその研究を職業とすることは、どうしても気が進まなかった。柔道の場合と同じだ。アマチュアとしてはなかなかのものだが、それに一生を懸けようというほどの資質も意欲も持ち合わせていない。自分でもそれがわかっていた。

数学に対する関心が薄れてしまうと、そして大学の卒業も目前に迫り、それ以上柔道を続ける理由が消滅してしまうと、これから何をすればいいのか、どんな道に進めばいいのか、天吾にはさっぱりわからなくなった。彼の人生はその中心を失ってしまったようだった。もともと中心のない人生ではあったけれど、それまでは他人が彼に対して何かを期待し、要求してくれた。それに応えることで彼の人生はそれなりに忙しく回っていた。しかしその要求や期待がいったん消えてしまうと、あとには語るに足るものは何ひとつ残らなかった。人生の目的もない。親友の一人もいない。彼は凪のような静謐の中に取り残され、何ごとに対しても神経をうまく集中することができなくなった。

大学にいるあいだにガールフレンドは何人かできたし、性的体験も持った。天吾は一般的な意味でハンサムではないし、社交的な性格でもなく、とくに話が面白いわけでもない。いつも金に不自由していたし、着るものも見栄えがしなかった。しかしある種の植物の匂いが蛾を引き寄せるように、ある種の女性を天吾は引き寄せることができた。それもかなり強く。

二十歳になった頃に（学問としての数学に対する熱意を失い始めたのとほぼ同じ時期だ）その事実を彼は発見した。自分から何もしなくても、彼に関心を持って近づいてくる女性たちが必ず身近にいた。彼女たちは彼の太い腕に抱かれたがっていた。あるいは少なくとも、そうされることを拒否はしなかった。最初のうちはそのような仕組みがよく理解できず、けっこう戸惑わされたのだが、やがてコツのようなものを飲み込み、その能力をうまく使いこなせるようになった。そしてそれ以来、天吾が女性に不自由することはほとんどなくなった。しかし彼自身はそのような女性たちに対して、積極的な恋愛感情を持つことがなかった。ただ彼女たちとつきあって、肉体的な関係を持つだけだ。お互いの空白を埋め合うだけだ。不思議といえば不思議なことだが、彼に心を惹かれる女性に、彼が心を強く惹かれることは一度としてなかった。

天吾はそのような経緯を、意識のない父親に向かって語った。最初は言葉を選びながらゆっくりと、そのうちに滑らかに、最後にはいくらかの熱を込めて。性的な問題についても彼はできるだけ正直に語った。今更恥ずかしがることもあるまいと天吾は思った。父親は姿勢を崩すことなく、仰向けになったまま深い眠りを続けていた。息づかいも変わらなかった。

三時前に看護婦がやってきて、点滴液の入ったビニールパックを交換し、尿のたまった袋を新しいものに換え、体温を測った。がっしりとした体つきの三十代半ばの看護婦だった。胸も大きい。彼女の名札には「大村」とあった。髪を固く束ね、そこにボールペンを差していた。

「何か変わったことはありませんでしたか？」と彼女は、そのボールペンで紙ばさみの表に数字を記録しながら天吾に尋ねた。

「何もありません。ずっと眠り込んだきりです」と天吾は言った。

「何かあったらそのボタンを押してください」と彼女は枕元に下がった呼び出しスイッチを示した。そしてボールペンをまた髪の中に差し込んだ。

「わかりました」

看護婦が出て行った少し後で、ドアに短くノックがあり、眼鏡をかけた田村看護婦が戸口から顔を出した。

「食事はいかがですか。食堂にいけば何か食べられますが」

「ありがとう。でもまだおなかはすいていません」と天吾は言った。

「お父さんの具合はいかが？」

天吾は肯いた。「ずっと話をしていました。聞こえているのか聞こえていないのか、よくわかりませんが」

「話しかけるのはいいことです」と彼女は言った。そして励ますように微笑んだ。「大丈夫、きっとお父さんには聞こえています」

彼女はそっとドアを閉めた。狭い病室の中で、天吾と父親はまた二人きりになった。

天吾は話を続けた。

大学を卒業し、都内の予備校に勤め、数学を教えるようになった。彼はもう将来を嘱望される数学の神童でもなく、有望な柔道選手でもなかった。ただの予備校講師だ。でもそれが天吾には嬉しかった。彼はそこでやっと一息つくことができた。生まれて初めて、誰に気兼ねをすることもなく、自分一人の自由な生活を送ることができるのだ。

彼はやがて小説を書き始めた。いくつかの作品を書いて、出版社の新人賞に応募した。そのうちに小松という癖のある編集者と知り合い、ふかえり（深田絵里子）という十七歳の少女の書いた『空気さなぎ』をリライトする仕事を持ちかけられた。ふかえりには物語は作れたが、文章を書く能力がなかったから、天吾がその役を引き受けた。彼はその仕事をうまくこなし、作品は文芸誌の新人賞を取り、本になり、大ベストセラーになった。『空気さなぎ』は話題になりすぎて選考委員に敬遠され、芥川賞をとることはできなかったが、小松の率直な表現を借りるなら「そんなもの要らん」くらい本は売れた。

自分の語っていることが父親の耳に届いているのかどうか、天吾には自信はなかった。もし耳に届いているとしても、それが理解されているかどうか知るべくもなかった。反応もなく、手応えもない。そしてもし理解されているとしても、父親がそんな話に興味を持っているのかどうかはわからない。ただ「うるさい」と感じているだけかもしれない。他人の人生の話なんてどうでもいい、このまま静かに眠らせておいてくれ、そう思っているかもしれない。しかし天吾としては、とにかく頭に浮かんだことを話し続けるしかなかった。この狭い病室で顔を突き合わせていて、ほかにやるべきことも思いつかない。

父親は相変わらず微動だにしない。彼の一対の目は、暗く深い穴の底で堅く閉じられている。雪が降ってきて、その穴が白くふさがれるのを、ただじっと待ち受けているようにも見える。

「今のところまだうまくいっているとは言えないけど、僕はできればものを書いて生活していきたいと思っている。他人の作品のリライトなんかじゃなく、自分の書きたいものを自分の書きたいように書くことでね。文章を書くことは、とくに小説を書くことは、僕の性格に合っていると思う。やりたいことがあるというのはいいものだよ。僕の中にもやっとそういうものが生まれてきたんだ。書いたものが名前つきで活字になったことはまだないけれど、たぶんそのうちになんとかなるだろう。自分で言うのもなんだけど、書き手としての僕の能力は決して悪くないと思う。少しは評価してくれる編集者もいる。そのことについてはあまり心配していない」

それに僕にはどうやらレシヴァとしての資質がそなわっているらしい、と言い添えるべきなのかもしれない。なにしろ自分の書いているフィクションの世界に現実に引きずり込まれたくらいだ。しかしそんなややこしい話をここで始めるわけにはいかない。それはまた別の話だ。彼は話題を変えることにした。

「僕にとってもっと切実な問題は、これまで誰かを真剣に愛せなかったということだと思う。生まれてこの方、僕は無条件で人を好きになったことがないんだ。この相手になら自分を投げ出してもいいという気持ちになったことがない。ただの一度も」

天吾はそう言いながら、目の前にいるこの貧相な老人はその人生の過程において、誰かを心から愛した経験があるのだろうか、と考えた。あるいは彼は天吾の母親のことを真剣に愛していたのかもしれない。だからこそ血の繋がりがないことを知りながら、幼い天吾を自分の子供として育てたのかもしれない。もしそうだとしたら、彼は精神的には天吾よりもずっと充実した人生を送ったということになる。

「ただ例外というか、一人の女の子のことをよく覚えている。市川の小学校で三年生と四年生のとき同じクラスだった。そう、二十年も前の話だよ。僕はその女の子にとても強く心を惹かれた。ずっとその子のことを考えてきたし、今でもよく考える。でもその子と実際にはほとんど口をきいたこともなかった。途中で転校していって、それ以来会ったこともない。でも最近あることがあって、彼女の行方を捜してみようという気になった。自分が彼女を必要としていることにようやく気がついたんだ。彼女と会っていろんな話をしたかった。でも結局その女の子の行方はつきとめられなかった。もっと前に捜し始めるべきだったんだろうね。そうすれば話は簡単だったかもしれない」

　天吾はそこでしばらく沈黙した。そして今までに語ったものごとが父親の頭に落ち着くのを待った。というよりむしろ、それが彼自身の頭に落ち着くのを待った。それから再び話を続けた。

「そう、僕はそういうことについてはとても臆病だった。たとえば自分の戸籍を調べなかったのも同じ理由からだ。母親が本当に亡くなったのかどうか、調べようと思えば簡単に調べられた。役所に行って記録をみればすぐにわかることだからね。実際に何度も調べようと思った。役所まで足を運んだこともあった。でも僕にはどうしても書類を請求することができなかった。事実を目の前に差し出されることが怖かったんだ。自分の手でそれを暴いてしまうことが怖かった。だからいつか何かの成り行きで、自然にそれが明らかにされるのを待っていた」

天吾はため息をついた。

「それはともかく、その女の子のことはもっと早いうちに捜し始めるべきだった。ずいぶん回り道をした。でも僕にはなかなか腰を上げることができなかった。僕は、なんと言えばいいんだろう、心の問題についてはとても臆病なんだ。それが致命的な問題点だ」

天吾はスツールから立ち上がり、窓際に行って、松林を眺めた。風はやんでいた。海鳴りも聞こえなかった。一匹の大きな猫が庭を歩いていた。腹の垂れ方からすると、妊娠しているようだ。猫は木の根もとで横になり、脚を広げて腹をなめ始めた。

彼は窓際にもたれかかったまま、父親に向かって言った。

「でもそれとは別に、僕の人生は最近になってようやく変化を遂げつつあるみたいだ。そういう気がする。正直に言って、僕は長いあいだお父さんのことを恨みに思っていた。小さい頃から、自分はこんな惨めな狭苦しいところにいるべき人間じゃない、もっと恵まれた環境に相応しい人間だと考えていた。自分がこんな扱いを受けるのはあまりにも不公平だと感じてきた。同級生たちはみんな幸福な、満ち足りた生活を送っているみたいに見えた。僕より能力も資質も劣る連中が、僕とは比べものにならないほど楽しそうに暮らしていた。あなたが自分の父親でなければよかったのにとその頃、真剣に願っていた。これは何かの間違いで、あなたは実の父親ではないはずだと、いつも想像していた。血なんか繋がっているはずがないと」

天吾はもう一度窓の外に目をやって、猫の姿を見た。猫は自分が見られていることも知らず、無心にそのふくらんだ腹をなめていた。天吾は猫を見ながら話を続けた。

「今ではそんなことは思わない。そんな風には考えない。僕は自分に相応しい環境にいて、自分に相応しい父親を持っていたのだと思うよ。嘘じゃなく。ありのままを言えば、僕はつまらない人間だった。値うちのない人間だった。ある意味では僕は、自分で自分を駄目にしてきたんだ。今となってはそれがよくわかる。小さい頃の僕はたしかに数学の神童だった。それはなかなか大した才能だったと自分でも思うよ。みんなが僕に注目したし、ちやほやもしてくれた。でもそれは結局のところ、どこか意味あるところに発展する見込みのない才能だった。それはただそこにあっただけなんだ。僕は小さい頃から身体が大きくて柔道が強かった。県の大会では常にいいところまで行った。しかしより広い世界に出て行けば、僕より強い柔道選手はいくらもいた。大学では全国大会の代表選手にも選ばれなかった。それで僕はショックを受けて一時期、自分が何ものであるかがわからなくなった。でもそれは当然のことだ。実際に何ものでもなかったんだから」

天吾は持ってきたミネラル・ウォーターの蓋をあけて、それを一口飲んだ。そしてまたスツールに腰を下ろした。

「この前も言ったけど、あなたには感謝している。僕はあなたの本当の子供じゃないと思っている。ほとんどそう確信している。そして血の繋がりのない僕を育ててくれたことについて感謝している。男一人で小さな子供を育てるのは簡単じゃなかったはずだ。ＮＨＫの集金に連れまわされたことについては、今思い出してもうんざりするし、胸も痛む。嫌な記憶しかない。でもきっとあなたには、それ以外に僕とコミュニケーションをとる手段が思いつけなかったんだろう。なんて言えばいいんだろう、それがあなたにとってはもっとうまくできることだったんだ。あなたと社会との唯一の接点のようなものだった。きっとその現場を僕に見せたかったんだろう。今になれば僕にもそれがわかる。もちろん子連れの方が集金しやすいという計算もあった。でもただそれだけじゃなかったはずだ」

天吾はまた少し間をとって、自分の言ったことを父親の頭に浸み込ませた。そしてそのあいだに自分の考えをまとめた。

「しかし子供のときにはそんなことはもちろんわからない。ただ恥ずかしく、つらかっただけだ。日曜日、同級生たちが楽しそうに遊んでいるときに、集金についてまわらなくちゃならないことがね。日曜がやって来るのが嫌でしょうがなかった。でも今はある程度理解できている。あなたのやったことが正しかったとまでは言わない。僕の心は傷つけられた。子供にとってはきついことだ。しかしもうすでに起こってしまったことだ。気にしなくていい。それにそのおかげで、僕はそれなりにタフになれたような気がする。この世の中を生きていくのは楽な作業じゃない。僕はそのことを身をもって学んだ」

天吾は両手を開いて、手のひらをしばらく眺めた。

「僕はこれからもなんとか生きていく。これまでよりはたぶんもっとうまく、それほど無駄な回り道もしないで生きていけるんじゃないかと思う。お父さんがこれからどうしたいのか、僕にはわからない。このまま静かに、そこでずっと眠っていたいのかもしれない。二度と目を覚まさないで。もしそうしたいのなら、そうすればいい。もしそう望んでいるのなら、その邪魔をすることはできない。ただぐっすり眠らせておくしかない。でもそれはそれとして、あなたに向けていちおうこれだけのことは話しておきたかったんだ。僕がこれまでやってきたこと。僕が今考えていること。こんな話は聞きたくもなかったかもしれない。もしそうだとしたら、迷惑なことをして悪かったと思う。でもいずれにせよ、これ以上話すべきことはない。言っておいた方がいいと思うことはだいたい言ったと思う。もう邪魔はしない。あとはぐっすり好きなだけ眠ればいい」

五時過ぎに髪にボールペンを差した大村看護婦がまたやってきて、点滴の量をチェックした。今度は体温は測らなかった。

「何か変わりはありませんでした？」

「とくにありません。ただ眠り続けています」と天吾は言った。

看護婦は肯いた。「もうすぐ先生が見えます。川奈さん、今日は何時頃までここにいられます？」

天吾は腕時計に目をやった。「夕方七時前の電車に乗ります。だから六時半くらいまではいられます」

看護婦は表に記入し終えると、またボールペンを髪に戻した。

「昼過ぎからずっと話しかけているんです。でもなんにも聞こえていないみたいだ」と天吾は言った。

看護婦は言った。「看護婦になる教育を受けているときにひとつ教わったことがあります。明るい言葉は人の鼓膜を明るく震わせるということです。明るい言葉には明るい振動があります。その内容が相手に理解されてもされなくても、鼓膜が物理的に明るく震えることにかわりはありません。だから私たちは患者さんに聞こえても聞こえなくても、とにかく大きな声で明るいことを話しかけなさいと教えられます。理屈はどうであれ、それはきっと役に立つことだからです。経験的にもそう思います」

天吾はそれについて少し考えた。「ありがとう」と天吾は言った。大村看護婦は軽く肯いて、素早い足取りで部屋を出て行った。

天吾と父親はそれから長いあいだ沈黙を守っていた。天吾にはもうそれ以上話すべきことがなかった。しかし沈黙はとくに居心地の悪いものではなかった。午後の光が徐々に薄らぎ、夕暮れの気配があたりに漂った。最後の日差しが部屋の中を、無音のうちにこっそり移ろっていった。

月が二個あることは父親に話したっけな、と天吾はふと考えた。まだ言っていないような気がした。天吾は今、ふたつの月が空に浮かんでいる世界に生きている。「それは何度見てもとても不思議な風景なんだよ」と天吾は言いたかった。でも今ここでそんな話を持ち出しても仕方ないだろうという気がした。空に月がいくつあろうが、父親にとってはもうどうでもいいことだ。それは天吾がこれから一人で対処していかなくてはならない問題だ。

それにこの世界に（あるいはその世界に）月が一個しかなくても、二個あっても、三個あっても、結局のところ天吾という人間はたった一人しかいない。そこにどんな違いがあるだろう。どこにいたって、天吾は天吾でしかない。固有の問題を抱え、固有の資質をもった、一人の同じ人間に過ぎない。そう、話のポイントは月にあるのではない。彼自身にあるのだ。

三十分ばかりあとに再び大村看護婦がやってきた。彼女の髪にはなぜかもうボールペンははさまれていなかった。ボールペンはどこに行ったのだろう？　そのことが何故かとても気にかかった。二人の男性の職員が移動用のベッドを転がして一緒にやってきた。どちらもずんぐりとして、顔色が浅黒かった。そしてまったく口をきかなかった。外国人のようにも見えた。

「川奈さん、お父さんを検査室にお連れしなくてはなりません。そのあいだここでお待ちいただけますか？」と看護婦は言った。

　天吾は時計を見た。「何か具合が良くないんですか？」

　看護婦は首を振った。「いいえ、そうじゃありません。この部屋には検査用の機械がないので、そちらまで運ぶだけです。特別なことじゃありません。そのあとで先生からお話があるはずです」

「わかりました。ここで待っています」

「食堂に行けば温かいお茶が飲めます。少し休んだ方がいいですよ」

「ありがとう」と天吾は言った。

　二人の男たちは点滴のチューブをつけたまま、父親の痩せた身体をそっと抱きかかえるようにして車輪のついたベッドに移した。二人は点滴のスタンドと一緒にベッドを廊下に出した。とても手際がいい。そしてやはり終始無言だった。

「それほど長くはかかりませんから」と看護婦は言った。

　しかし父親は長いあいだ戻ってこなかった。窓から入ってくる光はだんだん弱いものになっていった。でも天吾は部屋の明かりをつけなかった。明かりをつけると、そこにある何か大事なものが損なわれてしまうような気がしたからだ。

ベッドには父親のかたちがくぼみになって残っていた。それほどの体重はないはずだが、それでも父親はそのはっきりとしたかたちをあとに残していった。そのくぼみを眺めているうちに、天吾は自分がこの世界にひとりぼっちでとり残されてしまったような気がしてきた。いったん日が暮れてしまったら、もう二度と夜明けが来ないのではないかという気さえした。

スツールに座り、夕闇の前触れの色に染まりながら、天吾は同じ姿勢のまま長いあいだもの思いに耽っていた。それからふと、自分が本当は何も考えていないことに思い当たった。ただあてのない空白の中に身を沈めていただけだ。彼はゆっくりと椅子から立ち上がり、洗面所に行って用を足した。冷たい水で顔も洗った。ハンカチで顔を拭き、鏡に自分の顔を映してみた。看護婦に言われたことを思い出し、下の食堂に行って温かい日本茶を飲んだ。

二十分ばかり時間をつぶして病室に帰ったとき、父親はまだそこに戻されていなかった。しかしそのかわり、父親が残していったベッドのくぼみの上には、見かけたことのない白い物体が置かれていた。

それは全長が一メートル四〇か五〇センチあり、美しい滑らかな曲線を描いていた。一見して落花生の殻に似たかたちをしており、表面は柔らかな短い羽毛のようなもので覆われている。そしてその羽毛は微かな、しかしむらのない滑らかな輝きを発していた。刻一刻と暗さを増していく部屋の中で、淡い青の混じった光がほんのりとその物体を包んでいた。まるで父親があとに残していった個人的なかりそめの空間を埋めるかのように、ベッドの上にひそやかにそれは横たわっていた。天吾は戸口で足を止め、ドアノブに手を置いたままその不思議な物体をひとしきり見つめた。彼の唇は動きらしきものを見せかけたが、言葉は出てこなかった。

いったいこれは何だ？　天吾はそこに立ちすくんだまま目を細め、自分に問いかけた。どうして父親のかわりにここにこんなものが置かれているのだろう。医師や看護婦の持ち込んだものではないことは一目見ればわかった。そのまわりには現実の位相から外れた、何か特殊な空気が漂っていた。

それから天吾ははっと気づいた。空気さなぎだ。

天吾が空気さなぎを目にしたのはそれが初めてだった。小説『空気さなぎ』の中で彼はそれを詳細に文章で描写したが、もちろん実物を目撃したわけではないし、それを実在するものとして想定したわけでもなかった。しかしそこにあるのは、彼が頭の中で想像し、描写したとおりの空気さなぎだった。胃が金具で締めつけられるような激しい既視感があった。天吾はともあれ部屋の中に入り、ドアを閉めた。誰かに見られない方がいい。それから口の中に溜まっていた唾液を呑み込んだ。喉の奥で不自然な音がした。

天吾はゆっくりとベッドに近寄り、一メートルほどの距離を置いて、その空気さなぎの姿を用心深く観察した。そしてそれが、小説を書くときに天吾が絵に描いた空気さなぎそのままのかたちをしていることを認めた。彼は文章で「空気さなぎ」の形状を描写する前に、まず鉛筆で簡単なスケッチをした。自分の中にあるイメージを視覚的なかたちにした。それを文章に転換していった。『空気さなぎ』の改稿作業をしているあいだずっと、その絵は机の前の壁にピンでとめられていた。それはかたちとしてはさなぎというよりは、むしろまゆに近い。しかしふかえりにとって（そしてまた天吾にとっても）それは「空気さなぎ」という名前でしか呼ぶことのできないものだった。

そのときに天吾は、空気さなぎの外見的特徴の多くを自分で創作し、付け加えた。たとえば中央部分の優美なくびれや、両端についているふっくらとした装飾的な丸い瘤《こぶ》。それらはあくまで天吾の考えついたことだった。ふかえりのオリジナルの「語り」にはそんな言及はない。ふかえりにとって空気さなぎとはどこまでも空気さなぎであり、いわば具象と概念の中間にあるものであり、それを言語的に形容する必要性をほとんど感じなかったようだ。だから天吾が自分でその細かい形状を考案しなくてはならなかった。そして天吾が今目にしているその空気さなぎには、しっかり中央部のくびれがあり、両端に美しい瘤がついていた。

これは俺がスケッチに描き、文章にした空気さなぎそのままだ、と天吾は思った。空に浮かんだ二つの月の場合と同じだ。彼が文章にしたかたちが、なぜか細部までそのまま現実のものとなっている。原因と結果が錯綜している。

神経がねじれるような奇妙な感覚が四肢にあり、肌がざわざわと粟だった。ここにある世界のどこまでが現実でどこからがフィクションなのか、見分けがつかなくなっていた。いったいどこまでがふかえりのものであり、どこからが天吾のものなのだろう。そしてどこからが「我々」のものなのだろう。

さなぎのいちばん上の部分には縦にまっすぐ、一筋の裂け目が走っていた。空気さなぎは今まさにふたつに割れようとしていた。二センチほどの隙間がそこに生じていた。身を屈めてのぞき込めば、中に何があるのか目にすることができそうだ。しかしそうする勇気は天吾にはなかった。彼はベッドの脇のスツールに腰を下ろし、肩をわずかに上下させながら呼吸を整え、空気さなぎを見守っていた。その白いさなぎは仄かな光を発しながら、そこにじっとしていた。それは与えられた数学の命題のように、天吾が近づくのを静かに待っていた。

　さなぎの中にはいったい何があるのだろう？

　それは彼に何を見せようとしているのだろう？

　小説『空気さなぎ』では、主人公の少女は自分自身の分身をそこに見出す。ドウタだ。そして少女はドウタをあとに残して、一人でコミュニティーを飛び出す。でも天吾の空気さなぎ（おそらくそれは彼自身の空気さなぎなのだ、と天吾は直感的に判断した）の中には、いったい何が入っているのだろう。それは善きものなのだろうか、あるいは悪しきものなのだろうか。彼をどこかに導くものなのだろうか、それとも彼を損ない妨げるものなのだろうか？　そしていったい誰がこの空気さなぎをここに送り届けてきたのだろう？

　自分に行動が求められていることは、天吾にもよくわかっていた。しかし立ち上がってさなぎの内側をのぞき込むだけの勇気が、どうしてもかき集められなかった。天吾は恐れていた。そのさなぎの中にある何かは、自分を傷つけるかもしれない。自分の人生を大きく変えてしまうかもしれない。そう思うと小さなスツールの上で、天吾の身体は逃げ場を失った人のように硬くこわばった。そこにあるのは、彼に父母の戸籍を調べさせなかったり、あるいは青豆の行方を捜させたりしなかったのと同じ種類の怯えだった。自分のために用意された空気さなぎの中に何が入っているか、彼はそれを知りたくなかった。知らないままで済ませられるものなら、済ませてしまいたかった。できることならこの部屋からすぐに出て行って、そのまま電車に乗って東京に戻ってしまいたかった。そして目をつぶり、耳を塞ぎ、自分だけのささやかな世界に逃げ込んでしまいたかった。

　しかしそれができないことは、天吾にもわかっていた。もしその中にあるものの姿を目にしないままここを立ち去ってしまったら、俺は一生そのことを後悔するに違いない。その何かから目を背けたことで、おそらくいつまでも自分自身を赦すことができないだろう。


　どうすればいいのかわからないまま、天吾はスツールに長いあいだ腰掛けていた。前に進むこともできず、後ろにさがることもできなかった。膝の上で両手を組み、ベッドの上の空気さなぎを見つめ、ときどき逃がれるように窓の外に目をやった。日はすでに落ち、淡い夕闇がゆっくりと松林を包んでいった。相変わらず風はない。波の音も聞こえない。不思議なくらい静かだ。そして部屋が暗さを増していくにつれて、その白い物体が発する光はより深く、より鮮やかになっていった。天吾にはそれ自体が生きているもののように感じられた。そこには生命の穏やかな輝きがあった。固有の温もりがあり、密やかな響きがあった。

　天吾はようやく心を決めてスツールから立ち上がり、ベッドの上に身を屈めた。このまま逃げ出すわけにはいかない。いつまでも怯えた子供のように、前にあるものごとから目を背けて生きていくことはできない。真実を知ることのみが、人に正しい力を与えてくれる。それがたとえどのような真実であれ。

　空気さなぎの裂け目はさっきと変わりなくそこにあった。その隙間は前に比べて大きくも小さくもなっていない。目を細めて隙間からのぞき込んでみたが、中に何があるのか見届けることはできなかった。中は暗く、途中に薄い膜がかかっているみたいだ。天吾は呼吸を整え、指先が震えていないことを確かめた。それからその二センチほどの空間に指を入れ、両開きの扉を開くときのように、ゆっくりと左右に押し広げた。これという抵抗もなく、音もなく、それは簡単に開いた。まるで彼の手で開かれるのを待ち受けていたみたいに。

今では空気さなぎ自身が発する光が、雪明かりのように内部を柔らかく照らし出していた。十分な光量とは言えないにせよ、中にあるものの姿を認めることはできた。

天吾がそこに見出したのは、美しい十歳の少女だった。

少女は眠り込んでいた。寝間着のようにも見える装飾のない簡素な白いワンピースを着て、平らな胸の上に小さな両手を重ねて置いている。それが誰なのか、天吾には一目でわかった。顔がほっそりとして、唇は定規を使って引いたような一本の直線を描いている。かたちの良い滑らかな額に、まっすぐに切りそろえられた前髪がかかっている。何かを求めるようにこっそりと宙に向けられた小さな鼻。その両脇にある頬骨はいくらか横に張っている。まぶたは閉じられているが、それが開いたときそこにどんな一対の瞳が現れるのか、彼にはわかっていた。わからないわけがない。彼はこの二十年間、その少女の面影をずっと胸に抱いて生きてきたのだ。

青豆、と天吾は口に出した。

少女は深い眠りに就いていた。どこまでも深い自然な眠りのようだ。呼吸もほんの微かなものでしかなかった。彼女の心臓は人の耳には届かないほどのはかない鼓動しか打っていなかった。そのまぶたを持ちあげるだけの力は、彼女の中にはなかった。まだそのときが来ていないのだ。彼女の意識はここではない、どこか遠い場所に置かれていた。しかしそれでも、天吾の口にした言葉は少女の鼓膜をわずかに震わせることができた。それは彼女の名前だった。

青豆はその呼びかけを遠い場所で耳にする。天吾くん、と彼女は思う。はっきりとそう口にも出す。しかしその言葉が、空気さなぎの中にいる少女の唇を動かすことはない。そして天吾の耳に届くこともない。

天吾は魂を奪われた人のように、ただ浅い呼吸を繰り返しながら、飽くことなく少女の顔を見つめていた。少女の顔はとても安らかに見えた。そこには哀しみや苦しみや不安の影はいささかもうかがえなかった。小さな薄い唇は今にもそっと動き出し、何か意味ある言葉をつくり出しそうに見えた。そのまぶたは今にも開けられそうに見えた。天吾はそうなることを心から祈った。正確な祈りの言葉こそ持たなかったけれど、彼の心はかたちのない祈りを宙に紡ぎ出していた。しかし少女には眠りから目覚める気配は見えなかった。

青豆、ともう一度天吾は呼びかけてみた。

青豆に言わなくてはならないことがいくつもあった。伝えなくてはならない気持ちもあった。彼はそれを長い歳月にわたって抱えて生きてきたのだ。しかし今ここで天吾にできるのは、ただ名前を口にすることだけだ。

青豆、と彼は呼びかけた。

それから思い切って手を伸ばし、空気さなぎの中に横たわっている少女の手に触れた。そこに自分の大きな大人の手をそっと重ねた。その小さな手がかつて、十歳の天吾の手を堅く握りしめたのだ。その手が彼をまっすぐに求め、彼に励ましを与えた。淡い光の内側で眠っている少女の手には、紛れもない生命の温もりがあった。青豆はその温もりをここまで伝えに来てくれたのだ。天吾はそう思った。それが彼女が二十年前に、あの教室で手渡してくれたパッケージの意味だった。彼はようやくその包みを開き、中身を目にすることができたのだ。

青豆、と天吾は言った。僕は必ず君をみつける。

空気さなぎが輝きを徐々に失って夕闇の中に吸い込まれるように消え、少女である青豆の姿が同じように失われてしまったあとでも、それが現実に起こったことなのかどうかうまく判断できなくなったあとでも、天吾の指にはまだ小さな手の感触と、親密な温もりが残されていた。

それが消えることはおそらく永遠にないだろう。天吾は東京に向かう特急列車の中でそう思った。これまでの二十年間、天吾はその少女の手が残していった感触の記憶とともに生きてきた。これからも同じように、この新たな温もりとともに生きていくことができるはずだ。

山の迫った海岸線に沿って、特急列車が大きなカーブを描いたとき、空に並んで浮かんだ二個の月が見えた。静かな海の上に、それらはくっきりと浮かんでいた。大きな黄色い月と、小ぶりな緑色の月。輪郭はあくまで鮮やかだが、距離感がつかめない。その光を受けて海面の小波《さざなみ》が、割れて散ったガラスのように神秘的に光った。二つの月はそれから、カーブにあわせて窓の外をゆっくりと移動して、その細かな破片を無言の示唆として残し、やがて視野から消えていった。

月が見えなくなると、もう一度胸に温もりが戻ってきた。それは旅人の行く手に見える小さな灯火のような、ほのかではあるが約束を伝える確かな温もりだった。

これからこの世界で生きていくのだ、と天吾は目を閉じて思った。それがどのような成り立ちを持つ世界なのか、どのような原理のもとに動いているのか、彼にはまだわからない。そこでこれから何が起ころうとしているのか、予測もつかない。しかしそれでもいい。怯える必要はない。

たとえ何が待ち受けていようと、彼はこの月の二つある世界を生き延び、歩むべき道を見いだしていくだろう。この温もりを忘れさえしなければ、この心を失いさえしなければ。

彼は長いあいだそのまま目をつぶっていた。やがて目を開き、窓の外にある初秋の夜の暗闇を見つめた。海はもう見えなくなっていた。

青豆をみつけよう、と天吾はあらためて心を定めた。何があろうと、そこがどのような世界であろうと、彼女がたとえ誰であろうと。

〈BOOK 2 終り〉

本作品には、一九八四年当時にはなかった語句も使われています。

本作品は書下ろし作品です。

1Q84

〈イチ・キュウ・ハチ・ヨン〉

BOOK 2

発行／2009年5月30日

著者／村上春樹
（むらかみ はるき）
発行者／佐藤隆信
発行所／株式会社新潮社
郵便番号162-8711　東京都新宿区矢来町71
電話　編集部03(3266)5411・読者係03(3266)5111
http://www.shinchosha.co.jp
印刷所／二光印刷株式会社
製本所／大口製本印刷株式会社

ISBN978-4-10-353423-5 C0093

乱丁・落丁本は、ご面倒ですが小社読者係宛お送り下さい。
送料小社負担にてお取替えいたします。
価格はカバーに表示してあります。

神の子どもたちはみな踊る

村上春樹の短編集

一九九五年二月、
地震のあとで、
六人の身の上に
どんなことが起こったのか——
小さな焚き火の炎のように、
深い闇の中に光をはなつ
六つの短編。
著者初の連作小説！

東京奇譚集

村上春樹の短編集

息子を海で失った女、
「一生で出会う三人の女」の一人に会った男、
自分の名前だけが思い出せない女――
東京で静かに暮らす人々に起こった
五つの物語＝奇譚（きたん）。

少年カフカ

村　上　春　樹　の　本

『海辺のカフカ』の読者から寄せられた
質問・感想に村上春樹が答えたメールや、
こぼれ話、グッズ紹介など
『海辺のカフカ』が10倍楽しめる
最初で最後のマガジン。